FUNGUS

FUNGUS
FUNGUS
FUNGUS
FUNGUS
FUNGUS

F U N G U S

F U N G U S

F U N G U S

F U N G U S

F U N G U S

F U N G U S

FUNGUS
Breve carta del valle pirenaico en que se dieron los fantásticos acontecimientos de los años 1888 y 1889, con detalle de los lugares más señalados, y donde halló la gloria el afamado general Auguste Féraud-d'Hubert.
Cueva y montaña del peligroso fugitivo Ric-Ric
Ostal de Cassian
Casa de Mailís
A FRANCIA
A ESPAÑA
La Vella

«En 1888 todos los que querían atravesar aquella muralla de picos llamada Pirineos lo hacían por un estrecho valle en cuyo centro había una solitaria población llamada la Vella. Los habitantes de la Vella eran buenos y humildes, pero entre ellos también habitaba otro tipo de individuos.»

Ilustración de
QUIM HEREU

FUNGUS

ALBERT
SÁNCHEZ PIÑOL

FUNGUS

El REY
de los
PIRINEOS

Traducción del catalán de Noemí Sobregués

Ilustraciones de Quim Hereu

Papel certificado por el Forest Stewardship Council®

Título original: *Fungus. El rei dels Pirineus*
Primera edición en castellano: marzo de 2019

La traducción de esta obra ha contado con una ayuda del Institut Ramon Llull

llll institut ramon llull
Lengua y cultura catalanas

Printed in Spain – Impreso en España

ISBN: 978-84-204-3545-9
Depósito legal: B-468-2019

Compuesto en MT Color & Diseño, S. L.
Impreso en Unigraf, Móstoles (Madrid)

AL35459

Penguin
Random House
Grupo Editorial

La gente no se da cuenta del poder que tiene.
Joan Brossa

El mal no existe; solo existe el Poder.

ÍNDICE

PRIMERA PARTE

TERCERA PARTE

PRIMERA PARTE

Había nacido en el año 888 y era el guerrero más formidable del reino de los francos. Como se llamaba Filis Mundi, todo el mundo acabó llamándolo Filomeno. Mató sarracenos en el sur, sajones en los pantanos y vikingos en la costa. Un día, Filomeno preguntó al rey Luis III el Ciego:

—Mi rey, ¿dónde radica el Poder sobre los hombres?

El rey, que no era ciego, se miró las manos y le dijo:

—Yo soy monarca, en efecto, pero la esencia del Poder es de una sustancia tan etérea que nadie sabe dónde se oculta.

Y desde aquel día Filomeno dedicó su vida a buscar el Poder. Un eremita ortodoxo le dijo:

—El Poder se oculta en la montaña más alta.

Un mago oriental le dijo:

—El Poder brota de unas semillas diminutas.

Y un sabio judío le dijo:

—El Poder espera en la cueva más profunda.

Y tras escuchar al mago, al eremita y al sabio, Filomeno se consumió hasta morir, porque ni el guerrero más formidable podía resolver un enigma que se oculta en la cueva más profunda y en la cima más alta, y que a la vez es una semilla diminuta.

CAPÍTULO I

Ric-Ric, fugitivo y anarquista, se pierde en los Pirineos, donde descubre una naturaleza salvaje y una humanidad cruel

En 1888 todos los que querían atravesar aquella muralla de picos llamada Pirineos lo hacían por un estrecho valle en cuyo centro había una solitaria población llamada la Vella. Los habitantes de la Vella eran buenos y humildes, pero entre ellos también habitaba otro tipo de individuos: los que preferían el lucro a la ley, los que cruzaban por caminos de montaña para evitar fronteras y aranceles, a los que todo el mundo llamaba *muscats* por el color violeta oscuro de su barretina.

La barretina morada los identificaba. Algunas de aquellas gorras oscuras medían ocho palmos. Si era necesario, la utilizaban como cuerda o cinturón; o como zurrón, cuando no tenían sacos. Rellena de grava, se convertía en una porra silenciosa. Pero sobre todo era un código. Si alguien la llevaba doblada hacia atrás, quería decir que vendía trigo. Doblada hacia la izquierda, que vendía utensilios; y a la derecha, armas. Un nudo significaba que el dueño de la gorra había matado a un hombre; dos nudos, a dos hombres o más. Una barretina en la que hubieran atado una ramita de romero era una advertencia: «Peligro, la Guardia Civil ronda por aquí». Los muscats compartían intereses y supersticiones, y, como sucede con los pescadores, consideraban que en sus viajes transfronterizos debían evitar la presencia de mujeres, que daban mala suerte. Bebían cantidades inverosímiles de *vincaud,* un vino mezclado con hierbas que servían muy caliente, y cuando el *vincaud* se les subía a los ojos podían matar a un hombre con la misma indiferencia con la que decapitaban a un conejo. No eran buenas personas.

Los muscats llevaban paquetes de contrabando de veinticinco kilos atados a la espalda. Con aquella carga, montaña arriba, era imposible hacer el trayecto entre España y Francia sin pasar una noche fuera, en un refugio. Por eso todos los muscats de la Vella conocían la casa de Cassian. O, como decían en su idioma, el *ostal* de Cassian.

En 1888, mil años después de que naciera Filomeno, en las cumbres de los Pirineos orientales vivía un hombre que aseguraba ser descendiente directo del gran guerrero. Se llamaba Cassian, y de su primitivo antepasado había heredado la altura imponente, la barba roja y las cejas aún más rojas. Como había perdido el pelo rojo, era de esos hombres que lucen la calvicie como un atributo. Para compensarla se había dejado crecer unas largas patillas que empalmaban con un bigote casi naranja que destacaba sobre el mentón pelado. Gobernaba su *ostal* como si fuera un reino oculto en lo más alto de la montaña, en medio de un pequeño prado de hierbajos pisoteados por los muscats. La degradación del entorno anunciaba la presencia humana: el *ostal* estaba rodeado de residuos; herraduras viejas y baratijas oxidadas, huesos de ganado muerto medio enterrados y detritos de todo tipo.

El edificio era un rectángulo con el tejado de pizarra negra. Dentro, había una pared atravesada por una barra pringosa de madera sin pulir, sostenida por barriles viejos, de la que colgaban unos faldones de arpillera. La barra estaba cubierta de agujeritos en los que reposaban cadáveres de moscas que habían sufrido una agonía horrible, sumergidas en charcos de la bebida del valle: el *vincaud*. Al fondo estaba la chimenea. Una boca enorme y ahumada, con tres ganchos de hierro ennegrecido de los que colgaban grandes ollas, bárbaras y panzudas.

Los muscats no tenían amigos. Y, aun así, a veces Cassian hacía confidencias a alguno de sus huéspedes.

—¿Sabes una cosa? —le decía—. Soy descendiente de Filomeno, el gran guerrero franco, y algún día encontraré el Poder, que se oculta muy cerca de aquí, en alguna parte.

Ric-Ric irrumpió en el *ostal* de Cassian una tarde de otoño de aquel 1888. Entró con aquellos ojitos y aquellas cejas negras; entró con aquel pelo largo, como de Jesús en la cruz, y a nadie, ni a Cassian ni a los muscats, se le pasó por la cabeza que aquel hombre tan pequeño iba a cambiar su existencia. A nadie se le pasó por la cabeza que incluso iba a transformar los Pirineos y el mundo entero. Nadie pensó algo así. Y con razón. Menudo cuadro. Nunca habían visto a nadie tan poco preparado para la montaña. Zapatos de ciudad, un abrigo negro desgastado y raído, y un bombín tan negro como la barba y el bigote. Era un individuo rechoncho, ancho de tórax, con los brazos y las piernas un poco cortos pero fuertes. Era todo él algo desaliñado, algo ridículo: con un ojo miraba como un zorro, y con el otro como una gallina. Entró y se sentó delante de la chimenea temblando de frío y abrazándose como si su cuerpo fuera una cáscara.

Cassian le informó de que aquello no era un hotel, sino un escondite; un lugar clandestino en el que solo recalaban los contrabandistas. Si quería pasar la noche allí tendría que pagar tres reales. Pero el hombrecillo no tenía ni uno. Entonces un viejo muscat alzó la voz:

—Seguro que es un confidente.

Y otro, que masticaba trozos de un gran queso, le preguntó:

—¿Quién te envía? ¿La policía española o la francesa?

Cassian preguntó a todo el mundo:

—¿Qué hago?

Y los muscats, con la naturalidad de quien pregunta por una dirección en la calle, le contestaron:

—Garganta, garganta.

Cassian sacó un arma de debajo del mostrador. Hacía años, un carlista camino del exilio le había pagado la estancia con aquel revólver. Era una buena arma, un Lefaucheux modelo 1863. En la culata ponía: «Fábrica de Oviedo». Cassian cargó las seis balas en el tambor y a punta de pistola obligó a Ric-Ric a salir con él del *ostal*.

Dieron doscientos pasos, Ric-Ric con el cañón del Lefaucheux clavado en los riñones, hasta que llegaron al borde de una garganta. Allí, en la cima del mundo, era más fácil matar, porque allí arriba el olvido sustituía la violencia: despeñaban a un hombre, y la naturaleza simplemente se lo tragaba como si nunca hubiera existido. Solían lanzar a las víctimas a gargantas, que no eran exactamente barrancos, sino grietas abismales. Los muscats decían que las gargantas de los Pirineos estaban tan llenas de cadáveres que cualquier día los huesos desbordarían las profundidades.

Cassian hizo que Ric-Ric se detuviera delante de una de aquellas gargantas, un agujero que se abría en el suelo como un pozo, pero con una boca que no era redonda, sino estrecha y alargada como la sonrisa de un demonio. No se veía el fondo. Cuando Ric-Ric estuvo entre la garganta y el arma, Cassian volvió a insistir:

—Paga los tres reales y dejaré que te marches.

Ric-Ric cayó de rodillas, sollozando, y confesó: huía de la ley porque era un revolucionario ácrata. Cuando lo llevaban a comisaría, lo golpeaban con una barra de hierro.

«Ríete, ríete —le decían—, a ver si ahora te ríes». Y él, medio loco, siempre contestaba: *«Ric, ric!»,* «Me río, me río». De ahí le venía el nombre. Pero aquel año de 1888 Barcelona era sede de una Exposición Universal. La autoridad quería limpiar la ciudad de chusma, había más policía que nunca, y él, harto de palizas, había escapado de la urbe. Pero ya no podía alejarse más: al otro lado de la frontera también había polis y jueces. Acabó con un patético:

—No me entregues a los reaccionarios, compañero.

Cassian tenía buen criterio para juzgar a los hombres y se dijo que, si aquel individuo era un revolucionario, debía de serlo de tercera o cuarta categoría: no, definitivamente Ric-Ric no era más que un desvergonzado que había llegado a su *ostal* por pura casualidad, porque en la montaña, como en el mar, hay náufragos. No lo lanzó por la garganta. Enfundó el arma y lo llevó a otro sitio, no muy alejado del *ostal:* el pie de una montaña.

Cassian y Ric-Ric entraron en una especie de pasadizo de roca, un caminito estrecho entre dos paredes de piedra. Al fondo se abría una grieta en la roca. Entraron. Dentro, el espacio adquiría las proporciones de una celda de monasterio. Las paredes eran de roca rugosa de color plomo. Oían el viento silbando con relinchos de asno. Dentro hacía más frío que fuera.

Cassian hizo un gesto con la mano abarcando aquel espacio diminuto como si fuera un imperio.

—Te traeré un pico y una pala para que lo amplíes —le dijo—. *T'i seràs força ben, en la tià cauna.*

Cauna significa cueva.

Ric-Ric miró a su alrededor. Era difícil saber qué pensaba. Solo objetó:

—¿Y no podrías traerme también un sofá, compañero?

Cassian se partió de risa. Lo dejó allí y, al volver solo, los muscats pensaron que Ric-Ric había dejado de existir, garganta abajo.

—No lo he lanzado a la garganta —dijo Cassian—. No era un confidente.

Le preguntaron cómo podía estar tan seguro.

—Porque la policía nunca mandaría a un espía sin un real en el bolsillo —y añadió—: A partir de ahora será el criado de la casa.

Todos los muscats entendieron lo que aquello significaba. El valle se regía por los *ostals*. En aquel valle la gente no tenía casas; eran las casas las que tenían gente. A un individuo nunca le preguntaban de qué familia era, sino a qué *ostal* pertenecía. Las casas poderosas tenían un criado. Y los criados de aquel valle estaban especialmente adscritos y sometidos a los dueños de los *ostals*. Los trabajos más duros y penosos eran para ellos. A cambio cobraban un sueldo, por exiguo que fuera, les cedían una habitación con una cama y un orinal, y, de hecho, a pesar de aquella vida sumisa, eran un miembro más de la familia.

Pero la montaña degradaba todo lo que regía en el valle. Cuanto más arriba vivían, más se difuminaba y se corrompía la ley de los hombres. Y cuando Cassian anunció que Ric-Ric sería el criado del *ostal*, lo que quería decir era que le atribuirían todas las obligaciones de un criado, pero no los privilegios: no viviría bajo el mismo techo y no sería de la familia, porque los muscats no eran una familia, eran otra cosa. Los muscats asintieron, satisfechos, porque siempre habían pensado que Cassian iba justo de servicio. Y dijeron lo que cualquier hombre del valle habría dicho de un criado:

—Si huye, te lo traeremos de vuelta.

———•———

Cassian lo ayudó a habilitar aquella cripta natural, la *cauna*. Ric-Ric amplió la entrada y el interior, y construyó una puerta que parecía la barca de un náufrago. Incluso podía cerrarla con un pestillo de corral, grande y oxidado. Al abrir la puerta, las bisagras gemían, como si hubieran pisado a un ratón, y se entraba en una cueva de cinco pasos de largo por seis de ancho. Había un colchón pelado, relleno de paja. Al lado, una estufa de hierro muy vieja. El humo se canalizaba por un largo tubo en forma de codo. En resumen, se había construido una vivienda troglodita.

Pero Ric-Ric solo pisaba la *cauna* por la noche. El día lo pasaba en el *ostal,* sometido a un régimen laboral extenuante. Le tocaban las labores más duras e ingratas: arañarse las manos cortando leña, dar de comer a los conejos enjaulados, abastecer la casa de agua limpia del arroyo más cercano helándose los dedos con el asa de los cubos, fregar el suelo con una escoba de brezo... También hacía de camarero: tenía que servir bebida, pan, queso, garbanzos y tocino a los muscats, que lo trataban en función de la idea que se tenía en el valle de la palabra *criado*. Lo llamaban con un largo silbido, como si fuera un perro, y cuando lo tenían al lado utilizaban su camisa como servilleta.

La guardiana de la casa era una oca horrible, vieja y chillona, y más calva que Cassian. Aquella oca tenía su historia. Según había llegado a oídos de Ric-Ric, al principio había seis ocas. Las otras cinco decidieron que aquella sería la de rango inferior, así que adquirieron la costumbre de picotearle la cabeza. De ahí la calvicie. Cada vez que se agachaba para comerse un gusano o un grano, las ocas de alrededor la castigaban con el pico. Para robarle el gusano o el grano y para recordarle que era la última oca. Al final el pobre animal ya no tenía pelo ni piel en la parte superior de la cabeza, solo el hueso al aire, blanco y redondo como una bola de billar, y cubierto de una costra de sangre reseca.

Lo paradójico fue que la desgracia de aquella oca le salvó la vida. Cada vez que Cassian necesitaba carne para la olla y manteca para la despensa, su hacha elegía a la oca más gorda y lustrosa. Y cuando solo le quedó la oca calva, decidió indultarla, porque sus carnes ya estaban demasiado secas para cocinarlas y porque ladraba tan fuerte, tan indignada, que hacía de guardiana con más celo que cualquier perro. El caso es que la Oca Calva se quedó sin enemigas, solitaria pero triunfante. Entraba y salía del edificio como si fuera la reina de los Pirineos: balanceaba su cuerpo redondeado, con la cabeza muy recta, el cuello largo como un periscopio y la mirada presuntuosa. Odiaba a Ric-Ric, quizá porque en aquel hombre tan sometido a Cassian como un animal de corral veía un símil de sus antiguas congéneres. Siempre lo perseguía y lo pellizcaba con el pico, justo detrás de las rodillas.

Pero lo peor eran los utensilios que Ric-Ric tenía que manipular a diario, la sensación de que mil hombres los habían utilizado antes que él. Todo lo que tocaban sus dedos era viejo y estaba desgastado. Los mangos de martillos y hachas eran maderas centenarias; los dientes de las sierras eran romos y planos, casi como muelas. Quizá fuera así porque todo objeto que llegara a aquellas alturas debía hacer un trayecto largo, tortuoso y esporádico, y la escasez de suministros obligaba a remendar y a reconstruir. Todo el *ostal* apestaba a una insana mezcla de sudor acumulado, tabaco, *vincaud* rancio y sobre todo esparto mohoso. Un olor a establo humano. Había telarañas en todas las vigas y en todos los rincones, grandes como velas triangulares y manchadas de hollín. El aire vetusto y decrépito de la casa se contagiaba a la naturaleza circundante. Alrededor del edificio se extendía una hierba siempre amarilla, siempre enferma y cansada de vivir. La única excepción en aquel paisaje triste y decaído eran las setas. Unas setas gigantes que llenaban el paisaje y a las que nadie prestaba más atención o interés que a la hierba.

Aquellas setas.

Los muscats estaban tan acostumbrados a ellas que sus ojos pasaban por encima sin verlas. Pero Ric-Ric era un hombre de ciudad, nunca había visto setas de dimensiones tan extraordinarias. Cada mañana, cuando recorría el corto trayecto entre el *ostal* y la *cauna,* veía docenas de hongos descomunales. Los más pequeños eran del tamaño de un taburete y podía sentarse en ellos, mientras que los altos le llegaban al pecho. Setas gigantes, de color yema de huevo, de color alga o de mil tonos de ocre. El tronco era un cilindro perfecto, sano y robusto, que crecía recto y firme. La medida de los sombreros, esféricos, era muy variada. Algunos eran grandes como ruedas de carro. Las setas aparecían aquí y allá, esparcidas sin orden. Les daba igual un terreno que otro. Aquí una, más allá un par, y al fondo, en aquellos árboles, más de una docena, agrupadas, exhibiendo una arrogancia inmóvil.

Ric-Ric tardó muy poco en hartarse de su régimen laboral. Un día estaba agachado, fregando el suelo, cuando la Oca Calva se plantó delante de él abriendo las alas y soltando cagadas líquidas. «¡Cra, cra, cra!», graznó. Aquello lo indignó.

—¡Compañero! —dijo dirigiéndose a Cassian—. No seas cómplice del capitalismo explotador. En el fondo tú también eres una víctima, porque no sabes nada del Ideal. Deja que te explique los principios del anarquismo internacionalista.

Y Ric-Ric se lanzó a una abrupta disertación. Describió una futura Arcadia feliz en la que se habrían abolido todas las jerarquías, en la que el Hombre Nuevo habría superado los conflictos y gozaría de una Nueva Era libertaria. Cassian lo escuchaba con la boca abierta, tan abierta que el cigarrillo le colgaba del labio inferior. Dejó que Ric-Ric se explicara y después le dijo en tono amistoso y conmovido:

—Cuánta razón tienes, Ric-Ric. Aquí, perdido entre montañas incultas, no tenía acceso a tan nobles utopías.

Me has abierto los ojos. Es más, tus palabras son una auténtica revelación. Acércate, amigo mío, que quiero abrazarte fraternalmente.

Cuando lo tuvo cerca, Cassian le pegó dos bofetadas, una en cada mejilla. Dos bofetadas sonoras, como si alguien furioso golpeara una estera empapada contra una pared.

¡Ric-Ric! Aquel idiota aspiraba a convertir el mundo en un lugar en el que nadie mandara sobre nadie. ¡Y se lo explicaba a él! Al descendiente de Filomeno, que dedicaba su vida a buscar la fuente del Poder.

—En las tabernas de Barcelona puede que embaucaras a alguien con esta palabrería barata —dijo Cassian—. A mí no. Si en lugar de pretender liberar a toda la humanidad pensaras en liberar a un individuo concreto, tú mismo, ahora no estarías de rodillas.

Ric-Ric protestó y Cassian dejó el Lefaucheux en el mostrador con un golpe seco.

—Te lo demostraré. Lo único que tienes que hacer es dispararme. Y ya no serás un criado, sino el dueño del *ostal.*

Cassian cogió a Ric-Ric de la muñeca con un gesto brusco, lo obligó a empuñar la culata y se puso el cañón del revólver en el pecho.

—No te preocupes por los muscats. No te harán nada. Admiran a los hombres indómitos y decididos. Venga.

Pero Ric-Ric retiró la mano y con voz temblorosa alegó que aquello sería un crimen por el capital, no contra el capital. Cassian lo interrumpió con desprecio y le dirigió las siguientes palabras:

—¿Lo ves? No tienes estas ideas porque estás oprimido. Estás oprimido porque tienes estas ideas.

———•———

La leyenda de Filomeno contaba que el Poder se ocultaba en la cueva más alta. En el fondo de la cueva había una semilla.

Aunque era otoño y aún no hacía mucho frío, en la *cauna* de Ric-Ric nunca se entraba en calor. Por las noches la estufa quemaba troncos y troncos como si fuera una locomotora. Pero la roca estaba impregnada de una humedad rancia y obstinada. Además, cada cinco o seis noches recibía una visita.

A veces, a la hora más oscura, lo despertaba una presencia turbadora: Cassian, con un quinqué en la mano, amorrado a la pared interior de la cueva. Buscaba algo con la actitud solitaria de los fantasmas. El candil hacía que Ric-Ric parpadeara y se tapara la cara con una mano, como si le dañara los ojos. Se medio incorporaba en el colchón y entonces, entre las tinieblas y la luz parpadeante del quinqué, Cassian lo miraba como si el intruso fuera él.

—¿Has encontrado algo? —le preguntaba—. Semillas, unas semillas pequeñas. ¿Las has encontrado?

Cassian señalaba con un dedo el centro de la pared. Y con una voz inexpresiva le ordenaba:

—Pica. Aquí. Levántate de la cama y excava un poco más, vago del demonio.

CAPÍTULO II

Ric-Ric despierta accidentalmente a un monstruo dormido desde tiempos inmemoriales

Los primeros copos de nieve cayeron a mediados de octubre, aún tímidos como exploradores en territorio enemigo. El *ostal* de Cassian ensuciaba aquella nieve tan pura: los muscats la pisaban y convertían los alrededores de la casa en un lodazal negro y licuado.

Un día que Ric-Ric fue al arroyo, el cubo se le resbaló de los dedos y cayó al agua. Echó a correr para intentar pescarlo. El cubo chocó y rebotó contra los pedruscos que sobresalían, redondeados como huevos, hasta que encalló en un codo del cauce. El incidente no habría tenido mayor importancia si no hubiera sido porque el cubo embarrancó justo delante de un caminito oculto por la vegetación que Ric-Ric aún no conocía. Se adentró en él.

El camino descendía, en algunos tramos abruptamente. Los muscats le habían contado que aquellas bajadas empinadas y llenas de piedras se llamaban canchales. Aquellas rocosas faldas de montaña eran sorprendentes. Y aún sorprendía más constatar que incluso allí crecían aquellas setas, que emergían entre grandes bloques y en un terreno inclinado. La mayoría eran tan grandes, y tan altas, que si se sentaba en ellas las piernas le colgaban en el vacío, como un niño en la trona.

Cuando llevaba un rato caminando se dijo que un hombre con zapatos de ciudad, y con la punta abierta como la boca de un cocodrilo, no debía perderse por senderos pirenaicos. Estaba a punto de dar media vuelta cuando lo vio: un hilo de humo que se elevaba por encima de una fila compacta de árboles. Siguiendo el humo fue a parar a una pequeña llanura. Y en medio de la llanura había una casa.

Era una casa como la que dibujaría un niño. Planta cuadrada, dos ventanas, una a cada lado de la puerta, un tejado a dos aguas muy pronunciadas y una chimenea de piedra. El humo de una chimenea humana puede ser de muchos tipos. El *ostal* de Cassian, por ejemplo, emitía un humo clandestino, abyecto. Pero este era un humo benéfico: una columnita blanca y nítida que ascendía al cielo recta como un cirio. El edificio estaba rodeado de un precioso murete de piedra seca, de pizarra, como el tejado. El muro no llegaba ni a la cintura de un adulto, así que no era un obstáculo, sino un límite, una manera de proclamar: hasta el muro, el mundo forma parte de la naturaleza indomable de los Pirineos, pero a partir del muro el espacio es propiedad irrenunciable de los hombres. Y para afianzar este principio, detrás del murete se extendía la prueba más rotunda de colonización humana: un huerto. Lo cultivaba un viejo. El hombre levantó el torso y le dijo algo con voz ruda. Era una invitación a cruzar el cercado, casi una orden. Ric-Ric obedeció, reticente. Pero al momento el viejo lo invitó a entrar en su *ostal,* a beber *vincaud* y a comer queso de cabra. El viejo se llamaba así: Viejo.

Dentro lo esperaban un comedor de pequeñas dimensiones, una mujer y un niño. Las únicas mujeres que Ric-Ric había conocido apestaban a sardina. Aquella olía a jabón de romero. Era una mujer rubia que rondaba los cuarenta años. Tenía el pelo de un rubio oscuro, como la miel que lleva mucho tiempo en el bote de vidrio, y el cuerpo delgado y fibroso. Se llamaba Mailís. El niño se llamaba Alban. Y no era un niño normal: de la parte derecha del labio le caía un hilo de baba. En cuanto vio a Ric-Ric se abalanzó hacia él. Lo abrazó por la cintura, con la mejilla derecha muy pegada a su ombligo, como si le auscultara la barriga, y repetía como un autómata:

—*T'aimi força, t'aimi, t'aimi.*

T'aimi significa te quiero. Era un niño perturbado. Ric-Ric no tardó en darse cuenta de que ella era una mujer especial: en las estanterías, rústicas, había libros. La mayoría eran diccionarios de diferentes idiomas, gramáticas... ¡Libros! ¡En los Pirineos! Le resultaba tan extraño ver libros allí como en el fondo del mar.

Mailís lo señaló con un dedo índice imperativo, un dedo inflexible, y le dijo que solo se quedaría a cenar si antes dejaba que le lavaran y le cortaran aquel pelo tan sucio y encrespado. Ric-Ric entendió que aquel dedo simbolizaba su carácter: era maestra de escuela.

De repente, el niño miró a Ric-Ric con inquietud.

—*¿Ont es lo mieu caval?*

Mailís quiso explicarse. Un día el niño había montado un potro. Para Alban había sido una experiencia tan feliz que siempre reclamaba repetirla. Y entonces, después de comer, se produjo un pequeño milagro: la enfermedad del niño y la parte salvaje de Ric-Ric se entendieron. Se sentó con el niño en brazos y le dio palmaditas en la espalda con el amor rudo pero inexpugnable de los gorilas cuando abrazan a sus crías. Y así estuvieron un rato: Alban musitando *«t'aimi, t'aimi»*, y Ric-Ric, ahora con el pelo limpio y corto, diciéndole al oído: «Cuando vuelva te traeré un *caval,* un *caval...*». Entonces Mailís llenó un barreño de agua caliente. Salió y se arrodilló en la hierba. Se remangó y sumergió los antebrazos en el agua humeante. Él la siguió, se sentó en el banco de piedra que recorría la fachada y la miró.

Mailís estaba arrodillada a cinco metros del banco de piedra, enmarcada por las cumbres pirenaicas. Una distancia púdica, suficiente para que ambos fingieran no prestar atención al otro. Pero entre él y ella solo había aire. Era la primera mujer que Ric-Ric veía desde que había llegado a los Pirineos. Miraba sobre todo sus brazos desnudos, muy blancos. Deseaba que se subiera un poco más las mangas, un poco más. Ella, aunque estaba de espaldas, sentía su interés. Y no le desagradaba. Para los hombres del valle, una mujer de cuarenta años ya era tan vieja como las montañas. Y de repente aparecía un extraño que la miraba con deseo. No, aquellos ojos no la molestaban. Se remangó y se mojó los brazos con el agua caliente. Enseguida notó el efecto: una inquietud detrás de ella. Cuando Mailís acabó las abluciones no se dijeron nada. Él parecía más turbado que ella. Se despidió a toda prisa.

Pero volvió. El otoño de aquel 1888 fue testigo de unas cuantas visitas más de Ric-Ric al *ostal* de Mailís. Cuando cruzaba la puerta, Alban saltaba sobre él para abrazarlo.

—¿*Ont es lo mieu caval?*

Ric-Ric le contestaba:

—Pronto, pronto te lo traeré.

Ella lo señalaba con su dedo de maestra de escuela, lo reñía porque llevaba el pelo largo, se lo lavaba y se lo cortaba. Después de cenar él se sentaba fuera, a fumar en el banco de piedra. Y ella, como siempre, se mojaba los brazos en el barreño de agua humeante. De espaldas a él, en el césped, enmarcada por los Pirineos.

Saltaba a la vista que era un individuo tosco, de ideas estrambóticas, pero también era cierto que a aquellas alturas del mundo no se podían elegir las visitas. Y tenía ocurrencias graciosas. Un día salió el tema del potro de Alban.

—¿Por qué no roban uno? —le dijo—. Al fin y al cabo, la propiedad privada es un robo.

Mailís y el Viejo se miraron desconcertados. Tardaron un rato en soltar una carcajada. Ric-Ric nunca aclaró que no era un chiste.

Durante los últimos días de otoño Ric-Ric pensó mucho en Mailís y en su enérgico dedo índice. Imaginaba que un día se atrevería a abrazarla por la cintura. Sin embargo, solo eran fantasías de alguien que vivía en una cueva inmunda, llena de botellas vacías del agreste *vincaud* del valle, robadas al *ostal*. Pero en aquellos días Ric-Ric mantuvo una conversación que lo precipitó todo.

Cassian le comunicó que iba a cerrar el *ostal*. Estaba a punto de llegar el invierno. Ya había tres palmos de nieve, y cuando el frío atacara de verdad, la nieve tendría dos metros de altura. Con los caminos cerrados, el mundo se paralizaba. A aquellas alturas, ni los *ostals* más tercos podían resistir. Así pues, sus habitantes, pocos, se resignaban a retirarse temporalmente. La mayoría bajaban al valle, a la población de la Vella, donde pedían refugio a otros *ostals* amigos y esperaban a que la vida resucitase con la primavera. Como cada año, Cassian tenía previsto cerrar su *ostal* y pasar al lado francés, donde tenía un negocio poco legal de vinos y vinagres. No volvería hasta que los caminos se abrieran y los muscats reanudaran la ruta del contrabando.

A Ric-Ric, que no sabía nada de los usos y costumbres de la montaña, le sorprendió muchísimo aquella evacuación general. O sea, que Mailís, el Viejo y Alban harían las maletas y se dirigirían a la Vella, donde pasarían los meses más fríos. Aquello significaba que no la vería en mucho tiempo. Y, así, decidió hacer la última visita a la casa de Mailís.

Llegó justo a tiempo. El comedor estaba lleno de paquetes y bultos, listos para ser cargados. Cuando Ric-Ric entró por la puerta, la encontró haciendo fardos con sábanas. No era necesario que se dijeran nada. Avanzó y ella retrocedió, indecisa, hasta chocar de espaldas contra la pared.

Ric-Ric estaba a punto de franquear el palmo de aire que separaba sus labios de los de ella cuando la puerta se abrió. Eran el Viejo y Alban, que volvían de la Vella con un carro alquilado que los trasladaría al valle. Ric-Ric, sorprendido, se separó de Mailís, lo que hizo que ella, aún turbada, recuperara el control de la situación. Habló para todos, aunque en realidad se dirigía a él:

—El señor Ric-Ric es muy poco amable con las damas, porque este otoño ha gozado de la hospitalidad de nuestro *ostal* pero aún no se ha dignado invitarme a visitar el suyo. Y eso que mañana nos marchamos al valle y no volveremos hasta la primavera.

Era una forma de ayudarlo a que acabase de concretar la cita. Pero Ric-Ric aún estaba demasiado confuso por la interrupción del niño y el viejo. Tuvo que hacerlo todo ella:

—Pero estoy segura de que mañana me invitará a desayunar si voy a visitarlo de buena mañana.

———•———

¡Una cita con Mailís! Cuando Ric-Ric volvió al *ostal,* Cassian estaba muy ocupado haciendo el inventario y el equipaje. El plan era este: al día siguiente Cassian se iría a Francia; Ric-Ric, como era criado, pasaría el invierno en su cueva, haciendo pequeñas incursiones de mantenimiento en el *ostal.* Solo debía procurar que la nieve no cubriera la puerta. Cassian le dejaba provisiones de sobra.

—*¿D'acòrdi?* Y, sobre todo, sigue picando la pared de la cueva —dicho esto, añadió—: Si encuentras incrustadas unas semillas diminutas, como granos de pimienta, guárdalas en un canuto. ¿Me oyes? Es muy importante. Guárdalas y no se lo digas a nadie.

Tras haber dicho estas palabras, Cassian se quedó mirando el fuego con melancolía. Ric-Ric le leía el pensamiento, su amargura: era descendiente de Filomeno y aún no había encontrado el Poder. ¿Dónde se ocultaba? ¿Dónde? Por la noche Cassian le ofreció una botella de *vincaud.*

—Venga, toma. Porque es la última noche y porque soy un buen amo. Y ahora lárgate a tu *cauna.*

—Gracias, compañero —le dijo Ric-Ric.

Lo que Cassian no sabía, pero la oca sí, era que durante el día Ric-Ric ya le había robado tres botellas, que se había tomado a escondidas. Aquella noche, cuando salió del *ostal,* estaba borracho. Y nevaba. Una cortina de nieve dulce y muda. Los copos de nieve eran tan ligeros que no caían rectos, como las gotas de lluvia, sino haciendo eses en el aire. Tenía frío. Se levantó las solapas del abrigo negro y se caló el bombín hasta las cejas. Miró el cielo: la luna parecía un queso podrido. Y se dijo que los Pirineos lo afeaban todo; que todo lo que lo rodeaba, fueran canchales de piedras angulosas o bosques blanqueados por aquella maldita nieve, estaba lleno de energías hostiles. Todo menos ella.

De camino a la cueva pensó en ella. El alcohol le había enturbiado la mente, pero recordaba a la perfección que Mailís iría al día siguiente, cuando saliera el sol. Había hecho bien citándose con ella en el *ostal* de Cassian en lugar de en su *cauna,* que era un pozo de inmundicias, de hollín y de mantas de piel de cabra manchadas con mil masturbaciones. Debía ser cauto: al día siguiente tendría que llegar al *ostal* antes que ella, esperarla y llevársela enseguida a dar un paseo por el bosque o por donde fuera. Porque la norma más sólida de los contrabandistas los urgía a evitar todo contacto con mujeres. La presencia de una mujer, una *femna,* como ellos las llamaban, provocaba aludes repentinos y detenciones imprevistas. Los muscats eran así: cuanto más irracional fuera una creencia, más creían en ella. Sí, para evitar conflictos y malentendidos tendría que madrugar. Y mucho.

Recorrió el último tramo del caminito que llevaba a la cueva. A ambos lados, pendientes nevadas, boscosas, con árboles jóvenes. Se detuvo en una curva y miró a la derecha. Era una subida de cuarenta y cinco grados salpicada de árboles delgados. Entre los arbolitos, más arriba, había cuatro de aquellas setas grandiosas, agrupadas. Las miró. Y sucedió.

El amor.

Aquella noche, en aquella curva nevada, en el interior de Ric-Ric fructificó un sentimiento nuevo. Mientras miraba aquellas cuatro setas, en lo alto de una ladera, notó una alegría en el pecho. Una fuerza entusiasta, como un polluelo de águila que pugna por salir del huevo. Una alegría que le decía que ella, Mailís, le cambiaría la vida. Y se dijo que aquello, aquella euforia tan nítida, tan insólita, necesariamente debía ser el amor, y que el amor era una especie de revolución interior.

Entonces cayó en la cuenta de que la había invitado a desayunar y no tenía nada para desayunar. Enamorado, borracho, mirando aquellas setas altas y orgullosas, pensó: «Cortaré un buen trozo de seta y lo haré en la estufa, y será como si desayunáramos pastel». Solo a él se le podía ocurrir semejante tontería. Pero así fue y así empezó todo.

Empezó a subir, hundiéndose en la nieve hasta las rodillas, agarrándose a las ramas de los árboles jóvenes, feliz de que a la euforia del *vincaud* se sumara la del amor. Mientras ascendía, el bombín y el abrigo negro contrastaban con aquella nieve tan blanca, plateada por la luna. Las cuatro setas emergían con orgullo vertical. Con cinco dedos expulsó la nieve del sombrero de una de ellas, un sombrero redondo y grande como una mesa de timbas. Aquel sombrero tenía la piel fina y fría, húmeda, con la superficie ligeramente abultada. Quería cortar un triángulo, como la porción de un pastel. La navaja, conducida por la mano de un hombre empachado de alcohol y de amor, hizo una incisión.

En aquel momento se oyó una especie de sonido gutural y ahogado, un mugido lejano. Ric-Ric miró a ambos lados. La noche no ocultaba ninguna vaca. Volvió a concentrarse en lo que tenía entre manos.

Toda la seta temblaba. El movimiento era tan intenso que la nieve de los alrededores volaba por los aires. La navaja, que se había quedado clavada en el sombrero de la seta, oscilaba formando un arco. Y más aún: una fuerza invisible extraía el tronco de la tierra. Al principio pensó en un pequeño terremoto. No: era la seta. De los laterales del tronco, con un ruido de hielo rompiéndose, se despegaron unas tiras de carne. Enseguida adquirieron la forma de miembros, brazos, muchos brazos, que acababan en cientos de pequeñas raíces que hacían de dedos, larguísimos, y que se retorcían como gusanos. Por debajo del tronco emergían manojos de raíces que empezaban a moverse como piernas.

Ric-Ric rodó pendiente abajo. Su cuerpo rebotaba contra los árboles y seguía cayendo, entre gritos y gemidos de miedo y de dolor, levantando una polvareda de nieve y ramas arrastradas. Aterrizó en el camino. Había dejado un surco en la nieve. Y arriba, al principio del surco, estaba la seta, convertida en una criatura que movía todas aquellas extremidades ramificadas, girándolas en todas las direcciones, como si aún no coordinara los movimientos. El cuerpo era un cilindro perfecto. Los brazos y las piernas eran marañas de raíces, cientos de raíces de todos los tamaños. La cabeza, aquel enorme disco, giraba sobre el eje del cuello. Ric-Ric, asustado, se dio cuenta de que la seta lo miraba. Porque aquello, fuera lo que fuese, tenía ojos. Al menos uno.

Un ojo sin párpado. Y ahora aquel ojo lo enfocaba. Un ojo con la forma y las dimensiones de una nuez, pero amarillo. La navaja seguía clavada justo en el punto donde debería estar el otro ojo. La herida supuraba un líquido ambarino. Durante unos segundos Ric-Ric se quedó donde estaba, a cuatro patas, hipnotizado por aquel ojo amarillo y brillante. Incluso vio, en el centro del globo ocular, una pupila negra que se dilataba. La criatura se mantenía recta, quieta, con los brazos abiertos y las piernas separadas, observándolo fijamente, entre los copos de nieve que caían, bajo la luna. Era enorme. Ahora que las piernas-raíces habían emergido de la tierra, debía de rozar los dos metros. La voluminosa cabeza en forma de lenteja oscilaba, insegura. Se miraron el uno al otro durante un tiempo indefinible. Ric-Ric de rodillas y el monstruo allá arriba, iluminado por los rayos lunares. El encantamiento no se deshizo hasta que la seta abrió la boca: por debajo del ojo se entreabrió una mandíbula vegetal, y un gemido inhumano se extendió por el bosque.

Ya tenía bastante. Ric-Ric se levantó y echó a correr, gritando horrorizado. ¡La *cauna*, la *cauna*! La cueva: entrar y cerrar la puerta tras de sí, no pensaba en nada más. Pero estaba tan borracho que tropezaba y se caía, se levantaba, daba tres o cuatro pasos y volvía a caerse. Nunca había tenido tanto miedo. Nevaba. La nieve le entraba en los ojos, como si quisiera cegarlo. Tropezó y fue a parar al suelo, largo como un tablón. Se arrodilló. Miró atrás.

La noche y la nevada le impedían ver más de veinte metros de aquel caminito pirenaico, que en la noche se fundía como un túnel. No veía nada, no oía nada: en el Pirineo las nevadas eran silenciosas como serpientes. De la boca le salían nubes de vaho. Y no, no veía la maldita seta, no estaba. «Estoy demasiado borracho —se dijo sujetándose la cabeza con las dos manos—, el *vincaud* trastorna, debe de ser eso». Llevaba tanto rato en aquella postura que se le habían congelado las rodillas. Y de repente oyó unos ruidos.

Más allá de la curva; una voz gutural que se acercaba. Gritos estridentes, ni humanos ni animales. Y por fin, entre las sombras de la luna, apareció aquello, el monstruo.

¡Oh, era inmenso! Corría sin control, arañando el aire con las manos, con unos miembros que acababan en raíces largas y ganchudas como picos de buitre. E iba hacia él. ¡Sí! ¡Hacia él! Impulsado por unas piernas larguísimas, fuertes, duras y a la vez contradictoriamente flexibles; unas piernas formadas por docenas de raíces, una especie de tentáculos que no eran ni blandos ni rígidos, o que eran rígidos y blandos a la vez, y que lo propulsaban con una fuerza enloquecida.

¡Levántate y corre, Ric-Ric! ¡Corre, corre! ¡Hazlo!

El monstruo se movía con una energía tan poderosa y al mismo tiempo tan desbocada que tropezaba, incapaz de coordinar aquella maraña de brazos y piernas, perdía la estabilidad y se caía con un estrépito de materia densa y dura. Media cabeza se hundía en la nieve como la punta de un balón de rugby, y todo el cuerpo se convulsionaba en una especie de ataque epiléptico violentísimo, esparciendo oleadas de nieve que formaban remolinos. Al momento volvía a ponerse de pie. Miraba a su alrededor, desorientado, hasta que el pequeño y maligno ojo amarillo localizaba la espalda de Ric-Ric, el abrigo negro y el sombrero, que destacaban en la blancura como un escarabajo, y reanudaba la persecución. De aquella boca salían unos chillidos horribles, agudos, como de bestia dolorida. ¡Corre, Ric-Ric! ¡Te va la vida en ello!

Llegó al arroyo de delante de la cueva. Pese a la borrachera, cruzó la pasarela sin dudar. La seta lo perseguía, cada vez más cerca, cada vez más cerca de su espalda. Y entonces, un golpe de suerte: cuando el monstruo estaba ya cruzando el arroyo, sus pies, aún poco hábiles, resbalaron en el tablón que hacía de puente. Cayó al agua con un largo grito de frustración.

El arroyo no era muy profundo, pero tenía la fuerza de una catarata. El agua lo arrastró entre olas de espuma blanca y lo empujó cruelmente contra las rocas que emergían. El arroyo se llevaba a aquella criatura. Ric-Ric a duras penas veía alguna parte de aquel cuerpo monstruoso emergiendo y volviendo a sumergirse, con chorros de agua entrándole por la boca abierta. Los infinitos dedos de las manos y los pies se agitaban en movimientos espasmódicos. Mojado, aquel cuerpo parecía de caucho; y las mil extremidades, asquerosas serpientes acuáticas. Sí, la corriente se lo llevaba. Al verlo, Ric-Ric se echó a reír, una risa nerviosa; una risa de hombre aliviado, de hombre salvado.

No.

La seta se aferró a una roca, una gran roca de la orilla. Docenas de manos se adhirieron a la piedra como telarañas de carne. «No, por favor», pensó Ric-Ric. Cuando vio que los tres codos de cada brazo se flexionaban, cuando entendió que la fuerza conjunta de aquellos brazos aberrantes era superior a la del arroyo, no esperó más. Corrió.

Recorrió el último tramo: un pasadizo entre dos paredes de roca que llevaba a su *cauna*. Al fondo ya aparecía la entrada de la cueva. Giró la cabeza: la seta ya había aprendido a mover las patas con más disciplina; ahora corría como un demonio, acortaba distancias a una velocidad aterradora.

¡No mires atrás, Ric-Ric, no mires! ¡A la *cauna*, a la *cauna*!

Entró como una exhalación. Tenía tanto miedo, e iba tan embalado, que no pudo frenar. Tropezó y fue a parar de cabeza contra la pared del fondo, la que cada noche picaba por orden de Cassian. Cayó hacia atrás y los huesos del cuello retumbaron contra el suelo con un ruido de piedra contra piedra. La puerta se había quedado abierta, mecida por el viento como un viejo balancín.

CAPÍTULO III

El déspota Cassian muere por un arrebato de Ric-Ric

Cuando se despertó, la seta seguía allí. Tras toda una noche inconsciente, Ric-Ric abrió los ojos y vio al monstruo, justo delante de él. Dentro de la cueva.

Cauna. La palabra encierra resonancias de refugio, de hogar humano previo a la sociedad de los hombres. Todos los fetos viven en una *cauna* caliente y feliz. Por eso el despertar de Ric-Ric fue tan cruel: ningún hombre se ha llevado nunca un susto tan horrible y abismal al abrir los ojos, porque cuando Ric-Ric recuperó la consciencia, la seta estaba dentro de su cueva fría y gris. Un monstruo rígido, con la mirada fija en él, con la navaja aún clavada en el ojo. Ya era de día, pero allí dentro los contornos de la seta se fundían con las oscuridades de la pared irregular de roca.

Ric-Ric soltó un grito breve, «¡Arj!», como de ardilla atrapada. Era imposible estar más indefenso: tendido, boca arriba y con la nuca pegada al suelo por su propia sangre, reseca. Y encerrado en una celda de piedra, con una criatura aberrante entre él y la puerta. «¡Arj!» Extendió un brazo instintivamente para coger el atizador de la estufa e interpuso aquella delgada barra de hierro entre él y la seta, como una espada. Hacía horas que el fuego de la estufa no crepitaba, apagado. El único ruido era la respiración de Ric-Ric, su jadeo exasperado: «¡Arj, arj!».

Solo lo consolaba una cosa: que la seta no había aprovechado su inconsciencia nocturna para asesinarlo. En realidad, se mantenía tan inmóvil que habría podido ser la obra de un taxidermista loco. Su perfil, los brazos y las piernas de raíces gruesas y delgadas, se fundía con las penumbras de la roca. La seta no emitía ningún sonido, no se movía. Ric-Ric estaba aprisionado en un espacio cúbico, rocoso y minúsculo, y entre él y la puerta había un monstruo amorfo. Y, por toda defensa, una barrita de hierro. ¡Arj! ¡Arj, arj, arj!

Pasaron unos minutos interminables y los dos seguían allí, la seta inmóvil y Ric-Ric con el atizador levantado, jadeando como si se ahogara. Y sin saber qué otra cosa podía hacer.

Con la mano libre se frotó la herida de la nuca. Había perdido mucha sangre. El charco rojo y untuoso del suelo no engañaba. Mierda. Pero no quería distraerse: levantó un poco más el atizador contra el monstruo. Al rato de tener el brazo levantado, empezó a dolerle. Además, al fin y al cabo quizá fuera una defensa innecesaria: durante la noche, la seta había tenido la oportunidad de matarlo, y seguía vivo. Algo quería decir. Despacio, muy despacio, bajó la barra de hierro. El monstruo no reaccionó. Ric-Ric vio su tabaco en la ranura natural de la roca que utilizaba como cajón. Cogió el papel y el tabaco y se lio un cigarrillo. Necesitaba pensar. Se sentó en la cama y fumó mientras observaba la seta; mientras se observaban mutuamente.

El líquido amarillo que brotaba de la herida del ojo de la seta se había secado y formaba una costra purulenta alrededor de la navaja. El otro ojo estaba indemne. Y lo miraba. La pupila era un puntito negro que flotaba en un mar de ámbar líquido. Sí, aquel ojo amarillo, con forma de nuez y, lo peor de todo: sin párpado. Ric-Ric no pudo evitar estremecerse, dejó caer el cigarrillo y lo pisó. Y entonces, al extinguirse el humo, enseguida notó que el olor a tabaco era sustituido por una fragancia a bosque, dura y abrumadora. Era más que un simple olor, mucho más; era una vibración, una emanación, no sabía cómo llamarlo.

Con precaución, muy despacio, se acercó a la seta para observarla mejor en la semipenumbra de la cueva. Se atrevió a frotar el tronco cilíndrico con la yema del dedo índice. El monstruo le dejó hacer, sin inmutarse, y Ric-Ric fue perdiendo el miedo.

Una vez superado el susto inicial, la curiosidad sustituyó al temor. Lo único que recordaba era que un corte, la incisión de la navajita en el sombrero de la seta, parecía haber causado aquel fenómeno, el desarraigo del monstruo. Empezó a palparlo. Era un coloso de carne vegetal, muy alto: medía dos palmos más que él o más. La parte inferior del cuerpo, de cintura hacia abajo, había estado sumergida en la tierra hasta el instante del desarraigo. Un coloso, en efecto, pero nada agraciado. Tenía varios brazos y varias piernas, si aquella suma de miembros que salían del tronco podía llamarse así. Se prolongaban en dedos, una infinidad de dedos, que en realidad eran raíces, raíces que se dividían, se bifurcaban y volvían a dividirse: de un dedo salía otro, de este otro, y así cientos de dedos-raíces de carne vegetal, y en la punta de cada raíz tenía como espinas ganchudas, temibles y afiladísimas. En la parte inferior del tronco, cilíndrico, una entrepierna en la que no se veía ningún sexo, nalgas ni agujero anal. Y debajo salían unas piernas formadas por mil raíces. El pie derecho terminaba en un manojo de dedos, mientras que la pierna derecha estaba formada por tres gruesas ramas en forma de trípode. Quizá lo más anómalo fuera aquel pequeño detalle: convertía al monstruo en un ser asimétrico, y la mente humana odia los cuerpos asimétricos.

Ric-Ric, más confiado, empezó a explorar aquel cuerpo como un niño con un juguete nuevo. La seta, inexpresiva, dejaba que el hombre tocase su piel húmeda y su carne dura. El cilindro del cuerpo era perfectamente redondeado; la superficie solo se veía alterada por viejas plantas trepadoras, unos tronquitos delgados pero firmemente adheridos que recordaban a antiguos crustáceos en el cuerpo de una ballena. Ric-Ric utilizó una piedra como taburete: desde aquella altura podía pasarle la mano por la cabeza. Todo el cráneo era una superficie pulida, fría al tacto, con ligeros relieves y desniveles. Lo más asqueroso era que la piel estaba cubierta de una mucosa que se pegaba a los dedos como la baba de una babosa. Puaj.

Aunque buena parte del cuerpo era de color yema de huevo, por la cabeza y los brazos se extendían manchas difuminadas de un verde oscuro, mate, con tonos turquesa. Ric-Ric le pasó una mano por la barbilla y notó unas membranas en forma de filamentos radiales. La boca se abría debajo de los ojos. Se atrevió a bajarle la mandíbula inferior con dos dedos, como si fuera un dentista. Pasó los dedos por la cavidad bucal. Dentro vio espinas que hacían la función de dientes, tres hileras de espinas compactas, perfectamente alineadas. No se atrevió a introducir más los dedos. Pero miró, y al fondo de la boca, al fondo del todo, le pareció ver una masa de carne, como una lengua negra y babosa que se retorcía sobre sí misma y latía, latía como un corazón. Se apartó horrorizado.

Era un hombre demasiado limitado para analizar lo que le estaba pasando: que en su cueva había una seta, una seta gigante que caminaba y tenía los ojos de color amarillo. Un ojo, de hecho, que lo observaba y lo seguía. ¿Qué podía hacer él? Nada. Era un hombre limitado, pero no tanto como para no reconocer sus limitaciones.

Y entonces, cuando el monstruo había dejado de ser una amenaza, pensó en ella.

Mailís. Oh, Dios mío. Se habían citado a primera hora y había estado inconsciente toda la noche. Salió de la *cauna*. Seguía nevando. Allá arriba, muy arriba, detrás de capas y capas de niebla, se veía la esfera del sol, casi opaca. En cualquier lugar del mundo, el sol vertical indica que ya es mediodía. Y se habían citado a primera hora. Oh, no. Oh, no.

Oh, no. ¡Mailís! Tenía una cita con la mujer más adorable de los Pirineos, y un monstruo horripilante lo retenía. ¡Mailís! Pensó en sus brazos blancos; lo más diferente de aquellos brazos blancos y suaves eran los infinitos brazos de aquel monstruo. ¿Cómo iba a disculparse? Se puso el bombín a toda prisa, salió de la *cauna* y entonces se dio cuenta de que la seta lo seguía.

El monstruo estaba cruzando la puerta de la *cauna* como una gran araña que emergiera del fondo de la tela. Se adhería al marco de piedra de la puerta con aquella maraña de manos y pies, y bajaba la cabeza para pasar por el estrecho umbral. Ric-Ric entendió que la seta se movía cuando se movía él. La ansiedad le dio ganas de orinar. Mientras rociaba una pared exterior de la cueva con un chorro de orina caliente, con la seta observándolo sin moverse, se le ocurrió un truco infantil.

Entró en la *cauna,* y la seta, aún torpe con las patas, lo siguió. Una vez dentro, Ric-Ric echó a correr, salió de la cueva, cerró la puerta y la afianzó con una roca muy grande en la base. La seta, que aún no controlaba del todo su cuerpo, se quedó dentro, atrapada. En la puerta había una pequeña ranura a la altura de los ojos para ver si alguien se acercaba. Ric-Ric la utilizó para mirar la cueva por dentro.

Ahora que Ric-Ric no estaba, la seta parecía perdida. Se movía de un lado a otro, cada vez más deprisa, buscándolo. Se había vuelto loca. Empezó a mover los brazos y a tirar las miserables pertenencias de Ric-Ric. Al final giraba y giraba sobre su eje, retorciéndose como una bruja en la hoguera. Toda la cueva parecía sometida al poder de un huracán interior.

Pero Ric-Ric solo pensaba en ella, en Mailís. Antes de marcharse quitó el pedrusco con el que había afianzado la puerta. Se dijo que si dejaba el pestillo abierto, tarde o temprano la seta acabaría encontrando la salida y se marcharía. Hacia el bosque o montaña arriba, adonde fuera, no le importaba. Solo podía pensar en ella, no en monstruos desarraigados.

Echó a correr hacia el *ostal* de Cassian y en un momento, jadeando, se plantó delante del edificio. Tuvo un mal presentimiento. No le llegaban los malos olores habituales: olor a carne ahumada, a humanidad gregaria, a sudores recalentados y esparto viejo. Como si la presencia de Cassian, todo lo que su establecimiento significaba, se hubiera desvanecido. Entonces recordó que aquel era el último día antes del invierno, que Cassian cerraba y atrancaba el *ostal* y se iba a Francia.

No quedaba nadie. Solo Cassian, en la explanada de delante del *ostal,* despellejando conejos. Era más fácil cargarlos muertos que vivos, así que los había matado a todos, dos docenas largas, y ahora les arrancaba la piel con movimientos rápidos y muy hábiles. Tenía dos pilas de conejos muertos: los que esperaban a que los despellejaran y los que ya solo eran un alargado cadáver de carne roja. A todos les faltaba un ojo: Cassian se los había sacado con el dedo para que se desangraran. La Oca Calva se bebía la sangre. La chupaba del suelo con el pico, a grandes sorbos. Al ver a Ric-Ric empezó a ladrar con las alas abiertas. ¡Cra, cra, cra!

Cassian se enfureció. ¿Dónde se había metido? ¡Era el último día antes del invierno y se quedaba dormido! Ric-Ric preguntó por ella.

—*¡Femnas!* —masculló Cassian.

Los ojitos negros de Ric-Ric miraron a Cassian como dos amenazas.

—No es una puta —dijo.

Cassian tiró con fuerza de la cabeza de un conejo y la piel de todo el cuerpo salió como un calcetín.

—¡Pues ahora sí! —gritó—. Los muscats no pueden ver mujeres durante el contrabando. ¡Y tú lo sabías! Ahora ya es una puta.

¿Qué intentaba decirle? Cassian, blandiendo el conejo despellejado, una carne roja sin orejas, dijo las siguientes palabras:

—Nueve muscats se la han follado, uno tras otro. ¡Antes de marcharse le han abierto las piernas como un compás! ¡Ahora es puta y muy puta!

Mailís. Los muscats. Su retraso. Nueve muscats.

Cassian se reía. Ric-Ric abría y cerraba la boca sin decir nada. Cassian se dio cuenta de que Ric-Ric lo miraba con odio, pero no vio el peligro. Siempre había sido un siervo cobarde, con ínfulas de revolucionario, pero más sumiso que un ternero. Lo que Cassian no entendía era que el odio es como los ríos: cuanto más profundo, menos ruido hace.

Ella. Mailís. Nueve muscats.

Los ojos de Ric-Ric se fijaron en la pila de conejos muertos. Le dio un arrebato: cogió uno y, utilizándolo como una porra, golpeó a Cassian, una, dos, tres veces. El otro, más ofendido que dolorido, solo decía:

—¿Qué haces, vago del demonio?

Hasta que uno de los golpes le dio en la boca. Aquello lo sacó de sus casillas. Cassian cogió otro conejo y empezó a golpear a Ric-Ric. Mientras se molían a palos, resbalaron y cayeron en la nieve sucia, pero desde el suelo siguieron peleándose a golpes de conejo. La Oca Calva, nerviosa, corría batiendo las alas y gritando a Ric-Ric. Los conejos que empuñaban habían ido descoyuntándose, ya no tenían forma, estaban deshechos, pero ellos se arrodillaron y siguieron agrediéndose.

—¡Explotador, burgués! —gritaba Ric-Ric.

Vio una estaca de madera bastante gruesa. La cogió y atacó como si blandiera una lanza, intentando clavársela en las tripas a Cassian, que consiguió empuñarla por el otro extremo. Y mientras estaban así, cada uno tirando de una punta de la estaca, se dieron cuenta de que, sin saber exactamente cómo, aquella absurda pelea se había convertido en una lucha a muerte. De pronto, a los dos se les ocurrió lo mismo: olvidaron la estaca y corrieron hacia el *ostal:* el que consiguiera apoderarse del Lefaucheux mataría al otro.

Cassian era más alto, tenía las piernas más largas y corría más deprisa. Pero el cuerpo rechoncho y compacto de Ric-Ric le proporcionaba un mayor equilibrio: empujó a Cassian por las caderas, como si fuera un jabalí embistiendo. Cassian rodó por el suelo, y él siguió corriendo y lo adelantó.

Ric-Ric entró en el edificio y saltó detrás del mostrador: el Lefaucheux estaba allí, debajo de la barra. Se levantó con el arma en las manos. Justo a tiempo. La silueta de Cassian se recortaba en la puerta. Ric-Ric apuntó. La oca entró por una ventana. Aleteaba, ladraba y corría entre los dos duelistas.

—¡No está cargada, idiota! —se rio Cassian.

Ric-Ric dudaba, nunca había disparado un arma.

De repente, la oca saltó a la barra e intentó picotear a Ric-Ric, que instintivamente apretó el gatillo. Sí que estaba cargada.

Una detonación seca: *¡bum!* Y otra: *¡bum!* Humo blanco, cegador. Bajó el arma. La humareda blanca le impedía ver nada. Cuando el humo se disipó, Cassian ya no estaba. La oca tampoco. Ric-Ric salió a perseguirlo. Nueve hombres habían atacado a la única mujer decente que conocía, a la mujer más guapa de todos los Pirineos. Alguien tendría que pagar por ello. Los muscats no estaban; Cassian sí. Lo mataría.

Lo vio a lo lejos. Cuando a alguien lo disparan, es capaz de correr a una velocidad extraordinaria, aunque esté herido: iba dejando un rastro de sangre oscura en la nieve.

Unas docenas de metros más allá, la capa de nieve que separaba al perseguidor del perseguido ya era virgen. El camino descendía y Cassian corría. Ric-Ric volvió a disparar. Cassian corría cada vez más, se alejaba. Dos disparos. *¡Bum, bum!* Las detonaciones resonaban en las montañas. *¡Bum, bum!* Las largas piernas de Cassian lo alejaban de Ric-Ric, porque, como sucede en todas las batallas, el vencido siempre corre más que el vencedor. Pero Ric-Ric disparó la sexta bala y, pese a la distancia, vio que un lado de la cabeza de Cassian salía volando y que se elevaba un surtidor de sangre, como la lava de un volcán en miniatura. Cassian cayó. Se arrastró con los codos, con los gestos sonámbulos de los agonizantes, y rodó por una pendiente muy inclinada y llena de nieve. Ric-Ric se acercó resoplando.

Lo vio al fondo del barranco, inmóvil y medio enterrado en la nieve. Un largo surco de sangre oscura sobre el blanco impoluto marcaba el recorrido que había hecho su cuerpo. Ric-Ric hizo una mueca de asco y a continuación pronunció el único epitafio que se le ocurrió:

—Que te den por culo, explotador capitalista.

Volvió al *ostal* jadeando. Cra... cra... cra... La oca aún rondaba por allí. El animal intentó cerrarle el paso, pero lo apartó de una patada, con un gesto de desprecio. Una vez dentro, volvió a cargar el Lefaucheux. Las balas estaban guardadas en unas cajitas de cartón muy agradables de ver y de manipular. Las sacaba una a una y las introducía en el cargador redondo. «¡Cra, cra, cra!», ladraba la oca fuera, como acusándolo del asesinato de su amo. «Ahora verás, oca colaboracionista con el capital», se dijo Ric-Ric saliendo del *ostal* con el arma en la mano.

Estaba muy orgulloso de haber alcanzado la cabeza de Cassian a casi veinte metros de distancia. No estaba nada mal para alguien que disparaba un arma por primera vez. Quizá hubiera nacido para ser pistolero. La oca estaba furiosa. Quería morderle detrás de las rodillas, como siempre. Para ello intentaba rodearlo, colocarse detrás de él. Ric-Ric la apuntaba torpemente, girando mientras el animal orbitaba a su alrededor. Disparó: *¡bum!*

Al oír el disparo, la oca, que era calva pero no idiota, huyó despavorida, protestando con cra-cra-cras indignados.

¡Bum, bum!

La oca se movía en zigzag. *¡Bum, bum, bum!*

Mierda.

El revólver se había quedado sin munición y la puñetera oca huía, indemne, corriendo por la nieve como un santo por encima del agua. ¡Cra, cra, cra!

Vale, había alcanzado a Cassian a veinte metros. Pero quizá solo hubiera sido un golpe de suerte. Pensándolo bien, quizá fuera el peor pistolero de los Pirineos.

———•———

No sabía qué hacer. Se sentó a la barra y vació media botella de *vincaud*. La violencia se había extinguido, como los aludes, que acaban descansando en el valle, y ahora su pensamiento volvía a ella. Mailís. Tenía que ir a verla, tenía que ocuparse de ella, disculparse. Pero ¿qué podía decirle? Nueve hombres, nueve hombres brutales la habían violado. Si él hubiera estado donde tenía que estar, aquello no habría sucedido. De acuerdo, él no tenía la culpa de que una seta monstruosa hubiera emergido de la tierra. Pero también se dijo que solo a un borracho se le podía ocurrir pinchar el sombrero de una seta gigante en plena noche. Al final concluyó: eres un imbécil, Ric-Ric.

Una botella y media de *vincaud* después, hizo lo que le dictaba su instinto: decidió coger lo más indispensable y volver a la *cauna*. A atrincherarse para pasar el invierno escondido del mundo.

Oyó relinchos. Procedentes del establo. Ah, sí, el burro. La montura de Cassian. Solo lo utilizaba dos veces al año, para irse y volver al *ostal* cuando empezaba y acababa el invierno. Pero ahora Cassian estaba muerto. Así que Ric-Ric se dijo que podría utilizarlo para volver a la cueva. Cargó dos alforjas con botellas de *vincaud,* secallonas y bulls que encontró colgados en la despensa, una gran habitación detrás del mostrador, y por último se subió también él. Todo fue bien hasta que estuvieron cerca de la *cauna*.

Cuando ya recorrían el último tramo, el burro se detuvo en seco. Ric-Ric lo espoleó cruelmente, arre, arre, hasta que el animal se sublevó, bramó y dio coces al aire. La reacción fue tan violenta que jinete y alforjas rodaron por el suelo. Algunas botellas se rompieron, y Ric-Ric maldijo al animal, que huyó entre relinchos.

Nunca había visto una bestia tan alterada. Pero no tuvo que preguntarse por el motivo: miró la puerta de la *cauna,* cerrada, y un golpe de aire le hizo llegar el olor, aquel olor. Un olor intensísimo, suntuoso, a bosque primordial.

La pelea con Cassian y el destino de Mailís habían apartado sus pensamientos de la seta. La había dejado en la *cauna*. ¿Seguiría allí? Oh, no, por favor, no.

Miró la puerta de la cueva, al fondo de un callejón natural de piedra. El viento, aprisionado entre aquellas paredes de roca, silbaba como el alma de un lobo muerto. No quería saber qué había detrás de la puerta, no quería.

Además, averiguarlo tendría un coste: cruzar los veinte metros que lo separaban de la entrada a la *cauna;* empujar la puerta, oír el chirrido de las bastas bisagras y mirar dentro. Y no quería mirar.

Pero fue. ¿Por qué? Porque no podía no ir. Lo único que le quedaba en el mundo era una *cauna* oscura, húmeda e inhóspita. Pero cuando el invierno de los Pirineos está a punto de llegar, cuando se acerca un frío más doloroso que el ardor del infierno, los hombres se esconden en cualquier refugio, aunque dentro pueda haber un monstruo. Así pues, Ric-Ric se dirigió a la cueva, empujó la puerta y, con todo el pesar del mundo, entró. Y miró.

La seta seguía allí.

CAPÍTULO IV

El monstruo tuerto y Ric-Ric entablan relaciones de lo más peculiares

Fuera de la cueva, la ventisca aullaba, furiosa y estridente. Dentro, la estufa de hierro tenía una llama granate y triste que iluminaba aquel cuerpo monstruoso: la seta. Los Pirineos nunca habían visto perfiles tan sinuosos. Estaba quieta, pegada a la pared de delante de la cama, la más oscura y alejada de la estufa: la luz de las llamas llegaba al monstruo parpadeando y reflejando claroscuros. La cabeza estaba encajada en las cavidades del techo de roca como un pie en un zapato. La infinidad de raíces que le salían de los lados del tronco se fundía con las paredes. El monstruo estaba tan inmóvil que de vez en cuando Ric-Ric olvidaba su presencia, como los tumores que parece que no existen porque no causan dolor. Lo más ominoso de todo: el ojo, aquel ojo amarillo que miraba fijamente al ser humano.

El día anterior la seta se había dejado tocar, así que no suponía ninguna amenaza. Al menos no mostraba ningún instinto violento o agresivo. No, aquella bestia irreal quizá no le fuera a hacer daño, pero le había traído la desgracia: Mailís violada y Cassian muerto. Y todo porque aquella criatura se había cruzado en su camino.

Recordaba todo aquello dando tragos y más tragos de *vincaud,* sentado de cara a la estufa. El alcohol lo puso melancólico, y los hombres melancólicos cantan, aunque sea con abulia. Todos los borrachos se saben alguna canción; todos menos Ric-Ric. Él solo se sabía media, y además era una canción de lo más idiota. Y a la luz de una estufa vieja y triste parecía aún más idiota. Con la voz desanimada de los borrachos, cantó:

Baixant de la font del gat,
una noia una noia,
baixant de la font del gat,
una noia i un soldat.
Pregunteu-li com se diu...

Y aquí acababa la canción idiota, al menos el trozo que se sabía. Le parecía recordar que la chica se llamaba «Marieta», incluso «Marieta de l'Ull Viu», que rimaba con «com se diu», pero no estaba seguro: con el alcohol, la cabeza le daba vueltas. ¿Marieta del ojo vivo? Ninguna mujer tenía un ojo más vivo que el de la seta. Una pequeña esfera amarilla, la única parte del monstruo que parecía animada. Pero ¿qué alma podía contener un ojo como aquel, un cuerpo como aquel? Ric-Ric se quedó un buen rato mirando fijamente el ojo amarillo, el puntito negro de la pupila. No tenía nada mejor que hacer que observarlo. Al final, casi podía afirmar que el monstruo tenía facciones, como si el esfuerzo para desarraigarse hubiera conferido carácter al espacio facial delimitado entre la boca y los ojos. La boca, por ejemplo, carecía de labios, pero formaba una especie de rictus como de tristeza contenida. Y alrededor de los ojos, del sano y del mutilado, se extendía una corteza vegetal que recordaba la mueca que hacen los niños cuando aguantan el llanto. No, no era un niño: cuando se miran mucho rato las nubes, también se ven cosas, y no son nada.

Aquel primer día del invierno de 1888, mientras Ric-Ric se emborrachaba, nevó desde la primera hora hasta la última. Millones y millones de copos de nieve caían y caían como si en el cielo se hubiera abierto una compuerta. Ric-Ric volvió a cantar la canción idiota. Cuando ya estaba totalmente ebrio, se enfrentó a la seta. Discutía con ella, como si estuviera en una taberna. Con voz pastosa interpelaba al monstruo sobre la letra, la letra de la canción: ¿qué coño tenía que ver una fuente con un gato? ¿La fuente era del gato? Los gatos no tienen fuentes, no tienen nada. ¿Y qué pintaba el soldado de los cojones? ¿Eran novios? ¿Ella era puta?

—Tú, seta, ¿qué piensas? —preguntaba al monstruo.

Pero la seta no contestaba, no se movía, no replicaba. Por más que Ric-Ric, borracho, le gritara, le escupiera o la empujara con las dos manos.

Sin embargo, a fuerza de estar sentados uno delante del otro, mirándose mutuamente, Ric-Ric acabó sintiendo una especie de compasión por el monstruo. Al fin y al cabo, tenían algunas cosas en común: los dos habían acabado en aquella cueva pirenaica sin saber del todo cómo, los dos vivían al margen de la sociedad de los hombres. Y los dos eran muy feos. Ric-Ric lo pensaba y se reía mirando la botella de vidrio verde.

El monstruo aún tenía la navaja clavada en el segundo ojo, hasta el mango. Era asqueroso. No podía quedarse ahí para siempre. Pero cualquier criatura reaccionaría violentamente si intentaban arrancarle un hierro clavado. ¿La seta también? ¿O era una forma de vida como las esponjas, amorfa e insensible?

—Ahora intentaré ayudarte, compañero —le anunció—, así que no te pongas nervioso.

Dejó la botella, se acercó a la seta y aferró el mango con los cinco dedos, indeciso. Extrajo la navaja despacio, muy despacio. Unos instantes eternos. Pero salió. Limpiamente.

La seta no se había movido ni había protestado. Ric-Ric le dio unos golpecitos en el tronco cilíndrico, como si fueran viejos amigos.

—Muy bien —y añadió—: Creo que serás un buen militante del Ideal. ¿Has oído hablar alguna vez de Bakunin?

No se lo podía creer: estaba disertando sobre el Ideal libertario con una seta. Pero tampoco tenía nada mejor que hacer, así que se pasó el día bebiendo y explayándose sobre el progreso social y la revolución futura. Por desgracia, la seta era un tertuliano de lo más aburrido: no replicaba, ni asentía, ni le llevaba la contraria. Le dio un golpecito amistoso en el tronco, frío y mucoso.

—No serás un puto revisionista, ¿verdad? —le dijo riéndose.

Por la noche, derrotado por el alcohol, se dejó caer en el colchón y se acurrucó debajo de tres mantas de piel mugrientas y demasiado finas. Entendió que aquella noche dormiría acompañado. Pero no sería con Mailís. Levantó medio cuerpo, como para desear buenas noches a aquel compañero de habitación forzoso.

Seguía allí, al fondo de la cueva. La espalda contra la pared de piedra húmeda, perfilado por las penumbras y los reflejos de la estufa. Escrutándolo con su ojo amarillo. La seta y sus facciones de niño triste, un niño inconsolable. Sin la navaja clavada aún era más evidente la diferencia entre un ojo, tan brillante, y la cuenca vacía del otro. Ric-Ric dijo:

—Compañero: si lo pensamos bien, eres la primera seta tuerta del mundo.

Y se tapó con las mantas partiéndose de risa.

—¡Tuerto, tuerto, tuerto! —decía riéndose con la voz ahogada por las mantas y los pedos.

—•—

El invierno llegó de la mano de una gran nevada. Nevaba de día y de noche, sin pausas y sin freno. La única ocupación de Ric-Ric consistía en abrir la puerta de la *cauna* dos o tres veces al día para asegurarse de que no se acumulara demasiada nieve y la bloqueara. Daba unas cuantas paladas y volvía a entrar.

La seta se limitaba a estar ahí, arrimada a la pared como un crustáceo. No respiraba. Ningún pulmón habitaba en aquel torso largo y cilíndrico, y en consecuencia no lo animaba ninguna inhalación o exhalación. Pero lo peor era el ojo, aquel foco amarillo clavado en Ric-Ric. Un ojo que todo lo veía, que mantenía al humano bajo observación perpetua. No tenía párpados, de manera que su mirada era como un rayo interminable. En aquel espacio diminuto, la cabeza ovalada de la seta solo tenía que moverse unos grados para mantenerlo bajo vigilancia. Siempre. Porque la seta nunca dormía. La tercera noche, Ric-Ric ya podía afirmarlo con total certeza. No dormía, no comía y no bebía. Ric-Ric sí. Comía, bebía, fumaba y defecaba delante de ella. Tenía algo de humillante el hecho de que hasta el rincón más íntimo de su anatomía, de sus secretos corporales, estuviera sometido al escrutinio incansable de un monstruo con cara de niño lloroso.

Al cuarto día de invierno ya estaba harto de la presencia de la seta tuerta, del ojo que todo lo veía. De sus silencios, de su observación acrítica e ininterrumpida. Ric-Ric se enfrentó a ella. Le puso la pala en las manos, encima de cien largos dedos, y le dijo:

—Si quieres compartir mi *cauna* debes participar equitativamente en las tareas. A partir de ahora limpiarás la nieve de la entrada. En mi cueva no pienso tolerar a ningún plutócrata —gritó de repente—. ¿Lo has entendido?

Pero el monstruo se limitaba a mirarlo con aquella cara de niño triste. Ric-Ric se enfureció. Le explicó a gritos que quitar la nieve que amenazaba con bloquear la puerta era de interés común. Mientras lo regañaba, repitió tantas veces la expresión «¡tuerto, tuerto de los cojones!» que al final acabó refiriéndose a la seta sencillamente como «Tuerto».

Ric-Ric se dijo que quizá, más que una disertación, lo que Tuerto necesitaba era un ejemplo, así que se lo llevó afuera. Se agachó con su bombín y su abrigo negro, y quitó nieve con manos y brazos mientras gritaba:

—¡Así, se hace así!

Después lo empujó por las caderas, o al menos por donde un ser humano tendría las caderas, y lo animó a imitarlo. Le costó, pero al final la seta entendió lo que pretendía. Y no necesitaba la pala: empezó a mover sus brazos interminables como si fueran escobas gigantes, y en un instante retiró la nieve de la puerta y siguió y siguió limpiando el pasillo de roca que comunicaba la entrada de la cueva con el arroyo, cien metros más allá.

Ric-Ric miraba la seta boquiabierto, admirado de aquella energía maquinal y desaforada. En cuanto el monstruo hubo entendido las instrucciones, fue como si le hubiesen dado cuerda. Ric-Ric consideró necesario reafirmar su autoridad buscando alguna pega.

—¡Compañero! —lo riñó—. Por debajo de la nieve has dejado al descubierto una capa de barro sucio, negro y totalmente insalubre.

Tuerto, como si lo hubiera entendido, utilizó la lengua para retirar el barro y los detritos. Ric-Ric solo había visto aquella lengua el primer día, enroscada en el fondo de la boca. Era una lengua en forma de anguila, más negra que el alquitrán e increíblemente larga: quizá cinco, seis o siete metros. ¡No, más! Una tira de carne tubular que le colgaba de la boca y se arrastraba por el suelo como una delicada espátula, dirigida con la precisión con la que un elefante movería la trompa. En aquella lengua había algo definitivamente obsceno. Y la eficacia del monstruo tenía algo de inquietante, por más que lo hubiera obedecido con una sumisión de autómata mudo.

En algún momento tendría que volver a la casa de Cassian a buscar más provisiones, comida, tabaco y *vincaud*. ¿Y entonces? Quizá podría utilizar a Tuerto como montura. Tenía la cabeza grande, ancha y plana, mucho más estable que el lomo de cualquier mula, burro o caballo. Solo tenía que subirse y que la seta le abriera paso por la nieve. Pero cuando Ric-Ric intentó escalar aquel cuerpo grandioso e irregular, la seta, que parecía no entender lo que pretendía el humano, se mantuvo pertinazmente pasiva.

—Sí, ya sé lo que estás pensando —le dijo—: montarte parece que implica una jerarquía clasista. Pero no te dejes engañar por las apariencias, compañero Tuerto. Como eres más alto y más fuerte, es lógico y solidario que me transportes tú a mí, no yo a ti.

Dicho esto, tiró de aquellos miembros vegetales para que, a gritos y tirones, entendiera qué postura quería que adoptara. Tuerto dobló por fin aquella multitud de raíces gruesas que tenía por piernas y se arrodilló. Toda la carcasa del coloso se agachó de golpe, como un peso muerto, y seis rodillas repicaron contra el suelo. Entonces Ric-Ric pudo escalar y sentarse con el culo bien plantado en la plataforma de la cabeza. En la esfera del cráneo había un par de concavidades, como las sillas de montar, en las que podía meter las nalgas para que no resbalaran. Quizá no fuera la montura más cómoda del mundo, pero valía la pena intentarlo.

Sin saber muy bien cómo, consiguió que Tuerto lo obedeciera. La seta se levantó de golpe, con un movimiento inesperado. ¡Qué sensación cuando aquella mole se puso de pie con él encima! El impulso que lo elevó por los aires fue tan brusco que Ric-Ric tuvo que agarrarse el sombrero con una mano. Se le escapó un grito, medio de entusiasmo, medio de espanto. Allí estaba, sentado en la cabeza de una seta de dos metros, con unas piernas que apartaban la nieve como la proa de un crucero. Desde aquella altura todo se veía diferente. Sentado en la cabeza de la seta, Ric-Ric estiraba una mano y casi podía tocar las ardillas.

Intentaba que fuera por donde él quería a base de patadas. Con un éxito limitado, todo sea dicho. Ric-Ric quería que entendiera que una patada en el hombro derecho significaba «gira a la derecha», y en el izquierdo, «gira a la izquierda». Si le ponía las dos manos en las membranas del mentón y tiraba hacia arriba, quería decir que se detuviera. Pero Tuerto no lo entendía, o solo lo entendía a medias. Ric-Ric se exasperaba cuando la seta se detenía por su cuenta, o peor, cuando giraba alrededor de un árbol, como un ciego perdido en un laberinto. En cualquier caso, consiguió plantarse delante del *ostal*.

Solo habían pasado unos días desde la tragedia, la violación de Mailís y la pelea con Cassian, pero parecía mucho más tiempo. Ahora una capa de nieve colgaba alrededor del edificio, como purificando las exhalaciones del género humano, toda su suciedad y sordidez. Ric-Ric bajó de la seta. Se acercó a la puerta como un furtivo, la abrió y entró mirándolo todo con mil ojos.

El edificio parecía un cementerio helado. Resultaba extraño contemplar aquel espacio, ahora tan vacío. Las contraventanas estaban cerradas y la oscuridad lo invadía todo. La chimenea, muerta, hacía que se respirara un aire glacial. Qué diferencia. Antes siempre había muscats comiendo, durmiendo o calentándose. O tocando aquella extraña música de alta montaña. Y limpiándose las manos en la camisa del criado Ric-Ric. Ahora no se veía ni a la Oca Calva. ¿Dónde se habría metido? Odiaba las ocas. Odiaba a los muscats; no porque fueran delincuentes, sino por su mentalidad reaccionaria. Odiaba la alta montaña.

Él era un urbanita redomado. ¿Y había algo más opuesto a un *ostal* pirenaico que una ciudad mediterránea? Claro que, pensándolo bien, también odiaba Barcelona. Definitivamente, las personas como él no se sentían bien en ningún sitio.

Miró por encima del hombro: Tuerto había entrado en el *ostal.*

—¿Qué haces tú aquí? —le dijo.

Lo había dejado fuera, pero el bicho lo seguía. Como siempre. Y ahora estaba allí, plantado en medio de la sala, quieto como una estaca. Él y su expresión de niño que no quiere llorar. Pero a diferencia de su actitud en la *cauna,* obsesivamente centrada en Ric-Ric, ahora hacía algo más: miraba la casa, el techo... con el mentón levantado, como si no entendiera que pudiera haber techos artificiales. Los pies, las cien raíces que le hacían de pies, parecían incómodos pisando aquel suelo de madera. Ric-Ric hizo el gesto de ofrecerle una botella de *vincaud.*

—¿Quieres, compañero? —se burló.

Pero enseguida se olvidó de Tuerto. Pensaba en Mailís.

Pobre Mailís. Nueve hombres, nueve muscats. Seguramente la amordazaron con una barretina violeta; sí, siempre decían que las gorras moradas iban muy bien para hacer callar a las *femnas*. Malnacidos. ¿Cómo lo habían hecho? Los muscats eran demasiado bestias para esperar turno. Sí, seguro que la habían tumbado allí, en una mesa. Con la ropa arrancada. Mailís era rubia y tenía la piel muy blanca y fina. Seguramente había pegado unos chillidos de ardilla, pobrecita, embestidas de hombre por todos lados.

Cuando quiso darse cuenta, Ric-Ric estaba tocándose la entrepierna. Al terminar se limpió la mano frotándola en el torso de Tuerto, donde el semen se mezcló con la mucosa vegetal, densa como grasa de pato. Había llegado la hora de volver. Tuerto alzó los brazos formando una cesta, muchos brazos, y Ric-Ric los fue llenando de viandas y provisiones. Cuando ya estaba más cargado que cinco mulas, con docenas de botellas de *vincaud,* garrafas, tocino, mazorcas y bulls blancos medio congelados, Ric-Ric le dio unos golpecitos en el cilindro del cuerpo.

—Compañero, deja que te explique un principio del Ideal: «a cada uno según sus necesidades». No dudes, compañero Tuerto, que te ayudaré a conseguir luz solar, sombra húmeda o cualquier mierda que necesite una seta gigante. Pero yo no soy una seta, tengo otras necesidades. Ejerciendo de transportista, tu dignidad proletaria se eleva solidariamente.

Entonces montó, plantó el culo en la cabeza de la seta y, muy serio, añadió las siguientes palabras:

—Debes entender, compañero Tuerto, que no todas las igualdades son iguales.

———•———

Cualquier otro hombre que no fuera Cassian se habría dejado morir. Había perdido sangre como para llenar medio barril, tenía una bala incrustada en la cadera derecha y el cráneo agrietado por el impacto de otra bala. Además, estaba en un pico de los Pirineos, enterrado bajo la nieve. Los muscats se lo habían dicho muchas veces: morir congelado es la muerte más dulce, y tenían razón. Su cuerpo le decía «duérmete, duérmete, duérmete». El cansancio lo instigaba a cerrar los ojos. Que decidiera la naturaleza.

No. Se dijo que él era Cassian, descendiente directo de una estirpe inmortal que había empezado con Filomeno, el guerrero más audaz del emperador franco Luis III el Ciego. No podía rendirse, su destino era encontrar el Poder.

Ric-Ric. El *filh de canha,* es decir, el hijo de perra de Ric-Ric. El odio es un sentimiento que puede favorecer la vida, porque si Cassian necesitaba algún otro motivo para vivir, ya lo tenía: la venganza. En el fondo Cassian era un comerciante, y como buen comerciante sabía que la venganza es una deuda como cualquier otra, que se paga con satisfacciones en lugar de con mercancías. Y Cassian pensaba cobrarse la deuda.

Pero antes tenía que salvarse. Y no lo tenía fácil. Estaba medio enterrado bajo una capa de nieve dura y compacta, al fondo de un barranco sin nombre. El tiro en la cadera le impedía mover las piernas. Si lo intentaba, sentía un pinchazo dolorosísimo en el nervio. Y no quería ni pensar en la cabeza. La bala le había abierto la calva como si fuera la tapa de una cafetera. La buena noticia era que solo debía de haberle volado el hueso, sin afectarle al cerebro. En caso contrario, no pensaría con tanta lucidez.

Aunque era un hombre fuerte, salir de aquel hoyo nevado fue un infierno. Empujó con las rodillas, y sobre todo con los codos, hasta que se liberó de aquella presión helada. El precio fueron unos resoplidos de tísico y el agotamiento de todos los miembros. Había perdido tanta sangre que estaba muy débil. Demasiado. Tanto que, tumbado en aquella alfombra fría, se le escaparon unas lágrimas de rabia: entendió que en aquellas condiciones no podría volver al valle, a la civilización. A la vida. Había más de un metro de nieve. No conseguiría abrirse camino con la cadera herida, y tan débil. Con tan poca sangre en el cuerpo no podría apartar las pesadas dunas de nieve que lo separaban de la Vella.

Solo había una solución. Como el camino estaba bloqueado, tendría que encontrar otra ruta. Y existía. Pero era suicida.

En cierta ocasión un muscat le habló de un pastor que se había visto en una situación similar, herido, solo en la montaña y con las dos rodillas rotas. Decidió rodar por las pendientes: convertir su cuerpo en un barril, agarrándose el pecho con los brazos, y dejarse caer ladera abajo. Pero el pastor lo había hecho en verano, cuando las laderas no tenían secretos. Ahora estaban cubiertas de una masa de nieve, una alfombra blanca y engañosa que ocultaba baches salvajes: las gargantas. Pozos insondables en la tierra, embudos que conducían directamente a la boca de Satanás. La nieve impedía discernirlos. Si caía en una garganta, sería el final.

Mejor no pensarlo. Se dejó caer rodando. Cuando llegaba a un tramo menos inclinado, metía las manos debajo de la nieve y buscaba pedruscos. Cuando encontraba uno, lo lanzaba hacia delante. A veces rodaba unos metros y desaparecía de golpe, absorbido por la nieve. Gracias a esta sencilla estratagema podía dirigir su ruta con cierta seguridad.

Pero al rato ya no podía más. Un gesto tan sencillo como remover la nieve en busca de piedras lo agotaba y lo entumecía. Estaba herido. Y hacía frío, mucho frío. El frío y los esfuerzos lo matarían antes que las gargantas.

Cuando llegó a esta conclusión, todo fue mucho más sencillo. Se abandonó a su suerte. Ya no pensaba, solo se movía. Se dejaba caer por las pendientes, pasara lo que pasase. Cuando llegaba a un lugar más llano, se ponía de pie y se dirigía cojeando a la siguiente ladera diciéndose: «Soy Cassian, descendiente de Filomeno, y un día descubriré dónde se oculta el Poder». Rodó y rodó, sabiendo que cada instante podía ser el último. Al final, mareado de tantas vueltas, era el mundo entero lo que giraba.

Se dejó caer por una pendiente más, muy poco inclinada, y fue la última: de repente, con horror infinito, notó que su cuerpo, en lugar de rodar, caía a plomo. Gritó asustado. ¡Una garganta! Se lo tragaría y nadie llegaría a enterarse. Era el final.

No. No era el final, era una zanja poco profunda junto al camino que atravesaba el valle. Un día más y la nieve lo habría cerrado hasta la primavera. Pero aún estaba abierto. Cassian se quedó allí, tumbado al lado del camino. Se echó nieve en el agujero de la cabeza, para coagular la herida, y esperó acostado. Ya no podía más, estaba en manos de la Providencia. Si alguien lo veía, se salvaría. En caso contrario, moriría allí, como un perro.

Tuvo suerte. Al rato oyó el trote sincopado de un carro acercándose.

Hay un principio que no admite excepciones: que los individuos que más desprecian la caridad cristiana son siempre los que más se benefician de ella. Si Cassian hubiera encontrado a un individuo herido al borde del camino, lo habría ignorado absolutamente. Pero ahora el herido era él, así que al ver un carro levantó una mano implorando auxilio.

—*¡Ajudatz-me! ¡Ajudatz-me!*

Lo llevaron a la única población del valle, la Vella. Allí el médico hizo lo que pudo por salvarlo. Después, a falta de hospitales, y como solían hacer, lo llevaron a una casa particular para que pasase la convalecencia. Mientras estuviera allí debería hacerse cargo de su mantenimiento, pero a Cassian no le preocupaba. Tenía depósitos de dinero a ambos lados de la frontera.

Lo llevaron al *ostal* de un cazador que vivía a las afueras de la Vella. La mujer lo atendió mejor que cualquier monja o enfermera. Entraba dos veces al día en su habitación, se sentaba a un lado del *lièch* en el que descansaba Cassian y le hacía tragar sopas de huevo, tomillo seco y *vincaud*. De vez en cuando le quitaba las vendas para limpiarle el pus con esponjas empapadas en aceite de romero. Pero nadie podía asegurarle cuántos meses tardaría en curársele la cadera, ni cuándo encontrarían a un médico con suficientes conocimientos como para taparle el boquete de la cabeza.

Un día el cazador volvió más feliz que de costumbre. Y no porque hubiera cazado una pieza, sino porque había adquirido un arma nueva. Se la mostró a Cassian con orgullo. Era realmente una escopeta magnífica. Tenía dos cañones combinados, de plata bruñida y largos, muy largos. Sí, un arma espléndida. Cuando un hombre la apuntaba al cielo, se sentía capaz de abatir el sol. Cassian le ofreció al cazador el triple de lo que había pagado por ella.

Ric-Ric, el malnacido de Ric-Ric. Cuando pensaba en él, solo le venía a la cabeza el peor insulto en la lengua del valle: *filh de canha*. Lo mataría. Le metería los dos cañones plateados por la boca, muy adentro, y antes de apretar los dos gatillos le diría: «Soy Cassian, descendiente de Filomeno, el que un día descubrirá dónde se oculta el Poder». Y le volaría la cabeza.

Pero antes tenía que curarse. Necesitaba tiempo, el suficiente para recuperar la fuerza y el control de las piernas. Y para encontrar a alguien que le clavara una chapa en el cráneo.

CAPÍTULO V

Grotescas tentativas de Ric-Ric para difundir el Ideal anarquista con cuatro monstruos como vanguardia revolucionaria

Se acababa el invierno. Por fin. En el resto del mundo, la primavera se anunciaba con el sol germinando. En los Pirineos, con una lluvia densa, hostil, que ahuyentaba la nieve de las montañas. También de la puerta de la *cauna*.

Así que llegó la primavera, y con ella la lluvia. Y el compañero Tuerto hizo algo impensable: salió de la cueva por propia iniciativa y se quedó allí, plantado bajo la lluvia, inmóvil. El agua le resbalaba por la cabeza, le chorreaba por las membranas de debajo del mentón, mientras mantenía una quietud extática. Una persona más sensible que Ric-Ric habría podido pensar muchas cosas. Habría podido sorprenderse, por ejemplo, de la peculiar relación que la seta mantenía con la lluvia, como si del agua del cielo obtuviera algo más que alimento para el cuerpo. Incluso habría podido pensar que Tuerto añoraba un tiempo pasado, cuando la vida solo era una experiencia quieta y vegetal, cuando aún no se había visto abocado a un mundo regido por el movimiento y las pasiones. Un mundo en el que los hombres se masturbaban en *ostals* abandonados.

Pero Ric-Ric no se planteó ninguna de estas reflexiones. Lo que hizo fue dejar que lo invadiera un sentimiento pueril: durante todo el invierno la seta le había impuesto su presencia invasiva, su compañía ineludible. Aun así, o quizá precisamente por eso, habían intimado. Los meses invernales los había vivido en compañía del compañero Tuerto. Y ahora que ya no nevaba, ahora que por fin podían salir de la *cauna,* ¿qué era lo primero que hacía aquella puta seta gigante? Convertirse en un pasmarote e ignorarlo. ¡Pues muy bien!

Ofendido, le dio la espalda a la seta y se alejó de la cueva. Las nubes se abrían. Las hojas y las ramas de los árboles seguían goteando, pero ya no llovía. Se adentró en el bosque, buscó matorrales muy altos, se bajó los pantalones y se agachó con un puñado de hierbajos en la mano para limpiarse cuando terminara. Y mientras estaba así pensó muchas cosas.

La actitud de Tuerto era en realidad muy extraña. Lo único que había hecho hasta entonces era pegarse a él como una pulga a un perro. Por primera vez había tomado una iniciativa: moverse con destreza, salir de la *cauna* y exponerse a la lluvia. Deleitarse con ella. ¿Significaba algo? Pero no le dio tiempo a pensar nada más. Estaba aún agachado cuando oyó ruidos. Crec-crecs de matorrales fracturados. Cada vez más cerca.

—¡Déjame en paz! —gritó, aún agachado—. A partir de ahora cagaré solo.

Crec, crec. Y más crec-crecs acercándose. Con una mano apartó los matorrales que tenía delante.

No era Tuerto. Era un morro negro y húmedo. Dos ojos negros. Una cara triangular y peluda. Un oso.

Ric-Ric echó a correr sujetándose los pantalones a media pierna y pegando largos gritos. El oso lo seguía rugiendo. Un hombre que huye con los pantalones medio bajados no puede escapar de un oso. Miró hacia atrás y lo que vio fue la muerte: un oso cayéndole encima, las garras traspasando el abrigo negro, clavándosele en la carne.

Se acurrucó protegiéndose la cabeza y el cuello con los brazos, como cuando le daban palizas en la comisaría. Sufrió una alucinación auditiva: oía a Cassian riéndose desde el infierno.

Estaba así, esperando la muerte como los avestruces, cuando notó algo. Una peste, un olor que se superponía al del oso. Levantó un ojo por encima de la manga.

El oso y la seta se habían convertido en un amasijo de miembros desiguales, de bramidos y de volúmenes. La piel húmeda de Tuerto se abrazaba a un cuerpo peludo, y los dos se revolcaban por el suelo entre chasquidos de ramas rotas. El oso se empeñaba en morder el cráneo de la seta, pero era demasiado grande y esférico, las mandíbulas no encontraban dónde agarrarse. Rodaron bosque adentro, unidos en un abrazo asesino. Los perdió de vista, pero los podía seguir fácilmente por los estruendos de la pelea, el estremecimiento de los árboles y las nubes de polvo vegetal que alzaban aquellas dos monstruosidades, tan poderosas como diferentes. Y por los sonidos animales. También era un combate de voces, de clamores y de amenazas. El oso lanzaba rugidos horribles; el estado habitual de Tuerto era un silencio estoico, impersonal, y ahora replicaba con voz ronca y profunda, como de águila desesperada.

Ric-Ric se escondió detrás de un gran árbol con el tronco cubierto de líquenes y musgo aterciopelado. No se decidió a moverse hasta que los ruidos se extinguieron. Avanzó tímidamente. Siguió el rastro de ramas partidas y matorrales devastados. Y allí estaban.

Tuerto en una postura imposible: sentado sobre cinco o seis rodillas, sin energía, con los largos brazos distendidos, medio caído. El oso estaba a sus pies. Muerto. Tuerto giró el cuello y miró a Ric-Ric con su único ojo. Ric-Ric miró el interior de aquella pequeña esfera amarilla pero no vio nada, ni alegría por la victoria ni demanda de gratitud. Solo aquel rictus de niño decepcionado, eternamente triste. La seta no había salido ilesa: su cabeza luciría para siempre la marca de cuatro garras que le recorrían la superficie carnosa del cráneo. El oso estaba peor, mucho peor.

Los dedos de la seta le habían desgarrado la piel como unas tijeras. Pero la herida mortal estaba en la boca. Tenía las mandíbulas rotas, grotescamente abiertas. Ric-Ric se acercó al cadáver de la bestia, inseguro, como un niño que pisa una ola por primera vez, y lo pinchó con una rama hasta convencerse de que el oso estaba muerto y bien muerto.

No se lo podía creer: ¡aquella maldita seta había matado un oso! Miró a Tuerto de otra manera, boquiabierto.

—¡Compañero Tuerto! —exclamó—. ¡Me has salvado la vida!

Y por primera vez lo abrazó, sinceramente conmovido, uniendo su cuerpo al cilindro de la seta, aunque las manos y las mangas del abrigo quedaran embadurnadas de aquella mucosa aceitosa que cubría la piel de Tuerto.

Durante el invierno, encerrado en la cueva, no había entendido la esencia de la cuestión, que ahora empezaba a quedar clara. Es decir: que tenía una seta gigante a su servicio, una seta que lo protegía y mataba osos si era necesario. Él, un quinqui de barrio, era dueño y señor de una fuerza descomunal que lo obedecía ciegamente. Y por fin lo entendió: aquello era lo que Cassian había buscado tan afanosamente. Aquello era el Poder: el dominio sobre unas fuerzas tan sumisas como devastadoras. ¡El Poder!

Pero Ric-Ric no era Cassian. Ric-Ric creía en el Ideal anarquista, y en consecuencia el Poder no era un fin en sí mismo. Con el oso muerto a sus pies, Ric-Ric se dijo que aquella seta podría ser un magnífico agente revolucionario. Incluso se enfadó consigo mismo: ¿cómo no se le había ocurrido antes? Unos cuantos compañeros como aquel podrían impulsar la revolución proletaria mucho más que mil discursos. Sí, la Naturaleza apoyando el Ideal. Aquello estimularía a las masas obreras de todo el mundo, desde Lisboa hasta Shanghái.

Entusiasmado, se dirigió al lugar en el que una noche había aparecido Tuerto. Formaba parte de un grupo de cuatro setas, y las otras tres seguían allí, en la ladera de la montaña. Unos finísimos rayos de sol atravesaban la vegetación e iluminaban aquellos hongos estáticos. ¿Qué había sucedido exactamente aquella noche? No lo recordaba bien, estaba borracho. Hizo memoria: había clavado la navajita en el sombrero de la seta, de eso estaba seguro. La incisión había sido justo en el medio, sí. O sea, que lo que las desarraigaba era un impacto en el centro del sombrero.

Cerró el puño y golpeó con fuerza la seta más cercana.

No pasó nada.

Decepcionado, repitió la operación con las otras dos.

—Vamos, vamos —decía a un interlocutor invisible, ansioso por que se produjera el fenómeno.

Tenía una seta y sería magnífico tener cuatro.

Nada. Esperó un momento, por si la tierra temblaba y las setas empezaban a agitarse y se desarraigaban. No.

—Mierda —dijo.

¿Por qué ahora no funcionaba y aquella noche sí? No encontraba explicación. Le dio una pataleta infantil. ¡Quería tres setas más, las quería! Empezó a dar puñetazos en el sombrero de la más pequeña. La molía a palos al tiempo que pensaba en el oso, el ataque del oso, la boca del oso y el miedo que había pasado mientras huía del oso. ¡Necesitaba más setas para protegerse de los osos y para difundir la revolución ácrata!

No pasó nada. Infinitamente decepcionado, resoplando como un toro, se marchó cuesta abajo seguido por Tuerto.

Pero al alejarse oyó unos ruidos detrás de él.

Dos figuras monstruosas, desastradas, bajaban por la ladera de la montaña. A duras penas se mantenían en pie. Aquellas cabezas desproporcionadas y alargadas, que aún no sabían controlar, les hacían perder el equilibrio, como si les faltara un contrapeso. Se caían, rodaban, se ponían de pie y volvían a caerse. Aún no dominaban aquella maraña de brazos y piernas formados por mil raíces. Como Tuerto al principio. De las dos bocas surgían gritos lamentables, sonidos metálicos y desamparados que parecían salir de la garganta de un ratón gigante. El instinto las llevaba hacia Ric-Ric. Cuando las tuvo cerca, formando un semicírculo a su alrededor, aún frágiles pero pendientes de su voluntad, Ric-Ric aplaudió y se rio.

¡Ajá! El Poder. Ahí estaba. Era suyo. ¡Sí! Definitivamente lo era.

Y se rio más. No era la satisfacción de quien gana una recompensa justa. Era una carcajada viciosa, de jugador que recibe buenas cartas. Pensó en Cassian, el malnacido de Cassian. Siempre hablaba de una leyenda. Decía que el Poder se ocultaba en el pico más alto, en la cueva más profunda. Por eso buscaba en aquella cueva de la cima de los Pirineos. Las personas como Ric-Ric no creían en leyendas. Pero aquella coincidencia le hizo reír: seguro que a Cassian, en el otro mundo, le herviría la sangre si supiera que el Poder había ido a parar a sus manos. Con la diferencia de que Ric-Ric no pensaba utilizar el Poder para apropiárselo, sino precisamente para destruir todos los Poderes del mundo. ¡El Ideal! ¡La revolución! Ahora tenía un buen instrumento: al lado de aquellas criaturas, las bombas Orsini eran petardos de feria.

Y entonces, cuando las setas ya estaban reunidas, sucedió algo extraño: el aire se llenó de esporas. Una especie de polen volador, una nube de partículas que brillaban como destellos de plata y cobre. Ric-Ric se dio cuenta de que las esporas procedían del cuerpo de Tuerto. Se desprendían de su piel, la brisa las elevaba por los aires y muchas iban a parar a los cuerpos de las otras setas y se adherían a ellos.

Ric-Ric no entendía lo que estaba pasando, aunque enseguida notó los efectos: las tres setas nuevas no parecían nuevas. Al entrar en contacto con las esporas, habían adquirido la pericia muscular de Tuerto y su entendimiento. No habían pasado ni unos segundos desde el fenómeno y allí las tenía, tan hábiles y sumisos como Tuerto. Y, exactamente como Tuerto, sus ojos amarillos miraban fijamente a Ric-Ric, con una especie de inteligencia obsesiva, como si aquella figura rechoncha, con su abrigo negro y raído, fuera el centro de su existencia. Pero aquello solo era válido para dos de las setas que acababa de despertar. Entonces se le acercó la tercera, la más pequeña de todas, que más que una seta monstruosa parecía un pollito desplumado.

Se movía a tientas, con los brazos abiertos y cientos de dedos extendidos. Chocaba con los troncos de los árboles, se caía y volvía a levantarse soltando aullidos tristes, persistentes e insufribles, como de gatito sin madre.

Ric-Ric se acercó a la seta defectuosa. Las demás eran colosos un palmo o dos más altas que él, pero aquel hongo era tan pequeño que a duras penas le llegaba al ombligo. Como los demás, tenía la piel manchada de tres o cuatro colores, sí, pero el que predominaba era un tono carnoso, un naranja mate. Como era tan bajito, Ric-Ric pudo cogerle la cabeza como si cogiera un bocadillo. Lo levantó para verlo mejor. Y entonces lo entendió: era ciego, la setita no veía. Por eso extendía los brazos buscando dónde agarrarse. Aquellos cientos de deditos se aferraron al cuerpo de Ric-Ric buscando protección. Con tantos tentáculos, tan amorosos y tan perdidos, parecía una mezcla de pulpo y cachorro huérfano. Ric-Ric le examinó la cara y enseguida entendió el problema.

A diferencia de las demás, que no tenían párpados, los ojos de aquella pequeña seta estaban cubiertos de una carne gruesa. Por eso no había conseguido abrirlos. Ric-Ric probó un remedio drástico. Le pasó un brazo alrededor del cuello, que era muy delgado. Con la mano libre cogió la mecha para encender cigarrillos que siempre llevaba encima y le aplicó la punta encendida al borde de los párpados.

La seta pequeña se retorció como una serpiente y sus gemidos se extendieron por el bosque. Aunque lo sujetaba con firmeza, aquel pequeño monstruo se revolvía con la fuerza de una cola de tiburón. El remedio funcionó. La seta hizo un esfuerzo y al final los párpados se abrieron con un crujido de carne desgarrada. Por un instante se quedaron así, Ric-Ric sujetándola y agarrándola por la cabecita, mirándose uno a otro. Los ojos de la seta se habían inundado de lágrimas densas como el mercurio. Era un monstruo extraño. Tenía la mandíbula inferior más larga, más prominente, y eso le confería un aspecto medio temible, medio pueril. Cuando Ric-Ric se puso en movimiento, aquel ser lo siguió como un perro, pendiente de él, de él y de nada más. Y como era tan pequeño, Ric-Ric enseguida empezó a llamarlo «Chiquitín».

Al rato los reunió y se dirigió a ellos en un tono más pomposo que nunca para decirles las siguientes palabras:

—Compañeros: permitidme que os explique los conceptos básicos de la lucha de clases.

En los últimos cien millones de años no se había visto en los Pirineos una escena más absurda. Ric-Ric estaba subido a una piedra, como un orador en la tarima de una plaza pública. Allí arriba gesticulaba y vociferaba hablando del orden capitalista y de la injusticia social. Tres setas lo escuchaban, atentas e inmóviles. Pero la cuarta no paraba quieta, no podía: Chiquitín. Mientras las otras tres miraban a Ric-Ric con ojos amarillos, Chiquitín correteaba como un galgo, nervioso sin razón, trepando por las paredes rocosas. Se agarraba a las cortinas de hiedras hasta que resbalaba y se despeñaba, convertido en un amasijo de miembros que aún no controlaba. Al principio Ric-Ric lo ignoró, satisfecho de dirigirse a los demás. Después necesitó beber: destapó una botella con los dientes y durante un rato, entre trago y trago, siguió explicándoles con vehemencia el orden plutocrático que regía el mundo. Hasta que el *vincaud* se le subió a la cabeza.

De repente, Ric-Ric se calló y lanzó a Chiquitín una mirada turbia, con los ojos vidriosos por el alcohol. Él se esforzaba por dignificar la inteligencia de aquellas puñeteras setas hablándoles de un tema grandioso, el Ideal anarquista, ¿y qué hacía aquel puñetero Chiquitín? Incordiar como un abejorro sin alas pero con mil patas.

—Te he dicho que pares quieto —masculló Ric-Ric, iracundo, transformado por el *vincaud*—. Y tú venga a tocarme los huevos.

Se acercó al pequeño monstruo, cogió uno de los manojos de raíces que le hacían de pies, lo colocó boca abajo y se lo llevó como si fuera una gallina. Estaba borracho, ni él mismo sabía lo que quería hacer. Se acercó a una garganta.

Era una grieta en la tierra que se abría como un pozo alargado, insondable y oscuro. Ric-Ric miró el agujero, negro como si estuviera lleno de carbón, y lanzó a Chiquitín dentro, a las profundidades sin límite. Después volvió por el mismo camino, bebiendo de la botella y hablando de Bakunin.

Chiquitín cayó rebotando contra las paredes de roca afilada, rasgándose la piel del cuerpo y de la cabeza. Un ser humano habría desaparecido allí dentro para siempre. Pero las paredes de la garganta estaban muy cerca la una de la otra, y Chiquitín tenía mil dedos largos y flexibles. Estiró todos los miembros hasta que consiguió agarrarse. Ya había caído cincuenta metros garganta abajo.

Había quedado extendido como una red, con los miembros superiores aferrados a una pared y los inferiores a la otra. Miró hacia arriba: la abertura de la garganta recortaba un cielo nublado. Un cielo gris, pero no tanto como las paredes en las que se aguantaba con dificultad.

La roca era áspera, negra y estaba mojada: los dedos-raíces resbalaban, como si la garganta quisiera hacerlo caer, deglutirlo. Miró hacia abajo: no se veía el fondo, solo una oscuridad absoluta, de negrura radical. Una docena de las raíces que le hacían de dedos se agarraban a un pequeño saliente, que se desprendió. La roca cayó y desapareció. No se oyó ningún ruido, ningún impacto, como si el fondo de la garganta llegara al centro del mundo.

El cuerpo de Chiquitín no tenía corazón ni pulmones, ni hígado ni bazo. Pero también se cansaba. Apenas hacía unas horas que Ric-Ric lo había desarraigado. Ciertamente, su vida había sido corta. Y dolorosa: lo habían despertado quemándole los párpados, y al rato el mismo individuo lo lanzaba al abismo. Mientras se esforzaba por no caer, mientras luchaba por sujetarse a las paredes empapadas, Chiquitín pensó que aquel exiguo rato de vida consciente había sido más doloroso que todo el tiempo infinito que había pasado como simple vegetal. Notaba que las puntas de los dedos, de fibra aún tierna, se le iban partiendo y rompiendo una tras otra, como si fueran cuerdas de barco demasiado tensadas. No estaba nervioso, no sentía dolor físico. Pero sufría.

El crepúsculo oscureció las nubes del cielo. Cuando Chiquitín llevaba quizá una hora, o cinco, o seis, colgado entre aquellas paredes, no pudo más. Muchos de aquellos dedos-raíces se le habían roto, y cayó garganta abajo. En caída libre, a plomo. Pero en plena caída, en la negrura más oscura, el instinto hizo que proyectara la lengua hacia fuera, como si quisiera escupirla. Una lengua de color violeta, de seis metros de largo. Por pura suerte, la punta se enroscó en una piedra en forma de cuerno que sobresalía de una pared de la garganta.

Chiquitín se quedó así, colgando de la larga lengua, un rato indefinible. Miró hacia arriba. Ahora el cielo solo era una mancha remota, insignificante, en lo alto. Se le empezaba a enturbiar el pensamiento. El agua que chorreaba por las paredes hacía un ruido casi inaudible y a la vez multitudinario, como miles de hormigas hablando. Era la voz de la garganta, que le decía: «Déjate caer». En realidad, no lo vencieron la angustia ni el agotamiento, sino los párpados: a diferencia de las demás setas, Chiquitín tenía párpados. Y cuando ya se le cerraban, cuando todo su cuerpo se destensaba y la lengua se desenroscaba de la roca ganchuda, notó algo. A alguien.

Era Tuerto. Chiquitín lo intuía, unas docenas de metros más arriba. Entre las tinieblas veía la cabeza de aquella gran seta, o al menos su único ojo amarillo, que refulgía y lo buscaba. Chiquitín se fijó bien: las tres setas formaban una especie de cuerda, con los cuerpos entrelazados, con Tuerto en el extremo inferior y boca abajo, descendiendo por la garganta. Intentaban llegar hasta él. Pero la suma de las tres setas no bastaba, por más que estiraran al máximo sus miembros más largos.

Con un último esfuerzo, Chiquitín trepó por su propia lengua, agarrándose como si fuera una cuerda. Llegó al saliente en el que estaba enroscada y, una vez allí, estiró uno de sus múltiples brazos, el más largo; hizo que las raíces que salían de la punta del brazo subieran, cada vez más arriba, y que las pequeñas raíces que salían de aquellas raíces-dedos se proyectaran aún más hacia arriba, hacia Tuerto. Pero no bastaba.

Tuerto estiraba al máximo uno de sus brazos más largos, hacia abajo, y aun así todavía lo separaban unos centímetros de Chiquitín.

De la punta del dedo de Chiquitín salió algo proyectado, un filamento delgado como el cuerno de un caracol. Subió cada vez más y, cuando ya le parecía que todo su cuerpo iba a romperse, sintió algo: Tuerto había cogido aquel delicado tentáculo y tiraba hacia arriba, bruscamente, arriba y más arriba. Las otras dos setas acabaron de alzarlos a la superficie. Mientras salía de la garganta, mil dedos abrazaron el pequeño cuerpo de Chiquitín.

Ya era noche cerrada cuando Tuerto, Chiquitín y las otras dos setas entraron en la *cauna*. Chiquitín volvía con el cuerpo cubierto de rasguños y erosiones, grietas y cicatrices. Pero todo él desprendía esporas, unas esporas felices, y era como si emitiera una luz interior entusiasta, irreprimible: los demás lo habían salvado. Así acababa su primer día de vida desarraigada; el destino lo había sometido a los caprichos de un borracho delirante, le habían abierto los párpados con fuego y lo habían lanzado a un pozo ominoso. Pero había pasado algo más importante, mucho más importante: los demás lo habían salvado, Tuerto lo había salvado.

Medio dormido, con legañas en los ojos, Ric-Ric no vio el cambio interior de Chiquitín, aquella alegría que le refulgía en los ojitos amarillos, como dos pequeños soles. Solo vio a la seta entrando en la *cauna* con las otras tres. Soltó una ventosidad, dos, debajo de la manta, y se limitó a decir:

—¿Y tú dónde coño te habías metido? —y antes de volver a taparse, proclamó—: Mañana nos espera un día histórico: el mundo vivirá el primer capítulo de la revolución internacionalista. Y ahora haced el favor de dejarme dormir, setas de los cojones.

———•———

El Poder. Ahora Ric-Ric tenía una meta. ¡Oh, sí! La revolución. ¿Qué había sido su vida? Un recorrido en péndulo, entre tabernas ínfimas y prostíbulos baratos. Y en medio, palizas en comisarías. «¡Me río, me río! ¡Me río, me río, me río!», decía cuando le pegaban, burlón. Nunca había sido nadie. Sí, lo máximo que había hecho era esconderse o reírse de los poderosos. Pero ahora tenía a cuatro monstruos a su servicio. Ahora Ric-Ric caminaba por un estrecho sendero pirenaico, seguido por cuatro setas fornidas, y lo inundaba una sensación que nunca había experimentado. ¿Se sentían así los dueños del mundo? ¿Inmunes, omnipotentes y arrogantes? Incluso caminaba con la espalda más recta que de costumbre. Pero sentía que le faltaba algo.

Un arma. Necesitaba un arma. Era como si aquel Poder, para ponerse al servicio de la revolución, tuviera que representarse a través de una culata bien sujeta. Recordó el espléndido revólver carlista de Cassian, el Lefaucheux de seis disparos. Y era tan idiota que lo había olvidado en el *ostal*. Bueno, tenía fácil solución. Lo único que debía hacer era ir al *ostal* y apropiárselo. Así pues, se dirigió al *ostal* de Cassian, escoltado por las cuatro setas. Pero cuando solo les faltaba el último tramo para llegar, oyeron algo: música.

De repente, recordó que había acabado el invierno, que con la primavera los muscats volvían a hacer sus viajes clandestinos y a recalar en la casa de Cassian. Le llegaba claramente aquella música de violas de rueda, armónicas y voces roncas. Ric-Ric dudó un rato, mirando el suelo con la boca entreabierta y apoyando el peso del cuerpo en un pie y luego en el otro. Al final decidió que la presencia de los muscats no era un problema, sino una oportunidad.

—Compañero Tuerto, ahora entraré en la casa, pero vosotros no. Si aparecéis sin anunciaros, esta gente puede sufrir cierta incomprensión ideológica —dijo—. Esperadme aquí y entretanto iniciad un fraternal debate sobre el comunismo libertario.

Las setas no debatieron nada de nada, naturalmente, ni sobre Kropotkin ni sobre Saint-Simon, pero al menos lo obedecieron y se quedaron fuera, en la linde del bosque. No obstante, Ric-Ric notaba su inquietud; la espera en ausencia del amo les resultaba desagradable. Era como si el aire se llenara de una impaciencia no humana. Los monstruos no podrían estar mucho rato sin él. Tendría que darse prisa.

El *ostal*, en efecto, estaba lleno de muscats. Allí los tenía, bebiendo *vincaud*, tendiendo calcetines mojados en cuerdas y frotándose los pies junto al fuego. En lo primero que pensó fue en Mailís: aquellos eran los hombres del ultraje, del vil abuso. Él no era un príncipe de la virtud, ni mucho menos, pero ¡aquellos individuos la habían ofendido a ella! Le subió una llamarada de odio. Pero enseguida se dijo: «Soy un sirviente del Ideal, no puedo permitir que las pasiones personales me dominen». Algunos muscats hacían música con instrumentos extraños: violas con una rueda que giraba, mandolinas forradas de cuero y cencerros de vaca que emitían un sonido sorprendentemente nostálgico. Tres de ellos sacudían barretinas rellenas de grava. Cras, cras, cras. Cantaban invadidos por una tristeza imbatible. Las canciones hablaban de una forma de vida antigua, de un mundo perdido que todos añoraban, ¡oh, paradoja!, porque en realidad nunca había existido.

Ric-Ric se dirigió al mostrador, como en los tiempos en los que les servía comida y bebida, pero lo que buscaba era otra cosa: el Lefaucheux. Seguía allí, encima de un barril, escondido debajo de un trapo sucio, y a su lado dos cajitas cuadradas de cartón. Abrió una. Dentro había veintiuna balas perfectamente colocadas. Cargó el tambor del arma con seis de aquellos pequeños cilindros y luego levantó la pistola y disparó al techo. *¡Bum!* Todas las cabezas se agacharon un instante, alarmadas.

—Escuchadme todos, os traigo la Buena Nueva —empezó a decir Ric-Ric—: Vosotros no lo sabéis, pero estamos a las puertas de la revolución.

Los muscats se miraron unos a otros. La única conclusión posible era que aquel criado sufría un trastorno. Pero el muscat más viejo era un individuo sensato: se dio cuenta de que un criado loco, con un revólver en las manos, podía ser un peligro y, muy amablemente, le pidió que se explicara. Aquello sorprendió a Ric-Ric. Él esperaba una discusión de taberna, con gritos a favor y en contra. Y, por el contrario, se encontraba con una audiencia pacífica, a la espera de lo que pudiera decirles.

Lo peor que le puede pasar a un hombre que no sabe hablar es que lo dejen hablar: Ric-Ric intentó resumir su ideario, pero enseguida se lio. Les explicó que, en honor al progreso técnico, en Barcelona ya había compañeros que bautizaban a sus hijos con nombres como «Telescopio» o «Sumergible». De la tecnología, que liberaría a los humanos del trabajo, pasó a la religión: afirmó que Jesucristo era el primer revolucionario de la historia, un proletario palestino y, por descontado, ateo. Siguió mezclando temas, cada vez menos seguro de lo que decía. Describió la existencia de planetas habitados, mundos que practicaban el comunismo libertario desde hacía mil años. También les habló de los otros planos de la existencia, descritos por médiums como Allan Kardec. Dijo que de hecho sería muy lógico que la revolución mundial implicara los diferentes elementos: el Espiritual, el Carnal y el Vegetal, en una convergencia siderocósmica múltiple. Y, mira por dónde: ahora que lo pensaba, la vanguardia revolucionaria más pura quizá fuera de índole vegetal. En resumen: el Poder político no puede reformarse, solo puede destruirse. ¿Lo entendían? No, claro que no, porque a duras penas se entendía a sí mismo. Se calló, desanimado, y miró a su audiencia silenciosa.

Pero, contra todo pronóstico, los muscats no se rieron de Ric-Ric. Se habían quedado pasmados al escucharlo hablar con tanta convicción, por estrambóticas que fueran aquellas afirmaciones y aquellos propósitos. Y lo más digno de admiración era que todo aquello había surgido de la cabecita de un simple criado al que solían utilizar como servilleta. No, no se rieron del Ideal. Sencillamente no lo entendían. El muscat viejo le pidió detalles. De acuerdo, se acercaba la revolución, pero ¿qué significaba exactamente?

Como hombre rural que era, el muscat viejo hablaba como si la revolución fuera una especie de fenómeno meteorológico. ¿Sería una lluvia de bendiciones? ¿O quizá arrastraría sus casas y sus rebaños como una gran riada?

—¿Qué puñetas es lo que no entendéis? —se enfadó Ric-Ric alzando el revólver—. Cuando la revolución triunfe, los obreros del mundo, desde Lisboa hasta Shanghái, tendrán derecho a sofás, muchos sofás mullidos. Eso es la revolución. ¡Libertad y sofás para todo el mundo!

Y a continuación describió un mundo sin oprimidos ni opresores y en el que la humanidad sería una y solo una porque se habría abolido el artificio de las fronteras mundiales.

No debería haberlo dicho.

¿Las fronteras? Los muscats se revolvieron en sus sillas. Al principio fue una inquietud difusa, y después una oposición sorda. ¿De qué puñetas estaba hablando? Podían tolerar los telescopios, a los espiritistas y a los proletarios palestinos. Pero ¿suprimir las fronteras? El viejo se puso de pie.

—¿Qué tonterías dices? ¡Somos contrabandistas! Si desaparece la frontera, ¿de qué demonios vamos a vivir?

Los muscats empezaron a increparlo. Blandían las barretinas llenas de grava, ahora no como instrumentos musicales, sino en señal de protesta. Ric-Ric dio un paso adelante.

—Todos debemos hacer un esfuerzo revolucionario purificador —dijo—. Yo, por ejemplo, estoy dispuesto a hacer el supremo esfuerzo de olvidar vuestra infame conducta con la señorita Mailís.

Tras decir esto, el *ostal* se quedó en silencio. Porque Ric-Ric hablaba de perdón, pero a la vez los apuntaba con el revólver. Un muscat dijo:

—Solo hicimos lo que deberías haber hecho tú.

Ric-Ric resopló y se dijo a sí mismo que aquellos individuos eran impermeables al Ideal. Chusma reaccionaria.

Sí, eso es lo que eran. Ric-Ric apuntaba a todos y a ninguno, cada vez más furioso. Y entonces entró la Oca Calva.

Se movía como siempre, balanceando su cuerpo rollizo, con aquel cuello larguísimo muy levantado y la mirada impertinente, como si fuera la reina de los Pirineos. Vete a saber cómo, había conseguido sobrevivir al frío invernal. Ahora volvía a estar rodeada de aquella masculinidad gregaria entre la que se sentía tan a gusto. En cuanto vio a Ric-Ric empezó a correr en círculos, «¡cra, cra, cra!». Graznaba y graznaba alzando el pico al cielo. «¡Cra, cra, cra!»

Ric-Ric casi entendía lo que la oca intentaba decir. «¡Cra, cra, cra! ¡Cracriado cramatado Crassian!» La oca corría, aleteaba y daba brincos con el pico hacia delante y graznando ofendida.

«¡Cra-criado cra-matado Craaaaassian!»

No pudo soportarlo. Disparó contra la oca, una, dos, tres veces. No acertó ni un disparo. Era tan mal tirador que nadie sabía a quién disparaba.

Un tirador solitario, un tirador loco, puede generar un caos increíble. Y más aún si dispone del arma adecuada. El Lefaucheux hacía un ruido explosivo en cada disparo, como un obús en miniatura, y despedía pestilentes volutas de humo blanco. Los muscats corrieron en todas las direcciones, unos agachando el lomo y otros saltando con torpeza por encima de mesas y sillas. Buscaban la puerta, las ventanas, cualquier salida. Ric-Ric se había olvidado de la oca, que no tenía ni un rasguño, apuntaba a cualquier cuerpo que se moviera y apretaba el gatillo. Agotó las seis balas, sacó el tambor y volvió a cargarlo mientras todo el mundo, menos la oca, huía.

El único muscat que no reaccionó huyendo fue el más viejo de todos. Se sacó la navaja del fajín, la abrió y la lanzó desde una distancia de doce pasos con una fuerza y una pericia admirables. La hoja voló como una flecha. Había apuntado justo entre los ojos de Ric-Ric.

En cierto modo, podría decirse que lo salvó el Lefaucheux. El revólver tenía tanta potencia que en cada disparo el tirador recibía una descarga que lo sacudía, cabeza incluida. La punta de la navaja le pasó tan cerca de la mejilla que se le llevó el lóbulo de la oreja derecha. Ric-Ric pegó un grito de dolor y sorpresa, dejó caer el arma en el mostrador y cogió el trozo de oreja con las dos manos gimiendo, olvidándose de la docena larga de hombres a los que había intentado asesinar. Los fugitivos, viendo que ya no les disparaban y que las manos de Ric-Ric ya no sostenían un arma, sino solo un trozo de oreja, se agruparon y lo miraron a los ojos. Lo único que lo separaba de los muscats era el mostrador, aquella larga barra de madera sin pulir. «¡Cra, cra, cra!» La oca, indemne, graznaba apuntándolo con el pico. Era como si dijera: «¡Hacedlo, hacedlo!». Estaban a punto de lincharlo, y lo único que Ric-Ric podía hacer era aferrar el trozo de oreja cortado. Bajó la mirada: el mostrador estaba lleno de pequeñas concavidades con moscas muertas dentro, ahogadas en *vincaud;* por alguna razón no podía apartar los ojos de aquellas moscas muertas.

En aquel momento, Ric-Ric *notó* aquella sensación.

Era como si su miedo fuera un grito, un grito que las setas, y solo ellas, podían auscultar a través del aire, del espacio. Ya había sentido algo parecido durante el ataque del oso. Como si las setas escuchasen sus emociones. Ahora la sensación era más definida, más clara. Casi podía ver su miedo transformándose en una especie de grito, un grito mudo, sí, pero que como cualquier grito podía modular con matices y significados. Y cuanto más intenso era el miedo, más alto era el volumen del grito. Al menos para las setas, para los sentidos de las setas. Sí, lo *notaba*.

Los muscats abrieron sus navajas. Lo habían juzgado y sentenciado. Lo degollarían allí mismo y lanzarían su cuerpo a una garganta. No lo hicieron. Porque las setas habían *notado* el miedo de Ric-Ric.

Entraron como una tormenta de carne húmeda, los cuatro a la vez, pegando gritos de cuervo gigante, retorciendo sus cabezas monstruosas para que pasaran por la puerta. Alzaban aquellas extremidades con la punta ganchuda, las dejaban caer como guadañas y desgarraban carne y huesos. Lanzaban lenguas larguísimas que se enroscaban en los tobillos y hacían girar a los hombres como conejos. Chiquitín era el más entusiasta de todos. Saltaba sobre los muscats como una rata y les mordía en el cuello; atacaba las caras y los rostros; sus deditos de hierro arrancaban los ojos como quien vacía un huevo con una cucharilla. Fue un estallido de violencia tan repentino, tan abrumador, que Ric-Ric se agachó para esconderse debajo del mostrador, detrás de las telas de saco que colgaban de la barra. Se encogió como un feto, se agarró las rodillas con las manos y esperó a que todo acabara.

Gritos salvajes, gemidos; voces excitadas por las mutilaciones. Más gritos desesperados. Después los gritos se apaciguaron. Estertores. Y un suave susurro de lenguas deslizándose por el suelo de madera como tentáculos duros. A continuación, el silencio.

Ric-Ric miró hacia arriba y vio aparecer por encima del mostrador a Chiquitín, cabeza abajo. La sangre le chorreaba por la boca entreabierta, con mil espinas por dientecitos. Eran espinas largas y afiladas; entre ellas salía una lengua larga, muy larga, una lengua húmeda como un gusano, de color granate intenso. Lo miraba con sus ojitos de párpados quemados, y por un instante Ric-Ric pensó que iba a atacarlo. No. En absoluto. Era el más devoto de los cuatro monstruos. Solo quería órdenes, más órdenes, más órdenes que acatar y cumplir.

Ric-Ric tardó una eternidad en salir de debajo del mostrador. Sabía que si se ponía de pie lo que vería no sería nada agradable. Pero no podía quedarse allí abajo para siempre. Se levantó. Despacio. A regañadientes.

La sala era un largo rectángulo. Todos los rincones, incluso los del techo, estaban salpicados de sangre. El suelo recordaba a los vertederos de los mercados, donde los carniceros tiraban los restos que no querían ni los perros. La diferencia era que aquellos fragmentos de carne, de miembros y de órganos eran de seres humanos.

Empujó a Tuerto, a Chiquitín, a todas las setas, los apartó y cruzó la puerta. Salió de la casa de Cassian horrorizado, corriendo y resbalando en los charcos de sangre. No miró atrás. Solo quería alejarse de allí.

Fuera del *ostal* lo esperaba la oca. De pie encima de una de aquellas rocas blancas que salpicaban el prado que rodeaba el edificio. Estaba tan empapada de sangre como una pluma mojada en tinta. Aleteaba, y al hacerlo la punta de sus alas salpicaba de gotitas rojas la hierba del prado. Y graznaba.

«¡Cracracra! ¡Cracraminal! ¡Craminal! ¡Criminal!»

Ric-Ric corrió y se adentró en un sendero que descendía. Las setas lo siguieron. Huir, huir, huir. De las bocas de los cuatro monstruos solo salía un ruido de grillo gigante: ric, ric, ric. ¡Ric, ric, ric!

Huir, escapar. ¡Corre, Ric-Ric! Necesitaba sacarse de la cabeza aquellas espantosas imágenes. Siguió ladera abajo y no se detuvo hasta llegar a un camino llano, bastante ancho y con marcas de ruedas. Estaba tan obnubilado por la escena del *ostal* que no se daba cuenta de que había ido a parar a la ruta que unía el valle con Francia y España. Oyó caballos y, por precaución, montó encima de Tuerto.

Eran las primeras diligencias que salían de la Vella tras el sitio invernal. Dos carruajes llenos de pasajeros, hombres y mujeres que iban a Tarbes, la localidad francesa más cercana, a hacer negocios o a visitar a familiares. Después, cuando la Guardia Civil los interrogara, todos los testigos describirían la misma imagen: la de un hombre con abrigo negro y sombrero cónico, con barba de pirata, sentado encima de un monstruo antropoide, una criatura impensable con la cabeza del tamaño de una rueda de molino. El individuo sostenía un arma en la mano izquierda y disparaba a las nubes. Sí, todos los testigos recordaban que el carruaje se había parado en seco. ¡So, so, so! Y recordaban el desenfrenado discurso que hizo el hombre.

Al ver a los asaltantes, a los pasajeros se les heló la sangre. El olor fantástico y virulento de las setas habría podido alarmar a los caballos. Por suerte, llevaban orejeras que les tapaban la vista y, sobre todo, saquitos de pienso atados al morro, que les impedían sentir el hedor de aquellos atacantes. Ric-Ric solo había disparado el revólver al aire para evitar que la diligencia lo atropellara, pero los viajeros lo interpretaron como un asalto. Salieron de las dos diligencias y se colocaron en fila con la espalda pegada a los vehículos y las manos arriba.

Ric-Ric avanzó, cabalgando a Tuerto, hasta aquella hilera de hombres y mujeres atemorizados. Estaba aún muy alterado por la matanza y habló con una rara excitación en la voz. Les ordenó a gritos que no tuvieran miedo y les anunció que eran muy afortunados por ser los primeros hombres y mujeres a los que reclutaba en nombre del Ideal. Solo tenían que abandonar las fábricas en las que los explotaban unos capitalistas sin escrúpulos y seguirlo montañas arriba, donde fundarían una República provisional, isocrática y autogestionada. Allí serían libres hasta que estallara la revolución mundial. Hecho decisivo, por cierto, que no tardaría mucho en producirse gracias a los compañeros, chispa de la revuelta y pretorianos del Ideal.

Los pasajeros no entendieron ni una palabra. En todo el valle no había ni una fábrica, ni un capitalista. Y nunca se les habría pasado por la cabeza abandonar el único bien que tenían, sus *ostals,* para irse a vivir a la intemperie, y además bajo la custodia de unos monstruos de cuerpo cilíndrico y miembros formados por mil raíces. Ric-Ric no entendía la falta de entusiasmo de aquella gente. Se limitaban a mirarlo con ojos atemorizados, con las manos levantadas y la boca abierta, como peces muertos. Todo el mundo estaba así, quieto y rígido, cuando un ruido rompió el silencio. Un llanto, el llanto de un niño. Una mujer llevaba en brazos a un bebé, que ahora lloraba.

Ric-Ric sintió el peso de un escándalo bíblico. Miró las dos diligencias y miró todos aquellos brazos levantados. ¿De qué sirve todo el Poder cuando un bebé llora? Ahora que lo pensaba, ni siquiera estaba seguro de cómo había llegado hasta allí. Así pues, hizo lo que mejor sabía hacer: huir. Corrió, vegetación adentro. Las setas lo siguieron a una velocidad prodigiosa, y en un suspiro habían desaparecido todos, como absorbidos por el bosque.

Los pasajeros bajaron los brazos poco a poco, aún en silencio, y se miraron unos a otros preguntándose si habían asistido a algún tipo de aparición religiosa, pero al revés. Y no iban desencaminados, porque uno de los conductores, desde la atalaya de su asiento, dijo:

—*Avèm agut força astre.*

Es decir, «Hemos tenido mucha suerte». Y a continuación añadió una palabra que todos los hombres y mujeres de aquel valle conocían, una palabra terrible y definitiva: *menairons.*

CAPÍTULO VI

Infructuoso y desventurado esfuerzo de Mailís para que Ric-Ric se deshaga de los monstruos, a los que bautiza como «fungus»

Al día siguiente del asalto a las diligencias, Ric-Ric se sentía ridículo y hundido. Podía perdonarse el fracaso como reclutador: aquella gente no tenía suficiente conciencia de clase. Pero no podía quitarse de la cabeza la masacre de muscats.

Se sentó fuera de la cueva, en un taburete de piedra, y fumó observando las setas. Caía una lluvia fina. Tuerto y los otros dos la absorbían, inmóviles. Chiquitín, en cambio, no paraba quieto. Definitivamente era el más alocado de todos. Mientras los demás mantenían una quietud extática bajo la lluvia, sin anhelos, Chiquitín parecía estar en el patio del colegio. Corría sin sentido, alborotado, se caía al barro, se le enredaban los dedos de las manos con los de los pies, rodaba y acababa hecho un lío. De algún modo recordaba a los juegos de los gatitos, que al principio hacen gracia pero al final cansan. Ric-Ric lo miraba con ojos vidriosos: no podía quitarse de la cabeza la masacre de muscats, no podía. Los charcos de sangre. Los trozos de carne arrancada. «Olvídalo —se dijo—, piensa en ella».

Y eso hizo. Pensó en Mailís, en su *ostal* lleno de libros, sobre todo diccionarios, muchos diccionarios. Recordó aquellos momentos deliciosos, cuando ella se lavaba con agua humeante, sentada en la hierba, mostrándole unos brazos de piel blanca. Mientras daba tragos de *vincaud* pensando en ella y en Alban, se dijo: «Soy un revolucionario, ¿por qué no puedo compartir este Poder tan grande?». La idea lo entusiasmó. Sí, eso haría. ¡Qué gran regalo!

Exaltado con el nuevo propósito, pasó el resto del día acicalándose. Metía camisas y pantalones en un barreño con agua y los lavaba enérgicamente con una pastilla de jabón del tamaño de un ladrillo. Las setas lo miraban sin entender. Tuerto, con su cara de niño a punto de llorar; Chiquitín, con aquellos ojos desorbitados de gruesos párpados. ¿Qué significaba? ¿Por qué lavaba ropa y se aseaba? Entonces, mientras retorcía la ropa para escurrirla, Ric-Ric *notó* por primera vez el punto de vista de las setas: captaban el amor a Mailís en el pecho de Ric-Ric.

Sí, lo *notaba*. En la pelea de Tuerto con el oso y en la masacre de muscats en el *ostal,* Ric-Ric había descubierto que las setas escuchaban las emociones de los seres humanos como quien escucha una voz. Ahora, por el contrario, se daba cuenta de que también él sentía las emociones que experimentaban las setas, como si tuviera orejas en el pecho. Lo notaba. Y lo que *notaba* era la incomprensión de los monstruos. Les sorprendía que Ric-Ric desprendiera un sentimiento tan fuerte.

—¡Compañeros! —gritó—. ¡Mis relaciones personales no son cosa vuestra!

Y ordenó a las setas que le lamieran el sombrero y los zapatos con sus larguísimas lenguas, para lustrarlos. Se lavó las axilas, se afeitó la barba con unas tijeras de cocina y se acicaló lo mejor que sabía, que no era mucho. De sus saqueos al *ostal* de Cassian se había llevado algunos objetos extraños de ver en una cueva, como un espejo rectangular de cuerpo entero. Una vez vestido, limpio y peinado, se miró imitando la postura de un rey al que están retratando los pintores de la corte. Ric-Ric veía a las setas detrás de él, en el espejo.

—Soy más feo que una patata peluda. Pero ¡vosotros aún más! —y dirigiéndose a Tuerto añadió—: Y a ti te falta un ojo.

Bebió un trago de café directamente de la cafetera, como si fuera un botijo, se subió a la cabeza de Tuerto y se dirigió a casa de Mailís seguido por las demás setas.

Mailís. Violada, y por un puñado de hombres. Ahora podía ofrecerle algo más que una disculpa: un regalo. Sí, esta había sido la idea. ¡Y qué gran idea! Era buenísima. ¿Cómo era posible que no se le hubiera ocurrido antes?

———•———

Ric-Ric y las cuatro setas llegaron a la llanura del *ostal* de Mailís. Parecía una casita de juguete. Las simetrías de la construcción eran indicio de orden: las dos alas del tejado de pizarra, idénticas; el murete de pizarra que rodeaba la casa, uniforme. Era todo lo contrario de los cuerpos de los monstruos que lo acompañaban, irregulares y asimétricos.

Llegaba peinado y con los zapatos lustrados con babas de seta. Como quería presentarse ante Mailís solo con Tuerto, se le ocurrió un truco para que los demás no lo siguieran: les ordenó que derribaran un abeto altísimo. Debían tirarlo abajo y después cortar las ramas y arrancar la corteza. Se lo explicó con voces y gestos de lo más vehementes. Chiquitín, entusiasta, fue el primero en atacar el árbol, con furia, como si fuera un enemigo personal. Perfecto. Aquella labor no tenía ningún sentido; la cuestión era tenerlos ocupados, distraerlos y que no lo siguieran a la casa. Cuando los tuvo a los tres concentrados en aquella tarea inútil, espoleó a Tuerto hasta el murete de pizarra.

Enseguida entendió que algo no iba bien. Antes del invierno, cuando iba a verlos, Alban siempre salía a recibirlo: «*T'aimi, t'aimi,* ¿dónde está mi caballo?». Pero esta vez no había salido nadie. Y, sin embargo, era obvio que la casa volvía a estar habitada: el huerto florecía y la chimenea expelía humo abundante.

Ric-Ric era un hombre solitario, y a los hombres solitarios les cuesta ponerse en el lugar de los demás. «Quizá tengan miedo», se dijo por fin. Así pues, empezó a moverse paralelamente al murete, sin traspasarlo, sentado en la cabeza de Tuerto con la prestancia de un rajá indio montado en un elefante. Quería demostrarles que no era un peligro, que tenía a la seta perfectamente controlada. La seta bordeaba la valla de piedra que marcaba los límites de la propiedad, arriba y abajo como un soldado haciendo guardia. ¡Ops! Media vuelta y... ops, media vuelta... ¡Ops! Ric-Ric mantenía la espalda muy recta, orgullosamente recta. Con los brazos cruzados y los codos levantados, parecía un príncipe oriental.

No interrumpió aquella exhibición, tan fantástica como ridícula, hasta que se abrió la puerta del *ostal*. Era ella, Mailís. Salió y avanzó con paso pausado, aunque firme, en dirección a la portezuela del murete. Cualquiera habría entendido lo valiente que había que ser para enfrentarse a aquello.

Mailís avanzaba hacia Ric-Ric, y la brisa le levantaba ligeramente el pelo de color miel. Parecía aún más enérgica que de costumbre. Abrió la puerta y se detuvo. Ric-Ric, feliz de verla, bajó de Tuerto, se quitó el sombrero e hizo el gesto de entrar. El monstruo se dispuso a seguirlo. Pero ella lo detuvo alzando la voz:

—¡No, Ric-Ric! Solo usted.

Ric-Ric no sabía qué decir.

—Solo usted —insistió ella desde el otro lado del muro, de la portezuela, señalándolo con su potente dedo índice de maestra de escuela.

Así pues, solo entró él. Tuerto se quedó fuera, sin resistirse. Ric-Ric se lo había dejado muy claro a base de gritos y chasquidos de lengua: no debía cruzar el muro. Y Tuerto obedeció, más quieto que una roca. Al parecer, había entendido la fuerza de aquella barrera simbólica, de aquel murete de pizarra.

Ric-Ric y Mailís cruzaron el huerto, y cuando ya entraban en la casa él quiso tranquilizarla con torpes palabras:

—Solo es una seta.

Mailís se detuvo en seco y lo miró con una severidad que Ric-Ric nunca había visto en ella.

Aquella mañana el Viejo había cogido una cesta de colmenillas, las deliciosas setas primaverales. La cesta de mimbre estaba allí, junto a la puerta. Mailís tomó una colmenilla con dos dedos y se la colocó a Ric-Ric debajo de la nariz.

—Esto es una seta, Ric-Ric —entonces extendió el otro brazo, señaló a Tuerto, que seguía detrás del muro, y añadió, ofendida—: Lo que usted ha traído no es una seta. No lo es.

Comieron juntos; él, ella, Alban y el Viejo. Fue un desastre. Flotaba en el aire la presencia del monstruo, solo contenido por un murete de un metro de altura. Comieron en un silencio tenso, extraño. Todos lo miraban esperando una explicación, incluso Alban, pero Ric-Ric no sabía por dónde empezar.

—Explíquese —lo animó ella por fin.

Ric-Ric balbuceó una serie de lugares comunes sobre la providencia, que había hecho que encontrara cuatro setas animadas que ahora pensaba convertir en instrumentos de la revolución mundial.

—Ah —dijo ella discretamente—, así que hay más de una...

—Sí, tres más —le contestó Ric-Ric—. Contándome a mí, somos cinco; las células anarquistas siempre están formadas por cinco activistas.

—¡Ah, claro! Lo que no acabo de entender —replicó Mailís, sardónicamente incisiva— es cómo pretende aniquilar el orden capitalista mundial con cuatro acólitos, por muy monstruosos que sean.

Ric-Ric se encogió de hombros.

—Planificar es burgués —se defendió—. La acracia confía en los movimientos espontáneos. Estos compañeros serán la chispa que encenderá el fuego revolucionario.

Ella insistió en el carácter salvaje, y en consecuencia imprevisible, de los monstruos.

—Se equivoca —se rio él—. Siguen mis consignas al pie de la letra.

—¿Está seguro?

Ric-Ric sonrió con aires de suficiencia.

—Totalmente. No tienen voluntad. De hecho, yo soy su voluntad.

—Usted siempre ha afirmado que la pretensión última del anarquismo es destruir las monarquías hereditarias y las repúblicas burguesas —dijo ella cambiando de tema—. Es decir, aniquilar toda forma de poder político organizado.

—Exacto —dijo Ric-Ric, complacido.

—Y a la vez afirma que domina y somete a estos compañeros, como usted los llama, y lo decide todo por ellos.

—En efecto; ordeno, mando, dicto y controlo todo lo que hacen —dijo, orgulloso.

No se daba cuenta de que Mailís estaba tendiéndole una trampa. La mujer acercó su silla a la de él, extendió los brazos por encima de la mesa y le cogió las manos. El gesto dejó al descubierto sus antebrazos blancos, de mujer pirenaica. Aquellos antebrazos que, antes del invierno, gozaban mostrándose ante él. Mailís le apretó los dedos, y entonces, sin disimular su angustia, mirándolo a los ojos, dejó caer la gran pregunta:

—¿Y usted cree, querido amigo, que puede destruir los poderes del mundo ejerciendo un Poder radicalmente despótico?

Aquello lo desconcertó. Era una contradicción demasiado grande para pasarla por alto, incluso para alguien como él. Era exactamente lo que Mailís buscaba, su desconcierto, que dudara. Ric-Ric miró con ternura a la mujer, a Alban y al Viejo. Miró el acogedor comedor, la pequeña chimenea... El calor llegaba a todos los rincones de aquel digno *ostal*. Pensó que calentar una casa era una de las artes humanas más civilizadoras; y, en cambio, él, aunque controlaba un Poder titánico, un Poder sobrehumano, vivía en una cueva misérrima en la que siempre hacía frío.

—¡Ric-Ric! —clamó Mailís—. Usted cree que los controla, pero no le traerán nada bueno.

—Solo son setas —balbuceó él.

Mailís se dio cuenta de que estaba receptivo, de que se había abierto una puerta y podía convencerlo.

—No los llame *setas* —le pidió.

Entonces, como buena profesora, le explicó que las palabras definían las cosas. Y *seta,* obviamente, no se correspondía con la naturaleza de aquello que esperaba detrás del murete de pizarra, fuera lo que fuese. Mailís cogió un diccionario del estante, lo hojeó con atención científica y proclamó por fin: *fungus*.

—*¿Fungus?*

—Sí, llámelos *fungus*.

La palabra tenía resonancias imponentes, lúgubres y siniestras. *Seta* era una palabra inofensiva; *fungus,* en cambio, denotaba orígenes oscuros y soterrados. Por eso Mailís repetía la palabra una y otra vez, *fungus, fungus, fungus,* esperando hacerle entender que estaba en manos de fuerzas malignas.

Ric-Ric no había visto la necesidad de ponerles nombre, al menos genérico. Si a uno lo llamaba «Tuerto» era por la sencilla razón de que le faltaba un ojo; y si a otro lo llamaba «Chiquitín» solo era porque era pequeño. Nada más. Pero quería complacer a Mailís, de hecho había ido para complacerla. *¿Fungus?* ¿Quería que los llamara *fungus*? Pues muy bien, *fungus*. Si eso la hacía feliz, él estaría la mar de contento de rebautizarlos. *Fungus*.

Al hacer aquella concesión, fue como si lo readmitieran en el *ostal*, en la comunidad humana. El Viejo quemó *vincaud* en un barreño. Y mientras todos bebían y fumaban, y Alban volvía a agarrarse a su pecho, Ric-Ric reunió el valor para disculparse con ella. Para pedirle perdón por haber llegado tarde la mañana de la catástrofe. Y bajando los ojos añadió:

—Y por lo que pasó después.

Pero ella no lo entendió.

—¿Después? ¿Lo que pasó después? ¿A qué se refiere?

Ric-Ric tartamudeó cuatro palabras ininteligibles, hasta que ella siguió diciendo:

—Creo que es un malentendido. Los hombres del *ostal* me trataron con una consideración exquisita. Me sirvieron infusiones de tomillo con miel, y cuando decidí marcharme, decepcionada por su ausencia y por la larga espera, todos se ofrecieron amablemente a acompañarme.

Al ver la reacción de él, añadió:

—¿Por qué pone esta cara? No me gustaría haber provocado alguna lamentable disputa.

Ric-Ric se sintió como si le hubiera caído el techo encima. Se cubrió la cabeza con las dos manos, como si quisiera protegerse. Cassian, el malnacido de Cassian. La historia de la violación solo había sido una puñetera broma. Una docena de hombres muertos. Y todo por un malentendido. Meneó la cabeza como un perro mojado que se sacude el agua. Pero lo único que podía hacer era aclarar el motivo de su visita. Ric-Ric miró a Alban y le dijo:

—¿Verdad que siempre te decía que te regalaría un *caval*? —y añadió—: Pues te lo he traído.

Incluso en aquel momento extremo, en aquella propuesta delirante, habría sido posible algún tipo de entendimiento. Porque la generosidad de Ric-Ric, aunque descabellada, era sincera y bienintencionada, y en el *ostal* vivía gente tolerante. El Viejo lo escuchaba sin juzgarlo, y Mailís hacía el esfuerzo de entenderlo. Pero, por desgracia, justo en aquel momento Mailís lo vio.

Chiquitín estaba amorrado a la ventana. Sus miles de dedos se adherían al cristal, y sus ojos amarillos rastreaban el interior de la casa. La alargada cápsula de la cabeza ocupaba casi toda la ventana y tapaba la luz del sol. Aquella repentina sombra había hecho que Mailís se girara, y al ver al monstruo no pudo evitar un grito de espanto. El susto hizo que Alban llorase. El Viejo se puso de pie, alarmado.

No, los fungus no obedecían a Ric-Ric, por mucho que él lo afirmara: al menos uno de los monstruos lo había desobedecido y había cruzado el muro. El Viejo descolgó la escopeta de la pared y la cargó. Ric-Ric se abalanzó hacia él e intentó arrebatársela.

—¡No!

Ninguno de los dos quería soltar el arma. El Viejo no era consciente de cuál era el auténtico peligro. Ric-Ric sabía que los fungus estaban atentos a las vibraciones del aire, al amasijo de sentimientos confusos que rezumaba el *ostal,* que les llegaban como una ola. Para los fungus, la exaltación del Viejo, el miedo de Mailís y la angustia de Alban eran como la sangre para los tiburones. Porque Ric-Ric *notaba* que los fungus estaban sintiéndolos, auscultándolos. Lo *notaba,* sí. Ahora estaba totalmente seguro: los fungus escuchaban y diferenciaban las emociones de cada individuo de la misma manera que los seres humanos diferencian las voces de cada persona. Los fungus, ansiosos, desorientados, interpretaban el desencanto, la tristeza y la desolación de Ric-Ric como una señal de alarma, y el impulso defensivo del Viejo como una amenaza. Ric-Ric preveía lo que harían. Si aún no habían asaltado el *ostal* era, sencillamente, porque no cabían por las ventanas de la casa, unos cuadrados de dimensiones casi infantiles. Pero buscarían una entrada y la encontrarían. Y, una vez dentro, Ric-Ric sabía perfectamente lo que pasaría.

No tenía tiempo de explicar todo aquello. No podía explicar que llevaba meses inmerso en un mundo de monstruos sensibles que se comunicaban con las emociones del mismo modo que los lobos se entienden con aullidos e interpretan los olores. Y, como era previsible, el Viejo lucharía: aquella era su casa, aquella era su escopeta y, para quitarle una cosa o la otra, tendrían que matarlo.

Oyeron un batacazo en el techo; como si sintieran un terremoto por encima de la cabeza en lugar de por debajo de los pies. Ric-Ric y el Viejo dejaron de luchar. No soltaron la escopeta, pero dejaron de dar tirones y miraron hacia arriba. Mailís y Alban también alzaron los ojos.

Eran golpes sincopados, contra la chimenea de piedra. Como un ariete atacando una muralla: estaban embistiendo la chimenea con sus poderosas cabezas, como toros de lidia. Se oían los gritos de los fungus en cada impulso, y un estrépito de escombros precipitándose por los laterales de la casa. Por las ventanitas se veía caer una lluvia sólida de tejas de pizarra. Cuando hubieran destruido la chimenea, sus cuerpos, monstruosos pero flexibles, se deslizarían por el tubo. Bajarían entre las paredes de hollín, como pulpos gigantes, y a continuación los destriparían. A todos.

Los dos hombres volvían a forcejear por la escopeta. Ric-Ric miró a Mailís sin retirar las manos del arma. La madre abrazaba a su hijo, acurrucada contra una pared. Alban lloraba. Ella se limitaba a mirar a Ric-Ric sin parpadear, con el odio inconmovible con el que los inocentes miran a los verdugos. Ric-Ric se dijo que no había nada peor que unos ojos queridos mirando de aquella manera. Pero enseguida rectificó. Sí que había algo peor: Chiquitín, cabeza abajo, apareciendo por una chimenea querida.

Primero fueron mil dedos. Se agarraban a los bordes de la chimenea como tentáculos articulados. A continuación aparecieron los brazos, con tres o cuatro codos cada uno. Y por último la cabeza.

El Viejo, Mailís y Alban vieron aparecer una enorme cápsula de carne vegetal frotando las paredes de la chimenea. La bestia, cabeza abajo, abrió una boca con cien espinas en cada mandíbula. De la boca salió una lengua negra de cinco o seis metros que serpenteaba por el suelo de la casa. El Viejo y Ric-Ric, por instinto, empezaron a dar saltitos para evitar que la lengua se les enroscara en los tobillos.

En un instante los fungus entrarían por la chimenea y los matarían a todos. Ric-Ric lo sabía, así que tomó la única decisión que podía salvar a aquella gente. Empujó al Viejo, que cayó de espaldas, y salió por la puerta gritando y corriendo como un bárbaro.

Como había previsto, los fungus lo siguieron. Al ver que Ric-Ric se marchaba, volvieron chimenea arriba. Ric-Ric corría por el huerto tropezando con las matas de patata, pero enseguida se incorporaba, hasta que cruzó el muro. Los fungus dieron unos saltos prodigiosos desde el techo y lo siguieron. Más allá del murete lo esperaba Tuerto: era el único que lo había obedecido, que no se había movido del lugar indicado. Seguía al otro lado del murete, más quieto que si lo hubieran disecado.

Desde allí, Ric-Ric miró el *ostal*. Parecía que acabara de sufrir un bombardeo: la chimenea destruida, los alrededores de la casa llenos de ladrillos y placas de pizarra desprendidas del tejado... Ric-Ric resoplaba y miraba a Chiquitín con odio, pero ¿cómo se castiga a un diablillo de color naranja? ¿Y de qué serviría? El desastre ya se había consumado. No pudo contenerse: empezó a dar puñetazos a la cabeza de Chiquitín riñéndolos a todos.

Entonces Mailís apareció en el umbral de la puerta. A sus ojos, Ric-Ric parecía una especie de domador de leones: allí estaba, al otro lado del murete, dando palos a los cuatro monstruos que lo rodeaban. Ric-Ric los reprendía con lenguaje tabernario y repartía golpes a diestro y siniestro, sobre todo al más pequeño. Los fungus acataban, pero rugían como bestias, rabiosos. Sacudían el cuerpo, sobre todo aquellas enormes cabezas discoidales, gritaban como dragones iracundos y con cada sacudida expulsaban esporas malolientes, muy malolientes. Protestaban, enfadados, y sus inmensas mandíbulas desprendían una espesa baba amarillenta que chorreaba hasta la hierba. Ric-Ric a duras penas conseguía mantenerlos a raya; aparentemente lo obedecían, aunque no estaban conformes, pero Mailís entendió que aquella obediencia era pura ilusión.

Era una mujer tozuda: a pesar del horror, el caos y la destrucción que Ric-Ric había llevado a su casa, aún quería hablar con él, impedir que desapareciera en aquellos picos inhóspitos. La gente del valle tenía un dicho: «Un pecador puede salir del infierno, pero quien se adentra en los Pirineos a caballo de un demonio no sale jamás».

Mailís avanzó hasta el murete.

—Quédese con nosotros, abandone esta compañía infame —le imploró—; estas criaturas no llevan a la libertad, sino a la perdición.

Y alargó los brazos hacia él, por encima del murete de pizarra. Al hacer aquel gesto se le subieron las mangas del vestido y dejaron al descubierto aquellos antebrazos blancos; tan blancos que contrastaban con la piedra negra del muro.

Ric-Ric entendió la oferta. Y le dolió. Habría querido replicarle muchas cosas. Habría querido decirle, por ejemplo, que regalar un *caval* a Alban era la intención más bondadosa que había tenido nunca. Pero los separaba un obstáculo más infranqueable que cualquier muralla; los separaba el murete de pizarra, y aquello nada podía cambiarlo.

Ric-Ric escaló el cuerpo de Tuerto utilizando las cuencas de los codos como peldaños. E instalado en aquellas alturas magníficas y a la vez abominables, calándose el bombín, proclamó:

—Yo, que nunca había tenido nada, ahora al menos tengo cuatro fungus. Y usted me dice que no puedo tenerlos ni puedo compartirlos.

Después, aquel extraño conjunto de hombre y fungus, aquellas formas de bestia mitológica se pusieron en movimiento, y detrás de ellos los demás monstruos, sus cuerpos cilíndricos y sus cientos de miembros desmadrados. Estaban más alborotados que nunca. El monstruo más nervioso era el más pequeño. Daba botes de liebre y pegaba chillidos de hiena. Antes de ponerse en movimiento se entretuvo un momento al otro lado del muro, mirando a Mailís con los ojos inyectados de rabia. Toda la parte superior de su cuerpo pegaba sacudidas como si sufriera un ataque epiléptico, abría la boca desmesuradamente y proyectaba su larga y amenazante lengua hasta tocar el muro de pizarra. Pero se dio cuenta de que los otros tres se marchaban, de que se quedaba solo, y a regañadientes se incorporó a la comitiva monstruosa.

Ric-Ric hizo que Tuerto acelerara el paso, y todos juntos desaparecieron por senderos inaccesibles para los humanos.

CAPÍTULO VII

Ric-Ric, acosado por la infame Guardia Civil española, recluta un portentoso ejército de fungus

Hizo el viaje de regreso a la cueva entristecido y sentado en la cabeza de Tuerto, que se movía tan despacio como un dromedario viejo, seguido por los compañeros. Caminaban a paso de derrota, como si Ric-Ric les hubiera contagiado su desánimo. Y llovía. Una lluvia impertinente y perseverante, que aún lo hundía más. El agua le chorreaba por la punta del sombrero, por la barba y por los zapatos, apoyados en los hombros de Tuerto.

Poco después de salir del *ostal* de Mailís, Ric-Ric hizo que Tuerto se detuviera. No podía creerse lo que estaba viendo: una inclinación del terreno en la que todos los árboles estaban tumbados como bolos, con las ramas cortadas y la corteza arrancada. Los troncos pelados dejaban al descubierto una madera blanca que parecía una extensión gigante de huesos. Entonces cayó: antes de entrar en la casa de Mailís había dejado allí a Chiquitín y a los otros tres, y para tenerlos entretenidos les había mandado que derribaran un abeto y le quitaran la corteza; siguiendo sus órdenes, habían talado un árbol, y otro, y más. Tres fungus, solo tres, habían talado cien árboles en un ratito. Ric-Ric se quedó abrumado: aquella ladera, arrasada, ponía de manifiesto la inexorable fuerza bruta de los monstruos. Como no quería que *notaran* sus temores, retomó la marcha.

———•———

Llegó a la cueva empapado y abatido, así que para animarse hizo nuevos planes revolucionarios. Limpiaba el revólver pensando en la siguiente acción. ¿Qué tocaba hacer? ¿Asaltar un banco? ¿Irrumpir en la ópera y provocar una matanza de aristócratas y burgueses? ¿O atacar una catedral en plena misa? Se imaginaba a los fungus reventando el rosetón, cayendo en los bancos entre una lluvia de vidrios de colores y sembrando el terror entre los feligreses. Al pensarlo se le escapaba una risita desdeñosa.

Al tiempo que pasaba un trapo por el revólver, fantaseando con escenas de muerte y destrucción, los cuatro fungus lo observaban atentamente. El gatillo de los Lefaucheux era muy sensible. Ric-Ric hizo un mal gesto y el arma se disparó. La bala siguió una trayectoria ascendente y entró en el cuerpo de uno de los fungus, en el punto en el que un humano tendría el mentón. La criatura cayó desplomada al suelo con un ruido de escombros compactos, muerta.

Ric-Ric pegó un bote, asustado. El disparo, el humo de la bala y el cadáver extendido, enorme. El cuerpo ocupaba casi todo el suelo de la cueva. Tras soltar unos cuantos tacos en los que se mezclaban putas y oros, constató, algo más calmado, que la víctima era uno de los fungus nuevos. No, Chiquitín no: le había salvado su corta estatura. Si hubiera sido un poco más alto, la bala le habría alcanzado a él, no al fungus que tenía detrás.

Y de repente aquel fenómeno. Las esporas.

La *cauna* se llenó de esporas, una purpurina voladora, como pequeñas escamas plateadas. Una especie de confeti delicado y brillante que salía de los cuerpos de los fungus. Como el día en que Tuerto esparció sus esporas sobre los tres fungus recién desarraigados. Ric-Ric contemplaba aquella lluvia de partículas sin entender qué eran. Salían de los cuerpos de los fungus vivos y caían sobre el fungus muerto. Pero no pasó nada más. El único cambio apreciable fue que los fungus miraban el cadáver, no a Ric-Ric. Las cabezas lenticulares se inclinaban sobre la víctima, sin entender, como vacas mirando al tren.

Ric-Ric les ordenó de malas maneras que cargaran al muerto. Los fungus alzaron el cadáver con una veintena de brazos y una infinidad de dedos. Siguiendo a Ric-Ric, entraron en el bosque y, una vez allí, a bastante distancia de la cueva, les ordenó que cavaran una zanja. Los fungus no entendieron con qué propósito. Ric-Ric, enfadado, ejemplificó lo que quería: se agachó y extrajo tierra con las manos.

—¡Venga, venga! Es muy fácil: no podemos dejar una seta tan grande pudriéndose al aire libre —los empujó y les gritó—: ¡Venga, malnacidos!

Por fin parecía que lo habían entendido. Empezaron a excavar con energía. Tres fungus, utilizando las manazas como palas, enseguida abrirían una gran fosa.

Ric-Ric se sentó y apoyó la espalda en un árbol. Unos helechos le hacían de cojín. No podía dejarlos allí y marcharse. Si lo hacía, irían detrás de él, como siempre, y no cavarían la tumba. Llevaba una botella, que se bebió mirando las nubes. Ya no llovía. ¿Qué atacaría? ¿Un banco, una catedral o una ópera? Le costaba decidirse. El buen tiempo, el *vincaud* y el ruido sincopado de los trabajos de excavación hicieron que se adormeciera.

Lo despertó Chiquitín, claro. Él, siempre él, el más travieso de todos. Los demás también lo rodeaban y reclamaban su atención. Cuando se puso de pie para asegurarse de que habían terminado el trabajo que les había pedido, vio una imagen muy poco convencional.

Los fungus habían hecho un gran agujero en la tierra, en efecto, y habían metido a su compañero muerto. Pero no tumbado, sino derecho, con medio cuerpo enterrado. Más que enterrarlo, lo habían plantado. El cuerpo metido en la tierra hasta las caderas, la cabeza ladeada, como si durmiera tristemente, y los brazos caídos, sin energía, inertes. Pese a la poca pericia de los excavadores, el fungus estaba enterrado de manera que la punta de los dedos tocaba la tierra de la que había surgido, como si expresara la voluntad de volver a emerger de ella algún día.

Ric-Ric contempló un instante aquella imagen insólita. Luego se echó a reír. Se le escapó una risita, primero por lo bajo y después más ruidosa. Una risa bufonesca, escandalosa. Tuvo un detalle de humor negro: volcó la botella sobre la cabeza esférica del muerto y la regó con *vincaud*.

—Listo —dijo riéndose—, vuestro amigo ya está bendecido.

Caía una lluvia fina, que se deslizaba por la cabeza inclinada del fungus muerto. Lluvia, más lluvia. Miró a su alrededor y de repente se alarmó: algo estaba cambiando en los fungus. Los monstruos lo escrutaban con sus ojos amarillos y pequeños, mientras las gotas de lluvia rebotaban en sus cabezas semiesféricas. Ric-Ric *notaba* que no les había gustado aquel gesto, aquella irrespetuosa rociada de *vincaud* sobre el cadáver. Lo miraban bajo la lluvia, enfurruñados. Sobre todo Tuerto. Ahora, aquellas facciones de niño que contiene el llanto daban miedo. No debería haberse reído de aquel entierro primitivo. Dio un paso atrás.

Lo amenazaban. Sin palabras. Solo emitiendo sentimientos ofendidos. Lo *notaba*. Aquel era su idioma. Las emociones de los fungus salían del interior de los monstruos, cruzaban el éter y de alguna manera le entraban por el pecho. Y las entendía. El sentimiento de ofensa, de vejación, y la furia que causaba. Lo *notaba*. Ric-Ric dio un paso atrás, dos; aquellas cabezas lenticulares se acercaban a él mirándolo fijamente. Estaban ofendidos. Muy ofendidos.

Tuvo miedo. Un miedo ancestral: estaba allí, bajo la lluvia, en un bosque recóndito de los Pirineos, en la periferia de la periferia del mundo; lejos de todo auxilio y rodeado de criaturas de mil brazos, garras ganchudas y la piel siempre mojada. ¿Qué eran realmente? Nunca podría responder esa pregunta. Resopló. Le vinieron a la memoria las últimas palabras de Mailís: «Ric-Ric, estas criaturas, el Poder sobre estas criaturas no lleva a la revolución, sino a la perdición». Mailís lo había entendido enseguida: «¡Son fungus, Ric-Ric, fungus!». Tenía razón. ¿Cómo había podido ofuscarse tanto? Él era anarquista: ¿qué hacía ejerciendo el Poder sobre otros, aunque fueran criaturas tan ignotas, tan incomprensibles?

La idea fue abriéndose paso en su mente como un hacha en un tronco. Mailís tenía razón, como siempre. Tenía que deshacerse de los monstruos o acabarían con él de una manera u otra, tarde o temprano. Disimulando, intentando ocultar sus temores, les dio una orden de lo más absurda, lo primero que se le pasó por la cabeza: que perforaran el fondo de la *cauna* utilizando la punta de sus mil dedos como picos y palas; que picaran aquella pared en la que Cassian lo había obligado a hacer de minero.

—¡Venga, venga, compañeros! ¡Hacedlo!

Los fungus no reaccionaron. Por primera vez no lo obedecían en el acto. Se quedaron allí, bajo la lluvia que repicaba en sus cráneos, con los ojitos amarillos mirándolo fijamente, hasta que Chiquitín dio un salto, entusiasmado.

Aquel pequeño monstruo siempre necesitaba acción, siempre necesitaba gastar energía. Cualquier orden le parecía bien. Era como si dijera: «¿Picar la pared interior de la cueva? ¡Hagámoslo!». Echó a correr en dirección a la cueva, y los fungus lo siguieron. El más reticente fue Tuerto. Aún miraba a Ric-Ric con un rictus de niño rebelde. Ric-Ric, inseguro, hizo un gesto con la mano.

—¡Venga, compañero! ¿A qué esperas? Ve tú también.

Tuerto se dirigió por fin a la cueva. Con una especie de repugnancia, de desagrado. Pero fue. Cuando los tuvo a los tres dentro de la *cauna,* Ric-Ric cerró la puerta.

Tenía una lata de queroseno que había robado de la despensa de Cassian. Solo tenía que rociar la puerta y prenderle fuego. Sería el final. El final de los monstruos y el final de la monstruosa relación que lo unía a los monstruos. «¡Son fungus, son la perdición!», le había advertido Mailís. Y tenía razón. Sí, se desharía de ellos. Y lo hizo. Roció toda la lata en la puerta para que la madera se empapara de queroseno. Echó el último chorro en un trapo sucio y lo encendió. Ya solo quedaba lanzarlo contra la puerta. Un gesto y se libraría para siempre de aquellos monstruos.

Y en eso estaba cuando apareció la Oca Calva.

¿De dónde demonios salía? Tan insolente como siempre, graznando con las alas abiertas: «¡Cracracrá!». Justo en aquel momento, mientras la oca graznaba y él aún tenía en la mano el trapo en llamas, oyó las cinco palabras más temidas por todos los súbditos españoles:

—¡Alto a la Guardia Civil!

Se giró y vio a dos jinetes con uniforme verde claro, capa y tricornio, apuntándolo con fusiles. A los caballos, cosa insólita en aquellos animales, no les alarmaba el olor de los fungus: la puerta olía tanto a queroseno que incluso cubría el hedor fúngico.

—Suelte la mecha.

Hay que ser español para entender la celeridad con la que Ric-Ric obedeció. Dejó caer el trapo en llamas, muerto de miedo, y levantó las dos manos en señal de rendición.

Un guardia bajó del caballo y apagó el trapo pisándolo con la bota. La oca clamaba al cielo, apuntaba a Ric-Ric con el pico y lo acusaba con sus graznidos. El otro guardia civil le preguntó:

—¿De dónde ha sacado ese volátil? Hurtado, claro.

¡Él no había robado nada! Hacía tiempo que la oca rondaba por allí, abandonada, y al ver acercarse a los guardias civiles se había envalentonado.

A Ric-Ric no le costó imaginar el motivo que había llevado a la pareja de guardias civiles hasta su cueva: la diligencia, el asalto a las putas diligencias de Tarbes. Había sido un ataque insufriblemente ridículo, sin víctimas ni botín, pero al fin y al cabo un asalto. Debía de haber al menos una veintena de pasajeros, de testigos. Alguno había avisado a la Guardia Civil. Por culpa de aquel suceso debían de haber ordenado a los guardias que exploraran las cimas y los valles, que recorrieran caminos y barrancos espoleando caballos poco gallardos y con pésimas herraduras. Y que lo hicieran bajo la lluvia y la ventisca, lejos de techos y lugares cálidos. Su mal humor era comprensible.

Poco antes, los guardias civiles habían oído un disparo, el disparo que había matado al fungus. Una bala de un Lefaucheux carlista, con su chasquido inconfundible: *¡bum!* Solo habían tenido que seguir el rastro del eco. *Bum, um, um...*

Ric-Ric sabía perfectamente cómo se las gastaba la Guardia Civil. Eran aún peores que la policía. ¡La Guardia Civil! Pidió perdón confusamente. Fue un error: el que implora perdón a una autoridad es porque ha cometido un delito. Ahora solo faltaba saber cuál.

Los guardias ataron los caballos a un tronco caído. Después se acercaron a Ric-Ric y le ordenaron que abriera la puerta.

—¿La *cauna*? ¡Oh, no, eso no! —suplicó con una indigna mezcla de ruegos y gemidos.

Pero los guardias creían, con razón, que allí dentro se escondía algo e insistieron con una voz que era el Poder personificado:

—Abra esa puerta.

Obedeció con infinito pesar. Avanzó hacia la puerta como un condenado hacia el patíbulo. Sabía exactamente lo que pasaría a partir de aquel momento, y sabía que no se podía hacer nada por evitarlo.

A regañadientes, retiró la gran roca que había colocado para bloquear la puerta. Hizo un último intento por cerrarles el paso.

—Agente, no, por favor.

Solo sirvió para que recibiera un culatazo en el estómago. Retrocedió. Un guardia se quedó apuntándole al pecho con el fusil. El otro entró.

El guardia civil se adentró en aquella oscuridad como si se sumergiera en un lago de tinta. Cueva adentro, a tientas. Primero fue el olor. Allí, el olor a queroseno quedaba oculto bajo un hedor increíblemente denso a musgo mojado, un efluvio de sangre de bosque. A medida que los ojos del hombre fueron acostumbrándose a las tinieblas, empezó a ver algo. Siluetas. Unas siluetas fugaces, más intuidas que vistas; semiesferas vegetales, cuerpos nebulosamente cilíndricos, miembros delgados y vigorosos, cubiertos de una piel como de reptiles húmedos. Miembros poco definidos, incomprensibles para la mente humana. Por un instante, el agente pensó que quizá estuviera rodeado de serpientes. Sobre todo por aquellos ruidos, aquellos susurros como de pieles aceitosas frotándose entre sí. Metió una mano en el bolsillo de la guerrera y encendió una cerilla.

La llamita iluminó unos ojos amarillos y refulgentes, muy refulgentes, pequeños pero ominosos, con forma de nuez. Aquella pequeña claridad, por escasa que fuera, le permitió entender que no eran serpientes, sino lenguas.

Unas lenguas que parecían vivas, que se movían por voluntad propia. Vio aquellas lenguas tubulares que se retorcían como serpentinas voladoras y vio que salían de unas bocas con cientos de espinas en lugar de dientes, hileras e hileras de espinas. Y vio otra cosa.

A la izquierda, muy cerca de la cerilla: un miembro indefinible; una especie de raíz muy larga, fina como un cable, dura y afilada como el acero, que se alzó entre las tinieblas. De repente, se precipitó de arriba abajo. Fue un golpe seco y afilado, como de guillotina. La mano que sujetaba la cerilla cayó, separada del brazo. El horror.

Fuera de la cueva, el guardia que custodiaba a Ric-Ric jamás había oído gritos como aquellos, ni siquiera en los individuos a los que torturaban en el cuartelillo. Nunca habría pensado que unas cuerdas vocales pudieran expresar tanto espanto y tanto dolor. Al momento, algo sanguinolento salió disparado de la cueva.

El guardia civil lo vio: un gran trozo de carne y tendones, de venas seccionadas que aún expelían sangre, y jirones de ropa verde. Aquel fragmento humano había salido volando de la cueva como un vómito y había caído a sus pies.

Ric-Ric se asustó al ver la transformación de aquel hombre. Era un individuo de rostro rojizo, sanguíneo, y en un suspiro se quedó blanco como la cal. Dejó caer el pesado mosquetón y echó a correr. La capa volaba. Corría con todas sus fuerzas. No llegaría muy lejos.

Los tres fungus salieron de la *cauna* como espíritus liberados de una lámpara. Gritaban. Era un chirrido de hierro contra hierro, un rugido ofendido, vengativo y portentoso. Ric-Ric se tapó los oídos. Sabía lo que iba a pasar, y no lo soportaba.

Los fungus, desbocados e incontinentes, decapitaron y destriparon los dos caballos, y lo hicieron con una especie de odio rencoroso, como si las pobres bestias pagaran por el sacrilegio que había cometido Ric-Ric. Curiosamente, respetaron a la Oca Calva casi con un punto de delicadeza, como un buen ciudadano que hace caso del cartel de «No pisar el césped». La esquivaron, ágiles y veloces, y corrieron tras el guardia civil.

Mientras lo perseguían le lanzaban trozos de los cuerpos de los dos caballos muertos y de su compañero asesinado. Patas, piernas y cabezas. Le lanzaban puñados de tripas que se retorcían en el aire como redes de viejos gladiadores y caían a la derecha, a la izquierda o delante del fugitivo como bolas sanguinolentas. Era una especie de juego cruel, una tortura diabólica, porque cualquier fungus corría diez veces más deprisa que un guardia civil. Y también más deprisa que Ric-Ric, que iba detrás de ellos gritando:

—¡No, no, no lo hagáis!

Pero los fungus entendían mucho menos el lenguaje hablado de los hombres que sus emociones: *notaban* los sentimientos de Ric-Ric, unos sentimientos de miedo, sí, pero también de odio y de profunda repulsión hacia los uniformes verdes. Y lo interpretaron como una sentencia.

Los fungus saltaron sobre el guardia civil como aves de presa cayendo desde el cielo. Ric-Ric solo pudo mirar cómo desaparecía bajo los cuerpos de los monstruos, bajo sus torsos cilíndricos y sus extremidades ramificadas. Cuando llegó, ya lo habían triturado garras, bocas y dientes espinosos.

Ric-Ric contempló aquella extensión de carne picada. Lo que un instante antes era un ser humano ahora se había convertido en una pirámide de huesos, de músculos desgarrados, de tela y cuero troceado. Giró la cabeza.

—¿Qué habéis hecho, qué habéis hecho? —lloriqueaba.

Ric-Ric sabía perfectamente que la muerte de aquellos individuos era la suya. Porque una cosa era matar a unos cuantos muscats, a los que nadie iba a echar de menos, y otra muy distinta asesinar a dos guardias civiles. Los fungus no conocían el Estado ni la policía, ni cómo funcionaban. Él sí. En Barcelona, escondiéndose por los rincones de barrios portuarios y proletarios, siempre había sobrevivido porque era tan insignificante que no merecía la atención de los poderes públicos. Pero ahora era un hombre marcado. Y cuando el engranaje del Poder se ponía en funcionamiento, ya no se detenía. Nunca.

Tarde o temprano echarían de menos a los guardias muertos. Y entonces enviarían a más, y a más, hasta que un día lo pillarían y lo meterían en la cárcel, lo torturarían y lo ejecutarían. Solo era cuestión de tiempo. El calabozo y el interrogatorio. Los golpes en las costillas. «¡Me río, me río! ¡Pegadme todo lo que queráis! ¡Soy Ric-Ric, y me río de vuestros calabozos y de vuestras barras de hierro!» No, ya no se reía. Porque ya no era un desvergonzado anónimo. Se había convertido en un asesino de guardias civiles. Y el Estado no perdonaba a los asesinos de guardias civiles. Nunca.

El tormento empezaría inmediatamente después del arresto. Y peor que los golpes, que el juicio y la ejecución sería el abogado defensor. Le adjudicarían un abogado. ¿Por qué? La respuesta era muy sencilla: porque en un infierno perfecto no pueden faltar demonios que hablen de esperanza.

El garrote vil. Había visto muchas ejecuciones en plazas públicas. El reo encapuchado, sentado y aferrado por el cuello a un poste con un collar de hierro, con la espalda recta. El verdugo gira un torniquete, una broca de hierro gruesa y en espiral que entra por la parte posterior del cuello. La broca se abre paso por los huesos, destruye la columna vertebral y, mientras avanza, se oyen los jadeos del condenado, debajo de la capucha. El último estertor.

¡No! Dos guardias civiles muertos inútilmente, ¡mira que eres idiota, Ric-Ric! Vendrán a buscarte. Y te matarán.

Echó a correr como un loco. Corrió y corrió, se alejó de la *cauna* y entró en el bosque, como buscando el amparo de la espesura más profunda y escondida de los Pirineos. Mientras corría se quitó la ropa, como si fuera el lastre de una vida pasada. Dejó caer el bombín, el abrigo negro, los pantalones e incluso los calzoncillos, largos y sucios. Corría y corría, desnudo, y los fungus lo seguían como galgos, atentos a él, a todo lo que exhalaba su alma, ahora desesperada. Lo seguían, pero aquellos sentimientos eran tan enloquecidos que no captaban su significado. Chiquitín corría y corría a su lado, más cerca que ningún otro de los monstruos, sin apartar los ojos de él. Sí, Chiquitín, el fungus más pequeño, asustado y a la vez excitado por los sentimientos desoladores que *notaba* saliendo del pecho de Ric-Ric.

El frío lo reanimaba. No quería dejar de correr, le daba la sensación de que si se detenía se moriría. ¿Qué había hecho? ¿Qué había hecho? Los fungus lo seguían al tiempo que gritaban con una voz colectiva de grillo: «¡Cric-cric-cric! ¡Ric-Ric Ric-Ric!». La Oca Calva también estaba allí. Por algún motivo ignoto, a los fungus les daba lo mismo, la toleraban, la admitían con una especie de indulgencia natural. Encabezaba el séquito de fungus, corriendo con las alas abiertas. Y graznaba, graznaba más asustada que nunca, como si su diminuto cerebro intuyera que estaba a punto de pasar algo grandioso, como si aquella loca carrera estuviera a punto de desembocar en un hecho excepcional y perturbador.

Y quizá fuera así.

Ric-Ric ni siquiera se molestaba en apartar las ramas de árboles y arbustos; las empujaba y atravesaba paredes vegetales, como si no le importara despeñarse por una garganta oculta por líquenes. ¡No, no quería morir! Tenía el Poder en sus manos, pero ¿de qué le servía? Los fungus podían protegerlo de un oso, de dos guardias civiles y de una docena de muscats. Pero ¿qué podrían hacer contra todo un Estado? Hasta aquel momento el Ideal anarquista había sido una entelequia de taberna. Ahora que tenía que enfrentarse a los auténticos poderes del mundo, ahora que todo el engranaje represor del Estado caería sobre él, se daba cuenta de que todo su afán revolucionario cabía en un vaso de vino.

Corría y corría sin parar, y el crepúsculo dio paso a la noche. Y mientras corría bajo la luna vio una gran seta, una de aquellas setas que cubrían los bosques pirenaicos, una seta como aquella que una noche de 1888 había desarraigado. Se detuvo un momento, solo un instante, jadeando. Cerró el puño con tanta fuerza que se clavó las uñas en la palma de la mano y dio un golpe en medio del sombrero de la seta. Siguió adelante. Vio otra seta, grandiosa. Le dio otro puñetazo sin dejar de correr. Atravesaba la espesura y se le aparecían más y más setas. Y él, fugitivo y desesperado, sin pensarlo, repartía golpes, golpes y más golpes. Ya no se detenía. Pasaba junto a las setas, corriendo y desnudo, les daba un golpe en medio del sombrero y seguía adelante.

El Estado quería matarlo. El gobierno, la policía; el orden establecido. Todos querían matarlo, todos los poderosos del mundo. Los jueces, las leyes. ¿Qué sabían ellos, jueces y procuradores, de la vida, de la existencia en la cima del mundo? Pero lo condenarían. Sin piedad. Si era necesario, decretarían ilegales a los fungus, como si la vida pudiera ilegalizarse. ¡Oh, sí, lo harían, claro que lo harían! «Los fungus son ilegales y, en consonancia con la sagrada ley de los hombres, los fungus no existen.» Conocía muy bien a abogados y procuradores: un jurista era un individuo que solucionaba un problema sobre el papel y creía que así ya estaba resuelto.

Pero los fungus existían. Eran más reales que las leyes, mucho más. De hecho, los fungus eran la realidad. Y él estaba en sus manos. Sí: él no tenía fungus, los fungus lo tenían a él. Empezaba a entenderlo. Lo único que podía hacer era desnudarse, correr y gritar, con el pene bailándole de un lado a otro como un péndulo de carne. ¡No, no quería morir! Hasta una misérrima vida de troglodita era preferible a la muerte. Corría, chocaba con más setas, aquellas grandes setas, y las golpeaba con el puño derecho, con el puño izquierdo, mientras se le saltaban lágrimas de miedo, tristeza y angustia, y seguía corriendo. Grandes setas, aquí y allá, cada vez más; un puñetazo y se convertían en fungus, fungus, fungus. Aquí, allá, más setas, más puñetazos, más fungus, que se incorporaban a su séquito vociferante y enloquecido, más y más.

¡Corre, Ric-Ric, corre! ¡No te pares!

—¡Ric-Ric, Ric-Ric! —chillaban los fungus que cabalgaban con él, detrás de él y a ambos lados; fungus que lo seguían y esparcían esporas, nubes de esporas plateadas como escamas de sardina que iluminaban el bosque como mil bombillas. Un puñetazo, y otro, y otro, hasta que se dejó caer panza arriba, agotado y jadeante.

Tendido en la hierba salvaje, puntiaguda y fea, miró el cielo. El viento movía las copas de los árboles. Entonces se dio cuenta de que se había hecho de noche. En el cénit se veía una luna redonda como un plato. Y estrellas que parpadeaban compadeciéndose de él. Lloró, con la cara entre las manos, inconsolable. Estaba condenado. Le daba igual adónde ir. El gobierno lo mataría. No había hecho caso a Mailís, que había intentado advertírselo: ¿de qué le sirve a un hombre todo el Poder del mundo si lo lleva a la perdición?

Estaba rodeado de fungus, muchos fungus. Tuerto lo miraba con sus extrañas facciones vegetales, de niño, con la expresión más triste que le había visto nunca. Chiquitín también estaba allí, él y su mandíbula de piraña. El pequeño fungus parecía más desconcertado que enfadado: *notaba* el miedo, el inmenso miedo que exhalaba Ric-Ric. Pero, a la vez, como no sabía nada del mundo humano, le resultaba imposible entender la procedencia de aquel miedo desmesurado. Al final, Chiquitín, compungido pero a la vez exigente, tiró de un brazo de Ric-Ric con cien largos dedos. Quería que se levantara, que volviera a dirigirlos, a darles órdenes. Insistía y lloriqueaba tirándole del brazo con una determinación nada habitual en un fungus. Ric-Ric se dejó hacer. Se alzó en la noche pirenaica, desnudo como un Adán embrutecido y alcohólico. Una vez de pie, miró a su alrededor y se dio cuenta de que había despertado a muchos fungus. Muchísimos. Uno por cada puñetazo. Aquella masa gregaria desprendía un fuerte hedor a líquenes animados. Pero él solo tenía frío, solo tenía sueño, dolor y hematomas repartidos por todo el cuerpo. Y al final, más resignado que imperioso, dijo las siguientes palabras:

—Llevadme a casa.

Cerró los ojos y una inmensa multitud de brazos vegetales, un conglomerado de dedos fríos, alzó su carne desnuda. Avanzaban por el bosque como una interminable procesión fúnebre, silenciosos y determinados a servir a su amo. Y, como este les había ordenado, lo llevaron a casa.

A la *cauna,* claro.

Lo rodeaban más de quinientos fungus. Y una oca.

A los hombres les gusta creer que los grandes acontecimientos, sean hecatombes o apoteosis, han sido anunciados por leyendas y profecías. Pero si los fungus aparecieron aquel invierno de 1888 no fue gracias a los vaticinios, sino a los filamentos.

Hacía siglos que aquellas grandes setas esperaban en las cimas y en los bosques pirenaicos. Y, sin embargo, lo más importante de aquellos cuerpos vegetales no era la parte visible, sino la enterrada: las raíces. Y prolongándolas, un filamento.

Un hilo vegetal más fino que un pelo, pero indestructible. Más duro que el diamante y más flexible que el tentáculo de una medusa. Durante cientos de años aquel filamento creció sin parar, adentrándose cada vez más en la dura tierra de los Pirineos. Se hundió perforando la roca, hacia abajo, hasta que la punta del filamento quedó por debajo de la base de la montaña. Y, una vez allí, esperó. Porque justo en la punta del filamento había un átomo de consciencia aletargada, esperando que alguien la invocara. Aquella noche del invierno de 1888, lo que traspasó la cabeza de Tuerto fue algo infinitamente más importante que el hierro de una navajita. Fue el amor.

Aquella noche de 1888, Ric-Ric volvía a la cueva borracho. Y enamorado. Lo que el fungus esperaba para activarse era precisamente aquello: una emoción lo bastante fuerte para recorrer el filamento hasta abajo, muy abajo, hasta la base de la montaña. Un sentimiento lo bastante intenso para llegar al extremo del tentáculo y conectar con el átomo que dormía en una minúscula bolsa en la punta del filamento.

Cada fungus era el producto de siglos de formación. Pero lo que la naturaleza no había previsto era que una obra tan laboriosa, tan delicada y perfecta, pudiera ser destruida en breves instantes por un invento moderno: la artillería de fragmentación.

SEGUNDA PARTE

Cuando tuvo a quinientos fungus a sus órdenes, cuando acababa de convertirse en el hombre más poderoso de los Pirineos, Ric-Ric cayó en una apatía enfermiza. Se pasaba los días borracho y las noches roncando, como si hubiera abdicado del Ideal y de sí mismo. Solía encerrarse en la cueva con Tuerto, el primer fungus que había tenido, y era como si se sincerara con aquel monstruo y solo con él. Se quedaba mirando el único ojo de Tuerto, sus facciones de niño perdido, y con voz triste evocaba los viejos tiempos en común.

—Qué gran invierno pasamos juntos tú y yo, ¿verdad, compañero?

Como todos los seres humanos, Ric-Ric tendía a idealizar las experiencias pasadas. Después pensaba, daba un trago y volvía a Tuerto, preocupado.

—Yo solo quería el Poder para que la humanidad alcanzara el Ideal, pero lo único que he conseguido es que vengan a buscarme. ¿Y vosotros? No puedo huir de la Guardia Civil rodeado de quinientos fungus. ¿Qué haré con vosotros?

Porque los fungus estaban ahí, y nunca volverían a ser simples setas inmóviles. Una vez desarraigados, y provistos de aquellos cuerpos de mil miembros, odiaban la inmovilidad. Para ellos la inactividad era un mal insufrible. No podían parar quietos: le invadían la cueva, rodeaban su cama y su cuerpo, lo tocaban con miles de dedos de punta ganchuda, incluso lo cubrían con millones de esporas. Era como si le urgieran: «¿Qué vamos a hacer? ¿Qué vamos a hacer?». Fungus. Las puntitas de miles de raíces le tiraban de los faldones del abrigo negro, de los codos, de las rodillas e incluso de la barba. E insistían cada vez más. Cada vez más. Hasta que lo asaltaron.

Solo tres días después de haber despertado aquella masa fúngica, Ric-Ric sintió que corría un peligro real: se había internado en el bosque cuando los quinientos monstruos lo rodearon. Los tenía tan cerca que solo podía moverse como una peonza. Los fungus trepaban unos sobre los otros creando paredes de cuerpos, como si aquellas grandiosas cabezas de cangrejo fueran ladrillos, y la mucosa, cemento. Vociferaban. Una cacofonía de graznidos abruptos, de mugidos desesperados que le exigían que les diera órdenes, que ejerciera el Poder sobre ellos. Ric-Ric tuvo miedo. Era un hombre sin imaginación, y para que lo dejaran en paz les mandó lo primero que se le pasó por la cabeza.

—Entrad en la cueva y picad en la pared del fondo.

Y los fungus obedecieron sin tener en cuenta que la última vez que les había ordenado lo mismo había sido con la intención de quemarlos vivos.

Quinientos fungus se precipitaron hacia la minúscula cueva. No cabían, pero enseguida ampliaron la vieja 'cauna' de Ric-Ric, aquella pequeña celda al pie de una gran montaña sin nombre. Perforaron la pared con garras más duras que el acero y empezaron a vaciar la montaña por dentro. Primero hicieron pasadizos oscuros, después escaleras y pisos, y más pisos, cada vez más altos. Los quinientos fungus trabajaban noche y día en aquella obra, y cada jornada la construcción se hacía más compleja y más loca. Rampas onduladas, depósitos vacíos y recovecos que no llevaban a ninguna parte. Túneles en espiral, columnas truncadas y jardines en los que los únicos vegetales eran ellos, siempre en movimiento.

Ric-Ric se reía de aquellos caprichos constructores. A veces intervenía como un arquitecto borracho, daba órdenes y directrices a la multitud de fungus entre risitas etílicas. Los fungus casi nunca le hacían caso. Estaban demasiado ocu-

pados abriéndose paso en la roca, entre semipenumbras, cargando y descargando escombros. No lo obedecían, tampoco lo desobedecían, pero la construcción de aquella Montaña Agujereada hizo evidente que su poder sobre los fungus era intermitente. Pero a él le daba igual: al menos los tenía entretenidos.

La Oca Calva también estaba allí. Se había reconciliado con Ric-Ric y lo seguía fielmente. Repartía su tiempo haciendo de mascota de su amo y ladrando a los obreros como si fuera el auténtico capataz de la obra. Los fungus la ignoraban y a veces la obedecían, más o menos como a Ric-Ric. El único fungus que no participaba entusiásticamente en aquellas construcciones era Tuerto. Se movía con desgana, incluso eludía el trabajo: a menudo se subía a una estructura elevada, una especie de trampolín de piedra, muy por encima de los espacios interiores de la montaña, y desde allí observaba el frenesí constructor de sus congéneres. Utilizaban la punta de las garras como picos, y picaban con tanta fuerza y perseverancia que levantaban nubes de roca triturada. El polvo les caía encima. Y así, todos aquellos obreros trogloditas vivían perpetuamente cubiertos de una capa como de ceniza. Los mismos cuerpos que antes lucían colores fuertes y llamativos mostraban ahora una piel mortecina, apagada, de un gris mate. Y los ojos: en aquel furor constructivo, todos aquellos ojos sin párpados, siempre velados por una lámina de polvo finísima, parecían ciegos.

A veces, Chiquitín, exhausto, se acercaba a Tuerto. De todos los fungus, era el primero que se había desarraigado y, más importante aún, el que lo había sacado de la garganta. Hablaban en su idioma de emociones entrelazadas que emitían desde su torso cilíndrico, y Chiquitín le preguntaba por qué no contribuía a vaciar la montaña por dentro y hacer de aquella Montaña Agujereada un lugar donde vivir. Al escucharlo, Tuerto se enfurecía, y su respuesta podría traducirse a la lengua humana con estas palabras:

—Si el frío exterior ni nos conmueve ni nos desagrada, si nos alimenta la lluvia de las nubes, y a nuestras cabezas ni les gustan los techos ni los necesitan, ¿para qué queremos una Montaña Agujereada?

CAPÍTULO VIII

El ejército español, dirigido por el sensible aunque atormentado Antonio Ordóñez, inicia los preparativos para exterminar la raza fúngica

Se llamaba Antonio Francisco Ordóñez Cabrales, y lo que más amaba en el mundo era la ópera. En la academia militar se había hecho famoso por llevar la raya del pelo perfecta. «Que las compañías formen con una fila tan recta como la raya del cadete Ordóñez», decía el coronel que gobernaba la institución. Pero una cosa era la milicia y otra la vocación. Antonio recordaba perfectamente cómo y cuándo había empezado su amor por Wagner.

En cierta ocasión, España y Alemania pactaron intercambiar observadores militares. Y como en aquellos asuntos, más diplomáticos que militares, era mucho más importante causar buena impresión que adquirir conocimientos, los españoles no enviaron a los militares más competentes, sino a los más apuestos. Y entre ellos, naturalmente, a Antonio, que se acababa de graduar con un expediente más bien mediocre. Después de visitar las fortificaciones marítimas de las islas Frisias y Berlín, llegaron a Bayreuth. Y en Bayreuth asistió a una ópera. Era Wagner.

Oía aquella música y se transportaba. Notaba que el espíritu se le salía del cuerpo y se elevaba. Su espíritu viajaba a otro mundo, más épico y a la vez más acogedor; un mundo sobrehumano y sin embargo, qué paradoja, más comprensible. Y al salir de la ópera se dijo que el ejército, comparado con Wagner, era una mierda.

Por fin había encontrado su verdadera vocación. Aún podía dejarlo todo, colgar el uniforme y convertirse en un Heldentenor, un tenor heroico, wagneriano. Gran dilema. ¿Qué tenía que hacer? ¿Seguir su instinto musical u obedecer a sus superiores? ¿Coger el destino por los cuernos o dejar su vida en manos de los demás? Antonio suspiraba: todo el mundo sabe qué tiene que hacer para ser feliz; lo difícil es hacerlo. No encontraba las fuerzas para abandonar el ejército. Sí, Wagner lo confrontaba con la forma suprema de épica: la que lo obligaba a enfrentarse consigo mismo. Al final optó por la actitud propia de los cobardes: posponer.

Durante una temporada asistió a todas las representaciones de ópera que pudo. Por desgracia, los teatros españoles se resistían a estrenar a Wagner, y una noche fue protagonista de un incidente en el Círculo Artístico. Al día siguiente *El Imparcial* publicaba una «Nota de Sociedad».

LA CABRA HIERE AL LEÓN

En la noche de ayer debía celebrarse un delicioso concierto operístico en los jardines del Círculo Artístico, que a última hora tuvo que cambiar su programación. Sin embargo, este se vio interrumpido por un impetuoso oficial, el joven capitán Antonio Francisco Ordóñez Cabrales, que condenó enérgicamente el programa de tintes verdianos. No se había escuchado una nota cuando nuestro oficial se puso en pie, gritando consignas del tipo: «¡Esto es indigno! ¡Nadie me advirtió de que acudía a un antro de blandengues y mojigatos! ¡No, Verdi, no!». Las advertencias de los ujieres fueron como lanzar brea al fuego, pues nuestro apuesto militar, en vez de calmarse, se excitó aún más. Suyas fueron voces del estilo: «¡El único diálogo con los verdianos debe emprenderse a cañonazos! ¡Muera José Verdi! ¡Viva Ricardo Wagner!». El muy ilustre agregado cultural italiano, Leoncio Balbino, sintiose patrióticamente insultado y se enfrentó al susodicho capitán, quien lo agarró por las solapas del abrigo. Ambos rodaron por el verde césped en un lamentable espectáculo, desencajado y violento, en el que el señor Leoncio llevó la peor parte, pues el capitán Ordóñez acabó por romperle en la cabeza la gran y hermosa jarra en la que se servía el nocturno ponche. Se espera queja diplomática por parte de Italia.

La comandancia no sabía qué hacer con él. Al final decidieron que la mejor manera de resolver el problema era quitárselo de encima. Lo enviaron al lugar más inhóspito y recóndito de los menguantes dominios españoles: un cuartel de los Pirineos orientales. Un lugar en el que no encontraría a verdianos, ni tampoco ascensos y promociones. Solo frío, lluvia y niebla.

Pero, sorprendentemente, aquel destino no lo sumió en la melancolía, en parte gracias al entorno. Las montañas pirenaicas eran un paisaje wagneriano perfecto, rudo y grandilocuente: casi se veían valquirias volando entre pico y pico. A menudo se internaba en los bosques frondosos o ascendía a atalayas naturales. Desde allí arriba se veían nubes sólidas como castillos que se movían con una lentitud imperial. Y cuando estaba allí, solo y con el mundo a sus pies, cantaba apasionados fragmentos de *Lohengrin*. También era cierto que, al oír sus cantos, los rebaños de corderos huían despavoridos. Entonces, ofendido, volvía al cuartel insultando a los corderos catalanes.

Pero seguía sin resolver su duda existencial. Si no abandonaba la carrera militar, nunca sería un gran Heldentenor. Tenía que dejarlo todo, arriesgarlo todo, y no se atrevía. Entonces veía aquel entorno natural con ojos menos románticos y más realistas: el cuartel siempre rodeado de niebla, como una bufanda fantasmal, los cañones quietos en el empedrado, las bocas de los fusiles siempre oxidadas: todo estaba siempre mojado, los manteles y las servilletas, los calcetines y los calzoncillos. En las paredes reinaban los hongos, unas manchas verdes y repugnantes, grandes como mantas militares. El pan que masticaba siempre sabía a moho, aunque acabara de salir del horno. Cualquiera que sirviera dos años en aquel destino tenía garantizada la artrosis, el reuma o el asma. El propio Ordóñez acababa de llegar y ya sufría una infección en las fosas nasales, llenas de una mucosidad purulenta que nunca se secaba. El médico le había recomendado que se extirpara el cartílago nasal. Él se resistía por miedo a que le afectara al oído y al canto.

A menudo se preguntaba: ¿dónde estaba el Poder para transformar su propia vida? Antonio Ordóñez no encontraba la respuesta y se mortificaba diciéndose: «Soy tan cobarde que solo sirvo para militar».

———•———

Una mañana de la primavera de 1889 convocaron a Antonio al despacho del coronel que regía el cuartel, su superior. Un comandante de la Guardia Civil había llegado desde la Vella, una pequeña población de un valle perdido, para explicar determinados hechos. Y empezó a contar una historia absolutamente fantástica.

El comandante les habló del valle de donde venía, de su aislamiento geográfico. Explicó lo penoso que era el trabajo de la Guardia Civil en un lugar tan remoto. Toda la vida del valle, poca, se concentraba en la única población: la Vella. Normalmente la Guardia Civil no tenía ningún interés en salir de su cuartelillo de la Vella. ¿Para qué iban a salir? El clima era espantoso y la geografía era vertical. Los únicos delitos tenían que ver con el contrabando, y arrestar a un puñado de contrabandistas no permitía ascender a nadie.

Pero en los últimos tiempos estaban pasando cosas extrañas. Contrabandistas que desaparecían, como deglutidos por las montañas. Y sobre todo aquello: el asalto a dos diligencias.

A la Guardia Civil, el destino de un puñado de muscats no le importaba lo más mínimo. Pero si la Guardia Civil existía era para garantizar la seguridad de los caminos. Y el extraño caso de las diligencias asaltadas constituía una cuestión de paz pública. Por desgracia, los interrogatorios no habían aclarado nada. La única conclusión posible era que allá arriba, en los picos y las laderas, pasaba algo raro. Primero enviaron una pareja, y luego a otra; cuatro, cinco parejas. Seis. Hasta doce guardias civiles con sus monturas.

—¿Y entonces? —lo interrumpió el coronel.

¿Qué tenía de especial una serie de patrullas por los Pirineos?

El comandante había llevado una caja, un recipiente un poco más grande que una caja de zapatos.

—Que el trozo más grande que hemos encontrado de los doce números cabe aquí dentro —dijo el comandante.

Y abrió la caja. Antonio entrevió un fragmento de pelvis humana, tendones y huesos rotos, y una correa de cuero mordida. Tuvo que girar la cabeza, horrorizado. El comandante imploraba la ayuda del ejército.

Cuando Antonio y su superior se quedaron solos, el coronel se encendió un puro y dijo, como si hablara solo:

—Ordóñez, ocúpese del asunto.

Antonio frunció el ceño, disgustado. No le interesaba lo más mínimo aquel lugar incivilizado y sombrío. Era uno de los pocos valles pirenaicos orientados hacia el

Atlántico, el más húmedo de todos, y literalmente tenebroso: estaba tan hundido que en invierno sus habitantes no tenían ni tres horas de sol. Habitantes, por cierto, de los que se aseguraba que eran tan primitivos como su fauna. Y en cuanto al asunto, ni siquiera se sabía quién era el enemigo. Parecía más un caso para la policía que para los militares. Y se le ocurrió una idea.

Le habían dicho que un joven oficial de policía especialmente competente estaba destinado en una localidad próxima al cuartel. Lo único que tenía que hacer era pedirle un informe. Así podría alegar que estaba haciendo algo por resolver el asunto. Y entretanto podían pasar muchas cosas. Quizá encontraran a los culpables, o quizá el tiempo lo resolviera todo.

Se desplazó a aquella población y el joven oficial de policía, en efecto, le causó buena impresión. Su raya era casi tan recta como la de Antonio. Escuchó atentamente aquella historia tan extraña, asintió y le dijo que no se preocupara, que su departamento se ocupaba del tema.

Durante unos días fue como si el asunto se hubiera desvanecido. Hasta que el coronel volvió a llamarlo a su despacho.

El hombre estaba hecho una furia. Iba de un lado a otro con un papelito en la mano, un telegrama de la Guardia Civil de la Vella. Contenía una batería de preguntas que el coronel trasladó a Antonio, enfurecido. ¿Por qué no se movía el ejército? ¿Cuándo pensaban enviar las tropas? Estaban empezando a pasar cosas nunca vistas en el fidelísimo cuerpo de la Guardia Civil: deserciones. Así pues, el coronel preguntó a gritos a Ordóñez qué demonios había hecho con el asunto de los cojones. Las explicaciones solo consiguieron avivar su cólera. ¿Una investigación policial? ¡Insensato! Lo que tenía que hacer era organizar la marcha de la columna; comprar avena y herraduras para los animales, legumbres, un poco de tocino y aguardiente para los hombres, y asegurarse de que había bastantes carros, con los ejes en buen estado, y de que la munición no hubiera caducado. Y sobre todo fomentar la disciplina, que últimamente estaba muy laxa. ¡Eso tenía que hacer! Y acabó con una observación especialmente insultante:

—¡Y cuando pasee por los cerros no cante, por Dios! ¡Los payeses se quejan de que sus gorgoritos ahuyentan el ganado!

Después de aquello, Antonio empezó a organizar la marcha del regimiento, sí, pero saboteando los preparativos. No quería ir a la Vella, por mucho que el coronel se exaltara. Y menos para una expedición absurda, contra un enemigo desconocido. Todo aquello era profundamente desagradable.

En teoría, el regimiento tenía unos mil soldados de infantería. Pero desde la última guerra carlista ya habían pasado trece años, y el regimiento se había reducido a dos batallones, el Badajoz y el Numancia, que en total sumaban la vergonzosa cifra, por escasa, de quinientos hombres. Restando a los enfermos, los ausentes, los que cumplían penas y los desertores, el regimiento contaba con cuatrocientos soldados en activo. Y alimentarlos y avituallarlos no era nada fácil. Sobre todo si tenían que iniciar una marcha. Cuatrocientos hombres que tenían que comer dos veces al día, o al menos una. Aquello implicaba cocineros, cocinas portátiles y provisiones de alimentos no perecederos. Todos los soldados tenían dos pies, lo que implicaba que el regimiento necesitaba ochocientas alpargatas. Y no era una exigencia negociable: sin calzado los hombres no caminan.

Antonio alargó las negociaciones con los proveedores de cebada y de alpargatas. Su esperanza era que el informe de la policía, que quizá pudiera suspender la expedición, llegara antes que los suministros. Cada día que pasaba sin moverse era una victoria. Y cada día, a primera hora, se encaminaba a la oficina postal militar por si había llegado alguna misiva de la policía. Aún no. Pero confiaba en ella. Quizá detuvieran a algún loco estrafalario, o a unos bandoleros asesinos, y el asunto se olvidara. Pero fueron pasando los días sin que llegara ningún informe, y Antonio no pudo seguir resistiendo los embates del coronel.

Y así llegó el momento de la partida. Los dos batallones formaban en el patio del cuartel. Antonio se dirigía al despacho del coronel para anunciarle que todo estaba a punto cuando un recluta lo interceptó: acababa de llegar un sobre dirigido a él, con el sello de la policía.

Ordóñez lo abrió allí mismo, con dedos inquietos. Decía así:

> Excelencia:
> Siguiendo órdenes, le remito informe solicitado.
> *Asunto requerido:*
> Dilucidar identidad de autores de agresión a números de la Guardia Civil en los Pirineos orientales.
>
> Sobre el *asunto requerido* este departamento ha trabajado siguiendo diversas hipótesis, que a continuación se exponen.
>
> *Hipótesis 1:* Los autores son *criaturas* de las que no se tenía conocimiento, al menos en el orden científico, que operan con libre albedrío y llevadas por un desmesurado instinto agresivo.
> *Hipótesis 2:* Los autores son facciosos *carlistas,* empecinados en un nuevo levantamiento.
> *Hipótesis 3:* Los autores son elementos *anarquistas,* agrupándose para una intentona revolucionaria.
> *Hipótesis 4:* Los autores son *contrabandistas* de la región, embarcados en un nuevo tipo de violencia.
> *Hipótesis 5:* Los autores son *animales* salvajes.

Acto seguido adjuntamos las conclusiones de este departamento, para su conocimiento.

Hipótesis 1. *CRIATURAS DE NUEVO CUÑO BIOLÓGICO*

Los agentes desplazados al territorio han llevado a cabo un exhaustivo interrogatorio entre el gentío local. Los aldeanos refieren, entre cuchicheos pero con convicción, la existencia de seres mitológicos, pseudointeligentes, ocultos en rincones y cavidades naturales, que han desvelado su existencia en los últimos tiempos y serían causantes de las referidas matanzas. Es opinión de este departamento que, EN CASO DE EXISTIR UNA HIPÓTESIS MÁS PLAUSIBLE, la *Hipótesis 1* debería adjudicarse a la sandez y el cretinismo propios de todo habitante rural.

Hipótesis 2. *EMPECINAMIENTO CARLISTA*

Por los datos obtenidos de interrogatorios, de espías, de archivos y sobre el terreno, este departamento concluye que actualmente NO hay en curso ningún levantamiento de signo carlista. Las conspiraciones carlistas suelen dejar un rastro indeleble, tanto por lo arduo de los preparativos como por el volumen de tropa movilizada. Además, el mundo carlista siempre opera bajo la estela de adalides y/o caudillitos, sin los que nunca emprenden aventuras militares.

Se adjunta estado de los capitostes regionales.

Savalls falleció hace dos años ya, en Niza, donde vivía en retiro y pacíficamente, dedicado a la venta de vinos al por mayor.

«Lo Turbot», que padece sífilis en último grado, se halla interno en una institución de Pau, Francia.

Armengol Alcañís se halla en presidio desde el 84, cuando fue aprehendido.

Tristany vive en Lourdes, Francia, en un retiro extremadamente religioso, abominando de las armas.

No se tiene conocimiento de que hayan surgido otros líderes carlistas catalanes, o son despreciables por diminutos. En consecuencia, *se descarta la Hipótesis 2.*

Hipótesis 3. GRUPÚSCULOS ANARCOIDES

La mentalidad ácrata abomina de lo rural, que considera reaccionario. El anarquista catalán es criatura urbana, en absoluto montaraz. No se han hallado rastros de su presencia en el área investigada. En consecuencia, *se descarta la Hipótesis 3.*

Hipótesis 4. CONTRABANDISTAS VIOLENTOS

El contrabando se halla ampliamente extendido en los Pirineos. Los contrabandistas son gentes no muy apreciadas por la población local de la zona. El exceso de dinero los lleva a gastarlo en materias poco recomendables y a crear escándalos. Sin embargo, su carácter y sus intereses los inducen a rehuir a las fuerzas del orden antes que a enfrentarse a ellas. Nunca es descartable un incidente aislado, pero nada prueba que hayan adoptado la violencia como política. En consecuencia, *se descarta la Hipótesis 4.*

Hipótesis 5. BESTIAS Y FAUNA EN GENERAL

El único animal pirenaico capaz de atacar al hombre es el oso, que por lo común rehúye el contacto. Si bien podría adjudicarse a los plantígrados la muerte de un número, o incluso dos, de la Guardia Civil, este departamento juzga *absolutamente inviable* que los osos hayan asesinado hasta a doce guardias y sus monturas.

Por lo tanto:
Las hipótesis 2, 3, 4 y 5 *DEBEN SER DESCARTADAS.*

En consecuencia:
Puesto que todas las hipótesis alternativas han sido descartadas, se sugiere, por eliminación, considerar seriamente la *Hipótesis 1.*

Una especie de género biológico de nuevo cuño, indeterminado y peligroso, que pueda estar acechando desde las alturas pirenaicas.

Fin del reporte.

Siempre a su servicio,
Inspector General Demetrio González Arrufat
Lugar de la Firma

No se lo podía creer. Cuando terminó de leer el informe, el asombro cedió el paso a la furia. ¿Y aquel era el inspector más eficiente de la policía? ¿Aquello era todo lo que podía decirle? ¿Que el enemigo era un monstruo fantástico? Rompió el informe en mil pedazos y los tiró por los aires como si fueran confeti.

Se dirigió al despacho del coronel muy enfadado, con paso decidido. Entró más enérgico que nunca y se puso firme desde los talones hasta la raya del pelo. El coronel estaba escribiendo una carta. Antonio sabía que cuando escribía de aquella manera, con una letra primorosa, era porque se dirigía a su amante. Incluso tenía al lado un libro de poemas, abierto, del que copiaba versos malos. Antonio se cuadró y le anunció que todo estaba a punto, que solo faltaba él. El coronel le contestó sin dejar de escribir:

—Ah, no, yo no voy. Ya sabe, la gota. Encárguese usted, Ordóñez.

Antonio se quedó petrificado. Como no asentía ni se retiraba, el coronel alzó los ojos del escritorio. ¿Por qué ponía aquella cara?, le reprochó el coronel. Era teniente-coronel provisional, ¿verdad? Todos los tenientes-coroneles querían tener su propio regimiento. Bien, pues por fin podría comandar uno. Y como no parecía que lo hubiera convencido, añadió:

—Todo lo que tiene que hacer es fusilar a unos cuantos sospechosos. Y ya verá como las cosas se arreglan solas.

Luego volvió a la carta.

Entretanto, por aquellos días en la Montaña Agujereada tuvo lugar un suceso extraordinario, impensable y único: un fungus intentó matar a otro.

La víctima estaba fuera de la Montaña Agujereada. Llovía, y aquel fungus se alimentaba, quieto bajo el agua que caía del cielo, con los ramificados miembros recogidos alrededor del cuerpo cilíndrico y la mirada como velada. Así estaba cuando lo empujaron por detrás con la intención de que cayera a una garganta. Los fungus de los alrededores se acercaron. Observaron la escena, insólita, y atacaron al homicida. Cinco centenares de cuerpos le cayeron encima. Quinientos fungus con sus dientes-espinas, sus garras y sus lenguas de serpiente. Un torbellino de bramidos, relinchos y violencia que arrancaba al asesino las raíces que le servían de dedos, manos, piernas y brazos, y que lo troceaba. Tuerto, que estaba cerca, se abrió camino entre los atacantes hasta descubrir la identidad del culpable: Chiquitín.

Ya le faltaba más de una veintena de dedos, arrancados por el furor punitivo de los demás. Entonces Tuerto gritó:

—¡Preguntadle por qué lo ha hecho!

Los atacantes se detuvieron. Tuerto le preguntó en nombre de todos:

—¿Por qué has querido lanzar a un fungus a un abismo sin fondo?

Chiquitín se puso de pie tambaleándose. Comparadas con las de los demás fungus, altos y fornidos, las proporciones de su cuerpo eran ridículas y pueriles, con la cabeza demasiado grande para un tronco tan pequeño y frágil. Las garras de los otros le habían dejado largas cicatrices que le recorrían todo el torso. Y le faltaba, en efecto, parte de las raíces. Pero estaba más o menos íntegro, porque perder veinte dedos no era gran cosa para una criatura que tenía unos trescientos. Miró a Tuerto y a todos los fungus, expectantes. Y contestó:

—Por agradecimiento.

Al oírlo, todos dijeron:

—Ah, claro.

Y volvieron al trabajo.

Los fungus, que siempre tenían a la vista los sentimientos de los demás, no podían mentir. Y todos habían entendido lo que había querido decirles Chiquitín: el día en que lo habían rescatado de una garganta se había sentido tan bien, tan agradecido y amparado, que quería que todo el mundo experimentara aquella alegría y aquel bienestar. Pero Chiquitín no podía rescatar a ningún fungus de una garganta si antes no caía dentro. Por eso le había dado un empujón, para poder salvarlo y que gozara del placer de ser rescatado. Todos entendieron los motivos de aquella acción, bienintencionada aunque equivocada, y lo perdonaron.

Sin embargo, a partir de aquel día los demás rehuyeron la compañía de Chiquitín. Cuando veían que se acercaba a ellos, lo empujaban con los tentáculos más largos de sus brazos-raíces. Y le decían algo así como: «Haces cosas raras, por eso preferimos tenerte a distancia». Pero él volvía, y volvía, con una actitud de huérfano lloroso: buscaba la compañía de sus congéneres; de sus grandes cuerpos, de sus esporas y mucosas. Pero no lo dejaban. Cuando llovía y salían todos de la Montaña Agujereada para alimentarse con el agua que caía del cielo, lo apartaban. Los cientos de fungus se quedaban quietos y agrupados, recibían extáticamente la lluvia como un bosque de consciencias unidas por una letargia colectiva, y Chiquitín tenía que mantenerse alejado de ellos, de todas las criaturas que conocía en el mundo. Era el único fungus con párpados: cuando los demás lo rechazaban, los abría y cerraba frenéticamente, y los ojos se le llenaban de una mucosa tan líquida que parecía lágrimas. A menudo le daban temblores. Para un fungus, la soledad era un dolor aún peor que la inactividad, y desde aquel día Chiquitín empezó a sentirse inmensamente desgraciado.

CAPÍTULO IX

Testigos militares muy fiables corroboran que los fungus han iniciado la singular obra de vaciar una montaña entera por dentro, con el propósito de convertirla en madriguera de todas las abominaciones

El trayecto del regimiento hasta la Vella fue penosísimo. Las grandes rutas del país eran transversales en los Pirineos, no paralelas, lo que obligó a que los cuatrocientos militares y sus pertrechos se movieran por sendas violentamente escarpadas o ridículamente estrechas, incapaces de deglutir aquel flujo de ruedas, pies y pezuñas. Los soldados se quedaban sin aliento o se rompían los tobillos, y los lesionados y los agotados sobrecargaban los carros. La vegetación arañaba capas, faldones y pantalones. Era primavera, llovía como solo llueve en los Pirineos, y para un soldado de infantería no hay nada más desmoralizador que marchar día tras día bajo una lluvia incesante, notar cómo el agua cala la gorra, moja la cabeza y chorrea por la nuca, con los pantalones empapados pegándose a los muslos. El aire humedecía la pólvora y oxidaba los cañones, pese a los grandes tapones de corcho que obturaban las bocas. Cuando por fin llegaron a la Vella, no parecían un regimiento que fuera a atacar al enemigo, sino más bien una tropa que se retiraba de un desastre.

Era un día brumoso. Ya se vislumbraban las primeras casas de la Vella, pero entre los soldados y los edificios se interponía una tela de gasa fría. Desde el principio de los tiempos la niebla ha generado una inquietud irracional. Para combatirla, y por animar a la tropa, Antonio ordenó que los tambores se colocaran en la vanguardia. Quería entrar en la población anunciando el poder del regimiento. Fue un error. Lo único que consiguió fue que los autóctonos, que ya eran reservados por naturaleza, se escondieran aún más en sus casitas con techos de pizarra. Cuando el caballo de Antonio entró en la Vella, solo se oía el ruido de las herraduras repicando contra el empedrado. El único que salió a recibirlos fue el alcalde. Buscaba al comandante entre la niebla, haciendo penosos movimientos de gallina nerviosa con el cuello demasiado corto. Por fin localizó el caballo de Antonio y corrió hacia él. Aquel hombre no le gustó nada. Tenía la cabeza inmensa y redonda, de obispo, los dedos cortos y regordetes, como salchichas, y el culo más gordo que un tambor. Lucía una sonrisa falsa, de muñeco, enmarcada por dos grandes patillas rubias. Dijo varias gentilezas. Antonio se abrigó un poco más con la capa y se despidió de él con un seco:

—Ocúpese del alojamiento de mis hombres.

Mientras la tropa se instalaba, Antonio aprovechó para dirigirse al cuartelillo de la Guardia Civil. Era un edificio grande y feo, a las afueras del pueblo. Una construcción de paredes marrones y oscuras, como una mierda de vaca cuadrada. Por dentro parecía un manicomio evacuado a toda prisa: porquería esparcida por el suelo, puertas y persianas golpeando y, por únicos habitantes, dos guardias y el comandante. Ninguno de los tres supervivientes parecía mentalmente sano. Miraban a Antonio sin terminar de entender quién era, como los náufragos que han pasado demasiado tiempo en un bote a la deriva. Antonio tenía tres preguntas para el comandante: ¿dónde estaba el enemigo?, ¿cuántos eran? y, sobre todo, ¿quién era? No recibió ninguna respuesta. El comandante parecía sordo, no tanto por un problema auditivo como por cierta lentitud mental. Pero lo peor de todo eran aquellos ojos vidriosos, distantes, como si mirara el mundo desde debajo de un río. Ordóñez optó por hacerle preguntas más sencillas. ¿Dónde habían sufrido la mayoría de los ataques los guardias civiles a los que había enviado a la montaña? El hombre pensó con expresión de desconcierto, como alguien al que le preguntan cómo se llama y descubre que no lo sabe. Al final, con terror contenido, musitó: «La ladera oeste... Ahí, ahí están...». Pero cuando Antonio le preguntaba: «¿Quiénes? ¿Quiénes son?», el comandante solo balbuceaba: «Ellos, ellos... La ladera oeste...».

Era desesperante. Tenía que derrotar a un enemigo del que se le negaba incluso la identidad. Ordóñez se dirigió al ayuntamiento a grandes zancadas. Toda la Vella estaba llena de soldados que buscaban techo, paja y leña. Señaló a tres.

—Tú, tú y tú, seguidme.

Cuando llegó, el alcalde de culo gordo lo recibió con una gran sonrisa. Se le truncó enseguida: Antonio lo cogió por la solapa y lo arrastró a la calle. Una vez fuera, lo arrinconó contra la fachada del ayuntamiento y lo conminó a responder: ¿qué estaba pasando en aquel maldito valle? El hombre, aterrorizado, juró y perjuró que no sabía nada. Antonio colocó a los tres soldados en una hilera, con los fusiles levantados.

—Carguen, apunten.

El alcalde cayó de rodillas, muerto de miedo. Antonio le dio una última oportunidad: le advirtió que su obstinado silencio solo serviría para que lo mataran, y después fusilaría a todos los varones de su familia. Solo respetaría a los menores de trece años y a las mujeres.

No había terminado de hablar cuando alguien se interpuso: una mujer. Tenía el pelo muy rubio, del color amarillo con el que los niños pintan el sol. Se interpuso entre el alcalde y el pelotón asegurando que, si lo hacía, tendría que fusilar también a su hija. Antonio se dijo que, cuando una mujer se comportaba con aquella firmeza, era imposible decir qué despertaba más afecto, si sus formas de cisne o su carácter de valquiria.

———•———

Los asuntos humanos pueden llegar a ser muy retorcidos, porque las normas militares indicaban que el comandante de una tropa debía alojarse en el edificio de más categoría de la población que lo albergaba, y en el caso de la Vella este edificio era la casa del alcalde, al que Antonio había estado a punto de fusilar. De modo que aquella noche el fusilado, el fusilador y la hija del fusilado cenaban alrededor de la misma mesa. La mujer se llamaba Mailís. Antonio no podía saber que había bajado a la Vella justo después de haber recibido la monstruosa visita de Ric-Ric y de los fungus para advertir a sus vecinos del horror que rondaba por las cumbres.

A Mailís no le gustaban los militares, y aquel menos aún. Pero mientras cenaban intentó explicarle el fondo de la cuestión: la gente de la Vella no querría hablar con el ejército de aquellos ominosos hechos, de la aparición de monstruos en los caminos y la desaparición de guardias civiles en los canchales, y no porque fueran desafectos o encubridores, sino porque estaban seguros de que las autoridades nunca creerían su versión. Pero Antonio insistió:

—Ilústreme, quiero conocer esa leyenda —y en tono muy militar añadió—: Es una orden.

Mailís empezó a explicar que los autóctonos creían en una leyenda protagonizada por unas criaturas sobrehumanas llamadas *menairons*. Los *menairons* del relato popular eran sumisos, muy trabajadores y guardianes de la cueva en la que se ocultaba el Poder del Mundo. Solo exigían a su amo órdenes, un torrente incesante de órdenes. Hasta que un día, después de muchas peripecias y vicisitudes, dejaban de obedecer y acababan apropiándose del Poder, todo el Poder del Mundo. Fin del relato.

Antonio se rio.

—Es totalmente absurdo —dijo—, el poder político no está en ninguna cueva, ni en ningún lugar concreto.

—¿Ah no? —replicó Mailís—, pues yo diría que usted, como buen militar, cree que está en un lugar muy concreto: en la boca de los fusiles del ejército.

A Ordóñez no le gustó aquel tono sardónico. Ni que una maestra rural le diera lecciones de filosofía política. La miró con furor contenido y le dirigió las siguientes palabras:

—Tiene razón, lo creo. Y si hubiera visto alguna vez una batería en acción, entendería que es así.

Pero Antonio no consiguió más información. Los indígenas de aquel valle eran muy retorcidos, pensó. Había ocupado su pueblo con una potencia militar abrumadora, los había interrogado y amenazado con fusilarlos, y seguía como al principio: la única información que había conseguido era una leyenda infantil y absurda.

Se comieron los postres de nueces con miel y se retiraron todos a sus habitaciones. A Antonio le habían cedido el dormitorio principal. Se fijó en que todavía quedaban habitaciones libres, pero que aun así el padre y la hija preferían dormir juntos. El motivo era obvio: le tenían miedo. No se lo podía recriminar, claro. Y al mismo tiempo no podía evitar sentirse ofendida

Se tumbó en la cama pensando en ella. Se había fijado en que no llevaba anillo. ¿Qué hacía soltera una mujer tan madura y tan guapa? Con aquel físico y siendo hija del alcalde, seguro que no le habían faltado pretendientes. Estaba tan cansado por el viaje que incluso se le había deshecho un poco su perfecta raya del pelo. Cerró los ojos y empezó a dormirse como si cayera en un pozo de azúcar, y mientras perdía la consciencia se preguntó qué misterio era mayor, las leyendas pirenaicas que hablaban de monstruos sin forma o las mujeres guapas que huían del amor.

«La ladera oeste... Ahí están... En la ladera oeste... Ellos...»

Aquella maldita niebla tardó dos días en despejarse. Dos días en que Antonio hizo todo lo posible por coincidir con Mailís. Ella lo evitaba. Pero comían, cenaban y dormían bajo el mismo techo. Y, al fin y al cabo, él era el comandante: tenía la prerrogativa de estar con quien quisiera y cuando quisiera.

El primer sorprendido por la atracción que sentía hacia ella fue el propio Ordóñez. Las mujeres que conocía eran sumisas, púdicas y discretas. Esta, en cambio, discutía con su padre como si la autoridad paterna no existiera y bebía *vincaud,* caliente o frío, como un hombre. En una de las pocas ocasiones en que pudo acorralarla, Antonio volvió a interrogarla sobre la leyenda local de los *menairons,* o como se llamaran. Mailís le explicó que, como maestra de escuela, utilizaba aquel relato popular: era una herramienta perfecta para aleccionar a los niños sobre los riesgos de la ambición, la vanidad y la desmesura. En el cuento costaba mucho encontrar el Poder verdadero, y al final no acababa en manos de los que más lo buscaban, sino de los más humildes: los *menairons*. Así que, en la fábula, el auténtico Poder no consistía en dominar a los demás, sino en convertirse en mejor persona.

—Usted, por ejemplo, ¿qué tipo de Poder busca? —le preguntó Mailís.

Antonio lo pensó un momento y se dijo: el poder de convertirme en Heldentenor, aquel era el único poder que de verdad le importaba. Pero no se atrevió a sincerarse y contestó con una galantería muy castellana:

—Un poder que me permita seducirla.

Ella fingió no haberlo entendido y salió de la estancia con una excusa cualquiera.

Al tercer día, la niebla se retiró por fin. «La ladera oeste... Ellos... La ladera oeste...»

Ordóñez eligió a una veintena de hombres y a su mejor sargento: el Malagueño. En todos los regimientos españoles había un sargento apodado el Malagueño. Nunca llamaban a nadie el Leridano o el Pontevedrés, pero siempre había un Malagueño, y lo más gracioso era que el Malagueño del regimiento de Ordóñez ni siquiera era de Málaga, sino de Motril. Ordóñez les ordenó que se dirigieran a la ladera oeste, a explorar. Solo debían disparar para repeler ataques, si sufrían alguno, y volver a la Vella.

La patrulla partió al día siguiente, antes de que se hiciera de día. Mailís, que siempre madrugaba, salió al balcón. Un gran balcón cuadrado, con la barandilla de troncos pintados de color castaño, desde donde se divisaban las cumbres como si fueran los dientes de una sierra lejana. La casa de su padre tenía unas vistas privilegiadas. Aún se veía la pequeña tropa. Lejos, muy lejos. Avanzaban lentamente por la falda de la montaña, y desde aquella distancia parecían una disciplinada hilera de hormiguitas azules. Al rato desaparecieron detrás de los accidentes del terreno.

Después de comer, Antonio se las ingenió para coincidir con Mailís en el balcón y le dijo que había reflexionado sobre la conversación que habían mantenido sobre los *menairons*. Él era el ejército, él era la autoridad. Él era el que mandaba, el que tenía el Poder. Y siempre lo tendría. Como para demostrarlo, Antonio se sentó en una silla del balcón, apoyó las botas en la barandilla de color castaño y dijo con una sonrisa desagradable:

—Yo tengo el Poder, ¿no le parece?

A Mailís no le gustó aquella actitud prepotente, hizo el gesto de marcharse y se disculpó con ironía diciendo que su padre aún sufría palpitaciones porque alguien había intentado fusilarlo. Pero Ordóñez la retuvo cogiéndola por la muñeca:

—Yo soy el Poder —insistió.

Mailís le señaló la nariz con su dedo índice de maestra para advertirle que no le acercara más los labios. Quién sabe lo que habría pasado si en aquel momento no se hubieran oído los ruidos.

Al principio fueron unos chasquidos lejanos, como petardos. Ordóñez la soltó y miró al infinito, alerta. Disparos. Eran disparos. Muchos disparos de fusil. Ordenó que le subieran unos prismáticos. Los oficiales, alarmados, se reunieron con él en el balcón.

Tanto Ordóñez como los oficiales de los dos batallones pasaron un buen rato en el balcón mirando en dirección al tiroteo. Lo único que podían hacer era especular sobre lo que estaba pasando allí, en la latitud salvaje. Los disparos se prolongaron un momento y después se fueron espaciando, hasta que cesaron del todo. Tardó un rato en verse.

Un puntito en la lejanía, un puntito con piernas y brazos que corría despavorido hacia la Vella. Ordóñez lo enfocó con los binoculares: era el sargento. Y volvía solo.

———•———

Si una audiencia quiere escuchar el relato del episodio armado más imposible del siglo XIX, el mejor narrador quizá no será un pobre sargento de Motril, asustado y semianalfabeto. Para ponérselo más fácil, Antonio lo sentó junto a la chimenea del *ostal* del alcalde, con los pies metidos en un barreño de agua caliente y el cuerpo envuelto en una manta. Alguien le encendió un cigarrillo. Y por fin habló.

Según el Malagueño, al principio avanzaron sin novedad. Tenían que forzar los talones, arriba, siempre arriba. Pero no era un trayecto muy penoso. Un paisaje semiboscoso de árboles sueltos y rocas esparcidas. De vez en cuando aparecían llanuras generosas que aligeraban el ascenso. Hasta que empezaron a ver cosas extrañas, muy extrañas.

La primera sorpresa apareció en una de aquellas llanuras: estaba toda llena de extraños muebles, diseminados sin orden. Eran una especie de sofás hechos con ramas sin pulir y musgo comprimido como cojines. Asientos de una plaza, de dos y de tres. Sofás en forma de ele, sofás rectangulares en los que cabrían veinte personas... Nadie se atrevió a sentarse en aquellos artificios incongruentes, en aquellos símiles de vida plácida pero en los que la comodidad estaba tan ausente como la vida en los ojos de una muñeca.

Siguieron, ahora con los fusiles cargados y a punto. La veintena de hombres miraban en todas direcciones. Les parecía que detrás de cada árbol, de cada matojo, de cada accidente del terreno podía esconderse un enemigo. De repente, se dieron cuenta de que no oían pájaros, ni insectos. El sargento miró al cielo. Había algunos buitres, muy arriba, pero ninguno volaba sobre la vertical de sus cabezas. Como si incluso aquellos pájaros de la muerte evitaran la zona en la que se internaban.

La compañía llegó a un arroyo. El Malagueño explicó que lo que habían visto era perfectamente inocuo, pero por alguna razón se convirtió en la visión más inquietante de todas. Y es que el arroyo estaba atravesado por una docena larga de puentes. En un tramo que no debía de superar los cien metros contaron trece. Puentes de piedra, puentes de madera, puentes de piedras y ramas. Puentes caídos, puentes mal hechos. Puentes, muchos puentes, unos puentes que, más que hacer la sagrada función de unir dos orillas, parecían tener por único objetivo enloquecer a quien los contemplara. ¿Por qué? ¿Quién podía necesitar trece puentes en un tramo tan corto? ¡Y tan absurdamente mal hechos!

Aquí algunos hombres dudaron. ¿Debían seguir adelante? Era evidente que habían entrado en un mundo incomprensible, espectral y fantástico. Muchos soldados eran partidarios de volver atrás y alegaban que se debía informar a los superiores. Buena excusa. Pero el sargento ordenó que siguieran subiendo.

Y, ciertamente, no estaban preparados para la siguiente imagen que los esperaba, tras doblar una curva natural. Hacía rato que los guiaba un olor nauseabundo, de carne putrefacta. Los soldados de la vanguardia apartaron unos matorrales y lo vieron.

Los cadáveres de dos guardias civiles, muertos hacía tiempo. Enterrados hasta la cintura, uno al lado del otro, como una pareja de geranios. El uniforme verde aún cubría los torsos, pero los cuerpos ya no tenían carne. Era tan macabro como desconcertante: ¿por qué el asesino se había tomado la molestia de enterrar los cuerpos de aquella manera tan peculiar? Los soldados dieron un paso atrás, entre gemidos y protestas.

El fenómeno siguiente no lo captaron por los ojos, sino por las orejas. Cuando el sargento intentaba contener a los soldados, atemorizados por el hallazgo de los dos cadáveres, oyeron algo.

Un ruido. Un ruido indefinible. Golpes. Unos golpes sordos y seguidos, distantes. Los hombres avanzaron hacia la fuente del sonido. En un momento dado llegaron a una especie de pasadizo de roca. A ambos lados había paredes de piedra cubiertas de hiedra vieja, muy vieja, con hojas de un verde oscuro. Se adentraron despacio y con todas las precauciones posibles. Pisaban una tierra granulada, ferruginosa. Al final del pasadizo encontraron una pared; de hecho, la fachada de una montaña. Lo más sorprendente era que allí, empotrada en aquella pared, había una puerta. Muy rudimentaria, de tablones sin pulir. Instintivamente, los veinte soldados apuntaron los fusiles hacia aquella puerta. Porque el ruido procedía de allí dentro. Un ruido indescriptible, como de fragua plutónica; miles de martillos picando y picando sin coordinarse, cada uno a su ritmo.

El sargento les ordenó que bajaran los fusiles. Quería acercarse y temía que alguno le disparara por accidente. Se dirigió a la puerta con dos soldados. No estaba cerrada con llave. Solo había que empujarla con la culata.

En este punto el Malagueño interrumpió el relato. No quería recordar. O mejor dicho: quería no recordar. Pero el ejército era el ejército.

—Sargento, coño, prosiga.

El sargento volvió a la cueva de la montaña, al momento en el que él y dos soldados entraban sigilosamente tras haber empujado una puerta artesanal. Una vez dentro, encontraron una cámara cavernícola de reducidas dimensiones. Y sucia. Había un colchón de paja y también un bombín colgado en una protuberancia de la roca. El suelo estaba lleno de botellas vacías y mazorcas de maíz atadas con un cordel. Apestaba a esparto viejo y a alcohol dulce. El hedor a tabaco impregnaba las paredes de roca, de color acero.

En la pared de enfrente de la entrada había una abertura. Ni siquiera podía decirse que fuera otra puerta: más bien era un simple agujero por el que podía pasar una persona. Un orificio rectangular abierto en la roca, con los cantos muy mal hechos. Cruzaron aquel agujero como si quisieran adentrarse en la montaña, y una vez al otro lado tuvieron que levantar los ojos.

—Fue como presenciar la construcción de la torre de Babel desde dentro —dijo el Malagueño.

La montaña estaba vacía por dentro, como una especie de colmena de tamaño universal. Había escaleras mal hechas, con cada escalón de un tamaño diferente; las escaleras ascendían como serpentinas, cada una por su lado, sin orden. Contaron más de veinte niveles, más de veinte pisos, y en cada uno rincones y estancias, catacumbas aéreas, plataformas de piedra sin barandillas que daban a vacíos insólitos y vertiginosos. En la fachada sur de la montaña habían abierto agujeros, como un colador, por los que entraba la luz del sol. Una docena de rayos solares, bien definidos, que cruzaban las tinieblas interiores como focos teatrales. Era imposible entender el sentido y la finalidad de aquella obra, que parecía pensada por un faraón loco.

El Malagueño alzó aún más la mirada. Arriba del todo, en el extremo superior de la cima vacía, le pareció ver una puerta. Como si en la parte más elevada hubieran construido una pequeña habitación, conectada a una escalera que llegaba hasta abajo. Aquella puerta se abrió y de ella salió un individuo rechoncho, en ropa interior. Tenía el pelo negro y sucio. Gritó como un emperador loco: *«¡Vincaud, vincaud!»*, y volvió dentro. La escena del borracho en calzoncillos y tirantes fue tan fugaz, y tan delirante, que el sargento dudó de sus propios ojos.

Ordóñez le preguntó por los obreros de aquel edificio inconcebible. El Malagueño suspiró horrorizado: unos demonios obcecados en su labor, unos monstruos con cuerpo en forma de T, por decirlo de algún modo. El palo vertical de la T era un cilindro, y el horizontal, media cápsula. Del cilindro salían brazos y piernas alargados, de una materia que no era ni carne ni hueso. Parecía madera articulada, pero la flexibilidad de los movimientos lo desmentía. Las manos, si aquello eran manos, tenían muchos dedos irregulares, mucho más largos, flexibles y fuertes que los humanos, y a la vez con las puntas duras y afiladas. Si juntaban los dedos, las manos se convertían en picos con los que perforaban las paredes; utilizaban los dedos como picos, y las grandes palmas como palas con las que retiraban los escombros. Era como si debajo de una piel vegetal tuvieran huesos de hierro. Y había muchísimos, en todos los niveles, trabajando obsesivamente, al menos quinientos. Los vieron bajar por las escaleras acarreando escombros, largas filas de criaturas con los brazos cargados de cascotes. Luego volvían a subir, con una agilidad animal. «Esto es la catedral del demonio», se dijo el sargento.

Como los tres hombres miraban hacia arriba, no se dieron cuenta de que un ser diminuto se acercaba a ellos. Oyeron unos sonidos como de pies mojados, y en la semipenumbra distinguieron un cuerpo pequeño, con plumas y pies con membranas.

Todo drama tiene su contrapunto cómico, porque resultó que aquella criatura era una oca. ¡Una vulgar oca! El animal se plantó delante de aquellos intrusos, los miró con ojitos petulantes y graznó unos estrepitosos «¡Craaaa...! ¡Craaa...! ¡Craaa...!».

Detrás de la oca, a unos cincuenta pasos, había uno de aquellos monstruos, acechándolos con dos ojitos amarillos. Formaba una cesta con los brazos, una multitud de brazos que contenían grava y escombros. Se había encontrado de repente con los humanos. No se movía: se limitaba a mantener los ojos fijos en los intrusos. El sargento tuvo la curiosa sensación de que aquel monstruo, más que mirarlos, les auscultaba el corazón. Y no reaccionaba. Como si el miedo, la consternación de los hombres, solo le generara indiferencia. Pero entonces pasó una cosa: un soldado dio un puntapié a la oca, que salió disparada como una pelota. El monstruo dejó caer los escombros de golpe y el sargento gritó:

—¡Vámonos, vámonos!

Fuera los esperaba el resto de la patrulla.

—¡Atrás, atrás! —ordenó el sargento guiándolos hasta el principio de aquel camino emparedado en la roca.

Era una posición de tiro espléndida: una veintena de fusiles apuntando en la única dirección desde la que los podían atacar, un estrecho pasadizo.

Al principio no pasó nada. El Malagueño besó su medalla de la virgen del Rocío. Siempre la llevaba al cuello, sobre todo cuando se olía jaleo. Seguía oyéndose el ruido de fragua, tan intenso como antes. Dos besos más a la virgen y apareció el primer monstruo.

Iba hacia ellos. El mismo que los había sorprendido. Fuera, liberada de las tinieblas, la luz del día ponía de manifiesto todo el poder intimidatorio de la bestia. Los atacaba a una velocidad extraordinaria, con la boca más abierta que un cepo. La piel era una mezcla de verde, yema y rojo oscuro. Le veían las hileras de dientes, unas espinas de un palmo de largas. Los atacaba con los brazos abiertos, unos brazos que se ramificaban, con la punta de los dedos como pequeñas hoces. Y qué grande era. Debía de sacarle una cabeza al soldado más alto. Avanzaba como una exhalación contra la tropa. Con aquella cabeza plana y aquel cuerpo cilíndrico, no sería fácil dispararle. Y el chillido de la criatura: un ruido de hierro frotando piedra, interminable.

Los soldados no esperaron a la orden de abrir fuego. Lo cosieron a tiros. Cuando la humareda se desvaneció, vieron al monstruo caído, muerto. Los brazos y las piernas formaban un amasijo de carne vegetal que se retorcía, agónica, en posturas inverosímiles.

Aquella pequeña victoria produjo un efecto tonificante. Un joven recluta tuvo el arrojo de salir de la formación y tocar el cadáver con la culata. Incluso bromeó:

—Qué lagartija ma graaaande, mi sargento, cazi como las de mi pueblo.

Los hombres se rieron, con una risa nerviosa, falsa. Entonces el ruido de fragua se interrumpió.

Silencio. Hacía tanto rato que oían aquel repiqueteo masivo, aquel martilleo, que el repentino silencio los asustó.

Vieron llegar a tres monstruos. Atacaban como el primero, con la boca y los brazos abiertos, lanzando horribles y potentes graznidos de cuervo. Las balas hacían agujeros sin sangre, como si entraran en planchas de corcho. Los abatieron. De la puerta ovalada salieron cinco o seis más. También los mataron, pero esta vez les costó más: una veintena de fusiles disparándolos, y después de caer aún se arrastraban hacia los soldados. Se necesitaban cinco o seis impactos para que dejaran de moverse.

Y después llegó la horda.

Todo el pasadizo se llenó de esferas craneales alargadas, de miembros excitados, de chillidos roncos, de ojos amarillos y furiosos, y de dedos largos como garras. Los soldados dispararon a discreción y abatieron a muchos. Pero seguían llegando más, cada vez más.

El sargento intentó una maniobra de manual: que la mitad de la tropa se retirara diez metros mientras la otra mitad la cubría, y que los dos grupos fueran relevándose. Al principio funcionó: los fusiles disparaban creando una cortina de fuego, los monstruos caían y la patrulla se retiraba por partes. Por desgracia, no pudieron mantener el orden.

En realidad, ni la tropa más disciplinada del mundo lo habría conseguido. Los monstruos estaban cada vez más cerca, y el sargento ordenó que calaran las bayonetas. Era una forma de admitir que no podrían evitar el cuerpo a cuerpo. Pero los más cobardes, o los más lúcidos, en lugar de calar la bayoneta tiraron el fusil y echaron a correr.

El Malagueño intentó contener la desbandada agarrándolos y obligándolos a volver a la línea. Fue inútil. Cada vez había más monstruos, más cerca. Los más obedientes se mantuvieron firmes, disparando y volviendo a cargar. Pero la mayoría huía. Y así, como dictan las leyes de la guerra, el sacrificio de los valientes solo sirvió para que se salvaran los cobardes.

Los monstruos se lanzaron sobre la fila de tiradores como un alud de carne. Asesinaron a los hombres con las garras, con las bocas y con las lenguas de serpiente. Y cuando ya no quedaba ninguno disparando, el combate se convirtió en una cacería. Todo el mundo huía ladera abajo.

Los supervivientes corrían y corrían, bajaban y bajaban, cada uno por su cuenta, y cada vez eran menos. ¡Oh, qué suplicio! Los monstruos arrancaban las costillas a los caídos y las lanzaban contra los fugitivos. Aquello era lo peor. Parecía que los monstruos se divirtieran atormentando a los soldados con los miembros arrancados de sus compañeros muertos.

Ahí se acabó el relato. El sargento recordaba que corría sin esperanza por un valle umbrío, inclinado y salvaje. Solo se había salvado porque dirigía la fila de tiradores desde atrás, y eso le dio cierta ventaja cuando se deshizo la formación. Y ahora estaba allí, sentado con los pies en un barreño de agua caliente y salada. Y con una docena de oficiales mirándolo como si fuera un Lázaro resucitado en los Pirineos, en lugar de en Palestina.

Cuando llovía y los fungus tenían que alimentarse, solían salir de la Montaña Agujereada y agruparse en un claro cercano para recibir el agua de la lluvia. Se unían en un grupo compacto y creaban una especie de isla de carne vegetal sobre la hierba. Inmóviles, unidos bajo el agua como si fueran un solo cuerpo. Entonces Chiquitín intentaba unirse a ellos. Pero los fungus lo empujaban con cientos de manos y brazos-raíces, lo rechazaban y lo apartaban. «Eres un fungus extraño, no te acerques a nosotros», le decían. Él intentaba una y otra vez entrar en aquella agrupación fúngica, buscaba un agujero entre la multitud de cuerpos. Pero los fungus agrupados eran una especie de estructura acorazada; una y otra vez lo ahuyentaban: «¡No, vete!».

Chiquitín, desesperado, descubrió que solo quedaba un fungus que no lo rechazaba. El mismo que lo había salvado de la garganta: Tuerto. Solía recibir la lluvia alejado de los demás, y Chiquitín adquirió la costumbre de colocarse a su lado, más cerca de Tuerto que su sombra. A veces incluso se agarraba a una de las seis rodillas del gran fungus. Estaban tan juntos que a un observador externo le habría parecido que Chiquitín era un trozo del cuerpo aberrante de Tuerto.

Por desgracia para Chiquitín, Tuerto se había apartado de los fungus: se pasaba los días y las noches en una plataforma de piedra muy elevada dentro de la montaña, contemplando el interminable y absurdo trabajo de los demás. Se limitaba a observar a sus congéneres desde aquella protuberancia de roca. Callado, inmóvil, casi recluido en su atalaya solitaria y contemplativa. Chiquitín se quedaba con él, porque mejor tener la compañía de un fungus que de ninguno, pero lo que de verdad quería era volver con los demás. Porque Tuerto era una excepción: el estado natural de los fungus era el gregarismo; sus cuerpos se conectaban entre sí por las esporas, del mismo modo que las abejas unen todas las flores de un prado. Así que muchas veces los bracitos de Chiquitín tiraban de los poderosos miembros de Tuerto rogándole: «Volvamos con los demás, por favor, volvamos». Pero Tuerto no tenía ninguna intención de volver. Todo lo contrario.

Desde tan arriba, los dos fungus contemplaban cómo se vaciaba, transformaba y construía el interior de la Montaña Agujereada. Los fungus subían y bajaban, siempre atareados, trabajando en espacios retorcidos e imposibles, transportando piedra picada por los túneles y las concavidades internas de la montaña, entregados a una labor tan incesante como carente de sentido. Hasta que un día Tuerto se hartó de todo aquello: de la Montaña Agujereada, de su techo oscuro y rocoso, de los fungus y de su infinita sumisión.

Tuerto interrumpió una de aquellas procesiones de portadores de escombros. Con cinco brazos les cortaba el paso, y con otros tres golpeaba las cestas membranosas de los fungus para que los escombros que llevaban cayeran al suelo. Y entonces, gritándoles en el idioma fúngico, les dijo estas palabras:

—Os pasáis noche y día picando piedra y moviéndola de sitio. ¿Y de qué os sirve? La piedra en polvo se os pega a la piel y os entra en los ojos. Los tenéis cubiertos de una capa tan opaca que parecéis ciegos. ¿Y todo para qué?

Pero los fungus le contestaron:

—Déjanos en paz. Fuiste el primer fungus que abrió los ojos, pero todo lo que dices nos parece insolente y fuera de lugar. Déjanos en paz.

Chiquitín, que había visto toda la escena, se sintió inmensamente desamparado. Porque Tuerto, furioso y desmoralizado, simplemente salió de la montaña, de la 'cauna', y se marchó. Chiquitín se desesperó. Siempre había querido recuperar la compañía de los demás, y ahora perdía la única que le quedaba. Imploró a Tuerto que se quedara, pero este no quiso escucharlo.

A Chiquitín le daba tanto miedo quedarse solo que siguió a Tuerto. Recorrieron bosques y colinas, lejos de techos artificiales. Chiquitín intentaba seguirle los pasos, pero con sus cortas patas le costaba mantener el ritmo. Corría todo lo que podía sin dejar de gritar a Tuerto, suplicándole que volviera atrás o que al menos lo esperara. Pero Tuerto era más veloz que Chiquitín. Cada vez se distanciaba más de la Montaña Agujereada y del pequeño fungus. Hasta que, cuando transitaban por un sendero elevado, Tuerto desapareció en medio de un bosque de grandes abetos. Chiquitín lo vio subir por una pendiente muy similar al lugar en el que un día Ric-Ric lo había despertado. Era como si Tuerto estuviera buscando aquel lugar, como si quisiera volver a aquel estado de inconsciencia anterior.

Una vez pasado el bosque de abetos, Chiquitín se detuvo a recuperar fuerzas, agotado. Miró el pequeño valle que se abría a sus pies. Y vio algo insólito.

Una larga columna de hombres con uniforme azul, caballos y cañones, y armados con los sentimientos más destructivos que había notado nunca en una criatura viva. Avanzando hacia la Montaña Agujereada.

CAPÍTULO X

Fungus y militares se preparan para la batalla definitiva. Ric-Ric se topa casualmente con el ejército y dedica insultos muy ofensivos al presidente del gobierno español, Práxedes Sagasta. Se ponen de manifiesto las carencias de los fungus, que les impiden entender el plan de batalla. El desastre es inminente

Después de que el Malagueño concluyera su relato sobre la Montaña Agujereada, Ordóñez ordenó a los oficiales que salieran del comedor. Mailís intentó marcharse con ellos, pero Antonio no se lo permitió. Mientras los hombres salían, el teniente coronel la miró fijamente, con la raya del pelo apuntando directamente al dedo de Mailís. Cuando se quedaron solos, ella se vengó con un sarcasmo: una veintena de hombres exterminados, y él parecía más satisfecho que afectado. Antonio se encogió de hombros: las pérdidas eran lamentables, sí, pero al fin y al cabo era el destino de los militares. Y además había un aspecto que lo enorgullecía: sería el primer militar del mundo en luchar contra la raza de los nibelungos. Mailís resopló, como quien escucha una pedantería ridícula y desagradable: ¡nibelungos! Solo a un carácter petulante se le ocurriría bautizarlos con un nombre tan pomposo. Pero Ordóñez anunció en tono condescendiente:

—Yo la protegeré de los nibelungos.

Antonio no entendía que Mailís no era el tipo de mujer que busca protección masculina. Por eso ella, sin pensar en lo que estaba a punto de decir, le soltó:

—No es necesario, gracias, él nunca dejaría que me hicieran daño.

Error. Él.

¿Quién? ¿Quién no les dejaría que le hicieran daño?

Antonio había sospechado desde el primer momento que Mailís sabía más de lo que decía. ¿Quién la protegería? ¿Quién? Mailís intentó contestarle con una excusa, como si todo hubiera sido un malentendido. Pero Antonio no era idiota. La cogió del brazo y la amenazó por segunda vez con fusilar a su padre. Al final, la mujer cedió y habló. No se sentía una delatora, porque en realidad tenía muy poco que revelar: solo la visita de Ric-Ric, a caballo de un monstruo tuerto. Pero aquella escena ya no aportaba nada a los datos que tenía Ordóñez, al menos después del relato del sargento. Aun así, en la historia de Mailís había un detalle muy significativo: que un hombre, un individuo concreto, dirigía la horda de nibelungos. Antonio se pasó una mano por la raya del pelo: ¿sería el mismo hombre que, según el Malagueño, exigía licor a los nibelungos de la montaña, como si fueran sus criados?

Pero el tira y afloja entre Antonio y Mailís no acabaría allí.

Por la noche, tras haber concluido los preparativos militares, Antonio se llevó una botella de *vincaud* a la habitación. ¿Qué demonios era aquella bebida? Parecía una representación de Mailís: dulce y fuerte. Y podía volver loca a la gente.

En lugar de meterse en la cama, Ordóñez siguió bebiendo. Y cuanto más bebía, más negras eran las reflexiones que se le pasaban por la cabeza. ¿Por qué toleraba a aquella mujer? Más aún: ¿cómo conseguía ella torearlo tan fácilmente? Quizá tenía que hacerle saber quién mandaba.

No todos los hombres saben beber *vincaud*. Ordóñez no sabía que el dulzor del *vincaud* era una trampa que difuminaba la frontera entre el deseo y la violencia. A media noche se armó con el revólver y una lámpara y entró en el dormitorio de Mailís y de su padre. Se despertaron alarmados. Antes de que hubieran podido saltar de la cama, Antonio metió el largo cañón del revólver en la boca del alcalde, muy adentro. Un ligero movimiento del arma bastó para que el hombre lo siguiera, como un pez que ha mordido el anzuelo. Lo llevó hasta la puerta y lo echó de una patada en el culo. Luego volvió con ella, a la cama. Como suele pasar con los borrachos, el alcohol le había eclipsado la perspectiva: no había previsto que ella se resistiría. Mailís gritó, lo arañó, lo mordió y le dio puñetazos. Chillaba y sacudía tanto las piernas que era como montar un caballo salvaje. Aquello obligó a Antonio a abofetearla, primero como a un niño y luego con furia. Ordóñez estaba descubriendo que para violar a una mujer había que tener mucha energía. Mailís le estrelló un candelabro de hierro en el ojo. Aquello lo enfureció. Al día siguiente dirigiría la operación más importante de su vida, y tendría que hacerlo con un ojo morado. Sí, toda la tropa lo vería con un risible ojo violeta. Ahora era él quien le pegaba a ella en la cara, con los dos puños. Ya no quería someterla, solo hacerle daño.

Antonio notó cuatro manos que tiraban de él por los hombros y se lo llevaban. Eran dos asistentes que dormían en el recibidor. Si Mailís no se hubiera resistido, quizá no habrían intervenido. Pero hacía demasiado ruido y decidieron llevarse a su superior por su bien, no por el bien de ella. Ordóñez estaba muy borracho. Lo llevaron a su cama, le quitaron las botas y lo taparon con una manta.

Antonio suspiró. Se le había deshecho la raya del pelo. Antes de caer en la inconsciencia que causaba el *vincaud*, se dijo: ¿y si ella tenía razón y el Poder se ocultaba en un lugar ignoto? Ni todas sus potestades como alto oficial habían conseguido hacerla suya. Pero, en este caso, ¿dónde estaba el Poder, dónde se ocultaba el auténtico Poder?

———•———

A la mañana siguiente Ordóñez convocó a todos los oficiales en el comedor del *ostal*. Había ordenado que le llevaran la pizarra de la escuela, donde dibujó un mapa sencillísimo.

Había bautizado el plan con el grandilocuente nombre de «Operación Nibelungo». Antonio aprovechó que tenía público para presumir de cultura general explicando a los oficiales que, según las leyendas germánicas, los nibelungos eran unas criaturas que habitaban en el submundo y trabajaban incansablemente en las minas de plomo y de oro. Así que, según la descripción del Malagueño, parecía adecuado referirse a los enemigos como «nibelungos».

La Operación Nibelungo consistía en lo siguiente: el regimiento en pleno, incluyendo carros, pertrechos y los dos cañones, ascendería como un cuerpo unido. Una vez delante de la montaña-nido de los nibelungos, la bombardearían. El enemigo solo tendría dos alternativas: freírse dentro o salir y luchar. En ambos casos sería aniquilado. Fin de la Operación Nibelungo. ¿Preguntas? Sí. Teniente coronel, ¿de verdad piensa obligarlos a salir con solo dos piezas de mediano calibre? Respuesta: en efecto, dos cañones no bastan para derribar una montaña, pero esta está vacía por dentro. Los impactos provocarán desprendimientos internos y tendrán que salir. ¿Más preguntas? Sí, teniente coronel: parecen muy feroces, se han cargado a veinte hombres en un santiamén. ¿Está seguro de que podremos destruirlos una vez carguen contra el regimiento? Respuesta: el sargento ha calculado que hay quinientos nibelungos. Nosotros somos algunos menos, pero provistos de armas modernas.

Aquello era todo. Antonio ordenó que se cuadraran, ¡Viva España! Nadie se había atrevido a mencionarle el ojo morado. Antes de dejarlos marchar aún les enchufó una última bravata:

—Señores, estén seguros de que los mataremos a todos, y que al último lo enviaremos al famoso Museo de Ciencias Naturales de Barcelona para que lo disequen.

Aquí los oficiales se rieron. Uno de ellos incluso se permitió corregir a su comandante:

—No, no, a Barcelona no, a Málaga, que el sargento bien que se lo ha ganado.

Más risas. Pero Ordóñez se fijó en que de todos los presentes solo había uno que no se reía: el propio sargento Malagueño.

Antonio se quedó a solas con él, que para su sorpresa le dirigió tres palabras:

—Señor, no vaya.

Y se explicó: lo que lo impelía a hacerle aquella advertencia no era lo que había pasado, terrorífico, sino lo que había sentido. Cuando estaba dentro de la montaña había notado una vibración especial en el aire, como si los nibelungos hablaran entre sí con unos sentidos incomprensibles para los humanos. El Malagueño tenía un mal presentimiento. Pero en el ejército los sargentos obedecen a los oficiales, no al revés: Ordóñez, imperativo, le ordenó que se cuadrara y que saliera.

Cuando el sargento estuvo fuera, Antonio abrió la puerta y volvió a cerrarla asegurándose de hacer ruido, pero, en lugar de abandonar la habitación, se quedó dentro, en silencio. Poco después Mailís salía de su habitación, convencida de que se habían marchado todos. Era una trampa: Antonio la esperaba allí, sentado con las piernas cruzadas y fumando. Y con la raya del pelo perfectamente dibujada. Mailís se quedó petrificada, aterrada. Tenía ante sí a la bestia que la noche anterior había intentado abrirle las piernas, poseerla y humillarla. Ordóñez se fijó en la cara de Mailís, hinchada por sus golpes. Solo hizo eso, mirarla, con los ojos tan impasibles como su peinado. Después se marchó. No había pronunciado ni una palabra. Que ella misma imaginara cuál sería su destino cuando volviera victorioso. Y poderoso.

———•———

El regimiento entero se puso en marcha, y esta vez ya no eran dos decenas de hombres comandados por un sargento de Motril. Eran casi medio millar de soldados, con todas las armas y los pertrechos de un regimiento moderno. Y dos piezas de artillería. Antonio, a caballo y en la vanguardia, ordenó que cantaran, y todas aquellas voces masculinas ascendieron al cielo. Cientos de gargantas guerreras que, acompasadas con las botas, hacían temblar las nubes. Enseguida se estableció una especie de duelo: ¿qué sería más poderoso? ¿Los cánticos viriles o la naturaleza silenciosa? Al principio ganó la infantería. Los ejércitos que avanzan pisan flores y estiércol por igual. La columna pasó junto a un rebaño de vacas, y los soldados las ataron detrás de los carros. Y así, el ejército aplastaba o arrastraba, y la naturaleza huía o sucumbía.

Pero al rato las gargantas se habían secado. El camino era tan empinado que había que empujar los carros y los armones. Llegó un punto en que el desnivel era tan pronunciado que el regimiento entero tuvo que mover los cañones a fuerza de brazos. Y empezó a bajar la moral. Aun así, el regimiento se mantuvo compacto. El único incidente tuvo lugar poco antes de que llegaran a su objetivo, la montaña de los nibelungos.

De repente, se oyó un disparo. Todas las cabezas se alzaron en dirección al ruido. Antonio vio a un hombre solitario en lo alto de una ladera en la que aún quedaba una capa de nieve; disparaba un revólver y los maldecía. La columna se detuvo en seco.

El hombre estaba muy arriba. Llevaba abrigo y sombrero negros, lo que hacía que en la nieve blanca destacara como un escarabajo. Lo acompañaba una oca, que abría las alas y graznaba contra el ejército, y con la mano que le quedaba libre aferraba una botella. Se desgañitaba, los amenazaba y maldecía. La tropa se dijo que invadían un país espectral.

Antonio no entendía lo que decía el hombre, por la distancia y porque hablaba en una extraña mezcla de idiomas. Pidió un intérprete. Le llevaron a un soldado de Tarragona. Ordóñez lo apremió:

—¿Y bien? ¿Qué coño dice?

—Dice —contestó el joven soldado— que si queremos su botella vayamos a buscarla —y añadió—: Y que toda la culpa es del orden burgués, que le usurpó su sofá.

El hombre de negro siguió disparando contra la columna hasta que vació el tambor del revólver. Era absurdo: estaba tan lejos que las balas no cruzarían ni la mitad de la mitad de la distancia que los separaba. Pero aquella aparición tuvo un efecto escénico, porque el eco multiplicaba las balas como si mil hombres acecharan al regimiento. Después, el tirador solitario y la oca dieron media vuelta, con un desprecio infinito hacia los invasores, y desaparecieron por un bosquecillo de abetos cubiertos de niebla.

La columna reanudó la marcha. Ordóñez no quería admitir que aquel enemigo le había generado cierto desasosiego. No podía tolerarlo. Sus hombres debían ver a un comandante gallardo y decidido. Blandió la gorra en el aire, dejó al descubierto su raya ancha y perfecta, y ordenó que cantaran. Ninguna tropa del mundo cantaba tan bien como la infantería española.

Antonio empezaba a entender que tenía frente a sí a un estratega peligroso. Agudo y sofisticado. ¡Ah, sí! Todo formaba parte de un plan maliciosamente concebido: los puentes aberrantes, las estatuas hechas con cadáveres de guardias civiles. Sí, el hombre del abrigo negro pretendía atemorizarlos, desconcertarlos; era un artista de la guerra mental. Y, obviamente, culto: «Si queréis mi *vincaud*, venid a buscarlo». Parafraseaba una cita histórica: cuando el rey persa conminó a los espartanos de las Termópilas a entregar las armas, Leónidas le contestó: «Ven a buscarlas».

Lo que no acababa de entender era lo del sofá.

———•———

A Antonio Ordóñez le habría sorprendido mucho saber que aquel espectro con sombrero y abrigo negros no sabía ni de conjuras ni de estrategias. Que solo se guiaba por impulsos, como todos los borrachos.

Ric-Ric se había enterado de que se acercaba un ejército poco antes, gracias a Chiquitín. Estaba durmiendo la mona en su habitación de la Montaña Agujereada cuando Chiquitín lo despertó. Al principio estaba demasiado afectado por la resaca para entender nada. Pero poco a poco el pequeño fungus, muy alarmado, consiguió que Ric-Ric *notara* lo que quería decirle.

Chiquitín había visto aquella columna de hombres con uniforme azul y ahora le transmitía una suma de sensaciones de inquietud haciendo unos ruiditos desamparados, como de cría de halcón, y tirándole del brazo.

Ric-Ric se frotó la nuca; no estaba del todo seguro de haber entendido el mensaje. Pero sí *notaba* algo: la inminencia de un peligro. Decidió salir de la montaña a verlo con sus propios ojos. Y como necesitaba desplazarse rápidamente, ordenó a los fungus que le construyeran un transporte: una silla a la que añadieron dos largas ramas en posición horizontal, que se prolongaban por delante y por detrás. Luego Ric-Ric seleccionó a los dos fungus que tenían más patas para que le hicieran de porteadores, uno delante y el otro detrás. Se sentó y salió de la Montaña Agujereada con la Oca Calva sentada en su regazo, dócil como un gatito. Hacía tiempo que Ric-Ric y la oca habían enterrado sus diferencias. Él la soportaba porque era el único ser vivo de aquel mundo que no tenía la piel cubierta de mucosa, y ella lo toleraba a él porque siempre estaba a favor del que mandaba.

Los porteadores se movían a una velocidad extraordinaria, superlativamente ágiles gracias a aquellas piernas de raíces y a aquellos dedos que se agarraban a cualquier terreno. Los fungus desplazaban a gran velocidad aquel ridículo transporte con la elegancia y la suavidad de una medusa entre dos aguas, como si no les afectaran las leyes de la gravedad. Y así lo transportaron por las cumbres, de forma bastante errática, hasta que la oca le advirtió con graznidos furiosos: allí, en el valle, se veía una columna de hombres armados.

Ric-Ric miró la tropa militar, muy por debajo de sus pies, con un odio profundo en los ojos, negros como las cejas, negros como el sombrero. Durante el desplazamiento en la silla de mano había ido dando tragos de la botella y volvía a llevar una buena cogorza. ¿Por qué lo perseguían? Se había pasado la vida huyendo de policías y guardias civiles; de todos los agentes del gobierno. ¿Por qué no lo dejaban en paz? Hasta allí habían llegado el orden, el sistema y el gobierno: hasta la cima de los Pirineos.

Saltó de la silla. Indignado, avanzó unos pasos con el revólver Lefaucheux en la mano. Mientras disparaba a lo loco contra el ejército, gritaba:

—¡Malditos! ¡Perros! ¡Canallas! ¡Me cago en Práxedes Sagasta!

La oca lo secundaba con sus malhumorados graznidos: «¡Crrrra, crrra, crrra!». El eco de las montañas multiplicaba los disparos y los insultos: «Sagasta, asta, asta...

¡Crrrraaaa! ¡¡¡El sofá, el sofá...!!!». Cuando hubo vaciado el revólver, se sintió un idiota: dos batallones enteros lo contemplaban en silencio desde el valle, y él simplemente no sabía qué más decir. Bramó lo primero que se le pasó por la cabeza:

—Queréis trincarme el *vincaud,* ¿verdad? ¡Pues venid a quitármelo, malnacidos!

«Acidos, acidos, acidos...»

Y, dicho esto, dio media vuelta. Detrás de los arbustos lo esperaban los dos fungus porteadores y la silla de mano. Se sentó como un emperador romano disgustado, la Oca Calva lo siguió volando como una gallina y con un gesto imperial de la mano ordenó a los porteadores que volvieran a llevarlo a la *cauna,* es decir, a la Montaña Agujereada.

Al rato, la silla volvía a entrar en la gran sala abierta al pie de la montaña. Allí lo esperaban los quinientos fungus, angustiados porque se había ausentado demasiado tiempo. Ansiosos, deseosos de recibir sus órdenes. Por una vez en la vida no se haría de rogar: Ric-Ric tenía muchas ganas de darles instrucciones. En una pared de roca había un saliente, como un pequeño púlpito elevado. Ric-Ric subió mientras los fungus se congregaban abajo, se aglomeraban en semicírculo por debajo de su amo. Estaban tan juntos que desde arriba parecía un suelo de baldosas.

—¡Compañeros! —gritó Ric-Ric—. Tengo que anunciaros una noticia muy grave: ¡la conjura reaccionaria nos agrede! Atacan este hogar socialista y colectivista que tan alegremente estáis construyendo. Pero ¡no os preocupéis! Solo es el último y desesperado intento del orden capitalista por someternos. ¡Lucharemos contra ellos encarnizadamente con uñas y dientes! ¡Viva Kropotkin! ¡Viva la edición ilustrada de las memorias del camarada Gorki! ¡Viva la anarquía internacional e intervegetal! ¡Viva, compañeros!

Los fungus, naturalmente, no entendieron ni una palabra del discurso. Como Chiquitín seguía marginado por los demás, que no lo toleraban, se mantenía a los pies de Ric-Ric. Cuando acabó el discurso, Ric-Ric y el pequeño fungus se miraron, y Chiquitín *notó* las emociones más profundas del hombre: Ric-Ric temía tanto a los fungus como a los soldados. Si por él fuese, aniquilaría a unos y a otros. Pero no podía.

A Ric-Ric le molestó la mirada impertinente de Chiquitín.

—¿No has entendido mi discurso? ¿Es eso? ¿Qué demonios os cuesta tanto entender? ¡El ejército quiere aplastar la revolución! —dio un largo trago de una garrafita y añadió—: ¡Los gobiernos no quieren que los obreros tengan sofás! —y señalando a Chiquitín con un dedo, justo entre los ojos, bramó—: Y a vosotros os tirarán garganta abajo. ¿Lo entendéis ahora? ¡Os lanzarán a una garganta, setas idiotas!

Al oírlo, Chiquitín pegó un bote, en un acto reflejo.

La garganta.

Aquello sí que lo entendía. La garganta. Fue como si lo viera: quinientos fungus cayendo a un pozo abismal, una lluvia de cuerpos con los miembros enredados. Los empujaban aquellos hombres con capa, quepis y ropa azul a los que había visto avanzando en dirección a la Montaña Agujereada.

Una oleada de excitación invadió el cuerpo del fungus más pequeño. Sacudido por unas convulsiones incontrolables, dio un salto y cayó entre la horda de fungus. Estos, sorprendidos, se apartaron.

Chiquitín se agitaba como un insecto agónico, violentamente, sin control. Giraba sobre su espalda, como si lo mataran enemigos invisibles. Echaba bocanadas de espuma por la boca, entre las largas espinas, y lanzaba alaridos nunca oídos en la Montaña Agujereada.

¡Nos despeñarán por una garganta!

Lengua y brazos azotaban el aire en un torbellino de miembros. Miles de esporas abandonaban su cuerpo, como polvo que sale de una vieja alfombra. Esporas brillantes como chispitas de mercurio hirviendo saltaban y se esparcían por el cielo de la bóveda. Ante aquel estallido de frenesí y convulsiones, los fungus miraban a Chiquitín pasmados.

¡La garganta, la garganta! ¡¡¡La garganta!!!

Y de repente, por algún motivo invisible, la excitación de Chiquitín se contagió a los quinientos fungus que vivían en la Montaña Agujereada. ¡La garganta!

Primero fue uno, luego otro, y una docena más, y al momento los quinientos fungus habían caído en aquel estado delirante. Todos se revolvían con una energía apasionada, ciega, que los arrastraba. Nubes de esporas refulgentes sobrevolaban aquel revoltijo de fungus, chispas ágiles como golondrinas y veloces como aerolitos. Ric-Ric se fijó en Chiquitín, sacudido por el tumulto de cuerpos enfebrecidos. Mil brazos lo sostenían por encima de las cabezas, exponiendo a la vista de todos su cuerpo zarandeado y feroz.

———•———

Al rato, cuando los bailes desbocados empezaron a perder ímpetu, los fungus subieron la escalera en busca de su amo.

Ric-Ric había hecho que construyeran su habitación justo debajo del pico de la Montaña Agujereada. Se llegaba por una interminable escalera de piedra en espiral, sin barandillas. Por dentro no dejaba de ser una réplica poco imaginativa de la *cauna* del pie de la montaña en la que había vivido hasta entonces. El suelo era la fría roca, y la cama era una estructura de troncos bastos y sin pulir.

Pero con un colchón, eso sí, de musgo tierno, blandísimo y de un verde azulado. Musgo trenzado con la punta de los dedos-raíces más delgados y afilados de los fungus.

Aparte de la cama, el único mueble era una mesa. De hecho, era un tocón de roble grandioso, de un diámetro superior al de cualquier rueda de carro. Pese a sus medidas colosales, los fungus lo habían arrancado y transportado sin esfuerzo. Y, como todos los trabajos fúngicos, combinaba una parte basta, chapucera, con otra minuciosa y extremadamente elaborada: nadie se había molestado en pulir las patas, una maraña de raíces gruesas, llenas de tierra, que recordaban a un manojo de zanahorias gigantes; sin embargo, miles de dedos minúsculos habían pulido la superficie con tanto celo y minuciosidad que parecía cubierta de cien capas de cera.

Cuando los fungus entraron en la habitación, Ric-Ric estaba esperándolos delante del gran tocón que hacía de mesa. Dio un par de tragos de *vincaud*. Aquello siempre lo calmaba. Al acabar depositó una piedra en forma de pirámide encima de la mesa. También un puñado de piñones y un puñado de setas. Los piñones representaban a los soldados; las setas, a los fungus. La piedra era la Montaña Agujereada. Una ramita colocada delante de la piedra, el arroyo que cruzaba por delante de la montaña. Entonces esbozó un plan de ataque. Sin embargo, mientras hablaba, Ric-Ric *notó* la incomprensión que salía de los pechos cilíndricos de los fungus. Docenas y docenas de cabezas monstruosas se inclinaban hacia la mesa, por encima del mapa, pero no entendían lo que intentaba decirles. Esto provocaba un sentimiento masivo de tristeza y sobre todo de angustia. El aire de la habitación se llenó de esporas.

Ric-Ric abroncó a la multitud monstruosa que lo rodeaba: era un plan de ataque muy sencillo, hasta unos puñeteros fungus deberían entenderlo. Entonces se dio cuenta de que el problema no era el plan. Era el mapa.

Los fungus no entendían el significado de los piñones y de las setas. Una piedra era una piedra, no una montaña. Una ramita era una ramita, no un río. Al mismo tiempo, aquello los hacía conscientes de sus limitaciones. Se daban cuenta de que en aquella representación había algo, grande y portentoso, que su entendimiento no podía concebir.

Ric-Ric se rio. Para él, las carencias de los fungus siempre eran motivo de diversión y escarnio. Cogió un puñado de hojas secas de pino y se lo lanzó a la cara a los fungus que tenía más cerca, que retrocedieron con un temor reverencial. Aquella reacción le hizo reírse aún más. Pero, como no podía perder el tiempo, pensó en un plan de lo más sencillo.

Tenía a quinientos fungus. Bien, pues los dividiría en dos grupos. El primero, de doscientos fungus, esperaría a los soldados delante de la Montaña Agujereada para atraerlos hacia aquel punto. Los demás, unos trescientos, atacarían al ejército por la espalda, dirigidos por Tuerto. Todo muy sencillo.

A aquellos trescientos no les resultaría difícil esconderse detrás del ejército. Eran fungus. Y los fungus no se escondían en el bosque, eran el bosque. Cuando estuvieran detrás de la tropa, atacarían. ¿En qué momento exacto? Ric-Ric les mostró un puñado de cohetes. Eran cohetes marineros que los muscats, en la soledad de los Pirineos, utilizaban para avisarse entre ellos. Sujetó uno por la caña y sacó el brazo por una estrecha ventana de su habitación, que parecía una tronera. Encendió la mecha; el cohete voló por los aires y a los pocos segundos explotó entre las nubes con un chasquido de petardo, llenando el cielo de chispas rojas. Ric-Ric les advirtió: los trescientos fungus de Tuerto tenían que atacar cuando vieran un cohete como aquel explotando entre las nubes. Ni antes ni después.

—¿Lo entendéis, fungus de los cojones?

Los doscientos fungus que se quedaran a las puertas de la montaña tenían una misión aún más sencilla: resistir, conjurados, el asalto del ejército hasta que Tuerto atacara la retaguardia enemiga. Para facilitarles las cosas, Ric-Ric hizo una bandera. ¿Qué era una bandera? Básicamente, una tela colgada de un palo que servía para agrupar una tropa.

Ric-Ric cogió una sábana que utilizaba como mantel en la mesa-tocón y pidió que le llevaran una brocha y dos botes de pintura saqueados en casa de Cassian, uno amarillo y el otro negro. Pintó la tela de amarillo, un amarillo chillón. Al acabar, dibujó con la brocha un par de trazos de pintura negra, un símbolo en el centro de la sábana:

()

Para que se entendiera, les explicó que el símbolo, (), era el coño de Mailís, su amada. Como Mailís era rubia, deducía que también debía de tener el pelo púbico rubio, así que le parecía lógico pintar el resto de la bandera de color amarillo. Dio otro trago de licor y luego extendió la nueva enseña, la mostró a la audiencia de monstruos y dijo:

—¿Os gusta?

Ya tenían el plan de ataque y la bandera. Ahora solo tenían que saber quién capitanearía cada uno de los dos grupos, los doscientos fungus que resitirían enarbolando la bandera y los trescientos que tendrían que atacar al ejército por detrás. ¿Quién haría de abanderado de los doscientos que vigilarían la Montaña Agujereada?

—¿Quién quiere la bandera? Compañeros, no hay honor más grande que ser el abanderado de la revolución.

Había un aspecto típicamente humano que Ric-Ric se sentía incapaz de explicar a los fungus: que el instinto de los soldados los llevaba a disparar preferentemente contra las banderas y los abanderados enemigos. Los fungus entendían muy pocas palabras humanas, pero *notaban* las sensaciones que Ric-Ric desprendía, y de alguna manera supieron que coger aquella tela sería malo, muy malo. Ric-Ric se paseó por delante de la tropa, como buscando al mejor candidato. Por una vez, los fungus lo evitaban, aunque fuera echando el cuerpo ligeramente hacia atrás. Al final Ric-Ric se detuvo delante de Chiquitín. «Ah, sí, Chiquitín me estropeó la cita con Mailís al amorrar su fea cara a la ventana. Y si lo matan no perderé gran cosa, porque la verdad es que es el más pequeño, inútil, travieso y contrahecho de todos», pensó.

Ric-Ric le colocó la bandera en el pecho cilíndrico. Sí, durante la inminente batalla, el que sujetaría el estandarte sería Chiquitín.

—Lo único que tienes que hacer es mantener a doscientos fungus juntos y unidos a tu alrededor, alrededor de la bandera, hasta que Tuerto ataque al ejército por detrás —le dijo.

Y dicho esto, le dio unos golpecitos amistosos en la cabeza, como si fuera un galgo.

En cuanto a la tropa importante, los trescientos fungus que deberían llevar a cabo la acción decisiva, Ric-Ric no dudó ni un segundo sobre quién debería dirigirla: Tuerto, el más antiguo y espabilado de todos. Ric-Ric lo llamó, pero el fungus no aparecía. Ric-Ric, sentado en aquella magnífica y a la vez estrambótica mesa-tocón, insistió:

—¡Tuerto de los cojones! ¡Ven aquí! ¿Dónde demonios te has metido?

De repente, cayó en la cuenta de que hacía muchos días que no lo veía. Ric-Ric cogió del cuello a Chiquitín.

—¿Dónde está Tuerto? ¿Dónde?

Notó una vibración, dos; un par de emociones. Chiquitín le hablaba en lenguaje fúngico: de su pecho cilíndrico salió un lamento de añoranza y otro de pérdida, como de una garganta saldrían dos sonidos. Ric-Ric lo *notó*. Los sumó. ¿Añoranza de qué? ¿Pérdida de qué? Hasta que lo entendió: Tuerto se había marchado.

No se lo podía creer. ¡Tuerto! ¡La primera seta lo había abandonado! Se cubrió la cara con las manos. ¡Tuerto! ¡Habían pasado un invierno juntos, encerrados en una cueva, solos, hablando de la vida, del Ideal y de la lucha de clases! Habían luchado contra osos y reaccionarios, y ahora lo abandonaba. ¡Tuerto! No se lo podía creer. Entre mocos y sollozos, preguntó a Chiquitín:

—¿Es verdad? ¿Se ha marchado para siempre?

Pero los fungus no mentían, no podían mentir. Ric-Ric cayó de rodillas en la superficie pulida de la mesa. Tuerto era lo más parecido a un amigo que había tenido nunca, y ahora lo había abandonado.

Justo en aquel momento, los fungus que estaban entre la mesa y la entrada a la habitación se apartaron y formaron un pasillo. Y por el centro avanzó alguien.

Era él: Tuerto. Él y su altura poderosa, la cuenca del ojo vacía y las cuatro cicatrices de garra de oso en la cápsula de la cabeza.

Al verlo, Ric-Ric se puso de pie y lo abrazó. Como estaba encima de la mesa, tenía la suficiente altura para rodearle el cuello con los brazos. Ric-Ric lloraba de alegría y le daba besos donde los humanos tendrían las mejillas.

—¡Compañero! ¡Compañero! ¡Sabía que no me abandonarías!

Un rato antes, Tuerto también había visto aquella imponente tropa armada avanzando directamente hacia la Montaña Agujereada. El instinto le decía que siguiera adelante, que volviera a la naturaleza de la que procedía. Pero no podía abandonar a los suyos. Por estúpidos que fueran. Por eso estaba allí.

Cuando Ric-Ric se calmó, buscó a Chiquitín con la mirada. Desde su pequeña estatura, envuelto con aquella ridícula bandera amarilla, miraba a Ric-Ric con su mandíbula prominente y sus párpados de rinoceronte.

—¡Siempre lo lías todo! —exclamó Ric-Ric—. ¿No sabes que los rumores y las difamaciones son pequeñoburgueses?

Tumbó a Chiquitín en su regazo, como si castigara a un niño, y le pegó veinte azotes con la culata del Lefaucheux.

CAPÍTULO XI

La Gran Batalla. Heroico comportamiento de Tuerto y de Chiquitín. Antonio Ordóñez descubre dónde reside el auténtico Poder

A media mañana el ejército llegó a su objetivo: la montaña de los nibelungos. Allí la tenían, una cumbre mediocre, irregular y tristona. Ordóñez pensó que nadie elegiría aquella montaña para pintar un óleo de los Pirineos: los árboles que ascendían por las laderas parecían viejos y cansados de vivir, y la roca de la parte superior no tenía encanto ni color.

Justo por delante de la montaña corría el arroyo que el Malagueño había descrito. Ordóñez estableció una línea de tiradores en la orilla, con los fusiles apuntando al otro lado del curso de agua. Unos metros detrás de la infantería, los cañones. Desde aquella posición, las piezas podrían bombardear cómodamente la montaña. Más atrás estaban los carruajes con las municiones. Y al final, en la retaguardia, dejó una pequeña tropa, por prudencia. Todo el regimiento se concentraba en una llanura poco extensa, como no podía ser de otra manera en los Pirineos, y rodeada de árboles.

Cuando los nibelungos salieran de su refugio, tendrían que avanzar hacia el arroyo. Allí se toparían con una potencia de fuego insuperable. Si querían llegar al cuerpo a cuerpo, antes tendrían que cruzar un arroyo furioso. No podrían. Cuatrocientos fusiles y dos cañones se lo impedirían.

El día era bastante soleado. Antonio volvió a mirar la montaña de los nibelungos. Solo parecía imponente porque estaban muy cerca. Y es que el atractivo de aquella montaña no se veía desde fuera: escondía un secreto. Sí, el secreto de los nibelungos; el secreto de la victoria, del Poder.

Una vez colocada la artillería, Antonio ordenó que disparara contra la montaña. Ah, sí, la artillería. Los cañones siempre eran un espectáculo: el sonido ensordecedor, las parábolas de las balas y los impactos en la lejanía. Cada vez que un proyectil estallaba en la cima y proyectaba una lluvia de tierra y rocas, la tropa lo celebraba. Explosiones rojas, violentas e ininterrumpidas. Algunos hombres, entusiastas, incluso blandían los fusiles con la gorra colgada en la punta. A Antonio le gustaba la artillería, la más expeditiva de las armas; elevaba el espíritu, disipaba dudas, enardecía al cobarde y exaltaba al valiente. Los cañones eran la fuerza y la esencia de la fuerza; la última palabra. Quien tiene cañones arrasa, y quien arrasa impera.

No todos los soldados estaban interesados en aquella exhibición destructiva. Algunos se entretenían haciendo pilas con guijarros del río para crear pequeños parapetos delante de su posición. Sus compañeros se reían de ellos asegurando que los monstruos no disparaban, y que en consecuencia aquellas barricadas eran inútiles. Pero el alma humana es así, y mientras unos disfrutaban del bombardeo y gozaban con el dolor ajeno, otros optaban por prevenir el dolor en sus propias carnes.

Al cabo de un rato, los impactos de los cañones habían deformado el pico de la montaña. Entonces los caballos y las mulas empezaron a ponerse nerviosos. Ordóñez ordenó que taparan el morro de las bestias con trapos. Ya estaba informado de aquel síntoma: cuando las monturas se ponían nerviosas significaba que los nibelungos estaban cerca. Y en efecto: salieron de su madriguera. Ya venían. Ellos. Los nibelungos. Un par de centenares de monstruos. Emergieron de una especie de pasadizo que se abría entre dos paredes de roca.

El Malagueño había hablado de una horda caótica, desatada y bestial. Y eran todo aquello, en efecto. Sin embargo, en esta ocasión avanzaban más contenidos. Se dirigieron hacia los hombres con bramidos guturales, agrios y graves, pero sin correr, sin precipitarse. Avanzaban en un grupo compacto; airado, sí, pero no desencadenaban ninguna carga, solo se aproximaban. Hasta que se detuvieron al otro lado del arroyo, pocos metros antes de llegar al agua, que se convertía así en frontera y separación entre hombres y nibelungos.

Los soldados vieron aquella masa de demonios que resoplaban balanceando la cabeza hacia ellos y lanzando al aire miles y miles de esporas; los soldados vieron las babas blancas que les caían de la boca, como si fueran toros en la plaza. Doscientos monstruos con una especie de cabeza longitudinal, con ojos maléficamente pequeños, amarillos y sin párpados, que los miraban con odio desde el otro lado del arroyo. Sí, los soldados vieron todo aquello, oyeron aquellos aullidos inhumanos y contuvieron la respiración. Una oleada de espanto recorrió la línea de tiradores.

Antonio esperaba a que los nibelungos intentaran cruzar el arroyo para dar la orden de disparar. Quería lanzarles una lluvia de balas cuando estuvieran en el agua, lo que frenaría sus movimientos. Pero entonces los nibelungos hicieron una maniobra inesperada: retrocedieron, solo cincuenta pasos. Allí, un poco más retirados, formaron una falange compacta de cuerpos, de cabezas, de brazos y de dedos vegetales repugnantemente largos. Abrían las mandíbulas y aparecían hileras e hileras de espinas, agrupadas como si las bocas abiertas fueran zarzas. De aquellas bocas emergían lenguas largas como mangueras, fustigadoras como colas de atún, que estallaban en el aire retando a los hombres a acercarse. Así, al contrario de lo que se esperaba de ellos, los monstruos no atacaron. Se quedaron al otro lado del arroyo, rezagados, vociferando como bárbaros contra Roma, vomitando crujidos y graznidos de cuervo gigante, y provocando a los humanos para que fueran ellos los que atacaran.

Y de repente apareció. La bandera. En el centro de la formación de los nibelungos se alzó una bandera. Un rectángulo de tela de color amarillo, colgado de un miembro larguísimo, como una rama fina. El propietario de aquel miembro, que ejercía de asta de la bandera desaparecía entre los demás nibelungos, como si fuera mucho más pequeño que los demás. En el centro de la bandera se veía un dibujo más o menos así:

()

Los oficiales pidieron permiso a Ordóñez para disparar, pero aún no se lo concedió. Antes quería comentar el extraño símbolo de la bandera amarilla.

—Como pueden ver, caballeros, por fin queda esclarecido el misterio: nos enfrentamos con la masonería internacional. Los masones siempre han intentado conquistar el mundo. Y ya lo ven: para llevar a cabo sus planes criminales no dudan en reclutar a monstruos ni en enarbolar símbolos místicos.

Y a continuación ordenó por fin que abrieran fuego.

Desde su lado del arroyo, los soldados empezaron a disparar contra los nibelungos. Estos morían, pero, extrañamente, seguían sin iniciar la carga. Rugían, gesticulaban y agitaban aquellas espantosas lenguas en el aire, pero no atacaban. Se limitaban a morir, con los cuerpos apilados. Su único movimiento era agruparse alrededor de aquella extraña bandera. Cuando los nibelungos que protegían el estandarte con el símbolo misterioso caían, otros se apresuraban a ocupar su lugar. Antonio no lo entendía. ¿Por qué no atacaban? ¿Por qué se limitaban a aguantar el tiroteo? El fuego se intensificó más aún, y los nibelungos caían por docenas.

Bien, se dijo Antonio, había ido a matar a aquellas criaturas y lo estaba haciendo.

—•—

Un rato antes, Tuerto y trescientos fungus habían salido de la cueva para localizar al ejército, situarse detrás del enemigo y esperar la orden de ataque. Lo que había pasado era lo siguiente.

La larga fila de carros, de jinetes y de infantería con capa y uniforme azul seguía un estrecho sendero, camino de la Montaña Agujereada. Los fungus los detectaron y se escondieron en el bosque, junto al camino. La columna militar pasó penosamente por delante de ellos. Ni un solo humano los descubrió: los fungus tenían una inmensa capacidad de camuflaje; se fundían con la vegetación. Cuando se quedaban inmóviles era como si la piel les cambiara de color, como a las sepias, y los hombres solo veían troncos y ramas. Además, se habían situado de manera que el viento no transportara su olor hasta las fosas nasales de mulas y caballos.

Luego todo fue aún más fácil: Tuerto y los suyos se limitaron a seguir a los soldados, ajenos a la legión de monstruos que iba pegada a su espalda. Los fungus vieron cómo los hombres se dirigían a la Montaña Agujereada y se detenían justo delante del arroyo. Vieron cómo calzaban aquellas máquinas imponentes y extrañas, los cañones, y los disparaban. Vieron el inicio del tiroteo de los soldados, cientos de fusiles disparando. La suma de cañones y fusiles creaba un rugido de tormenta, como de truenos y granizo.

Desde donde estaba, Tuerto veía la bandera (), más allá del enemigo, sostenida por una larga extremidad de Chiquitín. Las balas la agujereaban. Y lo más terrible: *notaba* la muerte de docenas de congéneres. Morían, cada vez más, bajo las balas de los hombres.

Tuerto y los fungus miraban al cielo. Tenían que atacar cuando Ric-Ric, que estaba bajo el pico de la Montaña Agujereada, lanzara un cohete rojo al cielo. Pero el cielo se mantenía impoluto y azul.

¿Dónde estaba el cohete rojo? ¿Dónde?

———•———

Después de que Tuerto, Chiquitín y todos los fungus salieran a enfrentarse con el ejército, Ric-Ric se quedó solo. Aquella sensación de soledad, tan poco habitual, lo relajó gratamente y se dejó llevar por las fantasías de antes. Se dijo que muy pronto abandonaría aquel valle perdido y atacaría Barcelona. Sí, se moría por ver la cara de los burgueses cuando los compañeros fungus asaltaran sus fábricas y destruyeran las máquinas que esclavizaban a la clase obrera. Y aquello no sería todo. Haría pilas inmensas de billetes y los quemaría delante de los banqueros. ¡Ja! Empezó otra botella. ¿Por dónde iba? Ah, sí, el Ideal: incendiar bancos y fábricas. Sin embargo, la borrachera le había hecho olvidar una cuestión fundamental: que para atacar el mundo capitalista tendría que ordenar a los fungus que abandonaran la Montaña Agujereada y aquel valle oscuro. Y, como todos los mandatarios, Ric-Ric se enfrentaba al punto central del Poder y su ejercicio: ¿qué sería de él si daba a sus compañeros una orden que no quisieran obedecer?

En cualquier caso, aquellas agradables fantasías se vieron interrumpidas por un cañoneo. *¡Bum, bum! ¡BUM!*

¡Disparaban a su montaña, es decir, contra él! Miró al techo: la bóveda era demasiado sólida para que los proyectiles la derribaran. Por si acaso, se refugió debajo de la gran mesa-tocón. Allí se dio cuenta de que los fungus no se habían tomado la molestia ni de recortar las raíces de la parte de abajo. Le daba la sensación de estar en medio de un bosque de estalactitas de madera de diferentes tamaños, colgando aquí y allá, aún sucias de tierra. Se dijo que era una obra típica de los fungus, exagerados en todo y a la vez con una perspectiva ciega. Mierda. De repente vio aparecer el largo cuello de la Oca Calva por debajo de la mesa. Graznaba. *¡Cra, cra, cra! El cohete rojo.* Era como si quisiera avisarlo. *¡El cohete!* El cohete rojo. Demasiado tarde. Ric-Ric ya estaba borracho. Los ladridos de la Oca Calva le molestaban. Desde su escondite infantil la riñó dirigiéndole las siguientes palabras:

—¿Sabes por qué no puedes volar, oca de los cojones? Porque tienes las alas demasiado grandes.

Soltó una carcajada, dio un último trago y se quedó dormido debajo de la mesa.

———•———

Tuerto y sus trescientos fungus miraban al cielo, por encima de la montaña: ¿dónde estaba el cohete rojo? ¿Dónde? Ric-Ric les había encargado la misión de atacar a los soldados. Pero solo cuando vieran el cohete explotando en el cielo. Y no lo veían.

Los fungus del otro lado del arroyo seguían muriendo. Desde su posición, Tuerto veía la bandera () ondeando en la otra orilla. Pero lo que la movía no era el viento, eran las balas. Y allí, debajo de la tela, debía de estar Chiquitín. De hecho, el asta de la bandera no era un palo, sino un miembro de Chiquitín, una extremidad muy larga que normalmente llevaba doblada debajo de una de las axilas.

Como Ric-Ric había previsto, los soldados disparaban contra el abanderado. Los movía un instinto inmemorial, arraigado en los combatientes de todos los tiempos: atacar la enseña del enemigo. Las balas sacudían la tela y mataban a los fungus que estaban al lado. Paradójicamente, a Chiquitín lo salvaba su corta estatura: como era tan bajito, las balas abatían a los fungus que se agrupaban alrededor de la bandera, no a él. Los cadáveres de los compañeros muertos, con las cabezas caídas como escudos hoplitas, formaban una tétrica barricada vegetal que lo protegía del fuego enemigo. Pero era evidente que Chiquitín no saldría indemne: las balas agujereaban la tela y también la raíz larguirucha que la elevaba, por delgada que fuera. El tiroteo era tan intenso que al final los disparos mutilaron aquel miembro. Cayó como una rama de árbol cortada, y con él la tela amarilla con el símbolo () en el centro. Chiquitín perseveraba: un segundo miembro vegetal se elevó, delicado pero sólido. Y en la punta superior de aquel tentáculo semirrígido, la bandera.

Tuerto entendió que Chiquitín y los fungus que rodeaban la bandera no resistirían mucho más. Sin embargo, la consigna de Ric-Ric no podría haber estado más clara: «No ataques hasta que veas el cohete rojo en el cielo». Tenía que ir a ayudar a Chiquitín y a los demás. Pero el cohete rojo no volaba.

Hasta que pasó aquello.

De repente, Tuerto se llevó una mano y cincuenta dedos a la cabeza. Acababa de sentir, de *notar,* un disparo que había herido a Chiquitín. Una bala rozando el cráneo que le había arrancado la piel de la cabeza. Los fungus escuchaban las sensaciones con la misma nitidez que los seres humanos las voces. Y para Tuerto era perfectamente audible el gemido de Chiquitín, la quemadura del proyectil; su solicitud, su miedo. «No ataquéis antes de ver el cohete rojo —había ordenado Ric-Ric—. ¡Obedeced!».

Tuerto abrió la boca, con las dos mandíbulas separadas como un cepo abierto. Ya no parecía aquel niño que no quiere llorar. Chilló. Un grito largo, un sonido como el ancla de un transatlántico cuando recorre el ojo de buey. Saltó hacia delante con una velocidad impetuosa. Y con los trescientos fungus detrás, que también bramaban como gargantas de hierro, cargó contra el ejército.

Los soldados que estaban en la retaguardia del regimiento vivían la batalla con cierta despreocupación. Los más jóvenes, y por lo tanto más inquietos, miraban por encima de los hombros de sus compañeros intentando seguir las vicisitudes del combate. Los más veteranos fumaban sentados en una roca. Algunos miraban el cielo. Se había nublado y estaban preocupados por si llovía: las capas del ejército eran tan malas que incluso el rocío las calaba. La mayoría de los soldados que custodiaban la retaguardia no estaban atentos a la retaguardia. De repente, vieron aquella masa inhumana que les caía encima. Los pilló tan desprevenidos que no pudieron organizar la defensa. Los fungus tampoco se lo habrían permitido. Tuerto atravesó las posiciones de los hombres con los brazos abiertos, destrozando con sus garras todo lo que encontraba. Detrás de él iban trescientos fungus más, furiosos, que troceaban y descabezaban todo lo que se les pusiera por delante, hombres o animales. Chillaban y corrían impulsados por patas velocísimas, abriendo unas bocas llenas de dientes espinosos. Rompieron las filas interiores del regimiento como una oleada destructiva, empujaron, aplastaron y volcaron los carruajes con un odio exacerbado, como si los fastidiaran especialmente aquellas conjunciones de bestias, ruedas y plataformas de madera. Destriparon los caballos y siguieron adelante, seccionando piernas y brazos, matando y rematando.

Los hombres huían, pero no tenían adónde ir. Corrieron como un rebaño asustado en dirección contraria a Tuerto y sus fungus. Pero solo les sirvió para quedar comprimidos contra los compañeros que luchaban en la orilla del arroyo. Estos, desconcertados, dejaron de disparar sus fusiles y miraron hacia atrás. Había fungus por todas partes. Y al frente de todos ellos, un monstruo con un solo ojo y los brazos larguísimos, todo él lleno de garras que se abatían sobre la tropa como armas medievales; escupía babas blancas por la boca y bramaba con un estrépito de muela aplastando chatarra. Tuerto seccionó el cuello de un caballo, les fracturó la nuca a un sargento y tres soldados como si fueran la punta de un lápiz, siguió adelante, atravesando hileras de hombres que luchaban o huían, y de repente vio por fin a Chiquitín.

Chiquitín y sus fungus habían cruzado el arroyo, animados por el ataque de Tuerto y el caos entre los soldados. Chiquitín chillaba animando a los fungus. La bala de un fusil le había dejado una cicatriz descarnada que le surcaba la cabecita de punta a punta. No luchaba: tenía los brazos ocupados protegiendo la tela de la bandera, que abrazaba como una madre a un bebé, con la diferencia de que una madre humana utilizaría dos brazos, y Chiquitín quince.

En aquel momento, entre guerreros luchando cuerpo a cuerpo, restos de pertrechos esparcidos por todas partes y pequeños incendios, Chiquitín vio a Tuerto, y Tuerto vio a Chiquitín. El fungus más reflexivo volvía a encontrarse con el más alborotado. Los soldados estaban definitivamente atrapados entre los dos grupos de fungus. La batalla estaba sentenciada. Chiquitín abrió desmesuradamente sus gruesos párpados. Tuerto lo había salvado. Como el día de la garganta.

———•———

Ordóñez enseguida se dio cuenta de la envergadura del desastre. Les estaba cayendo encima una avalancha de nibelungos que volcaban carruajes y destripaban a hombres y caballos. Atacaban por la retaguardia como una oleada de carne vegetal chorreando mucosidades. Una multitud de monstruos veloces y asesinos, rodeados de nubes de esporas plateadas que sus cuerpos liberaban en la excitación de la batalla.

¿Qué había pasado? La respuesta era muy sencilla: en la retaguardia, Antonio solo había dejado a los soldados más jóvenes e inexpertos; al verse atacados, habían huido corriendo hacia atrás y se habían amontonado contra los carros y los oficiales. Estos habían intentado mantener el orden y formar una línea de tiradores. Era inútil. Los nibelungos avanzaban como una nube de langostas gigantes. Antonio vio a hombres decapitados, a hombres destripados y a hombres mutilados. Aquellas criaturas podían arrancar un brazo o una pierna con la facilidad con la que un camarero quitaría el tapón de una botella. Mutilaban a los hombres y luego lanzaban los cuerpos, aún vivos, a distancias inverosímiles. Y así, los soldados del frente y la retaguardia fueron comprimiéndose cada vez más, prensados entre los nibelungos que atacaban desde atrás y los de la otra orilla, que también habían empezado a atacar.

Para cruzar el arroyo les bastaron sus propios cuerpos: algunos se sumergieron hasta el cuello, de manera que las cabezas formaran una plataforma estable, una pasarela viva. Los fungus que habían rodeado a Chiquitín y la bandera amarilla cruzaron el río y cayeron sobre los soldados. Arrasaron a los que habían hecho parapetos de piedras y a los que no, a los que se habían reído de los que hacían parapetos y a los que no se habían reído. Al principio los hombres respondieron disparando y, cuando los tuvieron encima, clavaron las bayonetas en aquellos cuerpos cilíndricos, en aquellas cabezas esféricas. Pero eran demasiados, demasiado feroces y demasiado horribles. Y al final la línea de tiradores se derrumbó y sucumbieron. Antonio lo vio y supo que todo estaba perdido.

En el último momento, en el instante supremo, los que resistieron a ultranza no fueron los oficiales, sino los suboficiales. Mientras los capitanes caían de rodillas, rezando con los ojos cerrados y esperando la muerte como las avestruces, los sargentos ordenaron a la tropa que calara bayonetas y que formara islotes de resistencia en pequeños grupos. A veces eran diez o doce hombres en posición de erizo, espalda contra espalda y con las bayonetas hacia fuera. O unos cuantos soldados, fortificados dentro de los carruajes y disparando contra aquellas bestias inexorables. Antonio se dijo que los hombres de los carros parecían náufragos en botes, tan llenos que se negaban a admitir a más pasajeros: cuando algún compañero intentaba entrar, lo echaban a culatazos. Pero todo fue inútil. Cientos de nibelungos volcaban los últimos carros, arrancaban los fusiles de las manos de los hombres y los rompían como cerillas.

Antonio, encima de su caballo, impartía órdenes frenéticamente. Hasta que un nibelungo sujetó el morro de su montura y otro enroscó la lengua alrededor del cuello del animal. Pudo matarlos con el revólver, pero el pobre caballo se derrumbó, estrangulado, y Ordóñez con él. Mientras estaba tirado en el suelo, un tercer nibelungo intentó asesinarlo con las garras. No, aún no: a Antonio le dio tiempo a levantarse y decapitarlo con el sable. La cabeza cayó rodando como un disco. El Malagueño y unos cuantos hombres se reunieron a su alrededor, Ordóñez en el centro con el sable levantado. No sirvió de nada. Casi cincuenta nibelungos cayeron encima de ellos, como gigantescas babosas con garras.

El único que se salvó fue Ordóñez. Corrió hacia un carro lleno de material de guerra repartiendo sablazos a derecha e izquierda. Lo escaló. El carruaje estaba repleto de cajas de municiones y unos bultos con forma de ataúdes para niños. Subió a aquella pirámide de cajas y desde allí arriba contempló el desastre en toda su amplitud.

Nadie había podido huir. La pequeña explanada pirenaica era una extensión de soldados muertos, pilas de cadáveres y pertrechos esparcidos. Caballos abatidos, con las cuatro patas levantadas, que se revolvían agónicos. Humaredas, carros quemándose y una naturaleza dolorosamente neutral, que miraba la hecatombe con indiferencia. Soldados enloquecidos resistían aquí y allá, sin esperanza, disparando los últimos cartuchos o esgrimiendo bayonetas. Los nibelungos buscaban incluso debajo de los carros y arrastraban con mil lenguas a los que se escondían entre los ejes y las ruedas para después descuartizarlos. Y los cañones, los dos cañones: una fuerza huracanada los había volcado; las ruedas y los armones de madera estaban arrancados.

Los nibelungos rodearon el carro al que se había subido Antonio. Docenas y docenas de criaturas de ojos amarillos y cabeza plana amontonando sus cuerpos húmedos, ansiosos por cazarlo, lanzándole unas lenguas, largas como cuerdas marineras, que casi le lamían la caña de las botas. En cualquier momento subirían y lo harían caer, y no sería un sable de caballería lo que los mantendría alejados.

Mientras pinchaba aquellas lenguas que intentaban enroscársele por las piernas, insertó la espada en un objeto sólido: los nibelungos tenían la lengua prensil, como la trompa de un elefante, y uno de ellos tenía una cabeza humana adherida a la punta. Una cabeza decapitada. Era la del Malagueño. Aquello fue el final.

Antonio renunció a seguir luchando. Había querido ser tenor, un tenor wagneriano; un Heldentenor, un tenor heroico. Y moriría allí, en unas montañas perdidas, sin ver cumplido su sueño.

Y entonces, a un paso de la muerte, Antonio Ordóñez se hizo la gran pregunta: «¿Y por qué? ¿Por qué no me he convertido en tenor?».

«Soy tenor», se dijo. Había tenido que estar a un paso de la muerte para entenderlo. «Soy tenor —se repitió—, siempre lo he sido». Sí, lo era, claro que lo era. ¿Por qué le había costado tanto entenderlo? Y si era tenor, lo que tenía que hacer era cantar, cantar y no preocuparse de nada más. Era lo que tendría que haber hecho desde el principio: cantar y cantar y nada más, cantar sin pensar en las consecuencias. Ahora lo entendía. Por fin. Aquello era el poder, el Poder real. Siempre había estado dentro de él. Y siempre lo habían ahogado las instituciones, el criterio de los demás y sus miedos; pero tenía el Poder, el poder de cantar. Qué lástima que hubiera tenido que estar a un paso de la muerte para entenderlo.

Lanzó la espada lo más lejos que pudo. El acero voló por encima de todas aquellas cabezas ominosas y se perdió entre unos arbustos chamuscados. A los nibelungos les sorprendió aquel gesto temerario. Y cantó. Rodeado de nibelungos, Antonio Ordóñez cantó *Lohengrin*.

> *No es a ti, que olvidaste el honor,*
> *a quien debo una respuesta.*
> *Bien puedo defenderme de las dudas del malvado;*
> *la bondad nunca sucumbirá.*

¿Qué era aquello? Las lenguas de los nibelungos volvieron a las bocas como serpentinas replegadas. Suspendieron el impulso asesino y se quedaron mirando a Antonio, fascinados. El estruendo de los combates cesó, y en el campo de batalla se hizo un silencio repentino. Los nibelungos se habían quedado inmóviles. Escuchaban, escuchaban y escuchaban con una mirada de niño goloso en los ojos.

¿Dónde se encuentra el enviado de Dios
para la gloria de Brabante?
Aquellos a los que llamaste a la lucha
están seguros de vencer bajo tu mando.

Aquel individuo exhalaba una pureza única, transfigurada. Antonio cantaba, y al hacerlo descubría el secreto del Poder. ¡Oh, qué gran momento para Antonio Ordóñez! Era poderoso, sí, tenía el Poder de cambiarse a sí mismo, de ser lo que quería ser: tenor, y aquel Poder subyugaba incluso a las masas infernales, que lo escuchaban embelesadas y cabizbajas. Porque los nibelungos nunca habían *notado* una emoción como aquella. Limpia, nueva, elevada y viajera. La música era el sentimiento, y el sentimiento era la música.

Los sonidos brutales de la batalla habían callado. Cientos de ojos sin párpados escuchaban a aquel hombre con sus sentidos incomprensibles para los humanos. La música era el lenguaje más próximo a ellos, criaturas que se comunicaban con sentimientos. Lo más probable era que los fungus lo hubieran dejado cantar, cantar y cantar hasta el final de los tiempos, sin acercarse a él ni agredirlo, si no hubiera sido porque alguien llegó.

Antonio se dio cuenta de que de repente la masa de nibelungos se separaba y abría paso reverencialmente a un individuo. Era el hombre del abrigo negro. Los nibelungos le rendían una deferencia real, aunque el hombre no irradiaba la menor nobleza. Era un individuo bajito, barrigón, con el sombrero y el abrigo raídos y la mirada enturbiada por el alcohol y el rencor. Lo acompañaba una oca, que lo seguía como un perro. No: un perro habría ido un paso atrás, y aquella oca precedía a su amo. Balanceaba su cuerpo de ave, con el pecho hinchado, los pasos seguros y el largo cuello orgullosamente levantado. La oca y el hombre del bombín se acercaron al carro. Aquel rey de pega, ajeno al sentimiento de veneración que despertaba entre los nibelungos, dio un trago de una botella de vidrio verde. Se plantó delante del carro, miró a izquierda y derecha y, por último miró a Antonio. Al principio fue una mirada severa. Después se rio, sardónico, cruel y asesino:

—Ostras, todo un general —exclamó en tono de mofa—. ¡Y qué raya tan bien hecha!

Durante toda la batalla, Ric-Ric había estado debajo del gran tocón de roble que hacía de mesa, inconsciente por el exceso de licor. Y allí siguió hasta que la Oca Calva le picoteó las rodillas y los genitales. Se despertó con dolor de cabeza y la nariz llena de mocos. Su primer instinto fue proveerse del abrigo y el sombrero, salir de la montaña y escapar. ¿Adónde? No lo sabía. Pero una vez fuera de la *cauna,* se dio cuenta de algo tan imprevisto como asombroso: los fungus habían ganado.

Cuando vio la matanza no salía de su asombro. Había cuatro soldados muertos por cada fungus, o más. Mirara hacia donde mirara, todo eran pilas de cadáveres. Humanos, équidos o fungus.

Estaba abstraído en aquel espectáculo de muertos, de carros volcados y pequeños incendios, de pertrechos esparcidos y destruidos, cuando oyó algo insólito: un canto, una voz humana. Alarma. ¿Quién podía cantar en un paisaje después de un combate como aquel? Sacó el revólver y avanzó por el campo de batalla con precauciones. Hasta que descubrió una imagen inaudita.

Un pobre idiota había sobrevivido. Estaba subido en lo más alto de un carruaje lleno de bultos. Un oficial que cantaba, rodeado de fungus cautivados como serpientes hipnotizadas por un flautista. Cuando estuvo lo bastante cerca, Ric-Ric aplaudió irónicamente.

—¡Bravo, comandante, bravo! ¿Qué era eso que cantaba? ¿Verdi? Me encanta Verdi.

Se había pasado la vida escondiéndose de gente como él. Los poderosos, la fuerza del gobierno, policías, policías y más policías. Y ahora el ejército. Por un momento estuvo tentado de preguntarle a aquel individuo si tenía algo que decir. No, ya lo había dicho cantando.

Ric-Ric hizo un gesto y Chiquitín trepó al carruaje con la presteza y la habilidad de un escarabajo. Lanzó su lengua de camaleón, que se clavó en la entrepierna de Ordóñez, y tiró de él.

Ordóñez rodó por el suelo. Docenas, cientos de fungus se abalanzaron sobre él, y Ric-Ric no volvió a verlo. Miles de dientes y de garras lo trituraron. Lo único que quedó de Antonio Francisco Ordóñez Cabrales fueron manchas de sangre repartidas por quinientas bocas.

Aquel último asesinato excitó más a los fungus que todos los anteriores. Saltaban, chillaban y gesticulaban como un manicomio monstruoso. Ric-Ric también se sentía omnipotente, borracho de victoria. Se sentó en la cabeza de Tuerto mientras cientos de fungus bailaban, lo rodeaban y lo aclamaban. Sentado en aquella gran cápsula, hombre y fungus formaban un tótem estrafalario. Disparó el revólver a las nubes, enfurecido y a la vez eufórico. Disparó más balas al cielo y anunció a los fungus el siguiente movimiento: bajarían a la Vella. Y la destruirían. De la Vella había salido un ejército y a la Vella volvería un ejército. Pero no el que esperaban.

¡Sí, a la Vella! Lástima no haberlo hecho antes. Por remoto que fuera aquel valle, sería una noticia de alcance mundial: una población de dos mil habitantes, un reducto conservador, devastado por unos revolucionarios llegados de una dimensión vegetal de la existencia. Era evidente que aquello suponía un giro imprevisto en la historia de la humanidad. Quemaría aquel pueblo colaboracionista. Devastaría sus campos y sacrificaría sus rebaños. Y los mataría a todos. No se merecían otra cosa.

Se moría de ganas de leer la noticia en el *Diluvio*.

CAPÍTULO XII

El malvado Cassian, que no estaba muerto, descubre con profunda consternación que Ric-Ric se ha hecho con el Poder y decide vengarse de él. Ric-Ric, al frente de una hórrida tropa de fungus, ataca la Vella con ferocidad infinita

La satisfacción de Ric-Ric no habría sido tan completa si hubiera sabido que la Gran Batalla había tenido un testigo oculto y que aquello generaría una consecuencia imprevista.

El testigo había sido Cassian. Durante su convalecencia en casa del cazador solo pensaba en una cosa: matar a Ric-Ric. Un día, por fin, un médico llegado de la Seu le tapó el agujero de la cabeza con una chapa de cobre. Una chapita de forma romboidal, que el médico le fijó en el hueso del cráneo con clavos pequeñísimos. Aquel mismo día dejó el *ostal,* equipado con un buen abrigo de color granada, un zurrón lleno de viandas, una garrafita de *vincaud* y la magnífica escopeta que le había comprado al cazador. Y cien balas. Y una energía demoniaca en el corazón.

Así pues, avanzó montaña arriba, pero antes de llegar a su destino se topó casualmente con la Gran Batalla.

Cassian la presenció entre dos grandes rocas, por encima de donde fungus y seres humanos se mataban mutuamente. No podía creerse lo que veía. Y lo que veía era una tropa desesperada, disparando contra unos monstruos cabezones. ¿Qué era todo aquello? Incluso pensó que quizá la herida de la cabeza le había afectado al cerebro y sufría alucinaciones. Pero lo peor fue lo que vio cuando cesaron los disparos y los gritos y la humareda se desvaneció.

¡Era él! ¡El *filh de canha* de Ric-Ric! Pero había una gran diferencia entre el criado insignificante al que había conocido y aquel Ric-Ric: los monstruos lo obedecían ciegamente. Cassian observaba la mansedumbre infinita de aquellos seres horripilantes. Cientos de criaturas del inframundo rodeaban a Ric-Ric, sumisas, ofreciéndole la victoria. De sus gargantas vegetales salían unos sonidos metálicos, como si intentaran pronunciar penosamente el nombre de su amo: «Ric, ric, ric». En cualquier caso, era imposible discernir palabras exactas en aquel tumulto de miembros alborotados, mucosas repugnantes y sonidos deformes. «Irc, irc, irc, irc irc, irc, irc, irc irc, irc, irc, irc irc, irc, irc, irc irc, irc, irc, irc irc, irc, irc.»

Uno de aquellos cabezones, una especie de cíclope tuerto, se cargó a Ric-Ric encima, como si fuera un rey bárbaro sobre un escudo. Cuando estuvo de pie en la cabeza del monstruo tuerto, Ric-Ric dio un largo trago de la botella y a continuación, disparando el revólver al cielo en un tono de lo más festivo y carnavalesco, proclamó:

—*Ieu soi lo rei dels Pirenèus!*

Los cientos y cientos de monstruos cabezones se volvieron locos.

—¡Irc, irc, irc, irc irc, irc, irc, irc irc, irc!

Cassian vio todo aquello, supo que no era una alucinación y llegó a la más obvia de las conclusiones: que Ric-Ric había encontrado el Poder.

Imposible.

Imposible.

Lloró de rabia. Se metió un puño en la boca y lo mordió hasta hacerse sangre, jadeando como si le faltara el aire. Toda la vida buscando el Poder, y de repente llegaba un detritus humano, un borracho robagallinas, y se lo quitaba. Y lo peor: la forma en que Ric-Ric ejercía el Poder. En el aspecto de aquel gilipollas, aclamado por mil monstruos, no había esplendor alguno. Mientras las criaturas lo alzaban por encima de sus cabezas gigantes, él sostenía una botella en la mano, como si fuera un rey de carnaval. Se pitorreaba de sus súbditos monstruosos, se pitorreaba de sí mismo, se reía y gritaba:

—*Ieu soi lo rei dels Pirenèus!*

Lo que más sulfuraba a Cassian no era que Ric-Ric degradara la imagen que tenía del Poder, sino, por el contrario, la terrible sospecha de que era su representación perfecta. Veía a Ric-Ric a caballo de un monstruo y se decía que, en el fondo, quizá todos los reyes, todos los gobernantes y dignatarios no fueran más que unos tarambanas como Ric-Ric, tocados con una corona en lugar de bombín, que solo debían su poder a la imbecilidad monstruosa de sus súbditos. Oh, sí, siempre había pensado que el Poder era magnificencia, y Ric-Ric hacía evidente que no, que la esencia del Poder no era más que la estulticia de los que obedecen.

Sintió que nacía dentro de él un sentimiento superior al odio, una forma de odiar más incisiva, más despiadada y cruel que el odio. Ric-Ric había herido a Cassian y le había expoliado su *ostal*. Solo por eso ya se merecía una muerte dolorosísima. Pero sus crímenes pretéritos no eran nada comparados con el que acababa de cometer: apoderarse de su sueño.

Apuntó la escopeta de dos cañones contra Ric-Ric. Estaba lejos, aunque era un blanco factible. Pero cuando estaba a punto de disparar, Ric-Ric y todos los fungus se movieron al unísono, como una bandada de cangrejos, y desaparecieron detrás de una cortina de árboles. Mierda.

Tendría otra ocasión. Sí, estaba seguro. Porque mientras huía, Cassian descubrió una gran verdad. Que solo hay un impulso tan fuerte como el deseo de Poder: el deseo de venganza.

—•—

La consecuencia imprevista tuvo que ver con Tuerto.

Después de la Gran Batalla, cuando Ric-Ric se fue a dormir a su colchón de musgo trenzado y el sol ya se ponía, aquel fungus grande y fuerte con un solo ojo pidió a todos los demás algo insólito: que enterraran a los caídos en la batalla.

Nadie entendía aquella demanda. Chiquitín tampoco. Fue el primero en preguntarle a Tuerto: ¿por qué? ¿Por qué tenían que hacerlo? Tuerto, inmutable, se limitó a insistir: tenían que enterrar a los muertos.

Nadie lo entendía y nadie se movía. Hasta que Chiquitín empezó a pasearse por el campo de batalla. El sol se hundía entre las cumbres; ya hacía rato que la luna se alzaba, sin brillar, en un cielo rojo. Chiquitín avanzó. Sus pies de mil dedos pisaban cadáveres de mulas y de caballos, cadáveres humanos con uniforme azul y también de fungus. Se agachó delante de un fungus muerto. Frotó la cabeza del cadáver con sus cien dedos. Los ojos amarillos del caído lo miraban, pálidos y vacíos. La temperatura del cuerpo había cambiado: a diferencia de los cadáveres humanos, los fungus muertos no se enfriaban, se calentaban. Chiquitín recorrió con sus deditos el rostro del muerto pensando: «Este calor es la muerte». Un rato antes aquel fungus estaba lleno de vida, y ahora solo era un conjunto de miembros vegetales inanimados. Acarició las facciones del muerto. Nunca más volvería a moverse, a luchar o a trabajar. Nunca más ayudaría a otro fungus a salir de una garganta. Después de constatar todo aquello, la única conclusión a la que pudo llegar fue: «Yo estoy vivo, y tú estás muerto. Pero no lo entiendo».

Los fungus no habían recibido respuesta a su pregunta: «¿Por qué tenemos que enterrar a nuestros muertos?». Pero lo hicieron. Aquella noche, mientras Ric-Ric dormía, los fungus enterraron a los fungus muertos. No muy lejos, hacia el oeste, había una ladera poco inclinada, sin árboles y querida por la luna. Allí enterraron a los suyos. Excavaban agujeros cónicos y metían los cuerpos inertes hasta la cintura, erectos. Al acabar, cuando ya habían enterrado hasta al último de los caídos, tuvieron la respuesta a la pregunta. ¿Por qué enterraban a sus muertos queridos? Porque sí.

Pero Ric-Ric era ajeno a todo aquello, al testigo oculto y a la consecuencia imprevista, y durmió profundamente toda la noche. A la mañana siguiente se levantó con una determinación criminal. Arrasaría la Vella. Sí, aquella mañana sería el alba de la revolución. Congregó a todos los fungus en aquella gran sala del pie de la Montaña Agujereada para dirigirles una arenga. Era un espacio abierto, grandiosamente frío, con un techo tan alto, tan oscuro y tan amplio que causaba horror. Subió a la cabeza de Tuerto, de pie, y les preguntó si sabían lo que era un ejército. Él mismo les respondió, como si fuera un chiste:

—Una pandilla de idiotas armados que siguen estúpidamente un trapo de colores.

Era una descripción y una broma de inspiración anarquista. Pero no se rieron. Los fungus nunca se reían. Ric-Ric sí. El orden burgués había creado los ejércitos. Ahora los atacaría otro tipo de ejército. Pero, en el fondo, ¿cuál era la diferencia entre un ejército normal y el suyo? Disciplina, armas, estandartes y una tropa lo bastante estúpida para morir por unos intereses que nunca entendería. Eso eran los ejércitos, y el suyo tenía todos los atributos: nunca habría una tropa más disciplinada que un ejército de fungus, porque ninguna tropa obedecería tan ciegamente a su general. En cuanto a las armas, los fungus ni tenían ni las necesitaban: el arma eran ellos. Y ya tenían una bandera que alzar, aquel trapo de color amarillo con un dibujo en forma de () en el medio que habían utilizado en la Gran Batalla. De acuerdo, era una tropa más bien fea, terriblemente fea, se dijo Ric-Ric. Pero, a fin de cuentas, ¿los ejércitos no debían ser terribles? ¡Ah, sí! ¡El Poder! Ric-Ric miraba su ejército monstruoso y se reía como si todo aquello fuera humor negro.

Se sentía feliz, o casi feliz, si es que la felicidad estaba hecha para personas como él. Decidió empezar los preparativos para la marcha. Colocó a los fungus en formación en una larga columna. Él se sentó en la silla que había ordenado que le hicieran: un palanquín pedestre hecho con una silla y unas largas varas transversales, y se situó en el lugar más seguro y protegido de la columna, justo en el centro. Sentado allá arriba, pletórico, con la Oca Calva sobre los faldones del abrigo, sentada como un gato, dio a su delirante ejército la orden de que emprendiera la marcha.

El esperpento inflamaba a Ric-Ric. La naturaleza de su tropa ridiculizaba el orden social al que atacaba, y aquello lo hacía sentir bien. Cuando la larga columna salió de la Montaña Agujereada y se adentró en los senderos boscosos, pensó que a su ejército solo le faltaba una cosa para que fuera como todos los demás: una tropa en marcha siempre canta.

—¡Cantad, malnacidos, cantad! —bramó.

Y él mismo entonó la única canción que se sabía:

Baixant de la font del gat,
una noia una noia,
baixant de la font del gat,
una noia i un soldat.
Pregunteu-li com se diu...

Cientos de gargantas monstruosas hicieron un penoso esfuerzo por imitar la canción con sus vocales guturales, con sus consonantes llenas de erres arrastradas y violentas. ¡Fungus! Ric-Ric se dijo que no estaba dirigiendo la caricatura de un ejército, sino su representación más perfecta. Pensó que quizá aquel ejército fuera monstruosamente ridículo, pero lo que ponía de manifiesto era que cualquier ejército era ridículamente monstruoso. Porque, en el fondo, ¿en qué se diferenciaba un ejército de fungus de un ejército de seres humanos? Fungus. Quizá hubieran venido al mundo para hacer de espejo de la sociedad de los hombres y reflejar sus miserias. Mientras lo transportaban en la silla de mano, dio el último trago de una botella, la tiró al camino con desprecio y se limpió los labios con la manga del abrigo.

Sí, asaltaría la Vella y devastaría el pueblo de los reaccionarios. Pero antes tenía que hacer algo importante, muy importante. No, no la había olvidado. A ella. Mailís.

———•———

Antes de atacar la Vella, Ric-Ric llevó la columna a los alrededores del *ostal* de Mailís e hizo que se escondiera en la linde del bosque. Dejó el ejército oculto y avanzó, acompañado solo por Tuerto. Se acercaron al *ostal* en silencio, cruzaron el muro y Ric-Ric espió por una ventana. En el comedor, sentados a la mesa, estaban el Viejo y Alban desayunando. Mailís no. Pensó que debía de estar en el piso de arriba, en su despachito, preparando clases o corrigiendo exámenes. Ric-Ric no podía saber que, después de su calamitosa visita, Mailís había decidido bajar a la Vella para advertir a sus vecinos.

Tuerto era el fungus más antiguo, el más listo y en el que más confiaba. Por lo tanto, la misión más importante sería para él. Le señaló el murete de pizarra que rodeaba la casa y le dio una orden taxativa: nadie debía cruzar aquel pequeño muro de pizarra, nadie. Tuerto se quedaría vigilando que no entrara nadie. Cuando atacaran la Vella se produciría el caos. Podían pasar muchas cosas que Ric-Ric no había previsto. En consecuencia, necesitaba a un guardián fiel delante del muro que garantizara la seguridad de los habitantes del *ostal*. Después del asalto volvería a buscarla. Tenía la difusa esperanza de empezar un nuevo capítulo en su relación. «Si me convierto en un héroe del Ideal, quizá ella me mire con otros ojos», se decía. Miró al gran fungus e insistió:

—¡Protégela! A ella, a Mailís. No permitas que nadie cruce el muro. ¿Lo has entendido? Esta es la orden que te doy: mata a todo aquel que intente cruzar el muro.

Antes de marcharse, Ric-Ric hizo algo poco habitual en él: abrazó a Tuerto. No estaba borracho. Era un ataque de melancolía.

—Tú y yo somos viejos amigos —le dijo—. ¿Recuerdas el invierno pasado? Tú y yo juntos en la cueva. Tú, yo y nadie más. Sí, fue un largo invierno. Muy largo.

Miró la casa, y después en dirección contraria, hacia la columna de monstruos. Esperaban en la linde del bosque, pero ya empezaban a mostrar signos de impaciencia y movían cientos, miles de extremidades tentaculares como si quisieran absorberlo. Era su forma de reclamarlo. Ric-Ric los hizo esperar un rato más.

—¿Sabes qué? —dijo a Tuerto—. Que quizá estuviéramos mejor solos. Tú y yo, y nadie más. Pero las cosas son como son. No me falles, compañero.

Para despedirse dio unos amistosos golpecitos con el puño a aquel torso cilíndrico y rotundo. Lo hizo con un ánimo extraño, más resignado que triunfal. Después volvió atrás, a reunirse con la turba bestial. Se sentó en la silla de mano y la Oca Calva saltó encima de él acurrucándose en su barriga. «¡Cra, cra!»

¡Adelante! Los porteadores levantaron la silla. El ejército volvió a ponerse en marcha, sin la bandera amarilla con el símbolo () muy arriba. Ric-Ric miró hacia atrás: Tuerto estaba delante del muro, inmóvil como una roca esbelta, muy atento. A medida que la larga columna de fungus se alejaba del *ostal,* su figura iba haciéndose más solitaria y mayestática. Era una imagen digna de ser retratada por un pintor con talento: el prado verde, el murete de piedra negra, una casa vieja y, justo delante, un guardián poderoso, inalterable y abnegado. Sí, hacía bien confiando en Tuerto, el mejor y más antiguo de los fungus. Mailís estaba en buenas manos.

La columna asesina retomó la marcha pesadamente, pero a mitad de camino rompió a llover y a Ric-Ric empezó a invadirle el desánimo. La primavera era una estación engorrosa. Pero ¿por qué tenía que viajar en una silla descubierta? Detuvo la columna: tenía a cientos de fungus a sus órdenes, así que les mandó que cubrieran la silla; que le hicieran un techo de ramas o lo que fuera.

Docenas de manos ansiosas se pusieron a construir un tejado para la silla de mano. Entretanto, él esperaba a un lado del camino, intentando guarecerse de una lluvia densa y deprimente. En el cielo, nubes y más nubes, grises como adoquines. Y lluvia, lluvia y lluvia. Ni el fondo del mar debía de ser tan húmedo. Los fungus no acababan las reformas de la silla. Hastiado, por hacer algo, Ric-Ric se internó en el bosque.

Era un bosque espeso, sombrío y ahora mojado. Había setas, muchas de aquellas grandes setas. Ric-Ric avanzaba por la frondosidad del bosque repartiendo puñetazos. Unos puñetazos que obedecían a una extraña mezcla de insidia y de desidia, pero que de todas formas convertían las setas en fungus. Aquella noche lejana en que despertó al primer fungus, lo guiaba el amor: había clavado la navajita en la cabeza de Tuerto pensando en ella, en

Mailís y el sentimiento grandioso que había despertado en él. Ahora, caminando por un bosque mojado, huyendo de la policía y del Estado, el sentimiento que lo regía era otro: el odio. Odiaba la sociedad humana, odiaba el orden establecido y odiaba a los que lo perseguían. Y, de hecho, odiaba a los propios fungus, de los que nunca podía desvincularse. Con cada puñetazo, un fungus se despertaba y lo seguía. Otro fungus, y otro, y otro. Dejó de llover. Al rato, había despertado a tantos fungus que tenía las muñecas doloridas.

Se había internado en el bosque seguido solo por la oca y Chiquitín, y ahora volvía con docenas y docenas de fungus nuevos. Pero, una vez en el camino, se llevó una sorpresa: en lugar de limitarse a tapar la silla con un parasol improvisado, habían construido una especie de cabina alta y rectangular, una estructura hecha con ramitas verdes y flexibles trenzadas. ¿Qué demonios era eso? Por las dimensiones y por la forma, el resultado de tanta actividad febril era una especie de confesionario móvil. ¡Un confesionario! ¡Él odiaba a los obispos y odiaba toda la mierda religiosa! Y aquel rebaño de idiotas con cabeza de lenteja le hacía aquello, un cubículo esmirriado que además no era nada práctico: al viajar por aquellos caminos tortuosos, se balancearía como una zanahoria en la trompa de un elefante.

Si no hubiera estado tan empapado y de mal humor, podría haber sido gracioso. Pero estaba empapado y de mal humor. ¡Fungus! Podían construir docenas de puentes en una noche, podían vaciar montañas, pero eran incapaces de fabricar una cabina mínimamente digna, cómoda y equilibrada. Repartió patadas a culos sin nalgas, aquí y allá, dio bofetadas a caras sin mejillas y collejas a cuellos sin nuca. Era inútil, no servía de nada discutir con ellos. Enseguida se cansó. Mierda. Al final se rindió y entró en aquel invento absurdo.

La cabina y los listones horizontales formaban una especie de palanquín primitivo. Habían atado el palo de la bandera a uno de los ángulos superiores de la cabina, de manera que la enseña amarilla con el símbolo () ondeaba más alta que nunca. La silla estaba sujeta con cuerdas y cordeles hechos con finas tiras de corteza. En las paredes tenía ventanitas redondeadas, mal repartidas, como agujeros de un queso. Y así hizo el resto del trayecto hasta la Vella, sentado en una especie de confesionario salvaje, por llamarlo de alguna manera. Nunca se había sentido tan ridículo y tan poco revolucionario.

Al rato apareció a sus pies una hondonada. Ric-Ric salió del palanquín para verla mejor. Allí tenían la Vella, al fondo de un embudo natural, una piña de casas atrapadas entre montañas. Se distinguían los tejados de pizarra negra, las calles estrechas, el campanario de la iglesia... Para los habitantes, la perspectiva era otra: cientos de monstruos apareciendo en un horizonte elevado; una horda de demonios con una cabeza inmensa y las piernas y los brazos hechos de raíces y acabados en ganchos crueles. El anuncio del juicio final.

De niño, a Ric-Ric le gustaba pisar hormigueros y divertirse con el alboroto multitudinario de los insectos. Desde allí arriba, la Vella se parecía mucho a un hormiguero pisado. La campana de la iglesia picaba y repicaba alertando a los habitantes de una amenaza mortal. Pero saber de la existencia del peligro no les servía de nada: hombres y mujeres corrían de un lado a otro sin ir a ningún sitio, en un paroxismo inútil.

Chiquitín, que siempre estaba cerca de Ric-Ric, lo miraba con ansiedad. Ric-Ric *notaba* las emociones de Chiquitín: quería encabezar el ataque. Y era una maniobra muy fácil: solo tenían que descender por un camino en zigzag, entrar en tromba por las calles estrechas y asolar el pueblo.

Por fortuna para la Vella, Ric-Ric era un individuo tan temperamental como indeciso. Su determinación duraba poco, muy poco, normalmente menos que una botella. Campanas. ¿Cuánto tiempo hacía que no oía una campana? Fue como si aquel sonido, tan profundamente civilizado, le recordara que había cosas que estaban por encima de las disputas humanas.

No, no era exactamente compasión. Era pereza.

Había llegado agotado por el viaje, empapado por la lluvia y con las muñecas tumefactas de reclutar a tantos fungus nuevos. Cuando tienes la ropa interior mojada, se te han acabado el *vincaud* y el tabaco y estás en medio de un paisaje agreste, da mucha pereza incendiar casas, destripar vacas y, en definitiva, iniciar la revolución mundial con una matanza de hombres, mujeres, vacas, mulas y perros. Y sobre todo se dijo: «¡Hum! Cuando le explique a Mailís una acción de tanto alcance, puede que manifieste cierta incomprensión ideológica». Se rascó la barba y la nuca, se giró hacia Chiquitín y le dijo:

—¿Sabes qué? Dejémoslo correr.

Y entró en la cabina. El ejército de monstruos, obediente, dio media vuelta, volvió por donde había venido y desapareció entre los árboles con la presteza y la sutileza de una cola de ardilla. Ric-Ric era así.

Mientras lo llevaban de vuelta a la Montaña Agujereada, se acurrucó en la silla del palanquín. Ya no llovía. Se desnudó. Sin aquella ropa empapada se sentía mejor. El sol se filtraba por los pequeños agujeros-ventana, y aquel calor le producía un bienestar inesperado. Se pasó una mano por el pecho peludo. Se adormiló, embelesado por la temperatura primaveral: la cabina, por fea y desgarbada que fuera, lo aislaba de los fungus, y así no tenía que ver sus caras espantosas. Bueno, a excepción de la de Chiquitín, subido al techo, al que podía ver por un pequeño agujero superior. Sí, se sentía más o menos a gusto.

Distendido, rememoró la imagen de hormiguero asustado de la Vella, con la multitud corriendo de un lado a otro. Sonrió. En un balcón había visto a una mujer rubia, con un alegre vestido de color crema. Pero se había extasiado demasiado con la visión general para fijarse en ella. Y reconocerla. De repente, cayó. Abrió los ojos de golpe.

La conocía. Conocía a aquella mujer. Claro que sí.

¡Era ella! ¡Mailís! A diferencia de lo que pensaba, no estaba en su *ostal* de la montaña. Seguramente había bajado a dar clase a los niños o a visitar a algún familiar. Entre el caos, el gentío y la lejanía, le había pasado inadvertida. Pero ahora no tenía duda alguna. ¿Cuántas mujeres de cuarenta años, rubias y agraciadas, podía haber en una localidad tan mierdosa como la Vella?

La columna entera giró ciento ochenta grados. Volvían. Cuando llegara, se llevaría con él a Mailís, claro que sí. En consideración a ella, perdonaría a niños, mujeres e inocentes, pero sometería a un castigo ejemplar a los reaccionarios locales. Fundiría la campana y haría que el alcalde, fuera quien fuese, se tragara el bronce líquido garganta abajo. No habría piedad ni perdón.

Esta vez no.

En cierta ocasión, Tuerto y Chiquitín estaban juntos y solos mirando las brasas de un pequeño fuego. Tuerto dijo:

—Cuando Ric-Ric me dejó haciendo guardia delante de la casa humana, justo cuando me abrazaba, estuve a punto de separarle la cabeza del cuerpo.

Chiquitín abrió desmesuradamente sus ojos de gruesos párpados.

—Pensé —siguió diciendo Tuerto— que si lo hacía, los fungus dejarían de recibir órdenes.

—Pero no lo hiciste —le dijo Chiquitín.

—No —le contestó Tuerto—. Porque me dije que, con Ric-Ric o sin Ric-Ric, los fungus seguirían igual, obedeciendo y agujereando montañas sin sentido.

—Pero aunque quisieras arrancarle la cabeza —siguió diciendo Chiquitín—, te quedaste delante de la casa, como te había mandado, y obedeciste sus órdenes.

—Sí —dijo Tuerto—, porque yo también soy un fungus.

CAPÍTULO XIII

Inconmensurable tragedia de Tuerto, al que las circunstancias empujan a asesinar al adorable hijo de Mailís, Alban

Cuando Ric-Ric y la columna de fungus se alejaron de la casa de Mailís, Tuerto se quedó solo, perfectamente inmóvil delante del murete. Con todos sus sentidos atentos. «Mata a todo aquel que intente cruzar el muro.» Delante de él, un prado; más allá, el bosque. Y a su espalda, el edificio y el muro que lo rodeaba.

Una casa, un *ostal.* Para Tuerto, para cualquier fungus, era difícil entender el amor de los humanos a los techos artificiales. Él, los fungus, no necesitaban más techo que su cabeza, que los alimentaba al recibir la lluvia. Pero aquel largo rato plantado delante de un *ostal* hizo que Tuerto aprendiera algo sobre las personas. Porque las paredes le impedían ver a quienes vivían en esa casa, pero sus sentidos fúngicos detectaban las emociones que surgían del interior.

Sin verlas, gracias a sus sentidos fúngicos, Tuerto *notaba* que en la casa había dos personas, una muy madura y otra muy cándida. Del ser humano mayor salían unas emociones labradas por el tiempo y la experiencia. Sentía su autoridad solitaria: una especie de fuerza sin ambiciones, circunscrita a aquellos muros. Pero lo más sorprendente era lo que desprendía el otro ser humano, muy pequeño: bondad; una ausencia de malicia abrumadora. Tuerto percibía hasta qué punto los dos seres humanos se confortaban mutuamente. Lo que uno ofrecía el otro lo necesitaba, y viceversa. Y la casa era el ámbito y el receptáculo de aquellos fuertes vínculos. Así, Tuerto lo entendió por fin: un hogar humano no era una casa porque tuviera paredes; tenía paredes porque era una casa.

Mientras Tuerto estaba abstraído, deleitándose en las emociones que salían del *ostal,* le sorprendió una aparición: un corzo. El animal corría dando saltos. Pasó por delante de Tuerto, a muy poca distancia. Aquello no era nada frecuente. Los animales eludían a los fungus y su olor. El misterio se resolvió enseguida.

Tuerto oyó unas voces agudas, estridentes. Su único ojo enfocó en dirección a los sonidos. Dos hombres. Giraron la esquina del murete y se encontraron con el fungus. Eran cazadores. Dos. Uno de ellos, al ver a aquel monstruo, alzó la escopeta instintivamente y disparó. La bala hirió un brazo derecho de Tuerto y le seccionó un trozo del miembro. No debería haber disparado. En cualquier caso, el cazador no tuvo tiempo ni de arrepentirse: Tuerto se abalanzó sobre él a la velocidad del rayo, le quitó aquella escopeta larguísima y se la metió en la boca con tres brazos mientras lo sujetaba con trescientos dedos. Le metió el cañón esófago abajo y siguió introduciendo el arma. El cazador se convulsionaba, indefenso, desesperado en su agonía. Cuando acabó, por la boca solo emergía la culata.

El otro cazador se desentendió de su compañero, de Tuerto y del mundo. Borracho de miedo, solo quería encontrar un refugio, entrar en la casa. «Mata a todo aquel que cruce el muro.» El hombre se subió al murete. Cuando tenía el ombligo en la piedra, Tuerto saltó a su espalda. El cazador cruzó el muro, sí, pero solo con la mitad superior de su cuerpo.

«Mata al que cruce el muro.»

Todo había sucedido a una velocidad fulminante. Entre la aparición de los cazadores y la muerte de los dos hombres habían transcurrido siete segundos. Y nadie había cruzado el muro. Bien. Las órdenes de Ric-Ric se habían mantenido intactas. Pero Tuerto *notó* algo.

Se giró. Justo delante de él, en la parte interior del muro, había un tercer hombre con una escopeta, apuntándole entre los ojos.

Era el Viejo, al otro lado del murete. Al oír el alboroto había salido de la casa, armado con la vieja escopeta. El Viejo lo había visto asesinando a los cazadores y partiendo en dos el cuerpo de un hombre con sus garras. Le apuntaba justo entre los ojos. La punta de la escopeta no estaba ni a un metro y medio de Tuerto. Empezó a llover. Unas gotas jóvenes, pequeñas, que rebotaban en la cabeza del fungus y resbalaban por el cañón metálico de la escopeta. Una lluvia que mojaba la hierba del prado con un ruido de nata hirviendo. El Viejo apuntaba justo entre los dos ojos; entre un ojo, amarillo, y la cuenca del otro, cruzada por una cicatriz. Tuerto no hizo ningún gesto violento, no hizo nada: el Viejo estaba dentro del muro. El murete de pizarra lo protegía, como si estuviera dentro del recinto más sagrado.

El Viejo disparó. Falló.

Quizá no era tan fácil disparar a una forma lenticular como la cabeza de un fungus, ni siquiera a tan corta distancia. O quizá la escopeta era demasiado vieja, y las viejas manos temblaban demasiado.

Sin embargo, su vida no corría peligro. Mientras no cruzara el muro, se mantendría en un lugar intocable. Es más: Tuerto no quería agredirlo. Había *notado* el amor que vivía en aquella casa. Un sentimiento nuevo, gratificante y extraordinario por su rareza entre los hombres. Amor. Tuerto había constatado que el amor vivía allí, dentro de aquel pequeño *ostal*. No, Tuerto no tenía la menor intención de interrumpir aquel flujo de afectos, aquellas emociones tan benéficas. Pero la perspectiva del Viejo era otra: tenía miedo de un monstruo, un monstruo tuerto, gigantesco y asesino.

El Viejo cogió la escopeta por el cañón, como una porra, y lo atacó gritando:

—¡Huye, Alban, huye!

«Mata al que cruce el muro.»

Tuerto dudaba: Ric-Ric le había ordenado que nadie cruzara el muro. La orden no especificaba en qué dirección. «Mata al que cruce el muro.» El viejo lo golpeaba furiosamente con la culata. Tuerto ni siquiera se protegía de los golpes.

—¡Huye, Alban, huye!

«Mata al que cruce el muro.» El Viejo había cruzado el muro.

Tuerto lo mató. A su pesar. Pero lo hizo.

Lo estranguló con un matojo de dedos férreos y le dobló el cuello hacia atrás, hasta que aquella vieja vida abandonó el cuerpo por los ojos, con una mirada que lo maldecía mientras se marchaba. Tuerto estaba confundido: ¿por qué lo había hecho? ¿Por qué lo había atacado de aquella forma tan fuera de lugar, tan desesperada?

La respuesta estaba un poco más allá: el segundo habitante de la casa, una criatura pequeña, muy pequeña, que intentaba huir. Nunca había visto un cuerpo tan pequeño, nunca había visto a un niño. Aquel ser no era un humano de medidas más reducidas y basta. No. Era otra cosa, lo captaba. Los ojos llorosos, los gemidos y la vocecita; los miembros flexibles y los huesos blandos. Y el desconocimiento del mundo que destilaba. Los fungus no eran así. Un instante después de desarraigarse, los demás fungus los cubrían con una lluvia de esporas que les transmitía todo aquello que los fungus habían aprendido hasta entonces. En cambio, aquel pequeño ser humano era una criatura tan indefensa como ignorante. El Viejo había querido protegerlo. Sabía que Tuerto lo mataría, pero su acción buscaba dar tiempo al niño para que se alejara del *ostal.* Tuerto no salía de su asombro: para aquel hombre, la vida del niño era tan valiosa que había sacrificado la suya a cambio de diez pasos infantiles.

Tuerto miraba a Alban sin entender. ¿Qué sentido tenía la existencia de unas criaturas tan desamparadas y tan inútiles? ¿Y por qué eran tan importantes para los seres humanos? Tuerto era el fungus que llevaba más tiempo observando a los hombres. Siempre había creído que a fungus y seres humanos los diferenciaban dos cosas: el deseo enfermizo de Poder, el ansia de mandar, y aquella misteriosa necesidad de cerrar los ojos por la noche. Pero ahora descubría que había una tercera gran diferencia: la infancia, fuera lo que fuese la infancia.

Todos los sentidos del fungus estaban clavados en el niño. Corría con la tosca lentitud de las criaturas, con los brazos abiertos y levantando los talones. Dejaba escapar gemidos, mocos, lágrimas y orina que le manchaba la entrepierna de los pantalones. Quería saltar el muro. Se acercó a la piedra; sus brazos eran tan cortos y débiles que le costaba subir. Tuerto no quería matarlo. Pero si cruzaba el muro, tendría que hacerlo. «No, no cruces el muro.» El fungus reaccionó de forma espontánea e irreflexiva: se movió como un rayo hasta situarse delante del niño, justo al otro lado del muro que quería cruzar. Aquella aparición monstruosa y repentina hizo que el niño cayera hacia atrás.

Boca arriba, sollozando de horror, el niño vio a aquel monstruo de cabeza enorme, lenticular, y aquel diminuto ojo amarillo inclinándose hacia él desde el otro lado del muro. Vio un torso cilíndrico de cuyos lados brotaban docenas de extremidades que se retorcían. De aquellas raíces salieron filamentos delgados y sólidos que se precipitaron hacia el cuerpo de la criaturita y lo recorrieron como una babosa, explorándolo. El fungus se alteró y una lluvia de esporas brotó de su cuerpo. Tuerto *notaba* todo lo que sentía el niño.

Alban dio un grito largo, muy largo, y corrió hasta otra pared del muro, la opuesta a donde estaba Tuerto. Y una vez allí lo escaló. Aterrizó en la hierba mojada. Seguía lloviendo. Tuerto fijó su único ojo en aquella pequeña figura con la ropa empapada de lluvia y de orina.

Había cruzado el muro.

———·———

Entretanto, Ric-Ric y los demás fungus se abalanzaban sobre la población de la Vella.

En las crónicas y los anales de las grandes batallas, las cargas de caballería ocupan un lugar privilegiado. Una carga es un espectáculo tan poco habitual como bello y poderoso, es la brutalidad desatada y a la vez dirigida. La carga de la caballería militar es la representación de la furia, el clímax violento, perfecto y absoluto; el momento sublime del guerrero.

Incluso Ric-Ric entendía los valores viscerales de una carga de caballería. O de fungus, que harían el espectáculo aún más extraordinario. Por eso, cuando cambió de idea, cuando al final decidió volver atrás y atacar la Vella, la Oca Calva y él salieron de la cabina y se sentaron en la cabeza del fungus más alto, una criatura mucho más idiota que Tuerto, pero que medía dos metros y medio. Encabezó el asalto desde lo alto de aquel fungus. Dio la orden de ataque, y los cientos de fungus se precipitaron contra la población, ladera abajo.

Ric-Ric chillaba, montado en la cabeza de aquel fungus enorme y con manchas de color salmón y albahaca en la piel. «¡Cra, cra, cra!», decía la oca. Se sentía eufórico, omnipotente como un dios destructor. Y mientras se precipitaba contra el hogar de los hombres, al frente de una legión furiosa, se decía que, en el fondo, el Poder era como rascarse los cojones: cuando empiezas, ya no puedes parar.

Cayeron literalmente desde las montañas, así que los habitantes de la Vella los vieron venir como un alud incontenible, un alud de carne monstruosa, en lugar de nieve blanca, que descendía por la ladera oeste. A su paso, las copas de los árboles se movían como la punta de los mástiles de los barcos con mala mar. Cientos y cientos de gargantas hacían un ruido espantoso, como de mil puercos desollados simultáneamente. Desembocaron en el camino que llevaba a la Vella, enloquecidos de furia. Al principio de la carga, el fungus gigante y bicolor de Ric-Ric iba delante de todos. Unas docenas de fungus más pequeños, ligeros y veloces como aerolitos, lo adelantaron. Cuando Ric-Ric vio a un hombre plantado en medio del camino, la vanguardia de la horda ya estaba a punto de aplastarlo.

—¡Alto, alto, alto!

Un hombre, en efecto, justo en medio del camino. Un hombre gordo, bastante bien vestido, con pantalones blancos y americana también blanca, que sostenía una bandera blanca. La mano que alzaba el palo de la bandera temblaba. Era el alcalde. La masa monstruosa se había detenido justo a medio metro de él, formando un muro de mucosas y de miembros que se retorcían y deseaban atacarlo. Pero no lo hicieron: alguien los contenía.

Ric-Ric se puso de pie en la cabeza de su fungus y empezó a avanzar por encima de las cabezas de los monstruos que estaban delante de él, como si cada cabeza fuera una baldosa, grande y redondeada, hasta detenerse en el fungus que estaba más cerca del alcalde. Desde aquella altura miró al hombre con suficiencia, con los brazos cruzados y el mentón elevado.

En tiempos históricos, aquellas montañas habían visto cosas insólitas. Habían visto los misteriosos y grandilocuentes elefantes de Aníbal y habían presenciado la tragedia del caballero Roldán. Pero seguramente nunca habían sido testigos de un diálogo tan inverosímil, pueril y extravagante como el que se produjo a continuación. La Oca Calva, insolente, ladraba al alcalde, pero Ric-Ric la hizo callar. Y cuando el hombre le preguntó qué quería, con falsa prepotencia, con determinación impostada y tono de opereta, Ric-Ric gritó:

—Un millón de pesetas. Servirán para fomentar el Ideal en todo el mundo —pero enseguida rectificó—: ¡No! ¡Dos millones! Ah, y un sofá.

—¿Un millón, dos millones? Pero ¡es imposible! —protestó el alcalde—. ¡Eso equivale al presupuesto del ayuntamiento de todo un siglo, de dos siglos! ¿De dónde quiere que saque tanto dinero?

—¿Y el sofá?

—En todo el valle no hay un tapicero de sofás.

Ric-Ric se rascó la nuca con el cañón del revólver, reflexionó y le dijo:

—Está bien. Pues que sean mil pesetas.

El alcalde se dijo que estaba tratando con un perfecto desequilibrado: primero le pedía dos millones y, a la primera objeción, lo rebajaba a mil pesetas. La Oca Calva no dejaba de graznar, como si exigiera la ejecución inmediata del hombre. Chiquitín estaba tan excitado que a duras penas obedecía a Ric-Ric: se adelantó con el lomo inclinado, andando primero a cuatro patas, luego a ocho, y empezó a morder el dobladillo de los pantalones del alcalde, de manera que, más que un fungus, parecía una mezcla de araña y perrillo. El alcalde tenía que ir apartando al pequeño fungus con el palo de la bandera blanca mientras hablaba.

—¿Mil pesetas? ¿Si le damos mil pesetas retirará la amenaza?

—En billetes pequeños. Ah, y otra cosa: quiero una fotografía.

—¿Una fotografía? ¿Que le hagan una fotografía?

Ric-Ric se sulfuró.

—¿Tiene que repetir todo lo que le digo? ¡Sí, sí, sí! ¡Que me hagan un retrato!

—De acuerdo —dijo el alcalde—. Mil pesetas y una fotografía. Pero ¿no podría alejar a esta criatura de mis tobillos? Hablaríamos con más calma.

—Y otra cosa: soy tan indulgente que no quemaré la iglesia. Pero a partir del domingo en misa no se leerá la Biblia, sino fragmentos escogidos de Bakunin, que a continuación los feligreses debatirán en asamblea colectiva.

El alcalde asintió. Mil pesetas. Un retrato fotográfico. Leer a Bakunin en misa, fuera quien fuese Bakunin. De acuerdo. El mundo se había vuelto definitivamente loco, pero si aquel era el precio por salvar la Vella, estaba dispuesto a pagarlo.

El alcalde pensó que allí acababa la negociación. No. Ric-Ric dijo:

—Un momento. No pensará que todos estos compañeros van a marcharse con las manos vacías, ¿verdad? —y añadió—: Mailís. La señorita Mailís. ¿La conoce?

El alcalde se quedó más blanco que la bandera. Claro que la conocía.

—Mañana vendremos a buscarla —dijo Ric-Ric.

Ordenó que los fungus le llevaran el palanquín con la cabina. Lo obedecieron, entusiastas. Cientos de manos verdes dejaron el extraño artefacto en medio del camino.

—Que entre en la cabina —dijo Ric-Ric—. Mañana, a primera hora.

Hizo un gesto imperioso con la mano y todos los fungus, dóciles como terneros, empezaron a retirarse como el reflujo de una marea. Todos menos Chiquitín. Fue preciso un silbido de pastor de su amo para que dejara de roer los pantalones del alcalde. Ric-Ric miró al hombre y dijo la última palabra:

—Si la señorita Mailís no entra en el palanquín, volveremos. Y os mataré a todos, reaccionarios de mierda.

Y se marcharon. El alcalde de la Vella se quedó admirado de que un rebaño monstruoso tan grande, de volúmenes tan imponentes, pudiera moverse en un silencio tan absoluto. Salieron del camino de tierra prensada y se adentraron en la montaña. Frotaban los árboles, los troncos y las ramas, pero gracias a las mucosas de su piel se deslizaban y resbalaban entre la vegetación como si fueran aceite. Así se marcharon y así desaparecieron, con un silencio fantasmal, ascendiendo por las paredes boscosas casi verticales.

CAPÍTULO XIV

Perspicacia y perspectiva de Mailís

Siempre fue una niña diferente de las demás. Aún no sabía andar y ya le encantaba el mundo salvaje de los Pirineos, las cumbres y los bosques, los arroyos y los canchales. Los habitantes del valle tenían una perspectiva muy diferente de la naturaleza. Para ellos, fuera de sus *ostals* solo había un mundo hostil. Y no les faltaban razones para pensarlo. En invierno los atacaba un frío cruel, y en verano, la miseria. Por eso habían inventado los *ostals,* para protegerse de las fuerzas exteriores, y por eso les resultaba extraño que alguien sintiera el más mínimo afecto por el mundo natural. Pero Mailís era así. De muy pequeña ya se descalzaba y se perdía por los bosques de abetos horas y horas, a veces de sol a sol. Se llamaba Mailís.

El padre de Mailís era el alcalde de la Vella. Hacía tantos años que ejercía el cargo que había perdido su nombre. Todo el mundo lo llamaba el «cónsul», que en la lengua del valle quería decir «alcalde». La madre de Mailís había muerto en el parto. Quizá por eso el padre fue tan tolerante con la educación de una niña muy rebelde, que huía y huía del horario escolar para perderse en los bosques circundantes. Porque el cónsul enseguida lo entendió: atar a aquella criatura a un aula era como querer que un árbol creciera en una maceta. Vagando por las montañas, perdiéndose entre árboles húmedos y con manchas de líquenes, se sentía tan a gusto como los demás seres humanos delante de la chimenea. No le daban miedo las gargantas. Cuando encontraba alguno de aquellos pozos naturales, se sentaba en la boca de piedra, sin miedo, y le hablaba a la profundidad en voz alta, como si en el fondo viviera una amiga invisible.

En la naturaleza más recóndita, Mailís quizá buscara un útero indulgente, a la madre que nunca había tenido. Y el cónsul hizo bien tolerando aquel espíritu libre, porque el amor de la niña por la naturaleza incentivó otras inquietudes: cuando aprendió a leer, seguía internándose en los bosques, sí, pero con libros bajo el brazo, como si el amor a la naturaleza hubiera concitado el amor a la cultura.

Leyendo, Mailís descubrió hasta qué punto era recóndito y olvidado el diminuto valle en el que había nacido. Pero incluso los rincones más perdidos tienen algo especial, y en el caso de su valle eran los idiomas. La lengua cotidiana era el occitano; el catalán se hablaba por vecindad y por influencia de los comerciantes, y el español porque se aprendía en la escuela. Además, los pocos habitantes preeminentes, como el cónsul, hacían que sus hijos estudiaran francés, que se consideraba el idioma de prestigio. O sea, que en un valle tan pequeño convivían hasta cuatro lenguas: la natural, la de las finanzas, la oficial y la culta.

Para la gente del valle, aquella poliglotía formaba parte del orden de cosas en el que habían nacido, y por eso mismo no le daban ninguna importancia. Mailís sí. Se aficionó a la filología, y sus vecinos enseguida la consideraron una erudita. Así, a todo el mundo le pareció lógico que la hija del cónsul, soltera y leída, acabara como maestra en la escuela de la Vella, el único trabajo que podían hacer las mujeres en el valle. El sueldo le daba justo para vivir y adquirir libros por correo, sobre todo de lingüística y gramáticas extranjeras, pero ella se conformaba.

Un día llegó a la Vella un galés muy alto, muy rico y muy fornido. Era tan raro que llegaran extranjeros que el alcalde lo invitó a su casa. Cuando le preguntaron qué lo había llevado a aquellas montañas perdidas, el galés contestó que las montañas. El cónsul no lo entendió. ¿Qué interés tenían aquellas cumbres hórridas, que hacían la vida imposible a la gente? Pero Mailís enseguida congenió con él. El espíritu de los tiempos era el romanticismo, que rendía culto a la naturaleza y al amor espontáneo. Mientras el galés estuvo en el valle, hicieron el amor nueve veces.

El desastre llegó poco después. Y no tanto porque Mailís se hubiera quedado preñada como porque quisiera tener al niño. El cónsul la conminó a que se deshiciera de él. En el mundo pequeño y rancio del valle, que una soltera pariera no era inmoral, era impensable. No, la hija del alcalde no podía tener hijos sin marido. Pero ella se cerró en banda: lo quería. El primer y fundamental derecho de una mujer era aquel, parir, y no dejaría que la autoridad se lo vetara. Las discusiones entre padre e hija subieron de tono. «Yo soy padre y cónsul —venía a decirle—, mando en mi casa y en todo el valle, y harás lo que yo mande». Un día hizo llamar a una curandera para que Mailís abortara. Ella, ofendida, se marchó.

Mientras se marchaba del *ostal* y dejaba atrás la Vella, pensó que en realidad no se había enfrentado con su padre, sino con el Poder en sí. Era como si el cuerpo del cónsul solo fuera un continente, un envase en el que residía la facultad de mandar, de imponerse a los demás. La norma. La institución. El Poder. Durante aquellos seis meses de conflicto y de discusiones, Mailís siempre había intentado separar a su padre del cargo, al mentor del poderoso. No lo había conseguido. Se sentía derrotada. No por su padre, sino por el Poder que se encarnaba en él.

Mailís hizo lo que habría hecho cualquier otro habitante del valle en su situación: buscar refugio en el *ostal* del familiar más cercano. En su caso era el hermano mayor de su padre, al que todo el mundo llamaba «el Viejo». Vivía más arriba, en una pequeña casa construida en una de aquellas terrazas que de vez en cuando los Pirineos toleraban en sus laderas. Una casa rodeada por un murete de piedras negras, planas como láminas. El hecho de que viviera allí ya demostraba que era un hombre solitario. Nunca se había entendido con el cónsul, al que consideraba un pretencioso. El Viejo la acogió. Por hospitalidad y por joder a su hermano.

Mailís tuvo al niño y lo bautizó con el nombre de Alban, que en el idioma del valle significaba «blanco» y también «puro». Cuando Alban creció, se hizo evidente que sufría alguna tara mental. A los seis años solo había aprendido a decir dos palabras: *t'estimi*. Siempre le colgaba un hilo de baba del labio inferior. Le daba igual. Allí arriba Mailís no era infeliz. Desplazarse hasta la Vella para trabajar como maestra era sin duda un fastidio. Pero estaba en medio de la naturaleza que tanto amaba, con Alban y un estante lleno de libros de gramáticas extranjeras. No imaginaba ningún otro lugar mejor para vivir.

Hasta que apareció aquel hombre.

Al principio Mailís solo sintió cierta repugnancia hacia Ric-Ric, hacia sus uñas sucias y sus greñas, hacia el bombín viejo y el abrigo raído. Todo él era una novedad extraña y poco agradable. Cuando, por ejemplo, le preguntaba cómo había llegado a aquellas cumbres recónditas, él contestaba que por un sofá. ¿Un sofá? Sí, la culpa era de un sofá. El conglomerado capitalista le había expropiado un sofá, su sofá. Eso decía.

Sin embargo, aquel hombre tenía dos cosas a su favor. La primera: que Ric-Ric era todo lo contrario del padre de Mailís. «Yo soy amo, padre y cónsul, yo soy el Poder.» En contraposición, nunca había conocido a nadie tan contrario al orden y los poderes establecidos como Ric-Ric. De hecho, sería el hombre menos adecuado del mundo para gobernar un reino, un valle, un *ostal* o siquiera su propia vida. Mailís veía en él a una persona libre, una virtud irresistible para alguien como ella. Todo indicaba que tarde o temprano debía fructificar una especie de amor mutuo. Probablemente ya habrían caído uno en brazos del otro si no hubiera sido porque en el invierno de 1888 Ric-Ric se hizo el escurridizo. La decepción de Mailís fue tan grande como triste. Se limitó a aceptarlo con el carácter estoico de la gente del valle.

Sin embargo, a la primavera siguiente, contra todo pronóstico, reapareció. Era él. Fue a visitarla al *ostal.* Pero no fue solo: lo acompañaban cuatro monstruos.

Mailís no salía de su asombro. Unas criaturas salidas de algún inframundo, de una dimensión de la existencia imposible, más allá de toda comprensión. De hecho, lo peor de todo no eran tanto los monstruos como la relación que mantenían con él. Ric-Ric no entendía, o no quería entender, hasta qué punto aquellas criaturas lo absorbían, lo limitaban y lo rodeaban: era como un pez en un barril, que se cree libre porque n≠ada.

Cuando se marchó, Mailís sintió que la asaltaban unos sentimientos peores que el horror: la decepción y el desamor. El Viejo tenía una visión más serena.

—Hemos tenido suerte, no han entrado —decía—. Cuando un menairó entra en un *ostal,* se queda hasta que muere.

Mailís propuso que bajaran los tres al valle, a la Vella, a buscar refugio y protección. El Viejo se opuso.

—¿Por qué crees que estarás más segura recorriendo caminos al descubierto, expuesta a asaltos e infortunios, que dentro de un buen *ostal*? —le preguntó—. Ahí fuera te pondrás en peligro tú y pondrás en peligro al niño.

Pero Mailís se sentía en la obligación de advertir a sus vecinos del valle. No, no le preocupaban el Viejo y Alban: el ataque de los monstruos solo había sido un incidente, un malentendido. Lo había captado enseguida; por eso, cuando Ric-Ric ya se marchaba, había salido corriendo del *ostal* para hablar con él: «Yo antes no tenía nada y ahora tengo a los fungus», le había dicho. Un hombre que hablaba así no era una amenaza, solo era un despechado. Al final decidió que bajaría a la Vella para avisar a las autoridades. Era su deber.

Por suerte, hizo todo el camino sin detectar el menor rastro de los fungus. Y, una vez en la población, lo que le preocupaba, más que ningún monstruo, era volver a encontrarse con su padre. Con el cónsul. No se veían desde el nacimiento de Alban, y de aquello hacía ya seis años. Durante todo aquel tiempo se habían evitado.

La casa familiar estaba justo en el centro de la Vella. Mailís llamó a la puerta y le abrió el propio cónsul. Al verla, el alcalde mostró una expresión que no era ni fría ni cordial. Seis años. Él tenía menos pelo, y ella, las líneas faciales más marcadas, más profundas. No hablaron de sus relaciones. Ella se limitó a explicarle lo que había pasado en el *ostal*, y al acabar le preguntó a su padre qué pensaba hacer.

—Nada —dijo el cónsul—. ¿Qué quieres que haga?

Mailís se sulfuró. Su padre no había cambiado, lo que ella opinara no tenía ningún peso. Furiosa, gritó:

—¡Han pasado seis años! Y sigues igual: nada de lo que diga tiene la menor importancia para ti.

También él alzó la voz:

—Para eso has venido, ¿verdad? Para saldar cuentas.

—¡No! —exclamó Mailís—. No se trata de nosotros, por las montañas corre un peligro público, tú eres la autoridad pública. ¡Haz algo!

—¿De verdad crees que me harían caso?

A continuación, para sorpresa de Mailís, le ofreció que se quedara a pasar la noche. Con la boca pequeña, pero se lo ofreció.

—Quédate —le dijo—. ¿Adónde vas a ir a estas horas? Y dices que por ahí fuera rondan *menairons,* ¿verdad? —y sin atreverse a mirarla a la cara añadió—: Tu habitación está tal como la dejaste. Le he pedido al criado que siempre haya una pastilla de jabón de romero, para que huela a ti.

Aquello la conmovió. Aquel sencillo detalle del jabón de romero. A pesar de todo, el cónsul la recordaba, la tenía presente.

Se quedó más de una noche. Los dos necesitaban estar juntos. Quizá así encontraran la manera de reconciliarse. Al fin y al cabo, era su padre. Y Alban estaría seguro en el *ostal* del Viejo: su intuición de maestra de escuela le decía que Ric-Ric no volvería a atacar la casa.

Pero su instinto maternal no descansaba, y como precaución adicional habló con dos hombres. Eran cazadores. Estaban a punto de salir de la Vella, y Mailís les pidió un favor: que pasaran por el *ostal* del Viejo para comprobar que todo iba bien. Y que, en cualquier caso, tuvieran cuidado, mucho cuidado.

Pero aquellos días empezaron a desaparecer parejas de la Guardia Civil. Las montañas absorbían a los hombres con tricornio y uniforme verde. Se desvanecían, como si los bosques convirtieran en humo a los hombres y las monturas. Aquello atrapó a Mailís en la Vella: desde el cuartelillo dieron órdenes estrictas de que nadie saliera del reducido perímetro de la población. Y después las cosas empeoraron aún más. Llegó el ejército. La tropa ocupó la Vella como una plaga. Los uniformes olían a col hervida, a sudor masculino y a cuero mohoso. Así entró Antonio Ordóñez en su vida.

Apenas se conocían y el dedo índice de Mailís ya había declarado la guerra a la perfecta raya del pelo de Antonio. Le leyó el alma, y no le gustó. Un carácter malévolo y caprichoso. Ordóñez demostraba que un hombre podía ser sensible y a la vez inclemente. Confundía los vicios ocultos con virtudes elevadas y creía que, si experimentaba un deseo, tenía todo el derecho de satisfacerlo. Mientras estuvo en la Vella, hizo fusilar a dos soldados por delitos menores contra la población. No lo hizo porque le interesara lo más mínimo el bienestar de los civiles, sino para reafirmar su autoridad.

Aun así, la presencia de Ordóñez mejoró la relación entre padre e hija. El cónsul siempre había ostentado el poder en la Vella, pero ahora se veía sustituido por Ordóñez. Aquello hizo aflorar su parte más humana. Con la casa ocupada por los militares, padre e hija dormían en la misma cama, por miedo y por prudencia. Cada noche hablaban un rato antes de apagar la lámpara de aceite. Nunca habían tenido una relación tan estrecha. Una noche ella le preguntó:

—¿Por qué es tan importante para ti mandar?

Él se encogió de hombros.

—No hay un porqué. Es así.

Mailís no podía conformarse con aquella respuesta.

—¿Sabes lo que dijo Julio César? —añadió el cónsul—. «Prefiero ser el primero en una aldea de la Galia que el segundo en Roma.» No he elegido ser así, lo soy. Tú eres rubia, Alban es deficiente y yo necesito mandar. Cada quien es como es.

Mailís compadeció a su padre: el cónsul demostraba que el poder era una enfermedad. ¿Y de qué puede acusarse a un enfermo?

Al día siguiente de que el ejército saliera a luchar contra los fungus, padre e hija eran dos personas condenadas: cuando Ordóñez volviera, se vengaría de ellos. Lo único que podían hacer era mirar el paisaje desde el balcón con barandilla de color castaño y esperar su destino. Huir no era viable: Ordóñez había ordenado a los dos últimos guardias civiles que quedaban en la Vella que se apostaran en la puerta de la casa. Resignados, padre e hija fumaban en el balcón.

Cuando Mailís se acabó el cigarrillo, hizo algo insólito: abrazó al cónsul. Al fin y al cabo, era su padre. Y seguramente sería la última vez. Él, conmovido por la espontaneidad del gesto, también la abrazó. Y mientras estaban así, ella oyó decir al cónsul:

—¡Alabado sea el Señor, alabado sea el Señor!

En el abrazo, su padre había quedado de cara a las montañas. Cuando Mailís se giró, lo vio.

Hacia la mitad de la ladera más próxima, una alfombra de cuerpos se deslizaba en dirección a la Vella. Pero lo que volvía no era el ejército de Ordóñez, sino una turba abigarrada de monstruos.

A aquella distancia se veían como figuritas, pequeños, muy pequeños, por eso parecían un ejército de insectos, con sus cráneos alargados y sus lenguas como sogas. Rugían, con un sonido pavoroso que no era ni humano ni animal. La campana de la iglesia empezó a repicar. Desde las calles, desde las ventanas y los balcones, la gente vio a los fungus, entendió que eran una amenaza imparable y huyó. O al menos lo intentó. Todo el mundo corría. Hombres y mujeres alborotados, buscando a los suyos, buscando la salida de la población más opuesta al avance de los fungus. Mailís miró hacia abajo y descubrió que de los guardias civiles que vigilaban la casa solo quedaban los tricornios y los mosquetones, que habían dejado para correr más deprisa.

Padre e hija entendieron que el regimiento no volvería, que Ordóñez no volvería. Cuando vio que el cónsul entraba en la casa, Mailís le preguntó adónde iba.

—A vestirme decentemente. Sigo siendo el cónsul —le contestó su padre.

Pero Mailís no podía apartar los ojos de la masa invasora. Y por encima de los fungus vio una figura humana montada en la cabeza del fungus más alto. Era él, era Ric-Ric.

¡Ric-Ric! Aquella visión le causó una tristeza repentina y muy honda. Él, el hombre que la miraba con deseo, se había convertido en una especie de Atila que cabalgaba sobre unas hordas del infierno, que dirigía miles de garras vegetales. Avanzaba al frente de cientos de monstruos que rugían, que corrían con patas de mil dedos, ansiosos por matar, por extirpar la presencia humana del valle de los hombres. Sí, definitivamente Ric-Ric había cruzado las puertas de la demencia y el horror y se había convertido en adversario de todo el género humano. Se indignó, se sintió traicionada, decepcionada y hastiada.

Desde el balcón, Mailís vio a la gente amontonándose en la calle principal, en dirección contraria a los fungus. Por desgracia, a todos se les había ocurrido la misma idea y los carros atascaban la salida. Gritos, gemidos, ruegos y desesperaciones. No irían a ninguna parte: los fungus se movían a una velocidad fabulosa, ya avanzaban por una senda de montaña que desembocaba en la carretera que atravesaba el valle. Cuando llegaran, entrarían en la Vella y sería el fin. Mailís se preguntó dónde estaba su padre. Y lo vio en el lugar más impensable.

Avanzaba en dirección a los fungus, solo. Él, su figura rolliza, vestido con la americana blanca, el chaleco blanco y los pantalones blancos de las grandes ocasiones. Sus únicas armas eran un bastón de marfil y un trapo blanco. ¿Qué demonios hacía? Se dirigía en línea recta hacia los fungus, que ya estaban en la carretera, dispuestos a arremeter contra la población en una masa compacta, inexorable como una ola. Una suma de cuerpos excitados y babosos, de troncos esbeltos, de colores boscosos, una horda desaforada, intrínsecamente primitiva y aulladora. Soltó un gemido: estaba segura de que los cientos de fungus atropellarían a su padre con la indiferencia con la que la rueda de un carro aplasta un sapo. Se equivocaba. Por inverosímil que fuera, el ejército de monstruos se detuvo a solo cinco pasos del cónsul.

Desde el balcón, con el corazón encogido, Mailís vio la escena tapándose la boca con una mano, horrorizada. Solo, completamente solo, el hombre contenía un muro de fungus. Había tantos, y estaban tan juntos, que sus cabezas creaban una especie de techo. Y paseándose por encima de las cabezas monstruosas apareció Ric-Ric. Parlamentaba con su padre.

Desde la distancia, Mailís no oía lo que se decían. Solo veía el cuerpo de Ric-Ric en una postura poco natural, con los brazos cruzados y el mentón elevado, como un dictador de opereta. Charlaron un momento y después, por increíble que pareciera, Ric-Ric y los fungus se volvieron por donde habían llegado. Sin bramidos, sin mirar atrás, con la lengua escondida en las boca. Se retiraban como cangrejos arrastrados de la playa por una ola.

¡Lo había conseguido! ¡Su padre había detenido la horda monstruosa! Nunca se había sentido tan orgullosa de él. Salió de la casa corriendo. Quería ser la primera en abrazarlo.

Casi saltó sobre el cónsul, como cuando era niña. La invadía un sentimiento de amor filial, reprimido durante años bajo una costra de olvidos. Abrazó a su padre, en efecto, pero este la recibió con una actitud poco efusiva. No se atrevía a mirarla a los ojos.

—Mailís, tengo que decirte una cosa.

CAPÍTULO XV

Ric-Ric pierde al único fungus por el que sentía un sincero afecto. También pierde a Mailís a causa de una paradoja: secuestra a su amada porque la ama, y ella deja de amarlo porque la ha secuestrado

Después de que el cónsul llegara a un acuerdo con Ric-Ric, este y los fungus se retiraron de la Vella. La única figura que desentonaba en aquella marcha ordenada y calmosa era el propio Ric-Ric. Estaba eufórico, y por una vez no era por el *vincaud*. Mientras cabalgaba sobre aquel fungus tan alto, con una cabeza tan grande que recordaba a un sofá redondo, iba bebiendo y cantando: «*Baixant de la font del gat, una noia una noia...*».

De acuerdo, aquella jornada quizá no hubiera sido el alba de la revolución. Pero el Ideal podía esperar. Un día más y estaría con Mailís. Para justificarse se dijo que no era un rapto, sino una liberación. Incluso adaptó la letra de la canción: «*... pregunteu-li com se diu, la Mailís de l'ull viu*». Sí, estaba de muy buen humor, cosa rara en él. Desde las alturas de aquel gran fungus se fijó en que Chiquitín aún llevaba la bandera de la Gran Batalla pegada al pecho. A gritos, Ric-Ric le preguntó para qué quería aquel puto trapo amarillo rasgado y tiroteado. Sin detener la marcha de la columna, le ordenó que se acercara y subiera a la inmensa plataforma que era la cabeza de aquel fungus. Chiquitín obedeció y trepó por el cuerpo del gigante con la agilidad de diez monos. Cuando estuvo arriba, Ric-Ric le quitó la tela y se la ató alrededor de la cabeza, como el pañuelo de una vieja. Ric-Ric se rio de su ocurrencia. ¡Qué pinta! ¡Aquella horrorosa cabecita plana, de mandíbula prominente, y las largas espinas que le sobresalían de la boca, y todo ello envuelto en un trapito amarillo! Se reía dándose palmadas en los muslos.

—Eres el monstruo más monstruosamente ridículo de toda la historia de los monstruos —le dijo.

Al rato llegaron al *ostal* de Mailís, y Ric-Ric se extrañó: había dejado a Tuerto plantado delante del murete, haciendo guardia, y no estaba. Vio indicios de lucha: trozos de hierba arrancada, el muro manchado de sangre y placas de pizarra arrancadas y caídas. Al fijarse bien, vio dos cadáveres tendidos entre hierbas muy altas, dos cazadores. Uno empalado en su escopeta, tráquea adentro; otro dividido en dos partes, cortado por la cintura. Espantoso. Entonces descubrió que no eran dos los seres humanos muertos, eran tres. Y el tercero era el Viejo.

A Ric-Ric se le escapó un grito. ¡El Viejo muerto! Y aquello dio paso a un pensamiento espeluznante: ¿dónde estaba Alban? ¿Dónde?

Ric-Ric corrió hacia la puerta del *ostal,* seguido por Chiquitín y algo más atrás la horda de fungus. Todos *notaban* la profunda alteración de su amo.

Estaba tan ansioso que abrió la puerta con un golpe de hombro. Entró con Chiquitín. Y se detuvieron en seco.

Tuerto estaba de espaldas a ellos, plantado delante de la chimenea. Con su único ojo miraba las brasas de un fuego prácticamente extinguido, aunque aún vivo. Ric-Ric, crispado, lo interpeló desde el umbral:

—¿Tuerto? ¿Tuerto?

Se acercó al fungus. Intentó empujarlo, como haría con un quinqui de taberna. Tuerto no se movió, parecía una roca. Al final, por voluntad propia, se giró.

La boca del fungus y la piel de los alrededores estaban empapadas de sangre. Una sangre granate, espesa y, lo peor de todo, fresca, aún le chorreaba por la piel vegetal. Ric-Ric recordó una leyenda que Mailís le había contado allí mismo, en aquel comedor. Un cuento espantoso en el que los *menairons* acababan devorando al hijo del heredero.

No, aquello no, aquello no.

La culpa era suya. A los fungus les costaba discernir los principios lógicos, entre dentro y fuera, por ejemplo. Ric-Ric lo sabía. Aun así, lo había dejado de guardia delante del murete. ¿Qué podía haber pasado? Mil cosas. Los cadáveres del exterior hablaban de una escena caótica. Ric-Ric intentó reconstruirla.

Cuando había ordenado a Tuerto que nadie cruzara el muro, se refería a ataques *desde fuera,* no a personas que quisieran atravesarlo *desde dentro.* Lo más probable era que Tuerto se hubiera hecho un lío. En algún momento, por algún motivo, Alban debía de haber cruzado el muro. En consecuencia, Tuerto lo había atacado. Los fungus no se comían a nadie, no comían nada. Pero a saber cómo funcionaba la mente de un fungus confuso. Que Alban cruzara el muro, aunque fuera hacia el exterior, rompía con la consigna recibida. El hecho de descuartizarlo y devorarlo, y al acabar entrar en la casa con el cuerpo de la víctima deglutido, en cierto modo implicaba restaurar el orden que le habían ordenado mantener: el niño, aunque muerto, volvía a estar dentro del muro.

¡Alban muerto! ¡La criatura más dulce del mundo! Ric-Ric sacó el Lefaucheux y clavó el cañón en la cabeza de Tuerto.

Había decidido disparar, los fungus lo *notaron,* y antes de que su dedo apretara el gatillo el *ostal* se llenó con cien fungus y cien mil esporas. Ric-Ric también *notaba* la angustia de los fungus. Estaba a punto de matar a Tuerto, el primer fungus, el que había dirigido el contraataque en la Gran Batalla y los había salvado a todos.

Ahora había fungus por todas partes; ocupando toda la casa y rodeándola, detrás de los cristales de las ventanitas, docenas, cientos de ojos amarillos fijos en la mano que sostenía la pistola. Chiquitín era el que más esporas liberaba, con la boca abierta y movimientos nerviosos. Sus gruesos párpados se abrían y se cerraban, frenéticos, mirando a Ric-Ric y mirando la punta del revólver, implorándole en silencio que no lo hiciera, que no lo hiciera. Pero lo haría. ¡Él era Ric-Ric! Tenía el Poder, podía hacer lo que quisiera, y aquel fungus idiota había matado a Alban. ¡Un niño, el niño más inocente de todos los niños! Y el hijo de Mailís.

Furioso, Ric-Ric presionó un poco más el cañón contra el lateral de la cabeza de Tuerto, que no reaccionaba. Una especie de zumbido, como de mil colmenas, invadió toda la casa. Era un sonido y era más que un sonido. Una vibración del aire, una inquietud sorda. Ahora todos los fungus, cientos de fungus, se congregaban alrededor del *ostal* como palomas sobre un mendrugo de pan. Y lo que le decían, con las esporas y con aquel zumbido de colmena, era «no lo hagas». Ric-Ric lo *notaba,* exactamente igual que si leyera el titular de un periódico. La Oca Calva aleteaba. Tenía miedo.

Quería ejecutar a Tuerto. No por justicia, sino por un impulso superior: la necesidad de desahogarse. Pero no disparó. ¿Por qué? Porque no podía. No podía. Ellos se lo impedían. Ellos.

No disparó. No se atrevió. Bajó el arma.

La tensión desapareció. Las esporas que flotaban en el aire cayeron lentamente y llenaron el suelo como el serrín de una carpintería. Los fungus se calmaron de golpe, como sedados.

—Un día me salvaste de un oso —le dijo a Tuerto—. Ahora estamos en paz.

Pero los fungus leían las emociones y, pese a aquellas palabras, sabían que aunque no había disparado quería hacerlo. Era una debilidad y una desautorización, y para disimular le dirigió a Tuerto este discurso:

—Me has desobedecido, Tuerto malnacido. Matarte sería demasiado fácil. No. Te quedarás aquí, tal como estás ahora, de pie y mirando este fuego que se apaga. Te quedarás aquí todo el tiempo que sea necesario, y un día, cuando menos te lo esperes, volveré a entrar por esta puerta. Entretanto, piensa qué coño has hecho, malnacido, porque cuando vuelva te lo preguntaré. Serás juzgado. Y dictaré sentencia.

Dicho esto, Ric-Ric salió del *ostal* acompañado por todos los fungus, que lo siguieron en un silencio aliviado. Aparentemente había impuesto su autoridad sobre los monstruos. Y sin embargo no era una victoria, sino todo lo contrario. Y él lo sabía.

Aquel día, Ric-Ric aprendió una lección horriblemente inquietante. Esta: que, después de todo, el Poder absoluto nunca es absoluto. Y aquello lo abocaba a una pregunta incómoda: si allí no mandaba él, ¿quién mandaba realmente?

Llegó a la *cauna* más afligido que nunca. En el camino había perdido al primer y mejor de sus fungus, Tuerto. También había perdido la autoridad del déspota que se sabe respetado: ahora miraba a su alrededor, aquellos horribles rostros vegetales, y sentía que ya no los controlaba, que los lazos de obediencia de los fungus estaban deshaciéndose como cuerdas mojadas. Aún peor: había perdido a Mailís. Llegaría al día siguiente, sí, pero ¿qué le diría cuando se presentara? ¿De qué le serviría todo el Poder del mundo cuando ella lo señalara con su dedo enérgico y le preguntara: «¿Qué has hecho con mi hijo?».

Llegó a la *cauna*, a la Montaña Agujereada, pero en lugar de entrar prefirió quedarse fuera. Quería tomar el sol. Ordenó que le llevaran una botella de *vincaud* y una silla. Se sentó delante de la puerta, de cara al sol, con los ojos cerrados y quieto como un lagarto, y pensó en el futuro inmediato.

A la mañana siguiente volvería a verla. Sí, ella vendría, estaba seguro. Daba tragos, sentado en la silla, y se decía: «La trataré como a una reina republicana, la reina de los Pirineos. Tendrá el mundo a sus pies y podrá verlo desde las cumbres más altas, y pondré a su servicio una legión de compañeros idiotas pero serviles. Me perdonará el rapto y seremos felices».

Pero bebía un poco más y se daba cuenta de que era imposible, tanto si le ocultaba a Mailís la muerte de Alban como si se la confesaba. Tarde o temprano, ella lo rechazaría y lo maldeciría. Cuando llegaba a esta conclusión, optaba por despreciar el amor, la salud y la vida. Daba unos cuantos tragos más y se preguntaba: «Pensándolo bien, ¿qué es lo único que necesita un hombre?». Y él mismo se contestaba: «Un sofá, una botella y una mujer que le dure menos que una botella».

Después de vaciar una entera, mientras los fungus le llevaban otra, se dijo que no tenía que darle más vueltas. La esperaría allí mismo, sentado en la silla, como si fuera un trono. Ella tendría que entrar por aquel pasadizo entre paredes de roca que llevaba a la puerta de la *cauna,* y al final se encontraría con él, que la recibiría con el comportamiento y la dignidad de un revolucionario triunfante. Impertérrito, altivo, orgulloso y rodeado de compañeros fungus. Sí, qué gran recibimiento. Mailís se quedaría deslumbrada.

———•———

Uno de los objetos a los que Mailís tenía más cariño era una pequeña maleta de piel de cocodrilo. La llenó de cosas importantes y necesarias, convencida de que estaba a punto de emprender un viaje sin retorno.

No tenía grandes esperanzas. Un día había sentido cierto interés por un extraño, ahora convertido en un loco irrecuperable y fantásticamente criminal, que dirigía un ejército monstruoso y que a cambio de no arrasar la Vella exigía su secuestro. Y su padre había accedido. Era lo que más le dolía. Siempre había hecho política y también la hacía ahora, sacrificando a su hija por el bien común. Los dos sabían que ella no tenía muchas más opciones que aceptar el chantaje.

El cónsul entró en su habitación. Mirando el jarrón con un ramo de romero, le dijo que aún podía repensárselo. No se creía ni una palabra de lo que decía, los dos lo sabían. Ella no se molestó en contestar. Estaba demasiado ocupada eligiendo ropa. No era una heroína; solo era una mujer con carácter, que no era lo mismo. Pero si no se entregaba, sencillamente no podría vivir con la responsabilidad de haber podido salvar a dos mil personas y no haberlo hecho. Era filóloga: en todas las lenguas que se hablaban en el valle, la palabra *sacrificio* se escribía prácticamente igual.

Eligió un vestido negro muy cómodo porque estaba pensado para ir en bicicleta: parecía que llevara falda, pero en realidad eran dos perneras muy anchas. Salió de casa con el vestido con perneras, un paraguas en una mano y la maleta de cocodrilo en la otra, sola, y recorrió las calles vacías. Lo que no se esperaba era que los habitantes de la Vella se hubieran concentrado a la salida de la población para despedirla. No sentía la más mínima necesidad de que le agradecieran el gesto. Pero se equivocaba: la presencia de los vecinos no era una muestra de reconocimiento, sino de morbo. Estaban allí para contemplar su final, no para evitarlo.

El gentío, mudo, abrió un pasillo como si fuera una rea camino del patíbulo. Todos la miraban a los ojos, y ella no miraba a nadie. Siguió recto, pisando fuerte, indignada por aquellas miradas de obscena cobardía. No se detuvo. Hombres y mujeres se quedaron en el límite que marcaban los últimos edificios del pueblo. Luego solo había una pista de tierra, con árboles a ambos lados. Una vez superada aquella frontera, Mailís siguió y, de repente, se detuvo, como si tuviera una duda capciosa. Se giró hacia sus vecinos, apiñados al principio de la última calle, y les dirigió las siguientes palabras:

—Él es el cónsul, por eso lo obedecéis. Pero aún es más cierto que él acata vuestro sentido de la decencia y de la ley. Porque si no fuera así, si no siguiera vuestra concepción del mundo, no lo aceptaríais como cónsul ni un instante, ni un suspiro. En consecuencia, en el fondo no hay nadie más sometido, más esclavo y dependiente que él, vuestro gobernante.

Y, dicho esto, le dio la espalda a la gente. Se internó en el camino de tierra sin mirar atrás. A partir de allí entraba en los dominios de los fungus: a ambos lados del sendero se extendía un bosque espeso, sucio de hojas de pino y ramas muertas, con los márgenes llenos de arbustos espinosos y hostiles. Los fungus podrían estar en cualquier sitio y no se daría cuenta.

Unos cien pasos adelante, carretera adentro, se veía el palanquín. Abandonado justo en medio del camino. Una cabina con dos palos horizontales para los porteadores que sobresalían por delante y por detrás del artefacto. Una cabina extraña, extrañísima, hecha con un entramado de ramitas trenzadas, como los nidos de los pájaros, y cubierta de grandes hojas verdes de castaño y de muérdago, que tapaban la estructura de ramas como un cuero verdoso. Se plantó delante y contempló el objeto como si viniera de otro planeta.

Alrededor de aquella cosa estrafalaria había una especie de aura tétrica, invisible pero intimidante. Mailís se acercó un poco más a la cabina. Miró a derecha e izquierda del camino. Allí no había nadie, aunque era la hora convenida. Giró el cuello: unos cien pasos atrás, la multitud aún la observaba expectante, en silencio. Su padre no estaba.

No sabía qué hacer. La situación era tan absurda como tensa. Se había quedado ahí plantada, con un paraguas cerrado en una mano y una maletita de piel de cocodrilo en la otra. Entonces aparecieron.

Tres fungus salieron del bosque, de ambos lados del camino, como fantasmas que atravesaran una pared. Hacía rato que la espiaban, indudablemente. De hecho, los había tenido cerca. Se fundían tan bien con la vegetación que habría podido tropezar con ellos sin verlos. Eran tres. Dos inmensos, mucho más altos que ella, con la piel de diversos tonos. El tercero a duras penas le llegaba a la cintura, pero era el más terrible. Tenía el cuerpo de un color más sanguíneo, como los níscalos. A diferencia de los otros dos, tenía párpados, y tan carnosos que parecía que tuviera que hacer un esfuerzo constante para mantener los ojos abiertos. Y los dientes: la mandíbula inferior era un poco más larga y le sobresalían los dientecitos como a las pirañas de Brasil. El pequeño monstruo se movía con gestos nerviosos, iracundos e inconstantes. Miró al gentío con expresión de odio, abrió la boca y sacó la lengua. Más de seis metros de una lengua negra, húmeda, un tubo de carne flexible que lanzó como un escupitajo. Al verlo, pese a la distancia que los separaba, hombres y mujeres pegaron un grito colectivo y dieron un paso atrás, espeluznados. A continuación el monstruo se enfrentó con Mailís. Los dientes espinosos de las dos mandíbulas se frotaban entre sí haciendo un ruidito horripilante. Entonces lo reconoció: era el monstruo que se había amorrado a la ventana de su *ostal* el día de la visita de Ric-Ric. Por un momento pensó que la atacaría, que le desgarraría la carne y los huesos. No. Lo que hizo fue ponerle un centenar de dedos a la altura de los riñones y empujarla hacia la cabina sin contemplaciones. Mailís entró tan bruscamente que la maleta se le cayó de las manos.

—¡La maleta! —reclamó.

El fungus pequeño la recogió del suelo, sí, pero la lanzó al bosque con un desprecio infinito. Todo el contenido quedó esparcido por los alrededores. Ropa interior femenina colgando de ramas de abeto o en la punta superior de los arbustos. Los otros dos fungus cogieron los palos que sobresalían de la cabina, uno por delante y el otro por detrás, y desaparecieron; pero no por el camino, sino por el bosque. El monstruo pequeño se había subido al techo y, mientras se alejaban, hacía muecas a los espectadores humanos.

Lo que el cónsul no había previsto era lo que sucedió a continuación. En cuanto los fungus se llevaron a su hija, la gente inició un éxodo. Como el día anterior, cuando los *menairons* habían estado a punto de atacar la Vella, pero de forma más organizada y sistemática. Las familias cargaban bienes y muebles en los carros, subían tres generaciones y huían en dirección a España. El cónsul se alarmó. ¿Qué estaban haciendo? Mailís era una rehén. Si la gente huía, los *menairons* no tardarían en saberlo y ella sufriría las represalias. El hombre se acercaba a todos los carros intentando que desistieran, ¡por favor, por favor, no os marchéis o Mailís estará condenada! Lo ignoraron.

Los hombres y las mujeres del valle siempre habían sabido que, si aquellas montañas cobraban vida, serían aplastados. Aquel día había llegado. Por eso huían. Y no se sentían nada culpables: si los *menairons* habían exterminado a un regimiento entero, ¿qué podían hacer ellos?

———•———

Mailís no podía saber nada de la huida multitudinaria de sus vecinos. En aquellos momentos viajaba dentro de la cabina de ramas. Los dos porteadores la llevaban a una velocidad prodigiosa, abriéndose paso entre la vegetación como bólidos mucosos. Y la velocidad no era el problema: gracias a los pies de los *menairons,* tan singulares que corrían y se adherían a la tierra casi sin tocarla, parecía que la cabina volara. No seguían ningún camino, sino la ruta más recta y rápida, que les hacía subir y bajar laderas inclinadísimas. Mailís se tenía que agarrar a la silla con las dos manos durante los ascensos y descensos, que eran continuos, escarpados y vertiginosos. Pero lo más desagradable era el tercer fungus, el pequeño de boca asesina y gruesos párpados. Viajaba en el techo, aferrándose a la cabina con cincuenta dedos de raíces flexibles. A veces acercaba los ojitos al entramado de ramas y desde allí arriba la escrutaba con expresión sanguinaria.

Por fortuna, iban tan deprisa que el viaje fue relativamente breve. Mailís notó que la cabina se detenía de golpe. El fungus pequeño y cruel le abrió la portezuela. Ella salió, mareada. De repente, se encontró ante la obra más horrible que puedan hacer las manos humanas: un campo de batalla el día después de la batalla.

Cientos de hombres y caballos descuartizados, la mayoría tan deshechos que le costaba reconocer qué cadáveres eran de hombres y cuáles de bestias. Los muertos que tenían los ojos y la boca abiertos le resultaban especialmente insoportables. La explanada no era muy grande, como cualquier llanura de los Pirineos, de manera que había muertos por todas partes, como si la batalla hubiera desbordado su propio marco. A la derecha de aquel cuadro tétrico, al fondo, detectó movimiento: eran fungus, docenas de fungus lanzando soldados muertos a una garganta.

La boca de la garganta era un surco en la tierra, como la ranura de una hucha gigante. No se oía el impacto de los cuerpos contra el fondo. Las puntas de las extremidades de los monstruos eran una especie de garras de aguilucho, pero mucho más largas y afiladas. Aferraban la carne muerta como ganchos, arrastraban a los caídos y los lanzaban a la garganta sin mirarlos. Los fungus arrojaban soldados, caballos y también trozos de carros y de hombres, como si no diferenciaran demasiado entre un objeto inanimado y un cuerpo muerto. Mailís se llevó una mano al corazón, como si temiera desfallecer: aquel trato desconsiderado le afectó más que la visión de cualquier monstruo.

El fungus pequeño también acababa de ver a aquel grupo de monstruos atareados en la garganta, y de repente, como si hubiera olvidado la misión de llevarla a la Montaña Agujereada, se dirigió hacia allí a paso ligero. Entonces Mailís fue testigo de una escena incomprensible para ella: los demás fungus rechazaban al pequeño. No querían su proximidad ni sus abrazos. Cuando el monstruo se acercaba a sus congéneres, estos lanzaban unos tentáculos semirrígidos que salían de los laterales de sus cuerpos cilíndricos, lo empujaban y lo ahuyentaban. El pequeño monstruo se caía y gemía como un lechón, se levantaba y volvía a intentarlo. Lo intentó tres veces, cuatro, pero cada vez recibía un rechazo más virulento: al final empezaron a darle golpes en la cabeza con sus lenguas largas y mojadas, unos latigazos que impactaban con un ruido de golpe de mar. Desolado, lloroso, o al menos sacando una especie de espuma blanca por los ojos, el pequeño fungus volvió con Mailís, que tras observarlo atentamente se dijo: «Tienen cuerpos vegetales, sin nervios, y en consecuencia no deben de conocer el dolor. Pero sufren».

El pequeño monstruo volvió aún más irritado que antes. Le dijo que se diera prisa con gruñidos breves y estridentes; le indicaba que cruzara la espantosa alfombra de muertos caídos en combate. Mailís obedeció. Después entraron en un caminito encajado entre muros de roca, una especie de túnel sin techo. Ella avanzaba despacio, mareada y horrorizada por la carnicería y por el trato carroñero a los muertos. El monstruo, impaciente, la empujó por la cintura. Pero en un momento dado la tocó a la altura de las nalgas, y aquello la sulfuró.

No pensaba tolerar aquel contacto impertinente, ni siquiera por parte de un monstruo. Se giró con ojos enfurecidos. Aún llevaba en la mano el paraguas, con el que le dio un golpe en los dedos, en una docena de dedos. Al fungus se le escapó un gritito sorprendido y ofendido. Mailís le dio otro golpe, más fuerte. El fungus graznó como toda un bandada de cuervos, insolente y rabioso. Pero no volvió a tocarla: había recibido la orden de transportarla viva, y Mailís lo sabía. *Can que laira mossègue pas.* Perro ladrador, poco mordedor. Con su dedo índice de profesora alzado, señalando el punto en el que el fungus debería de tener la nariz, Mailís le ordenó:

—Silencio. ¡Silencio! ¡He dicho silencio!

El pequeño fungus hizo crujir las espinas de la boca, pero se calló.

—Tienes que llevarme a mi destino —insistió, irritada—. Pues hazlo. Pero no te atrevas a tocarme. ¡No me toques! ¿Entendido?

Sí, lo había entendido. El pequeño monstruo se apartó y manifestó su desacuerdo con un gruñido. Pero acató sus órdenes. Ella abrió el paraguas para protegerse del sol y avanzó por la ruta que le había indicado el pequeño monstruo. Pero ahora la que marcaba el paso era ella. Pensaba en Ric-Ric. Rememoraba el otoño anterior, cuando lo conoció, sus visitas. Cuando se arrodillaba, de espaldas a él, y se remangaba para mostrarle una piel blanca. Mailís aceleró el paso. Cuanto más pensaba en los dos, en su pasado común y privado, más se enfurecía. Mientras pisaba aquella grava ferruginosa con paso firme, enfadada con él, se decía que habrían podido tenerlo todo. El amor, la felicidad y la complicidad. De acuerdo, él alegaba que quería poner a los monstruos al servicio de la revolución. Pero ¿de qué le sirve a un hombre cambiar el mundo si no puede cambiar su vida?

Seguía andando por aquel ominoso desfiladero de piedra, sujetando el mango del paraguas con las dos manos, como si le sirviera de protección. Sus botines pisaban la arena ferrosa, que crujía en cada paso. Las paredes de roca también eran de aquel color de acero oscuro. Se elevaban a ambos lados, atravesadas por hiedras de un verde tan oscuro que casi parecía negro. El ambiente era tan húmedo que tenía las fosas nasales mojadas. Sentía el latido de su corazón, acelerado como el de un conejito.

De repente, notó que el aire se volvía más denso. La causa del fenómeno eran ellos. Los fungus, la aglomeración de fungus, que espesaban el aire. Los vio al fondo, hacia donde se dirigía. Docenas y docenas de fungus esperándola. No, más, muchos más. De diferentes alturas, de diferentes tonalidades, todos corpulentos. Unos con la cabeza más oblonga y otros con cabezas un poco más puntiagudas. Los troncos eran cilíndricos, pero de diferentes grosores; de los laterales salían miembros siempre desmesurados, que brotaban del tronco como las patas de un ciempiés. Se fijó en los ojos, en aquellas caras sin nariz, sin labios, en las bocas, algunas estrechas y otras alargadas como buzones. Docenas y docenas de ojos amarillentos, con una ausencia de expresión propia de los reptiles, y todos fijos en ella, una mujer sola, vestida de negro, aferrada a un paraguas abierto. Por primera vez le fallaban las piernas, literalmente: le daba la sensación de que sus rodillas eran blandas; no la sostenían, se doblaban, no tenía ánimos para seguir. Tenía el corazón encogido como una cereza. Entonces observó dos detalles.

El primero era que los monstruos formaban un semicírculo alrededor de una silla. Y el segundo detalle era que a los pies de la silla estaba el cuerpo de un hombre, tendido e inconsciente. Era él. Para acabar de rematar la incongruencia de la escena, en aquel instante apareció una oca ladrando como un perro y aleteando, con sus pies palmípedos encima de una botella de vidrio verde. Mailís cerró el paraguas y se inclinó hacia delante.

—¿Señor Ric-Ric? —nada. Repitió—: ¿Señor Ric-Ric?

La transición entre el horror y el ridículo puede ser fulgurante: allí estaba ella, una mujer madura secuestrada por fuerzas inimaginables, una mujer que vivía el momento más supremo y más agónico de su existencia, y su secuestrador la recibía inconsciente.

Roncaba. Un cuerpo boca arriba, una barriguita redonda y un montón de botellas vacías alrededor. Era Ric-Ric, en efecto.

Estaba borracho.

Si Chiquitín creía que su heroico comportamiento durante la Gran Batalla lo reintegraría a la comunidad fúngica, estaba muy equivocado: todos los fungus lo acusaban a él del destino de Tuerto. Si Ric-Ric había recluido al primer fungus en la casa humana, condenado a mirar unas brasas, era por culpa suya.

Chiquitín se rebeló. Pero sus aspavientos no sirvieron de nada. Todo lo contrario: cuanto más protestaba, más culpable era a ojos de los demás. Antes solo lo azotaban cuando se acercaba a ellos; ahora lo agredían cada vez que podían. Golpes ofensivos, golpes secos y golpes maliciosos.

—Eres un fungus raro, no te mereces otra cosa —le decían.

Desesperadamente solo, con Tuerto desaparecido, Chiquitín se acercó al único ser que le quedaba: Ric-Ric. Empezó a frecuentarlo más que nunca, lo rondaba noche y día. Por las noches, sobre todo, velaba su sueño. Cuando veía al humano durmiendo, inerte y sin consciencia, no salía de su asombro. ¿Qué era aquel estado tan extraño? Cuando Ric-Ric se tumbaba en el colchón de musgo trenzado y se abandonaba, estaba y no estaba. A Chiquitín le fascinaba oírlo roncar o incluso hablar solo, de manera ininteligible. A menudo subía silenciosamente a la cama y acercaba la cara a la de Ric-Ric, acercaba sus ojos amarillos a los ojos cerrados de Ric-Ric. Como si la proximidad de los cuerpos, tan diferentes, le permitiera entender el misterio del sueño. A veces Chiquitín, que tenía párpados, intentaba dormir también él, pero no había manera: cuando los cerraba, solo se quedaba a oscuras. La curiosidad se contagia, y muy pronto otros fungus se sumaron a aquellas vigilias nocturnas. Y así, cuando Ric-Ric perdía la consciencia, batallones de fungus se apiñaban a su alrededor. Y, como siempre, allí donde estaban los fungus no se toleraba que estuviera Chiquitín, y lo ahuyentaban dándole contundentes latigazos con la lengua.

Ric-Ric tenía cada vez más arrebatos de mal humor, que acababa pagando Chiquitín, porque era muy pequeño y porque siempre estaba a su lado. Le pegaba y le gritaba:

—¡Pequeño y malnacido! ¡Esto con Tuerto no pasaría!

Porque Ric-Ric echaba de menos a Tuerto. Cuando había bebido pero aún no estaba del todo borracho, clamaba:

—¡Traedme a Tuerto! ¡Él sí que es un buen compañero, no como vosotros, botarates! ¿Dónde está?

El que le contestaba era Chiquitín, que siempre estaba a la cabecera de su cama, como si fuera el ayudante de campo de un gran señor. A fuerza de convivir con él, había aprendido un poco el idioma humano, y susurraba:

—Castigado, 'ostal'.

Al escucharlo, Ric-Ric se ponía triste. Chiquitín lo notaba. Y repetía con su voz arrastrada, como emitida por un órgano sin tubos:

—'Ostal', castigado 'ostal'.

Y mientras Ric-Ric se rendía a sonidos etílicos, susurraba las siguientes palabras:

—¡Setas del demonio! Aquel día lo vi claro: en realidad nunca me habéis hecho caso.

CAPÍTULO XVI

Insufrible cautiverio de Mailís, recluida entre cientos de monstruos abominables y un pretendiente al que detesta

Tuvo que pincharlo con la punta del paraguas para que se despertara. Ric-Ric abrió los ojos y la boca, sin decir nada. Por su expresión confusa, parecía que el prisionero fuera él. Miró a un lado y a otro, a la multitud de fungus que los rodeaban, a ella, se puso de pie con un titubeo lamentable, se pasó una mano por el pelo descuidado y se disculpó diciendo:

—Perdone, he sufrido una indisposición.

«¡Indisposición!» Mailís inspiró, espiró y volvió a inspirar. Entonces, con severidad de pedagoga, dijo:

—Pues a mí me parece que está borracho.

Siempre se habían hablado de usted. Lo que ella no sabía era que si Ric-Ric hablaba con ella con el clasista *usted,* cosa rarísima, era por respeto. Mailís, en cambio, le hablaba de usted para marcar distancias con su interlocutor. Estaba ofendida con él. Se sentía airada con Ric-Ric porque un día, no hacía mucho, cuando había tenido que elegir entre los fungus y ella, había elegido a los monstruos.

Con un gesto amable, abriéndole paso, su secuestrador se ofreció a entrar con ella en la *cauna*.

Gracias al relato del Malagueño, Mailís estaba informada de lo que encontraría en la cueva: una pequeña estancia que comunicaba con el interior de la montaña. Cuando entró en la base de la montaña, convertida en una sala abierta, enormemente vacía, y vio aquel hueco inmenso, toda una montaña excavada y esculpida por dentro, se le heló la sangre. Miró hacia arriba, bajo el vértice de la estructura. Las formas grotescas de cada nivel, de cada planta, causaban vértigo. Lo más pavoroso eran aquellas rampas y aquellas escaleras abismales, retorcidas, estrechas y sin barandillas, que ascendían y ascendían hasta que la oscuridad se las tragaba. Pero mantuvo la calma. No quería mostrar la menor debilidad. Preguntó a su secuestrador, con perfecta educación, por sus intenciones. Él no la entendió. El lugar y las circunstancias propiciaban diálogos increíblemente absurdos, porque Mailís miró fríamente la horda monstruosa que los rodeaba, después miró a Ric-Ric y, muy digna, aclaró:

—Me refiero a si tiene la intención de asesinarme de forma inminente o se tomará su tiempo.

Se lo preguntó en el tono de quien pregunta una dirección por la calle. Él, desconcertado, se limitó a ser sincero.

—Pensaba invitarla a cenar —y en tono de disculpa añadió—: Mi propósito es seducirla, pero no me pida galanterías refinadas. Ya sabe que soy un activista del Ideal, no un poeta.

Mailís replicó con ironía que una dama siempre se viste de gala para cenar, pero que lamentablemente en aquel caso no era posible, porque la seta pequeña le había lanzado el maletín por los aires.

—¡Oh, no se preocupe! —quiso tranquilizarla Ric-Ric—. Son vivos como el fuego y veloces como el rayo. Les ordenaré que vayan a recuperar su equipaje. Acompáñeme.

Y le señaló el palanquín, que los fungus habían introducido en la cueva.

—Por favor —añadió.

Mailís entró en la cabina, seguida de Ric-Ric. Los fungus cogieron los palos que sobresalían y transportaron a los pasajeros hasta la cima en un instante. Ric-Ric ya estaba acostumbrado a aquella velocidad prodigiosa; ella no, y cuando la cabina se inclinaba, cuando hacían giros vertiginosos, más de una vez estuvo a punto de agarrarle del brazo. Pero no lo hizo. No quería hacer ningún gesto que él pudiera interpretar como amistoso.

La llevaron a lo más alto de la bóveda interior. Allí, justo debajo de la cima, Mailís constató que los fungus habían construido una habitación para Ric-Ric. Tenía chimenea, una cama y una mesa hecha con un gran tocón de roble. La ventana era una estrecha tronera. Pese al aspecto tosco, frío y desolado de la estancia, Mailís entendió que era una gentileza que se la cediera. Y, respecto a su equipaje, Ric-Ric cumplió su promesa: cuando aún estaba explicándole que él dormiría en el piso inferior de la montaña, en la *cauna,* Chiquitín volvió con el maletín y las pertenencias de Mailís. Al rato la dejaron sola.

Nadie le metió prisas. Se peinó y salió cuando quiso. Eso sí: abrió la puerta y, medio segundo después, un par de fungus la cogieron de los codos, aparentemente sin malas intenciones, pero sin miramientos, y la metieron en la cabina del palanquín. Bajaron cientos de escaleras y por fin la dejaron en la sexta planta.

Allí la esperaba Chiquitín, con una rabia animal en los ojos. Hizo un gesto para indicarle que lo acompañara, y ella lo siguió hasta un lugar insólito: ante ella se extendía una plataforma de piedra que flotaba en el vacío. La estructura tenía forma de cuchara. El mango de la cuchara era una pasarela de piedra, sin barandilla y tan estrecha que no cabrían dos personas. Mailís, que, a diferencia de Chiquitín, no tenía diez patas, la atravesó con un nudo en el estómago, hasta que llegó al centro de la plataforma, del tamaño de una pequeña sala de estar.

Había una mesa, que no era más que una roca torpemente alisada, y dos sillas rústicas. Una de las sillas ya estaba ocupada por Ric-Ric, que le pidió que se sentara en la otra. Docenas y docenas de fungus se reunieron en la pasarela para asistir al espectáculo. Como era tan estrecha, debían subirse unos encima de los otros, en pilas anárquicas y tumultuosas. Parecía que el peso de los monstruos iba a hundir la pasarela en cualquier momento y precipitar al vacío la plataforma en la que estaban Ric-Ric y Mailís. Y sería una caída mortal. Debajo de ellos solo había un agujero negro.

La única luz procedía de un extraño candelabro que había encima de la mesa, con ocho cirios y los brazos asimétricos. Mailís observó que los vasos y los cubiertos eran de piedra. La cuchara, el tenedor y el cuchillo eran utensilios imperfectos, de medidas diferentes. Los vasos eran piedras vaciadas por dentro, llenos de bultos, primitivos y sin gracia. El plato de Ric-Ric era hondo y el de ella, llano, sin motivo que justificara la discrepancia.

El único fungus que entró en la plataforma fue Chiquitín. Llevaba la cena. Sin bandejas. Con unos deditos que parecían arañas, sujetaba un par de butifarras chamuscadas que dejó caer en los platos de los comensales. Mailís, ofendida por aquellos modales, miró al pequeño monstruo. Todo aquello era delirante. De todos los seres vivos que poblaban el planeta, aquel pequeño monstruo era el último al que habría imaginado haciendo de camarero. El fungus más pequeño parecía estar de acuerdo con aquella afirmación: miraba a los humanos con insolencia, como diciendo: «¿Puedo marcharme de una puñetera vez?». Ric-Ric lo despidió chasqueando la lengua, como quien da órdenes a un perro pastor. Mailís examinó las butifarras con expresión de disgusto. Tenían la piel chamuscada, pero se comió la suya gustosamente. Mailís no se lo podía creer: para aquel hombre esto era una cena romántica.

A quien pierde la libertad siempre le queda el sarcasmo. Cuando Ric-Ric le preguntó qué le parecía todo aquello, Mailís, con tono de institutriz inglesa, afirmó que nunca había estado en una habitación de hotel tan elevada. Del menú, es decir, de la triste butifarra, dijo que corroboraba que el anfitrión era hombre de segundos platos. Y de la turba de fungus que escrutaban todos sus gestos, comentó que nunca había cenado con una compañía tan numerosa y atenta.

Pero aquellas observaciones no afectaban a Ric-Ric. Quizá fuera demasiado simple para entenderlas. Como evitaba mirarla a la cara, seguramente avergonzado por el secuestro, tardó un rato en darse cuenta de que tenía un pómulo inflamado. Entonces le preguntó qué le había pasado en la cara. Ella mencionó vagamente la agresión del militar Ordóñez. Entonces, por primera vez, Ric-Ric se atrevió a mirarla a los ojos.

—Mataré a ese hombre.

Ella, muy seca, le contestó:

—Me parece que ya lo ha hecho.

Mailís aprovechó para ir al grano. ¿Qué pensaba hacer con ella exactamente? Tenía derecho a saberlo. Ric-Ric reaccionó con un gesto ofendido, como si Mailís le hubiera hecho una pregunta tan obvia que no necesitara respuesta. Contestó que la había llevado allí para saber si podía enamorarla. ¿Para qué si no? Ella, ahora también ofendida, muy ofendida, replicó con una batería de preguntas de una mordacidad preclara y sardónica: ¿y si por casualidad no se enamoraban?, ironizó. ¿Y si por incompatibilidad de caracteres, o por falta de sintonía emocional, no conseguían una mínima concordia sentimental? ¿Qué pasaría? Pero vivían en mundos diferentes. Él se limitó a decir:

—¿Y qué quiere que pase? Pues que usted se marchará y yo me quedaré.

Mailís resopló.

—¿Y cree usted que la mejor manera de enamorar a una mujer es raptarla mediante la coacción, la fuerza y el chantaje, y transportarla a una madriguera infernal? —exclamó.

La reacción de Mailís generó una repentina alarma entre la pila de fungus, un batiburrillo espasmódico de miembros y lenguas que crepitaban. Para salir de allí, Mailís tenía que cruzar el mango de la cuchara de piedra, que estaba lleno de aquellos monstruos húmedos, ahora vociferantes y nerviosos. Aun así, avanzó muy decidida. Cuando Chiquitín intentó cerrarle el paso, lo señaló con el dedo y le espetó:

—¡Apártate!

Ya se conocían, y Chiquitín se retiró; los demás fungus le abrieron paso. Ric-Ric fue detrás de ella, sinceramente preocupado.

—¡Espere, espere! —imploraba—. Está oscuro, podría caerse por las escaleras.

Ella contestó sin detenerse, enérgica:

—¡Puedo volver sola a mi habitación, gracias!

Y así fue. Subió aquella multitud interminable de escaleras seguida por Ric-Ric y todos los monstruos de la Montaña Agujereada, alborotados, graznando en masa. No se detuvo hasta que alcanzó la puerta. Ric-Ric resoplaba por el esfuerzo, dos escalones por debajo. Cuando ella ya entraba en la habitación, su secuestrador, compungido, le preguntó en tono de disculpa:

—¿Qué otra cosa podía hacer?

Durante un instante ella lo miró desde la puerta entreabierta. Casi sintió lástima. Pero detrás de él había batallones de monstruos horripilantes, y en un tono deliberadamente duro, sin concesiones, se limitó a responder:

—Buenas noches.

Y cerró la puerta con un golpe seco y ruidoso.

———•———

«¿Qué otra cosa podía hacer?» Mailís había perdido el rastro de Ric-Ric aquel día, cuando fue a visitarla con los monstruos. «Esto es una seta, aquello no.» Pero el pasado ya no importaba. «¡Estas criaturas lo llevarán a la perdición!»

No pudo dormir en toda la noche. La habitación generaba una inquietud angustiosa, no tanto porque fuera terrorífica como por la anomalía del entorno. Los pocos muebles que colonizaban el espacio, la cama y el tocón que hacía de mesa, eran obra de manos inhumanas, de mentes inhumanas. Quizá los fungus los hubieran construido siguiendo las órdenes de Ric-Ric, pero entre el propósito constructivo y el resultado había una gran distancia. Por ejemplo, aquellos tres extraños objetos repartidos por la habitación: una especie de paragüeros de piedra, mal hechos y torcidos. Pero ¿qué interés podía tener un hombre como Ric-Ric en los paragüeros? ¿Y por qué necesitaba tres en una sola estancia? Hasta que miró dentro y descubrió que no eran paragüeros, sino escupideras.

En cualquier caso, ¿quién podría sentirse cómodo en una habitación cuyas paredes eran las rugosidades desnudas de la roca? ¿Cómo podría dormir mientras el viento, y sus aullidos, lánguidamente amenazadores, entraban por el estrecho mirador? En fin, ¿cómo podría dormir bajo unas mantas hechas con hilos de musgo trenzado como si fuera lana? Mantas mojadas, gélidas al tacto, que hablaban de una idea de la comodidad remota; de unos cerebros que no podían concebir las necesidades humanas más básicas.

Tardó una eternidad en hacerse de día, y cuando la luz volvió al mundo, cuando el primer rayo de sol entró por la tronera, el cansancio la había vencido. Estaba sentada en el colchón verde, con la cabeza apoyada en la cabecera de la cama. Cerró los ojos un instante, se durmió sin dormir y justo entonces llamaron a la puerta, como si quisieran echarla abajo. Dio un bote, como quien se despierta en un lugar que no conoce. Pese al ambiente frío, tenía el pecho sudado. Era Ric-Ric, acompañado de aquella oca horrible. Entró sin pedir permiso. No actuaba de mala fe, sino con la espontaneidad de quien no sabe lo que significa la privacidad. Incluso sonreía, con una alegría pueril en los labios, cuando le anunció:

—He pensado que podría hacerle una visita guiada por la Montaña Agujereada. Quizá así se convenza de la bondad de mis intenciones.

Aquello ya era excesivo: un secuestrador loco invitándola a pasear por su cárcel, como si fueran de pícnic, y acompañado de una oca con la cabeza pelada. Quién iba a decir que el infierno pudiera ser un manicomio. En cualquier caso, no quería dar muestras de debilidad.

—¡Qué coincidencia! —exclamó—. Precisamente estaba pensando en dar un tonificante paseo.

Salieron juntos de la habitación. Mailís miró abajo, al vacío. Desde la cima interior de aquella pirámide cavernosa, la montaña parecía un cono. La luz del sol entraba en rayos gruesos, largos y concretos, por unos grandiosos orificios abiertos en la fachada sur. Pero no era suficiente, ni mucho menos, para disipar el poder de las tinieblas. En cuanto la luz del sol entraba en la montaña, se teñía de una tonalidad vieja, estancada y empapada de polvo flotante, como si aquel espacio fuera un palacio edificado en la luna.

Había fungus por todas partes. Sometidos a una fiebre constructora, trabajando sin pausa ni descanso. Unos excavaban picando con la punta de los dedos y otros retiraban escombros. Se movían como esos insectos que caminan con la misma facilidad por el suelo que por el techo y las paredes, y lo hacían a velocidades de cuadrúpedo. Por algún motivo ignoto, los fungus odiaban los ángulos y las esquinas, de manera que los pasadizos eran un circuito de curvas largas y retorcidas como tripas.

El amo y señor de aquel imperio troglodita, de aquella Montaña Agujereada, como él mismo la llamaba, la llevó a unos rellanos escalonados como bancales agrícolas. Se sentaron en uno de los más elevados, desde donde tenían una perspectiva general de las obras. Ric-Ric acariciaba a la Oca Calva como si fuera un perro. Mailís entendió que la había llevado a aquel mirador porque en la mentalidad de aquel hombre aquello debía de ser un paraje romántico. Resopló. Entonces le preguntó de dónde había sacado la idea de excavar una montaña entera por dentro. ¿Cuál era el propósito arquitectónico último? ¿Palacio o fortaleza? La respuesta la dejó anonadada:

—Yo nunca he ideado nada.

Y entonces, siguió diciendo Mailís, ¿por qué los hacía trabajar? Y otra vez le sorprendió la respuesta:

—Para que se entretengan. Mientras trabajan no me molestan.

Ella le preguntó si eran listos. Ric-Ric hizo una mueca sarcástica.

—¿Listos? Son más idiotas que un mendrugo.

Los ruidos que los fungus emitían eran una extraña suma de graznidos, gruñidos horribles y gemidos infantiles. Mailís quiso saber si hablaban. No, dijo Ric-Ric, no hablaban.

—Aprenden alguna palabra, como las cacatúas, y poco más.

Ella insistió: pero ¿se comunicaban?

—Ah, sí, eso sí —dijo Ric-Ric—, claro que sí. No hablan como nosotros, pero se comunican.

Mailís no lo entendía. ¿A qué se refería?

—Se comunican, pero no con palabras.

Entonces quiso hacerle una demostración.

—Imagínese que tiene una oreja aquí —dijo Ric-Ric poniéndose cuatro dedos en medio del pecho—. ¿De acuerdo? Y ahora abra el pecho, esté atenta.

Y llamó a Chiquitín. Cuando lo tuvo delante, Ric-Ric cogió una rama que había por allí, en el suelo, y le dio un golpe en la cabeza con todas sus fuerzas.

Riéndose de su broma, le preguntó a Mailís:

—Lo ha notado, ¿verdad que sí?

Sí, lo había *notado*. Como un rayo invisible que había salido del cuerpo de Chiquitín y le había entrado a ella por el pecho.

—Esta es su manera de decir «ay», de quejarse y protestar —explicó Ric-Ric.

A continuación le rogó que estuviera aún más atenta. Ordenó a Chiquitín que colocara unos cuantos brazos en forma de cesta y depositó el mismo tronco con el que le había pegado. El fungus sintió el tacto de la madera, el peso y la medida del objeto, y emitió las sensaciones que le provocaba: «Tronco». Esta vez fue una pulsión más leve y suave, muy diferente de la anterior, una sensación que Mailís también *notó,* con sus matices, una sensación que quería decir «tronco». Por último, Ric-Ric empujó a Chiquitín hacia atrás y lo hizo caer desde una altura de unos cinco metros.

Mailís vio a Chiquitín desapareciendo en el vacío y se acercó al borde, consternada por aquel acto de violencia gratuita. Miró al fondo. Chiquitín había ido a parar a un segundo rellano de piedra gris y boqueaba como un pez fuera del agua. Entonces *notó* la sensación que había experimentado Chiquitín al caer desde tan arriba y sobre una roca tan dura: «caída».

—¡Le ha roto las patas! —protestó Mailís.

—Puedo asegurarle que no —dijo Ric-Ric—: no tienen huesos. Enseguida volverá a correr como el diablillo que es. Ya lo verá.

Y lo llamó, pero a Chiquitín le costaba ponerse de pie; tenía las piernas destartaladas, como si fueran de trapo. Ric-Ric le metió prisa con una mezcla de palabrotas y de gestos con la mano. La Oca Calva también espoleaba al fungus con sus graznidos. El pequeño monstruo se alzó entre espasmos, pero con las piernas aparentemente curadas, como si fueran de caucho. Poco después ascendía por una rampa lateral y se plantaba delante de los dos seres humanos caminando casi con normalidad.

—¿Lo ve? —dijo Ric-Ric, triunfante.

La lección aún no había terminado. Más allá había un grupo de fungus que picaban una pared. Ric-Ric susurró algo al oído a Chiquitín. Un instante después el fungus corría hacia aquel grupo para transmitirle las órdenes del amo.

—Si presta atención —le dijo Ric-Ric—, podrá entender lo que se dicen.

Mailís vio cómo Chiquitín se acercaba al grupo que picaba la pared y «hablaba» emitiendo una serie de emociones coordinadas. Ric-Ric había preparado la conversación de manera que lo que Chiquitín dijera a aquellos fungus fueran las tres ideas que Mailís acababa de *notar* y ya conocía, y que más o menos significaban *troncos*, *dolor* y *caída*. Mientras Chiquitín se comunicaba con impulsos que le salían del pecho, añadía una suma de chasquidos labiales, unos ruiditos de lechón que una filóloga como Mailís enseguida dedujo que eran interjecciones. De repente, se dio cuenta de que los entendía; sí, podía entender lo que los fungus se decían entre sí. Chiquitín decía: «Apuntalad la pared con *troncos* / o *se caerá,* / y eso será causa de *dolor*».

Los entendía. ¡Podía entenderlos! Mailís recordó sus libros de lingüística.

—¡Eso significa que tienen una sintaxis propia! —exclamó, entusiasmada.

Él, naturalmente, no conocía la palabra *sintaxis*.

—¡Que tienen un lenguaje propio y estructurado! —le aclaró Mailis.

Pero no consiguió contagiarle su entusiasmo.

—Puede ser —resopló Ric-Ric—, el problema es que no tienen nada que decir. Son muy aburridos. Y muy cortos de entendederas.

Ric-Ric no valoraba demasiado la inteligencia de los fungus. Le dijo que solo entendían órdenes directas y que tenían unos límites muy estrechos. Lo resumió así:

—Si, por ejemplo, les ordenara «Subid a la luna con una escalera», construirían una pirámide de troncos y, por más veces que se derrumbara, la reharían y persistirían, hasta que recibieran una contraorden o hasta el infinito —Ric-Ric la miró con una ternura insospechada—. Pero si les dijera «Los ojos de mi amada son como dos lunas», ellos me dirían: «¡La luna es la luna, y los ojos son los ojos! ¡No lo entendemos!».

Al decirle «Los ojos de mi amada son como dos lunas» destilaba deseo. Ella fingió no darse cuenta.

—Si escuchan nuestras emociones, quiere decir que saben lo que estamos pensando —dedujo Mailís.

—No —la corrigió Ric-Ric—. Nos leen el corazón, no la mente. Pero, obviamente, si mentimos lo saben, aunque solo sea por la discordancia entre lo que sentimos y lo que hacemos o decimos. Si estamos contentos, lo saben; si tenemos miedo, lo saben. Si alguien o algo nos gusta o nos disgusta, lo saben.

Mailís miraba la multitud de fungus; a su alrededor, por encima, por debajo, había fungus por todas partes. Colgando de las paredes como monos de mil patas, picando piedra o transportándola, en apariencia indiferentes a su presencia pero en realidad perfectamente atentos. Estaba boquiabierta. Siempre había creído que la lingüística era cosa de los libros, nunca habría pensado que pudiera ser un espectáculo único y prodigioso. Acababa de descubrir el idioma más peculiar del planeta. Por un instante incluso olvidó que estaba cautiva. Cerró los ojos.

Así le resultaba más fácil *notar* las emisiones de los fungus. Sintió un hormigueo muy intenso en el pecho: eran cientos y cientos de criaturas hablando entre ellas, circunvalándola; voces sin sonido que se filtraban en su cuerpo como agua a través de una gasa. Mientras auscultaba con los párpados cerrados, Ric-Ric se acercó a ella y le musitó tiernamente al oído:

—¿*Nota* el efluvio colectivo que emiten ahora todos?

—Sí —dijo ella sin abrir los párpados.

—¿Entiende lo que se dicen?

—No.

—Eso es porque aún no habla su idioma. Entre ellos no hay machos ni hembras —siguió diciendo Ric-Ric—, y les cuesta entender que un hombre desee a una mujer. *Notan* que yo no le gusto nada, nada de nada. Y *notan* que usted me gusta mucho, muchísimo. ¿Quiere saber qué más dicen?

Mailís abrió los ojos, escandalizada. Dio un paso atrás para separarse de él. Estaba recluida en un lugar en el que todas las criaturas que lo habitaban sabían siempre qué sentía y por quién. Dentro de aquella Montaña Agujereada era como si estuviera desnuda. De hecho, se sentía mucho más desnuda que sin ropa.

———·———

Aquel mismo día, la primera jornada entera de cautiverio, se aclararon los márgenes y los límites de su régimen. Tenía libertad para moverse por dentro de la montaña. Pero si se acercaba demasiado a la salida, los fungus se le cruzaban por delante, aparentemente por casualidad. Un grupo de fungus cargados con escombros, o haciendo cualquier labor, salía de repente a cerrarle el paso. Si sus pasos insistían en mantener una ruta que llevara fuera de la montaña, el grupo de fungus se convertía en una pequeña multitud. Incluso algunos la frotaban y le manchaban el vestido con una mucosa espesa, translúcida, grisácea y maloliente. Repugnante.

Por la noche estaba agotada. La noche anterior no había pegado ojo, y ahora no se aguantaba de sueño. Se sentó en una piedra cualquiera y contempló aquellas obras tan colosales como absurdas y a aquellos monstruos incansables. Solo la consolaba un pensamiento: que la atracción que Ric-Ric sentía por ella lo retenía en la Montaña Agujereada. Y mientras Ric-Ric estuviera allí, los monstruos también estarían, y en consecuencia Alban y el Viejo estaban a salvo. En cualquier caso, el género humano no podía tolerar aquella montaña ominosa. Las tropas españolas habían sido derrotadas, aniquiladas. Podrían pasar meses antes de que el gobierno de Madrid, abúlico y lejano, reaccionara. Solo quedaba una alternativa: «Tengo que avisar a las autoridades francesas —concluyó—, pero ¿cómo? ¿Cómo puedo hacerlo, encerrada aquí dentro? ¿Cómo?». Notó un peso en la parte inferior del vientre, una angustia casi sofocante.

Ric-Ric se acercó a ella como si en todo momento hubiera sabido dónde estaba. Vio que le faltaba el aliento y le ofreció transporte para que subiera a la habitación a descansar. Ella, escudándose en los sarcasmos, le dijo que, en cualquier caso, le costaría mucho coger el sueño debajo de unas mantas mojadas. Él se rio amistosamente.

—No lo ha entendido. Las mantas de musgo no abrigan, refrescan. Estamos en verano.

No perdía nada haciéndole caso, y además ya era de noche. Volvió a la habitación y se tumbó en el colchón, que también era de musgo compacto de un verde oscuro. Pero algo no funcionaba. Enseguida lo entendió: la humedad natural de la cama le mojaba la ropa y la incomodaba. Si quería gozar de las delicias blandas del musgo, tendría que dormir desnuda y sin taparse con ninguna manta, con el cuerpo libre. Enseguida notó que su cuerpo se destensaba, relajado.

El colchón de musgo la rodeaba de una fragancia boscosa que le invadía las fosas nasales y el cerebro: era como dormir en un bosque acogedor, como hacía en sus escapadas de infancia. Desnuda, en aquella cama de musgo azulado, se rindió al placer del sueño y se sumergió en una inconsciencia feliz. La luna entraba por la rendija de la pared y lo llenaba todo de una luz plateada que le blanqueaba la piel. Aún tenía un cuerpo bonito, los pechos tensos, las nalgas firmes y unas largas piernas blancas.

Tuvo un sueño inquieto de colores estridentes. Y cuando dormía más profundamente, algo la despertó. Abrió los ojos y enseguida sintió el horror infantil de los niños que creen que hay un monstruo debajo de la cama. Con tres grandes diferencias: que los monstruos existían realmente, que no había uno, sino docenas y docenas, y que no estaban debajo de la cama, sino alrededor.

Fungus. Quizá un centenar; o más. ¿Cuánto tiempo llevaban ahí? Fungus. Allí, amontonados en el reducido espacio de la habitación. Escrutándola, con sus grandiosas y alargadas cabezas a solo un palmo, paredes y paredes de monstruos rodeando la cama y mirándola con ojos sin párpados, de un amarillo enfermizo.

Mientras Mailís estaba cautiva en la Montaña Agujereada, alguien rondaba por el exterior con el propósito de matar a Ric-Ric: Cassian.

Todas las esperanzas e ilusiones de Cassian se habían hundido mientras presenciaba la Gran Batalla entre fungus y soldados. Había visto los combates y la inesperada victoria de los fungus, el exterminio del regimiento y el asesinato de Ordóñez. Pero todo aquello solo lo dejó perplejo. Lo que lo desquició fue la presencia de Ric-Ric, que apareció al final de la batalla. Lo peor fue ver cómo lo recibían los fungus: obedeciéndolo mansamente. Aquella visión hundía el mundo de Cassian. Porque constataba que Ric-Ric, de manera incomprensible, se había hecho con el Poder. Todo eran preguntas: ¿cómo había conseguido que los monstruos obedecieran a un pobre desgraciado como él, y de aquella manera tan absoluta? Mataría a Ric-Ric.

Después de la batalla, Cassian siguió los pasos de los fungus y de Ric-Ric de vuelta a la Montaña Agujereada, siempre a una distancia generosa. A Cassian no dejaba de asombrarle la facilidad de movimiento de aquellas criaturas. Se fundían con el paisaje hasta límites increíbles, como escarabajos en una pila de carbón. Ric-Ric estaba rodeado de cientos de fungus y, aunque Cassian lo sabía, a veces a duras penas le veía la espalda del abrigo negro, seguida por aquellos perfiles difusos.

Se apostó en los alrededores de la Montaña Agujereada. Esperando, armado con la paciencia de los buenos cazadores. Tenía una posición óptima, elevada y oculta, desde la que dominaba el pasadizo de roca que llevaba a la entrada de la 'cauna'. Todo el que entrara o saliera tenía que pasar por allí. Tarde o temprano Ric-Ric saldría, sí. Y le volaría la cabeza con los dos cañones de su magnífica escopeta. «Soy descendiente del guerrero Filomeno —se decía Cassian—. Mi estirpe lleva mil años buscando el Poder, y mi destino es ostentarlo».

Un buen día, Chiquitín, al que los demás fungus fustigaban más que nunca, salió de la Montaña Agujereada hu-

yendo de los latigazos de lengua de sus congéneres, aunque solo fuera un rato. Y vio a Cassian. Entre dos rocas blancas, con la escopeta en las manos y acechando la entrada a la cueva. Exploró las intenciones de aquel hombre de elevada estatura y barba roja, y sus sentidos fúngicos le dijeron que era una criatura vil, enferma, cruel, presuntuosa y repulsivamente egoísta.

En otros tiempos habría corrido a advertir a Ric-Ric. Pero incluso él, el más pequeño de los fungus, empezaba a hartarse de sus excesos y borracheras, de los golpes de culata en la cabeza y las patadas en el torso que le pegaba. Durante una larga temporada los fungus habían aprendido de Ric-Ric, de las emociones y los sentimientos que aquel ser convulso exhalaba. Al principio les había sido muy útil, sin duda. Para ellos, criaturas que se comunicaban con un lenguaje de sensaciones, Ric-Ric había sido una especie de diccionario. Pero hacía ya tiempo que no emitía ninguna emoción nueva. Últimamente se repetía, como un cantante con un repertorio demasiado limitado. Los fungus ya conocían todos sus deseos y frustraciones, todos sus estados de ánimo. Solo estaba triste o airado, o gritaba o roncaba. Ya no les aportaba nada, y en consecuencia cada día les despertaba menos interés. Quizá por eso se dedicaban con tanto ahínco a vaciar la montaña, y cada vez le hacían menos caso. Solo cuando dormía volvían a reunirse a su alrededor para contemplar aquel misterio humano del sueño y los sueños.

Chiquitín acechó a Cassian un rato. Sus sentidos le decían que aquel hombre de barba roja sentía un odio indescriptiblemente grande hacia Ric-Ric, pero que a los fungus no les deseaba nada, ni bueno ni malo. Y, como era habitual en los fungus, Chiquitín correspondió a las emociones que auscultaba con otras similares. Así que no le hizo nada a Cassian, ni bueno ni malo, y volvió a la Montaña Agujereada, a vivir su resignada y triste existencia como el último y más ínfimo de los fungus.

CAPÍTULO XVII

Lo ínfimo y lo infinito

Al día siguiente, Mailís le preguntó a Ric-Ric por aquella intromisión masiva y nocturna en su habitación. Lo hizo a la hora del desayuno. Él la esperaba sentado. Ella se plantó delante de él con el mentón levantado. No le pedía explicaciones, se las exigía. Lo que no se esperaba era que él se limitara a contestarle en tono resignado:

—Ah, sí. Es molesto, ¿verdad? Ya se acostumbrará.

Después, para tranquilizarla, le explicó que lo que empujaba a los fungus a violar su intimidad solo era la curiosidad. Los fungus no dormían, no podían. Y todo lo que los seres humanos podían hacer y ellos no estimulaba su curiosidad. No había manera de disuadirlos. En algunos aspectos eran irremediablemente tozudos. Aunque les gritara y los aporreara, no serviría de nada. Se lo explicó con su lenguaje grosero y tabernario.

—Sería tan inútil como cagar en un estercolero con un matamoscas en la mano. ¿Verdad que las moscas la fastidiarían igualmente?

Ric-Ric hizo estas desagradables reflexiones mientras desayunaban. Pero enseguida pasó al tema que de verdad le interesaba.

—¿Le gustan las flores? —y él mismo se contestó—: Sí, claro que sí, a todas las mujeres les gustan las flores.

Al acabar, Mailís volvió a su habitación, debajo de la cima de la montaña, y se pegó un susto. La rudimentaria puerta se abría hacia fuera, y al tirar del pomo notó una presión procedente del interior de la habitación. Flores, una oleada oceánica de flores. «Llenad la habitación de flores», había ordenado Ric-Ric. Y se lo habían tomado al pie de la letra. La avalancha de flores salió de la habitación y cayó al vacío como una cascada de pétalos.

En los días siguientes, Mailís recibió muchos regalos como aquel, tan grandilocuentes como fuera de lugar. Era la forma que tenía Ric-Ric, con la Oca Calva de escudero, de hacerle la corte.

—Daría cualquier cosa —le decía Ric-Ric mientras desayunaban— por volver a aquella mañana, cuando usted me esperaba en el *ostal* de los muscats y yo no me presenté.

Ella, educada pero firme, le contestaba que era totalmente imposible.

—Yo conocí a un idealista, y ahora estoy en manos de un déspota que controla un ejército de monstruos.

Al escucharlo, él se levantaba de un salto, enfadado, y se alejaba, seguido fielmente por la oca. Durante el resto del día la ignoraba, ofendido, y se lo pasaba dirigiendo obras absurdas, dando órdenes aún más absurdas, con los fungus siempre febriles, y emborrachándose con *vincaud,* frío o caliente. Mientras tanto, ella podía recorrer la montaña entera a voluntad. Solo tenía que soportar un control directo: el de Chiquitín. Por orden de Ric-Ric, la seguía con unos aires medio de hiena, medio de león. A una distancia prudente, sin acercarse ni alejarse más de la cuenta, siempre atento.

———•———

Una noche, Ric-Ric citó a Mailís en una roca que se elevaba por encima de un agujero interior abismal, como una especie de mirador de la oscuridad. La luna entraba por las grandes grietas abiertas en la pared, pero sus rayos no llegaban al fondo del barranco. Mailís temía que aquel lugar se convirtiera en el escenario de otro patético intento de Ric-Ric de seducirla. Y, efectivamente, así fue.

—Le he escrito un poema —le dijo.

Ella se tapó los ojos con una mano, asustada. No quería ni imaginarse un poema escrito por aquel hombre. Y aquello no era todo.

—Como me daba vergüenza recitarlo —le dijo Ric-Ric—, he hecho que otro se lo aprendiera.

Mailís no entendía a qué se refería hasta que su pretendiente llamó a Chiquitín. El fungus se situó debajo de un rayo de luz lunar que entraba por un gran agujero circular y que lo iluminaba como el foco de un escenario. Inclinó la cabeza en una reverencia aprendida, como le había enseñado Ric-Ric, y a continuación entonó una especie de cántico con su voz áspera, inhumana y gutural:

Baixant de la font del gat,
una noia una noia.
Pregunteu-li com se diu,
la Mailís de l'ull viu!!!
Baixant de la font del gat,
una noia una noia!!!...

Mientras cantaba, le caían babas blancas por las comisuras de la boca. Lo repitió otra vez, y otra, sin alma, con las vocales arrastradas y las consonantes metálicas, hasta que Ric-Ric lo hizo callar.

—¿Le ha gustado? —le preguntó, muy satisfecho—. Ha tenido que ensayar mucho. Tiene mucho mérito que lo entendamos tan bien. Piense que en lugar de cuerdas vocales tienen membranas. ¿Le ha gustado? —repitió Ric-Ric.

Mailís, consternada, se tapó la boca con una mano: aquello era el horror, un horror que ahora se le representaba en forma risible, pero horror al fin y al cabo. La canción, el poema y el plagio. ¡Sobre todo el intérprete! ¡Chiquitín cantante! ¡Ponía los pelos de punta! Aquella canción, desmenuzada entre dientes espinosos, largos como agujas de media. Sin molestarse en contestar, le preguntó por Chiquitín: siempre la miraba arrugando los ojos. Era obvio que la odiaba. Sentía por ella un odio intransigente y denso. Odiaba todo en ella: sus formas, su ropa. Mailís lo *notaba* y quería saber el porqué de aquella radical animadversión. Ric-Ric se encogió de hombros, como restándole importancia.

—Creo que la causa es la actitud que perciben en usted. Los fungus están acostumbrados a mirarnos a todas horas. Ellos siempre son los observadores, y usted ha invertido la relación. Los observa. Ahora son ellos los que se sienten escrutados y vigilados. No les gusta.

Entonces Mailís hizo una petición inesperada: en lugar de exigir a Ric-Ric que la liberara de Chiquitín, de su férrea vigilancia, le propuso que lo convirtiera en su mayordomo.

Hacía días que lo pensaba. Si conocía a sus guardianes, quizá encontrara una forma de escapar, o al menos de ayudar al mundo exterior. Sí, quería conocerlos un poco más y aprender su idioma, si era posible. Y para eso necesitaba un interlocutor.

Contra todo pronóstico, Ric-Ric accedió a su deseo con celeridad obsequiosa. Llamó a Chiquitín con voz alcohólica, severa y desentonada, y le dijo:

—A partir de ahora hazle caso en todo. ¿Me oyes? ¡En todo!

Se marchó y la dejó con Chiquitín. Desde su posición, Mailís veía unas profundidades oscuras, donde cientos de fungus, que la noche hacía invisibles, repicaban entre ruidos de fragua.

El pequeño fungus la miraba y disfrutaba. Ella *notaba* la satisfacción del monstruo al verla tan alterada y sufriendo. Pero era una mujer decidida. Se recuperó y se encaró con él. No fue indulgente. Lo señaló con su dedo índice de profesora y lo riñó.

—Me consta que me odias. Si te soy sincera, ni me ofende ni me importa. El hecho es que tu amo te ha ordenado que me obedezcas. Por lo tanto, a partir de ahora eres mi criado. Contestarás todas mis preguntas, sean las que sean, y estarás siempre a mi disposición. ¿Está claro? Me enseñarás tu idioma. Y ahora, sígueme.

La primera demanda de Mailís fue que le ampliaran la grieta que le hacía de ventana en su habitación. Alegó que una abertura tan estrecha no le permitía disfrutar de las majestuosidades pirenaicas. No había peligro de fuga: aunque le dejaran un ventanal inmenso, para escaparse debería tener alas. Un pequeño grupo de fungus cumplió el encargo. Aquellas monstruosas carcomas de la piedra no tardaron ni diez minutos en convertir la pequeña tronera en una abertura rectangular, grande como un escenario de ópera.

Pero el propósito principal de Mailís era aprender el idioma de los fungus, por difícil que fuera dominar un lenguaje de emociones y sensaciones articuladas. No perdía nada intentándolo. Su pasión era la lingüística, y ahora tenía a su disposición a un pequeño maestro, un diablillo con voz de garza afónica.

A partir de aquel día, Mailís hizo que Chiquitín la siguiera a todas partes. Paseaba con él por las vastas extensiones interiores de la Montaña Agujereada, y miraba y procuraba *notar* todo lo que los fungus se decían. Y, al convertirlos en simples objetos de estudio, descubría que incluso la monstruosidad puede tener cierto interés: los fungus denotaban inteligencia, y cuando ella abría el pecho y los auscultaba, la Montaña Agujereada se convertía en una sinfonía de voces en la que todos hablaban con todos. Aquel idioma tan peculiar los unificaba, del mismo modo que el olor unifica todas las flores de un prado.

Le bastó una semana para concluir que formaban una sociedad de lo más curiosa. Al principio, el rencor que le generaba el cautiverio era un prejuicio que la llevaba a despreciarlos. Aquel trabajo incesante, por ejemplo: no tenía ningún sentido; si trabajaban todos sin pausa era sencillamente porque no podían no hacerlo. Eran así, del mismo modo que las hormigas suben y bajan de los árboles. Hacerlo no comporta ningún mérito, solo seguir el dictado de una naturaleza tiránica. En ocasiones su laboriosidad rozaba el candor. El puente hecho con individuos, por ejemplo: en un lugar elevado, donde se abría un vacío, los fungus habían creado una pasarela de cuerpos con los miembros trenzados como puentes selváticos de lianas. Y se quedaban así, en la más abnegada de las posturas, horas y horas, mientras los demás cruzaban por encima. Mailís no pudo evitar una sonrisa conmiserativa, porque, una vez en el otro lado, los fungus se limitaban a descender dos o tres pisos por las escaleras, y al acabar muchos sencillamente volvían a subir y a cruzar el puente, en una rueda tan eterna como absurda. Preguntó a Chiquitín:

—¿Para qué habéis hecho ese puente?

—Para cruzarlo —le contestó Chiquitín.

Pero era una mujer justa, y sus ojos no tardaron en hacerle entender que tenía ante sí a unas criaturas listas y conscientes.

Todos trabajaban en pie de igualdad, una igualdad plutónica pero radical, y, a excepción de Chiquitín, al que todos despreciaban, Mailís no veía que nadie fuera superior a nadie. Todo lo contrario: eran solidarios entre ellos, y hasta extremos admirables. Todos asumían todas las tareas voluntaria y entusiásticamente. Quizá porque los fungus partían de una diferencia radical respecto de los seres humanos: eran criaturas que no habían nacido de un útero, y por lo tanto entre ellos no había ni padres ni hijos, ni tíos mi primos. Todos eran hermanos y, en coherencia con este principio, mantenían unas relaciones perfectamente ecuánimes. Trabajaban coordinados y fraternales, sin disputas ni desigualdades. Mailís tuvo que admitir que su solidaridad era realmente enternecedora: cuando, por accidente, algún fungus se despeñaba, los demás hacían un colchón de cuerpos trenzados en el que la víctima aterrizaba, indemne. Todos se interesaban por el bienestar de los demás, y si a algún fungus se le quedaba un miembro atrapado debajo de una roca o alguno no podía sujetar una piedra demasiado grande, todos los demás acudían a ayudarlo, como relámpagos. Pero Mailís era lingüista, y lo que más le sorprendía era que vivieran en una especie de comunión perpetua. Y también que lo hicieran gracias precisamente a su idioma: a veces, sola o acompañada por Chiquitín, se quedaba parada en medio de la planta baja, justo debajo del vértice de la Montaña Agujereada, cerraba los ojos y escuchaba con el pecho. Y lo que *notaba* eran cientos de voces; todos hablaban con todos, y todos se escuchaban entre sí. Y ella cada día entendía un poco mejor lo que se decían. Cerraba los ojos, *notaba* aquel flujo ininterrumpido traspasándole la ropa y la carne como olas invisibles, y era como escuchar una sinfonía de voces en una catedral de piedra. La impresión era tan fuerte que a veces caía de rodillas, con las manos temblando. Los entendía, sí. Aun parcialmente, con mil déficits, pero los entendía.

Colaboraban con tanta sintonía, y con un afán tan desprendido, que de alguna manera podía afirmarse que eran la república cristiana, o socialista, perfecta. Y al mismo tiempo, incomprensiblemente, rendían obediencia a un ser humano cuya virtud más elevada era que podía beber inmensas cantidades de alcohol antes de caer redondo. Una de las primeras preguntas que Mailís le formuló a Chiquitín fue:

—¿Dónde se oculta el secreto del Poder que Ric-Ric ostenta sobre todos vosotros?

Pero Chiquitín no la entendió. Ella, pensando que la eludía, insistió simplificando la pregunta:

—¿Por qué obedecéis a Ric-Ric?

Chiquitín no cambió de postura: no sabía a qué se refería.

Cuando su mayordomo se ponía rebelde, Mailís optaba por castigarlo: lo señalaba con su dedo índice de profesora y, a continuación, con la punta de aquel dedo, le daba golpecitos entre los dos ojos, donde Chiquitín tendría la nariz si fuera humano. Unos golpecitos que eran una mezcla de recriminación, advertencia y escarnio. Cuando Mailís lo hacía, el fungus entrecerraba los ojos, como un miope que intenta ver de lejos: era odio. Cada vez que le infligía ese castigo, Mailís *notaba* que de los cientos de fungus de la Montaña Agujereada salía una sensación desconocida, nueva. Miraban a Chiquitín, y Mailís *notaba* aquella extraña emisión colectiva, un rumor murmurado. Aún no dominaba lo suficiente el idioma de los fungus y no entendía qué significaba aquel rumor.

———•———

En los días siguientes, y gracias a la compañía de Chiquitín, Mailís aprendió un poco más del idioma de los fungus y de su naturaleza. Hasta que fue obvio que ya no conseguía extraer ninguna enseñanza del pequeño monstruo, hastiado de los interrogatorios de la humana. Por más golpecitos que le diera entre los ojos con el dedo, el pequeño fungus no cambiaba de actitud. Solo conseguía que la Montaña Agujereada se llenara de aquella vibración general que emitían los demás fungus, incomprensible para ella. Al final, Mailís se dijo que, si invertía la relación, quizá obtuviera algún conocimiento. Así que una mañana le anunció:

—Ya no te haré más preguntas. A partir de ahora serás tú quien me las haga a mí.

Mailís *notó* que de Chiquitín brotaba un fogonazo de sorpresa. ¿Hacerle preguntas? ¿Él a ella? ¿Qué preguntas?

—Las que quieras. Eres libre de preguntarme cualquier cosa. Adelante.

Él la miró con malicia y le preguntó con aquella vocecita de serpiente:

—¿Por qué dormís?

—Para descansar.

Chiquitín no lo entendía: ¿cómo que para descansar, si mientras dormía no dejaba de moverse y de dar vueltas?

—Eso es porque cuando dormimos, soñamos. Y a veces son sueños agitados.

Chiquitín se acercó un poco más a ella, cada vez más intrigado. ¿Sueños? ¿Qué eran los sueños? Mailís no sabía cómo explicárselo a una criatura que nunca dormía. Chiquitín insistió con su limitado vocabulario humano, su voz espantosa, arrastrando las erres y alargando las eses, acercando mucho, demasiado, la cara a la de ella. Mailís vio desde más cerca que nunca los párpados de Chiquitín, gruesos y desgarrados, y la prominente mandíbula inferior.

—¡Sueños! ¿Qué es soñar? —era un ansia de conocimiento insana, desbocada—. ¿Por qué nosotros no soñamos? ¿Por qué?

Al final Mailís tuvo que recordarle que era él el que estaba sometido a ella, y no al revés. Lo señaló con el dedo índice y le ordenó que se callara.

—¡Quieto!

Chiquitín se contuvo, a regañadientes. Por un momento, Mailís había tenido miedo.

Aquel mediodía comió un potaje mal cocinado de garbanzos y tocino. Mailís y Ric-Ric estaban sentados, como siempre, en la plataforma a modo de cuchara suspendida en el vacío. Cada uno en un lado de la mesa, en silencio, como un viejo matrimonio que ya no tiene nada que decirse. Ella estaba pensativa. Comía mirando el plato, reflexionando sobre los fungus, sobre las preocupaciones de Chiquitín. Sobre las explicaciones de Ric-Ric: «Si yo les dijera: "Los ojos de mi amada son como dos lunas", ellos me dirían: "¡La luna es la luna, y los ojos son ojos! ¡No lo entendemos!"».

«¡Los ojos son ojos, y la luna es la luna! ¡No lo entendemos!»

Y no dormían.

«¿Por qué dormís? ¿Por qué?»

Mailís pensaba en todo esto. Y de repente se hizo la luz.

La clave era la obstinación de Chiquitín en que le hablara del sueño humano. No había insistido en el hecho de dormir, sino de soñar. De alguna manera, Chiquitín sospechaba, intuía, que aquello, los sueños, era la gran diferencia entre hombres y fungus. Por eso espiaban de manera tan obsesiva el sueño de Mailís y de Ric-Ric.

De repente, levantó la cabeza del plato, miró a Ric-Ric y le preguntó:

—Dígame una cosa: los fungus no saben leer mapas, ¿verdad que no?

Ric-Ric se quedó boquiabierto, con la cuchara a medio camino entre el plato y la boca. Recordó la escena del plano que no entendían, justo antes de la Gran Batalla.

—Tiene razón. No saben. ¿Cómo lo ha adivinado?

¡Eureka! Mailís dio un golpe en la mesa con las dos manos, feliz, y a continuación exclamó:

—¡Lo sabía! ¡Este es el motivo de sus limitaciones! ¡No tienen función simbólica!

Tras esta afirmación, intentó explicar su visión como lingüista: la mente de los fungus no tenía capacidad de abstracción. Ahí estaba. Por eso eran incapaces de entender que un plano era *como* un paisaje; que unos ojos podían ser *como* dos perlas. Sí, aquel *como* era la ínfima y a la vez infinita distancia que separaba el cerebro fúngico del cerebro humano. La capacidad simbólica, la facultad de representarse el mundo más allá de la estricta realidad. El poder de la metáfora.

Inspiró, orgullosa de sí misma. Había entendido a sus carceleros. Se sentía como si hubiera desnudado al demonio. El resto del día fue insustancial. La jornada transcurrió plácidamente, si podía ser plácida una reclusión entre legiones monstruosas y un pretendiente borracho. Había sido uno de los días más calurosos del año. Mailís se alegró de que llegara la noche, de que el frescor nocturno entrara por su ventanal ampliado, ahora grandioso, por el que se veían mil estrellas. Sintió un placer poco decente cuando se desnudó y se tumbó en el musgo. Se quedó dormida enseguida, y enseguida la invadieron sueños extraños y tormentosos. En los sueños veía la cara de Chiquitín muy cerca de la suya. La boca abierta, con sus espinas mal alineadas, exigiéndole que le explicara qué eran los sueños. «¿Qué se hace para soñar, qué? ¡Quiero soñar!» Justo en aquel momento del sueño notó que alguien intentaba despertarla: era precisamente él, Chiquitín.

¿Qué pasaba? Aún estaba oscuro. Hasta entonces nunca se habían atrevido a despertarla. Mailís miró a derecha e izquierda de aquella habitación oscura y fría, de aquella aberrante habitación de roca de volúmenes abombados. Solo estaban ella, desnuda, y el pequeño monstruo. La miraba con una expresión tan malévola que se dijo: «Esto es el final».

Pero se equivocaba. A menudo las personas se crean unas expectativas más funestas de lo que la realidad dicta, porque aquello no pasó de una alarma irrisoriamente infundada. Chiquitín, como siempre, cumplía órdenes: Ric-Ric quería verla. Inmediatamente. El pequeño fungus la urgía, la conminaba a levantarse y seguirlo. Se mostró tan insolente que incluso se atrevió a tirarle de un codo. Ella se soltó de un tirón autoritario.

—¡Quieto!

Mailís se vistió, subió al palanquín y los porteadores descendieron cientos de escaleras a la velocidad del rayo y la dejaron en la cueva original de Ric-Ric, la *cauna*.

Estaba borracho. Muy borracho. Estaba sentado en el suelo de piedra, acurrucado en un rincón, con una botella en la mano. Se reía como un idiota. Ni él mismo se tomaba en serio sus palabras cuando vociferó:

—¡Soy el rey de los Pirineos! ¡Cuando un rey pide recibir a la reina en audiencia, la reina viene! ¡Ha tardado demasiado, señora!

Mailís, más tranquila, suspiró un «ay, Señor». El exceso de *vincaud* hacía que Ric-Ric solo fuera un peligro para sí mismo. Y ya que su secuestrador la recibía en un estado tan deplorable como indefenso, aprovechó para interrogarlo. *In vino veritas*. Siempre le había intrigado una cuestión: ¿cómo había empezado todo?

—¿De dónde salieron? —le preguntó—. Los fungus. Conteste. ¿Cómo los encontró?

Ric-Ric abrió los ojos y los fijó en los de ella, como si la mirara desde dentro de una pecera.

—No quiere entenderlo —dijo, repentinamente melancólico—. No los encontré a ellos, sino a usted.

Ella, en efecto, no lo entendió. ¿Qué tenían que ver los fungus con ella? Era absurdo. Pero él la cogió de la mano y le habló con un sentimiento sincero; tan sincero que Mailís incluso lo creyó. Entonces le relató aquella noche de invierno de hacía un año, cómo ascendió por el talud nevado, borracho, cómo clavó una navaja en la cabeza de Tuerto. Y cómo este se desarraigó. Mailís estaba atónita. ¿Aquello era todo? ¿Un contacto en la cabeza activaba la consciencia de las setas gigantes y hacía que se convirtieran en fungus? No, dijo él. Quizá hacía siglos, o eones, que aquellas setas crecían en aquel valle de los Pirineos; seguro que muchas habían recibido un impacto en la cabeza. Por una rama que se hubiera desprendido de un árbol, por una tortuga que hubiera caído del pico de un águila o por lo que fuera. Y nunca se habían despertado. ¿Por qué? Pues porque el golpe solo era como el ruido de un picaporte: por más ruido que haga, si no hay nadie detrás de la puerta nunca se abrirá.

Ric-Ric hablaba tal como él era, grosero, espontáneo y mentalmente desordenado. Y más sincero que nunca. Le dijo que aquella noche del invierno de 1888 era el hombre más enamorado de los Pirineos. Enamorado de ella, de Mailís; enamorado de su pelo rubio oscuro, de su dedo índice. La navaja se insertó en la cabeza del fungus, en efecto, pero lo que lo despertó no fue el corte, sino el sentimiento que proyectaba la mano. Eran unas criaturas que se comunicaban con emociones; aquel amor, tan poderoso, fue la llamada que generó la eclosión. ¡Oh, milagro y tragedia! Aquello fue el inicio de todo: su amor por ella. Por eso emergían de la tierra. No por un simple golpe, sino por la transmisión de un sentimiento.

Al escuchar aquel relato tan honesto y tan insólito, Mailís dio un paso atrás. No sabía si sentirse ofendida, culpable o halagada. Ric-Ric volvió a caer en una somnolencia alcohólica y frívola. La había hecho llamar, precisamente, para no pensar en los fungus. Por eso, con la voz pastosa de los borrachos, insistía puerilmente:

—¡No se marche! ¡Soy el rey de los Pirineos! ¡El primer rey republicano de la historia!

Mailís replicó con un sarcasmo muy propio de ella:

—Si sigue bebiendo de forma tan desaforada, majestad, al final perderá el control de su reino.

Dicho esto, se dio media vuelta para volver al palanquín.

—¿Quién le ha dicho que controlo algo?

Al oírlo, Mailís se detuvo, se giró y volvió atrás.

—¿Perdone? ¿Qué ha dicho? —preguntó, asombrada—. Repítalo, por favor.

Como él no decía nada, Mailís se acercó más y lo miró fijamente, severa. Entonces Ric-Ric habló como un jugador que acaba de perder la última moneda en una timba.

—No los controlo. No los domino. No me hacen caso. No me obedecen.

La euforia etílica se le había pasado y todo en él recordaba a un niño desamparado y lloroso. Al verlo así, arrinconado en una celda de roca, Mailís entendió otra verdad: para los fungus, Ric-Ric no era ni un dios ni un jerarca. Ni siquiera un padre adoptivo. Por fin entendía cómo lo veían: como un simple y prescindible manual de instrucciones; un depósito primario de emociones y sensaciones que utilizaban para entender el mundo, para formar y conformar su lenguaje. Por eso Chiquitín no la entendía cuando le preguntaba: «¿Por qué obedecéis a Ric-Ric?»; porque los manuales de instrucciones no se obedecen, solo se siguen.

Mailís lo miró con los labios entreabiertos, en un arrebato de lucidez: el problema no era que Ric-Ric no controlara a los fungus porque bebía. Era exactamente al revés: se emborrachaba porque no podía controlarlos.

—¿Desde cuándo no los domina? —le preguntó; pero ella misma se contestó—: Nunca, ¿verdad? En realidad, nunca ha podido obligarlos a hacer nada que no quisieran hacer.

El Poder. Ric-Ric había despertado a los fungus. Pero era evidente que el Poder, el auténtico Poder, no se ocultaba en los puños de un pobre borracho enamorado.

Ric-Ric se deshizo en lágrimas. Lloraba y pedía disculpas.

—Lo siento mucho, lo siento mucho —lloriqueaba.

Mailís lo abrazó fraternalmente. En el fondo, aquella revelación demostraba que él no era ni guardián ni enemigo, sino que ambos eran cautivos. Aquello concitaba en ella una solidaridad humana básica. Lo abrazaba y lo consolaba, y era agradable. Pero él, cabizbajo, insistía:

—Lo siento, lo siento.

Mailís pensaba que aquellos gemidos eran una disculpa por su cautiverio. No.

Al final, Ric-Ric reunió el valor para mirarla a los ojos.

—Alban está muerto.

Mailís no necesitó que se lo repitiera. Aquello era el final.

Con Alban muerto, ya nada tenía importancia. Abrazó con más fuerza a Ric-Ric; él a ella, y lloraron juntos. Antes de que se dieran cuenta, estaban haciendo el amor en un suelo de piedra de color ceniza. Rodeados de fungus, estupefactos por lo que veían, por lo que *notaban* en aquellos abrazos tristes y aquellos besos desesperados. Llegaron más y más fungus, que iban apiñándose en la pequeña cueva, cada vez más, como una montaña de babosas gigantes, rodeando a los amantes con columnas de carne espectadora y viscosa.

TERCERA PARTE

Uno de aquellos días, cuando su relación con Mailís ya había tocado fondo, Ric-Ric cogió del cuello a Chiquitín. Lo capturó con un brazo y le acercó los labios al lateral de la cápsula de la cabeza, donde los fungus habrían tenido orejas de haber sido humanos, y le dijo en voz baja:

—¿Crees que no me doy cuenta de lo que pasa? Soy una ruina, me ignoráis como si fuera un espantapájaros viejo. Pero noto vuestro odio. Sí, noto cómo crece y cómo se agita —dio un trago y siguió—: Antes solo me dirigíais interés o desinterés. ¡A mí, al rey de los Pirineos! Pero desde que ella está aquí, habéis cambiado. Porque ella no es como yo. Tiene los ojos vivos; os mira, os escruta. Os juzga, porque toda mirada implica un juicio. ¿Verdad que fastidia que te miren siempre, a todas horas?

Se rio de sus propias palabras, sarcástico, pero no soltó a Chiquitín.

—Ahora la odiáis a ella. Y odiáis a los soldados, por lo que os han hecho y por los fungus que han matado. El odio es bueno. Cuando odiamos a alguien, queremos creer que tenemos razón en odiarlo, que lo odiamos porque es malo. En consecuencia, si nuestro enemigo es malo, nosotros somos buenos. Sí, por eso el odio es revolucionario y por eso es bueno: porque nos hace buenos. Pero recuerda una cosa, seta de los cojones, recuérdalo bien —Ric-Ric acercó un poco más los labios a la piel cubierta de mucosa del pequeño fungus y musitó con voz amorosa y a la vez amenazadora—: el mal no existe; solo existe el Poder.

CAPÍTULO XVIII

Entra en escena Eusebi Estribill, fotógrafo obsesionado con hacer la fotografía más memorable de todos los tiempos, y que sin pretenderlo tendrá un papel decisivo en el destino de la raza fúngica

Se llamaba Eusebi Estribill y solo tenía una meta: hacer la fotografía perfecta.

A los trece años ya trabajaba como aprendiz en el estudio de Napoleón Audard, que se anunciaba en la confluencia entre la Gran Vía y el Paseo de Gracia.

ESTUDIO FOTOGRÁFICO NAPOLEÓN AUDARD
Retratos individuales y familiares

Audard era un hombre imponente, alto, orgulloso y con una barba espesa, que juzgaba a todo el mundo con una mirada de káiser. Al principio, Eusebi solo hacía de chico de los recados. Iba y venía, sobre todo comprando productos químicos para las placas fotográficas.

A Eusebi le fascinaba el componente mágico del estudio. Para aprovechar al máximo la luz del sol, todo el techo era de vidrio: una cúpula de vidrio enorme, vaticana, que confería prestancia al local. Por debajo del vidrio, un gran espacio diáfano dividido en cinco zonas temáticas. La primera imitaba un salón burgués, con un sofá de tres plazas y un tabique cubierto de cuadros detrás. Estaba pensada para los retratos familiares: padres e hijos se sentaban en el sofá para que Audard los retratara como si estuvieran en su casa. Más allá, los militares tenían un gran caballo de cartón piedra. Les encantaba hacerse fotografías montándolo con un sable en la mano. Los más pedantes preferían el rincón oriental, con tapices de seda en las paredes y ventanas inspiradas en los bulbos de la Alhambra. Pero desde la unificación alemana también tenía mucho éxito el rincón germánico, con pieles de osos cubriendo el suelo y escudos de águilas bifrontes en las paredes.

El último rincón era el dedicado a los excursionistas. Una pared entera ocupada por un cartel en el que se veía una cordillera de cumbres puntiagudas como puntas de flecha y prados de un verde brillante e irreal. En la parte inferior, una vía férrea que ascendía hacia las montañas y un rótulo que decía:

TREN PIRENAICO
El Hogar de la Naturaleza
La Naturaleza del Hogar

Era un anuncio de la compañía ferroviaria que llevaba al Pirineo. La línea acababa en algún punto entre el valle de Arán y Andorra. Audard colocaba a los clientes delante del cartel y les prestaba esquís y piquetas para que simularan que eran exploradores de alta montaña.

A Eusebi le encantaba aquel estudio. Le fascinaba el arte fotográfico. Cada vez que Audard apretaba el disparador de la cámara se producía un milagro técnico. Un individuo cualquiera se sentaba delante de aquel aparato imponente, una Sutton-1875 que parecía un fuelle con una lente añadida, se oía un «¡crec!» y aquello creaba una imagen inmortal. Solo era un «¡crec!» pero que se perpetuaría mientras alguien conservara el retrato. «¿Quiere saber qué es la fotografía, señor Estribill?», le había preguntado un día Audard. Y él mismo respondió: «Sume el arte más antiguo, la magia más eterna y la técnica más moderna; eso es la fotografía». Eusebi Estribill no podía estar más de acuerdo.

Un día Audard le propuso trabajar en el cuarto. El cuarto era una habitación en la que se preparaban las placas con una mezcla de soluciones químicas. Eusebi aceptó, claro. Por un lado, lamentaba pasarse el día encerrado en el cuarto haciendo las mezclas y mojando las placas. Pero también era cierto que empezó a sentirse como un alquimista moderno. Allí dentro era dueño y señor de un saber exclusivo, que gestionaba él y solo él. Muy poca gente en el mundo conocía los secretos del papel a la albúmina o al carbón. El cianotipo, el ferrotipo, el platinotipo; la gelatina POP y la gelatina DOP, el gelatinobromuro. Y sobre todo la materia más insigne, necesaria y artística: el colodión húmedo. Gracias al colodión existía el arte de la fotografía. Porque el final del proceso consistía en mojar las placas en el colodión húmedo, una a una. Y así lo dejaba todo listo para que el maestro ejerciera su oficio.

Con el paso de los años, Audard le fue dando cada vez más responsabilidades a Eusebi. Primero como ayudante fotográfico y después como realizador en caso de ausencia o enfermedad del maestro. Con sus primeras fotos, Eusebi adquirió un tic: cada vez que miraba por el objetivo se pasaba la mano por el pelo, con los dedos abiertos como un peine, y se lo echaba hacia atrás como si temiera que le cayera entre el ojo y la cámara.

Con Audard siempre mantuvo una relación muy profesional y distante. A los treinta y seis años, Eusebi era un hombre formal, muy delgado, tan delgado que entre el cuello y la camisa le cabían tres dedos. Se había casado con una de las coloristas del estudio, una de las chicas que coloreaban a mano los retratos. En la noche de bodas, Eusebi cumplió; después le dio la espalda para siempre. No porque fuera un invertido, sino porque solo tenía un interés en la vida: la fotografía. Ella ya estaba avisada, así que apenas se lo recriminó. Desde el principio del matrimonio hicieron vida en común, pero separada. Durante un tiempo la chica se sintió en la obligación conyugal de intentar engordarlo. Fue inútil. Ni todos los bistecs de potro del mundo habrían conseguido ensanchar el pecho ni el cuello de aquel hombre. Al final tiró la toalla y se limitaron a un dulce olvido mutuo, pero pronto se cansó y se marchó de casa. Él, por cortesía, le pasaba una pensión equivalente a la de viudedad.

Eusebi estuvo en el lecho de muerte de Audard. Aunque era un hombre rico, no había nadie más; cosa nada rara, porque Audard siempre había sido un solitario. El moribundo le dijo:

—Entenderás que no te deje mi fortuna en herencia, porque por ley y por tradición me debo a mi familia, por lejana y mezquina que sea. Pero has sido fiel y cumplidor, y es de justicia que te legue el estudio. Es todo tuyo —y añadió estas palabras—: Perdóname.

No fueron las últimas. Mientras agonizaba estuvo delirando y a duras penas se le entendía. Eusebi acercó la oreja a la boca del moribundo, pero lo único que le pareció distinguir fue:

—Estribell, estricnina... Eusebi... Estribell... Estricnina, Eusebi...

Y se dijo que las mentes que se apagan son como las de los niños: hacen juegos de palabras absurdos y sin ninguna gracia.

Y así fue como Eusebi heredó el negocio de su jefe, su local y su prestigio. Pero ahora que ejercía de amo absoluto, ahora que podía disparar tantas fotografías como le apeteciera, le sobrevino una frustración: sus fotografías eran de calidad inferior a las de Audard.

Los clientes no tenían suficientes conocimientos técnicos para darse cuenta, pero él sí. Hiciera lo que hiciese, nunca llegaba a la excelencia del difunto maestro. Y no entendía la causa. ¿Por qué? ¿Qué talento, qué secreto, qué poder tenía Audard que a él le faltaba? Durante una larga temporada mantuvo una pugna privada con el fantasma de Napoleón Audard, sin éxito.

Por aquella época, el gobierno civil de Barcelona le hizo una curiosa oferta: ¿sería posible que su estudio fotografiara a los ejecutados? Según un nuevo decreto, los expedientes de la pena capital debían cerrarse con un retrato que certificara la muerte del reo. Eusebi aceptó por motivos artísticos. Solo hizo una petición: ¿le permitirían fotografiar también a los condenados la noche antes de la ejecución? La expresión de un hombre que se enfrentaba a la muerte necesariamente golpearía la cámara. El gobierno civil le hizo saber que no veían inconveniente, pero que no podían obligar a los reos a colaborar. Sin embargo, sorprendentemente, aquel fue el menor de los problemas. Convictos que esperaban el garrote por haber asesinado a su mujer y a sus tres hijos, o por haber dinamitado templos llenos de feligreses, se prestaban con un entusiasmo alegre y participativo. Para desgracia de Eusebi, posaban para la foto, como los clientes habituales, y aquello estropeaba la imagen. El espíritu de la época dictaba que los retratados debían mantenerse hieráticos, serios y trascendentes, de manera que cuando Eusebi se disponía a disparar la cámara, tensaban el cuerpo, con las facciones rígidas como faraones eternos. Por más que les implorara naturalidad, posaban; lo hacían todos, y aquello destruía lo que Eusebi buscaba: la verdad de la muerte, o de la vida. Nunca podría competir con Napoleón Audard en técnica, así que su meta era capturar una imagen única y superior.

Siempre había vivido inmerso en el mundo de la fotografía. Pero, desde la muerte de Audard, conseguir la foto perfecta se había convertido en una obsesión. Cada día más obcecado, más delgado, enjuto, echándose el pelo hacia atrás con una mano antes de cada fotografía, y con una única idea en la cabeza: el siglo XIX era el siglo de la fotografía, y él quería hacer la gran foto del siglo.

Este era Eusebi Estribill cuando el destino hizo que se enfrentara a tres terribles desgracias, una detrás de la otra, cada una más nefasta que la anterior, que acabarían llevándolo a la tumba.

———•———

La primera desgracia fue, paradójicamente, un regalo inesperado. Un día le llegó un paquete con remitente americano: «George Eastman, New York, USA». Eusebi lo abrió. Al principio no entendía lo que era. Tenía en las manos un objeto duro y compacto, rectangular, de las dimensiones de una caja de zapatos de niño. En un lateral aparecía la inscripción «Kodak No. 1».

El paquete también contenía un manual de instrucciones y una carta personal. La carta era del tal George Eastman. Audard había mantenido contactos con gente de todas partes vinculada al mundo de la fotografía, así que no era del todo extraño que algunos de los más lejanos, que no estaban al corriente de su defunción, continuaran la relación epistolar. El tal Eastman le enviaba al maestro Audard un regalo, una cámara. Pero ¿dónde estaba? Una cámara siempre parecía un artefacto magnífico, poderoso, sujetado por un trípode fuerte y seguro, rematado con una elegante tela de seda negra que cubría al retratista. Toda cámara tenía una especie de prestancia regia, y el paquete de correos solo contenía aquel extraño objeto, vulgar, diminuto, un pobre rectángulo en tres dimensiones. Eusebi abrió el manual de instrucciones. La primera frase era un anuncio publicitario: *«You press the button, we do the rest»*. «Usted apriete el botón, nosotros hacemos el resto.» Se fijó y, en efecto, la caja tenía un botón.

La primera reacción de Eusebi fue decirse: «No, esto no puede ser una cámara». Pero lo era. La primera cámara fotográfica portátil. A partir de aquel momento, cualquier persona que supiera hacer algo tan cómicamente sencillo como apretar un botón podría hacer fotografías. Eusebi dejó de lado el manual y volvió a la carta: Eastman explicaba que pretendía convertir aquella maldita cámara en un objeto de consumo popular.

Eusebi sintió un escalofrío desde el coxis hasta la nuca, como una picadura de escorpión. Si el maldito Eastman cumplía su propósito, aquello supondría el fin de su negocio. ¿Qué sentido tendrían los estudios fotográficos si el más humilde trabajador de Nueva York o de Barcelona, del mundo, podía comprarse una cámara? ¿Quién pagaría por una imagen cuando podía hacer cien por su cuenta? *«You press the button, we do the rest.»* La industria sustituiría la magia y a los artistas. Adiós a la magia. Adiós al arte.

Se sentó en uno de los sofás del estudio sujetando la cámara con las dos manos. Técnicamente hablando, debía admitirlo, aquella cosita era una maravilla. El manual especificaba las prestaciones: cien fotografías, la máquina podía disparar cien fotografías seguidas. A continuación, lo único que tenía que hacer el feliz propietario era dirigirse a cualquier establecimiento de la marca Kodak, que le revelaría las cien fotografías. Eastman había tenido la gentileza de enviarle al maestro Audard un prototipo del modelo Kodak número 1, que estaba previsto que saliera al mercado muy pronto: el 1 de enero de 1888.

Al día siguiente, como hacía siempre al levantarse, Eusebi orinó. Pero lo que le salió fue un chorro oscuro, de un color violeta. Alarmado, fue al médico. Aquella fue la segunda noticia desgraciada.

El médico lo interrogó.

—¿Desde cuándo su orina es tan oscura?

—Desde siempre, que yo recuerde, pero no tanto como ahora.

—¿Tose a menudo?

—No.

—¿Dolor de pecho?

—Sí, eso sí.

—Está muy delgado. ¿Come lo suficiente?

—No lo sé, como cuando tengo hambre.

El médico preguntaba tanto, y se explicaba tan poco, que al final Eusebi tuvo que pedirle un diagnóstico.

—Ah, sí, perdone —se excusó—. Aún no se lo he dicho: es una enfermedad mortal. Lo siento.

Según el médico, estaban ante un proceso de intoxicación lento, crónico, irreversible y fatal. Cada vez le costaría más respirar. No por falta de aire en los pulmones, sino por la contractura de los músculos torácicos. Cada vez le oprimirían más, hasta que un día, antes de un año, moriría por asfixia. Lo que el médico no entendía era el cuadro que presentaba Eusebi, que solo podía ser causado por una sustancia muy concreta: la estricnina.

—La estricnina quita el hambre, causa orina negra y acumula toxinas en la musculatura pectoral —dijo el médico—, pero usted no es químico, no ha mantenido ningún contacto con la estricnina.

Al escucharlo, Eusebi recordó las palabras de Audard en su lecho de muerte: «Eusebi... Estricnina...». Al día siguiente se dirigió a los laboratorios donde adquiría los productos químicos que utilizaba para mojar las placas fotográficas. Habló con un viejo encargado. Por lo que le dijo, Audard compraba un material exclusivo: colodión húmedo mezclado con estricnina.

—El problema era —dijo el viejo encargado— que se trataba de una mezcla ciertamente perniciosa. Hay algo que aún no entiendo: ¿cómo conseguía el señor Napoleón Audard extender el líquido por encima de las placas sin intoxicarse?

Audard lo había matado. Lo mató aquel día, cuando lo destinó al cuarto oscuro. Lo que más le costaba entender era aquella falta de escrúpulos. ¿Cómo había podido mirar a la cara, día tras día, a un chico al que estaba matando lentamente? La respuesta era muy sencilla: ambición. Eusebi hizo la prueba: mezclando colodión con estricnina se obtenían, en efecto, fotografías más vivas, más nítidas y más luminosas. Ahí estaba. Con la muerte de Audard, el laboratorio dejó de suministrarle colodión mezclado. Por eso ahora parecía que a las imágenes les faltara aquella viveza, aquella energía lumínica.

Eusebi Estribill era un hombre sin iniciativa. Para él, el anuncio de su muerte no habría cambiado nada. Habría seguido haciendo fotografías. En el estudio, en los calabozos de las comisarías de Barcelona, a los clientes honrados y a los reos de muerte. Y así hasta que las paredes de los músculos pectorales se le hubieran cerrado sobre los pulmones matándolo por asfixia.

Sí, así habría sido si no hubiera aparecido él. Él. Aquel individuo con ojitos de mofeta. Él, sí. El Pajarraco de Mal Agüero. La tercera desgracia.

———•———

Una mañana, una mañana cualquiera, cuando empezaba su jornada, Eusebi se dio cuenta de que una de las chicas coloristas se había dejado una ventana abierta. Mientras la cerraba descubrió que en el rincón que simulaba un comedor familiar había un hombre. Dormía plácidamente en el sofá de tres plazas. Eusebi despertó al intruso. Sin aspavientos. Solo le pidió que hiciera el favor de marcharse, que aquello no era un hospicio. El hombre se frotó las legañas.

—Aquí estoy muy a gusto, compañero.

Y volvió a tumbarse. Eusebi estaba perplejo. Insistió: no podía quedarse. Aquel rincón servía para que los excursionistas y amantes de la montaña posaran. Justo en la pared de enfrente del sofá estaba el rótulo de «Tren Pirenaico. El Hogar de la Naturaleza. La Naturaleza del Hogar». Si veían a un individuo barbudo y que apestaba a alcohol tumbado allí, el descrédito caería sobre el estudio. Por un momento pareció que el hombre lo escuchaba. Después dio unos golpecitos en la tapicería del sofá, con la palma de la mano abierta.

—Me pega. Este sofá me pega. Gracias por tu solidaridad, compañero.

Y volvió a dormirse, como si el sofá fuera su casa.

A Eusebi no le quedó más remedio que avisar a la policía. Siempre hacía descuentos a todos los agentes que iban a retratarse, y había sido una buena inversión, porque enseguida se presentó una pareja con esposas y mosquetones. Les bastó echar un vistazo para reconocerlo.

—Ah, sí, este tío —dijeron los policías—. No se preocupe, solo es un pajarraco de mal agüero.

Mientras se llevaban al intruso a golpes de culata, los policías tranquilizaron a Eusebi diciéndole que no se preocupara, que le darían una lección. Eusebi no preguntó en qué consistiría la «lección».

Pero al día siguiente, por increíble que pareciera, volvía a estar allí. A primera hora, mientras manipulaba la cámara, Eusebi vio un bulto en el sofá, debajo de una manta vieja y sucia. Un bulto que se movía. Otra vez aquel hombre. Sí, el Pajarraco de Mal Agüero. Él y su pequeña estatura, la barriguita y el pelo nazareno. El abrigo negro, el sombrero redondo y también negro... Y su impertinencia obtusa.

—Este sofá me pega —dijo con indolencia. Y con un dedo señaló el cartel de enfrente y añadió—: «La Naturaleza del Hogar».

Esta vez los policías se llevaron a comisaría al intruso y también a Eusebi. Al Pajarraco de Mal Agüero lo encerraron en una celda. Y al otro lado de los barrotes, Eusebi hizo una declaración a un sargento. Este le explicó que lo arrestaban a menudo por pequeños hurtos, pequeñas estafas y pequeños escándalos. Todo muy pequeño. Como él. Metía la mano en la caja de las tabernas en las que se emborrachaba, robaba en los prostíbulos baratos que frecuentaba... Cosas así. Cuando lo llevaban a la comisaría, se proclamaba defensor de los ideales anarquistas. Falso. Solo lo decía para adornar sus delitos con una pátina honorable. Eso sí: era obtusamente tozudo. Ahora se lo demostraría.

El sargento dio una orden a dos agentes, que entraron en la celda armados con barras de hierro y empezaron a zurrar con ganas al Pajarraco de Mal Agüero diciendo:

—Ríete ahora, malnacido. ¡Ríete ahora! ¡Ríete!

Y sin duda a aquel hombre le faltaba un hervor, porque se retorcía bajo los golpes, sí, pero en lugar de implorar compasión bramaba:

—¡Me río, me río! ¡Me río, me río!

Eusebi volvió a casa un poco más tranquilo. Aun así, al día siguiente entró en el estudio con pesar. Se acercó al sofá en el que recalaba el Pajarraco de Mal Agüero, casi de puntillas. ¿Y si estaba?

No, el intruso no estaba.

Resopló, más tranquilo. Pero ¿tenía motivos para sentirse aliviado? Estaba muriéndose. Toda su vida había vivido sin vivir, primero encerrado en el cuarto y después encerrado en una obsesión: hacer la foto perfecta. Y ahora cada día sentía los pulmones un poco más cerrados. Durante una semana, siete días, dudó qué hacer con lo que le quedaba de vida. ¿Debía dejarlo todo y pasar el último tramo de su existencia en un sanatorio, donde estaría bien cuidado? Se echó el pelo hacia atrás; no se decidía. Era un hombre timorato. Delgado, muy delgado a causa de la estricnina. Y así siguió, indeciso, hasta que aquel hombre volvió. Él. El intruso. Una mañana. Apoltronado en el sofá.

Lo vio y le entraron ganas de llorar. Hiciera lo que hiciese, aquel Pajarraco de Mal Agüero, como lo llamaban los policías, siempre volvía. La llegada de aquel individuo había coincidido con el anuncio de su enfermedad mortal. Quizá por eso su fisonomía se le había grabado en el cerebro con una huella maligna. Eusebi empezó a tener pesadillas. Soñaba que el Pajarraco dormía en su cama, a su lado, como si fueran marido y mujer; soñaba que el hombre le acercaba los labios a la oreja y, con un aliento que apestaba a vino barato, le hablaba de la muerte, de cosas aún más horribles que la muerte, mucho más, cosas espantosas que al despertar había olvidado y que el olvido hacía aún más espantosas.

Por suerte, pocos días después un enviado de la policía se presentó en el estudio fotográfico con una buena noticia: el Pajarraco de Mal Agüero se había marchado.

En aquel fastuoso año de 1888 la ciudad de Barcelona celebraba una Exposición Universal. Un centenar de países habían enviado delegaciones. El gobierno desplegó más fuerzas de orden público que nunca, con la misión de limpiar las calles de la chusma que daba mala imagen a la ciudad. Aquello le complicó un poco la vida al Pajarraco, pero lo que acabó de ahuyentarlo fue una de sus burradas: el muy gilipollas tuvo la ocurrencia de robar en el local del gran sindicato anarquista. Fue una noche, al salir de una taberna. Mientras iba haciendo eses por la calle, vio una ventana mal cerrada. Conocía el local. Trepó penosamente, entró y se llevó la caja. Así de simple. No ocultó el delito. ¿Por qué iba a hacerlo? Todo lo contrario:

al día siguiente presumía de su hazaña y la exageraba ante todo el que quisiera escucharlo. Se jactaba en las lecherías, entre vacas y clientes; proclamaba su latrocinio en tabernas y prostíbulos; estaba orgulloso de haberse llevado el dinero sindical, porque al fin y al cabo los anarquistas luchaban contra el capital, y en consecuencia no necesitaban el dinero para nada.

Barcelona era la cuna del anarquismo ibérico. Al día siguiente del hurto, miles de militantes furiosos buscaban al Pajarraco de Mal Agüero. Y no iban a contentarse con una paliza. Huyó. De la ciudad, de la policía y de los compañeros anarquistas. Huyó de todos los poderes.

Unos agentes que vigilaban la estación de Francia lo vieron subiendo a un tren. Sin billete, naturalmente: se había gastado todo el botín, toda la caja ácrata, la noche antes. Una noche loca. Había invitado a los cien pobres más pobres a una orgía con las cien prostitutas más caras de la ciudad. Había alquilado un local y una orquesta. Muy buena, por cierto: le costaron más los diez músicos de los cojones que las cien putas.

Pero el emisario policial que se presentó en el estudio de Eusebi no pudo darle la buena noticia. En el estudio Napoleón Audard solo quedaban un par de chicas coloristas que estaban tapando los muebles con sábanas blancas. Le hicieron saber que el señor Estribill se había marchado. ¿Adónde? La nota no lo decía.

En la puerta había un pequeño cartel: «Cerrado por (pronta) defunción».

———·———

Para aligerar el último tramo de su existencia, Eusebi Estribill había optado por los efectos benéficos de la alta montaña. Pensándolo bien, algo de cierto debía de tener el lema «Tren Pirenaico. El Hogar de la Naturaleza». Cogió el tren hasta la última estación de la línea, una pequeña localidad pirenaica al oeste de Andorra, y alquiló una habitación con pensión completa y vistas a las montañas.

Era una situación extraña. Por fin se sentía libre, pero ¿de qué sirve la libertad sin futuro? Daba paseos tonificantes y rurales. Y poco más. A menudo lloraba, sentado en la cama del hostal. Cuando recordaba la nada que había sido su vida, consumida al servicio de un déspota contra el que era inútil vengarse, porque estaba muerto, le daba un llanto irrefrenable.

Pero aquel refugio pirenaico también tenía sus ventajas. La principal era que el Pajarraco de Mal Agüero había desaparecido de su vida. Además, el paisaje aligeraba su agonía. Las montañas eran tan grandes que, al verlas, era evidente que la muerte de un solo individuo no tenía demasiada importancia. Saberse insignificante lo ayudaba a morir.

Así pues, el último tramo de la vida de Eusebi Estribill no habría tenido más relevancia si no hubiera sido porque se había llevado consigo la Kodak número 1.

La Kodak número 1, la primera cámara portátil del mundo. Sentado en la cama del hostal, en los ratos muertos, que eran todos, le gustaba manosearla, mirarla y remirarla desde todos los ángulos. Sí, qué gran objeto. No se parecía a nada que hubiera existido antes. El tacto, el olor, la forma: toda ella lo tenía fascinado. Nadie asociaría aquello, aquel cuadrilátero, con una cámara fotográfica. Tenía un botón en forma de llave. *You press the button.*

La cuestión era que la Kodak disponía de cien posibles fotos. Eusebi empezó a hacer fotos, a lo loco. La cámara tenía disparador, pero no tenía apuntador. Tenía que intuir el encuadre y ponérsela en el pecho cuando apretaba el botón. Solo se sabría el resultado cuando revelaran el carrete. Y entonces ya estaría muerto. Pero aquello ya lo había asumido.

Poco a poco se aficionó a la Kodak. Fotografiaba cosas que en el estudio nunca se le habría ocurrido retratar: su habitación, la esquina de la cama en la que se sentaba a llorar... La facilidad de uso de la máquina le sugería motivos que antes ni se le pasaban por la cabeza. Se fotografió la mano, media cara y un ojo. Así hizo las primeras diecinueve fotografías, improvisando y experimentando. Y entonces volvió a su particular obcecación: ¿y si aún estaba a tiempo de conseguir la fotografía perfecta? Le quedaban ochenta y una oportunidades. Los ahogos eran cada vez más severos. La carne interior se plegaba sobre los pulmones como dos tejas, los comprimía y lo asfixiaba. Entonces se tomaba una pastilla Allenburys, de *menthol*, *eucalyptus* y *cocaine*, y le aliviaba la crisis. Pero cualquier día podía ser el último. ¿Moriría sin haber hecho la fotografía perfecta?

Durante los meses siguientes aprendió a ser más cuidadoso con el disparador. No lo apretaba si no intuía que conseguiría una gran imagen. Y realmente la Kodak lo cambiaba todo. Dedicó diecisiete fotografías a la naturaleza. Le gustaba pasear por las afueras del pueblo, colocarse justo al pie de las montañas, apuntar la Kodak hacia arriba y fotografiar las nubes por encima de las cumbres, como coronas de azúcar. Detenía a campesinos y a mujeres con pañuelo en la cabeza y los encuadraba. Ellos lo dejaban hacer. Lo consideraban un hombre de ciudad, artista, moderno y extravagante, un hombre muy delgado y muy enfermo, y tenían razón. Seis meses después, sorprendentemente, seguía vivo: había disparado la Kodak noventa y seis veces. Solo le quedaban cuatro fotografías.

Lo que Eusebi no podía saber era que en un valle muy cercano estaban pasando cosas que quedaban fuera de su comprensión. Cosas que harían de la última semana de su vida la más importante de su existencia.

CAPÍTULO XIX

Eusebi Estribill es conducido sin saberlo a la Montaña Agujereada, donde descubre, con infinito horror, a Ric-Ric, que capitanea una horda monstruosa

Mientras Eusebi gastaba las cien fotos de su Kodak, en la Vella el padre de Mailís se había convertido en el alcalde de una población fantasma. Tras el éxodo de sus dos mil habitantes, solo quedaba él; él y nadie más. Resistía gracias a una especie de instinto atávico: mientras estuviera allí, mientras los *menairons* tuvieran un interlocutor, quizá pudiera liberar a su hija. Al menos era lo que quería creer. La realidad más profunda era que no podía ser otra cosa que cónsul; no concebía su vida sin ejercer un cargo político. «Prefiero ser el primero en una aldea de la Galia que el segundo en Roma.» Era el primero, en efecto, y ahora el único.

La Vella se había vaciado, y la ausencia de personas parecía haber alentado a los vientos pirenaicos a apoderarse de las calles. Aunque aún era verano, por las noches el viento soplaba como si quisiera anunciar que su dominio había sustituido al del género humano. Aquello parecía más un cementerio que un pueblo. Y luego estaban los *menairons*.

A menudo bajaban de las montañas para saquear el pueblo y se metían en los *ostals*. De noche o de día, a cualquier hora, entraban en los edificios, ahora sin vida. Más que verlos, el cónsul los intuía. Tenían una habilidad sobrenatural para camuflarse, para moverse con un sigilo de lagartos. Siempre le daba la impresión de que estaban justo donde no miraba en aquel momento. Los veía de reojo, como si esperaran a que girara la cabeza para avanzar como sombras. Uno aquí y otro allá; girando esquinas, escalando tejados y entrando por ventanas o chimeneas. Y si actuaban así, si lo evitaban, no era porque lo temieran, en absoluto, sino solo por su naturaleza discreta. Entraban en las casas y se llevaban víveres, ropa, utensilios, a veces incluso muebles, grandes y pequeños. Pero el cónsul prácticamente nunca los veía. De vez en cuando descubría una silueta saltando por una ventana, rápida como el rayo, o deslizándose por las esquinas. En una ocasión, y solo una, observó claramente a un par de aquellas criaturas hórridas.

Eran dos *menairons,* con aquellos cuerpos espantosos. Los sorprendió justo cuando huían de la única taberna de la Vella. En la cabeza llevaban cinco o seis cajas, cada una de ellas con doce botellas de *vincaud*. La carga y las dificultades para mantener el equilibrio los entorpecían; quizá fuera eso, y solo eso, lo que le permitió descubrirlos al fondo de un callejón. Uno tenía la cabeza más grande y redonda que un sombrero mexicano; el otro tenía siete u ocho piernas, aún más asimétricas de lo habitual. Tanto el uno como el otro cargaban las cajas al estilo de los porteadores africanos, sosteniéndolas encima de la cabeza plana. La multitud de raíces en movimiento que les hacían de piernas iba dejando un rastro asqueroso de mucosa líquida, como babas de caracol. Lo ignoraron. De hecho, lo despreciaron, como si su presencia fuera más insignificante que la de un insecto. Treparon por un murete y desaparecieron en dirección a las montañas.

Así malvivía el cónsul. Solo, haciendo pequeñas rondas por una población fantasmal, a la espera de que Ric-

Ric se pusiera en contacto con él. Hasta que una noche se estableció el contacto. Pero no como él esperaba.

Dormía profundamente. Tanto, que ni siquiera oyó los relinchos de su mula, el único animal que quedaba en la Vella. El animal dormía en el establo, justo debajo del dormitorio del cónsul. Aquella noche relinchó y relinchó, despavorida, pero el cónsul estaba muy dormido y no oyó nada. Por la mañana, al despertarse, notó algo en la boca, debajo de la lengua. Lo escupió: era un trocito de cartón doblado. Lo abrió. Era un mensaje. Escrito a lápiz, con una caligrafía infantil. Entonces leyó las siguientes palabras:

Te dige que quiero una foto coño. Que me agan una foto, que me la agan, o te embiare un vaso de cafe con un hojo de tu hija dentro, coño.

Una náusea. El cónsul se acercó a la palangana, un recipiente redondo de porcelana en el que se lavaba la cara cada mañana. Sumergió toda la cabeza. ¿Qué había pasado aquella noche? ¿Cuántos *menairons* habían entrado en la casa, en el dormitorio? ¿Cuántos dedos monstruosos le habían abierto la boca mientras dormía para despositarle un trozo de cartón debajo de la lengua? Mientras tenía la cabeza en el agua notó algo en las mejillas. Levantó la cabeza, empapada: la palangana estaba llena de ojos, ojos arrancados a sus propietarios.

Flotaban en el agua, tantos que chocaban entre ellos, como bolitas de gelatina. Ojos de perros, de cuervos, de caballos y de mulas. Ojos, ojos de todas las especies. Ojos de búhos, ojos de ranas y sapos. Ojos de lagartos, diminutos ojitos de arañas. Ojos de osos y de lobos. Ojos de peces. Ojos de ratas, ojos de vacas y ojitos de fetos de vacas. Ojos de moscas. Y también ojos humanos, muchos ojos humanos.

———•———

Cuando, al día siguiente, Eusebi Estribill recibió la visita del cónsul en la pequeña localidad en la que había decidido pasar sus últimos días, no podía saber nada de todo esto, claro.

Aquella era la localidad más próxima en la que podría encontrar a un fotógrafo. Cuando alguno de los cuatro gatos que vivían allí quería retratarse, iba al barbero. El hombre tenía una vetusta Zahan-Marinetti del 65. La pobre cámara recordaba a un acordeón gigante con trípode. El flash aún se hacía alzando una barra de magnesio. El problema fue que el barbero no quiso saber nada. Pero al menos le informó de que en el hostal se hospedaba un fotógrafo de Barcelona, un artista muy moderno.

El cónsul se encontró con Eusebi en la recepción, justo cuando salía a dar su paseo diario. Eusebi no entendió ni el ímpetu ni la solicitud del cónsul: mil pesetas, aquel hombre rollizo y vestido de blanco le ofrecía mil pesetas por una fotografía. Se negó: él ya estaba más allá de cualquier necesidad material. El hombre, desesperado, se lo imploró, se lo suplicó, se lo exigió, lo maldijo e incluso lo retuvo por las solapas. No sirvió de nada. Eusebi se lo quitó de encima y salió del hostal en busca de la foto perfecta. Pero cuando ya giraba la esquina se dio cuenta de que se había dejado las pastillas Allenburys y volvió atrás. Aquel hombre seguía en la recepción. Estaba sentado en una silla, solo, y lloraba como un niño. Eusebi se compadeció de él. Le explicó que ya estaba fuera del oficio, fuera del mundo. Que solo lo guiaba la pretensión artística de retratar lo imposible. El cónsul vio que tenía una oportunidad.

—¡Señor mío! —exclamó—. ¡Podrá hacer la fotografía más pasmosa de todos los tiempos!

Aquello ya era un idioma más inteligible para Eusebi. Pero seguía dudando. El cónsul se puso a su servicio. ¿Qué era aquel pequeño artefacto que llevaba en la mano? ¿Una cámara? Ah, no, eso no: Ric-Ric quería una foto con una cámara señorial, grande e imperiosa. Fueron juntos a la barbería y el cónsul compró el bastón de magnesio y también la Zahan-Marinetti. Cuando salieron de allí, subieron directamente al pequeño coche del cónsul.

No tuvo que pasar mucho tiempo para que Eusebi Estribill se arrepintiera de haberse dejado embaucar. Al fin y al cabo, ¿quién era aquel hombre nervioso, casi perturbado, que lo reclutaba para una misión misteriosa? ¿Retratar a quién? ¿Y por qué era tan urgente? El conductor respondía con evasivas, subterfugios e imprecisiones. Y corría mucho, no dejaba de fustigar a la mula blanca, aunque el camino fuera difícil y escabroso. En un momento dado, Eusebi se encontró mal y le pidió al cónsul que se detuviera, porque estaba sufriendo un ataque de asma, y con el traqueteo del coche no podía sacarse las pastillas Allenburys del bolsillo. Así, durante un buen tramo los Pirineos fueron espectadores de una escena ridículamente tragicómica: el padre de Mailís, obsesionado por llegar, no se daba cuenta de los aspavientos de Eusebi, cada vez más ahogado. Cuando por fin se detuvo, el hombre ya estaba azul. Un poco más y se muere. Bajó del coche, indignado, odiándose a sí mismo por haberse dejado engañar de forma tan burda, y manifestó su intención de volver atrás, aunque fuera a pie. Pero, para disuadirlo, el cónsul solo tuvo que hacerle una pregunta:

—¿Quiere hacer la fotografía del siglo o no?

Los cambios fueron evidentes desde el momento en que entraron en el valle. La temperatura descendía, como si toda la zona viviera en otra estación. Y el silencio: era pleno verano y no se oía ni un pájaro; el sol estaba en lo más alto y ni siquiera los molestaban las estridencias de las cigarras, mudas.

El cochecito llegó a la Vella. Una especie de desolación flotaba en el aire. Todas las casas estaban vacías. Eusebi preguntó por aquel éxodo inverosímil. En lugar de contestar, el padre de Mailís se limitó a meter la mula en el establo. Después lo llevó directamente a la salida del pueblo. Una vez allí, cargó a Eusebi con la pesada cámara del barbero, el trípode y el palo de magnesio y le dijo:

—Lo único que tiene que hacer es seguir la carretera.

Eusebi protestó, pero el alcalde le hizo un gesto con los dedos, como diciendo «tira, tira». Al final, resignado, el fotógrafo empezó la marcha en solitario. Dio unos cuantos pasos, se detuvo y giró la cabeza: el cónsul seguía allí, con una falsa sonrisa en la boca y saludándolo con una mano. Dio unos pasos más y volvió a girarse. El cónsul ya no estaba.

No se lo podía creer. Estaba allí, en medio de un valle tétrico, húmedo y oscuro, en el que líquenes silvestres de la medida de un huevo frito invadían incluso los márgenes del camino. Estaba solo e iba cargado como una mula: una vieja cámara, un trípode pesado y un palo de magnesio. Y la Kodak número 1 atada al cinturón. Ni siquiera había cogido el abrigo, y hacía fresco. El aire le entraba por las sisas del chaleco. Lo único que justificaba aquella situación era su enfermedad: un hombre con un pie y medio en la tumba tiene poco que perder con la imprudencia.

La carretera avanzaba en curvas sinuosas. A ambos lados, un bosque silencioso, espeso y feo. Las ramas hacían movimientos ondulantes, como advirtiéndole de que no siguiera adelante. El único sonido audible era el de sus pies pisando la tierra comprimida y granulada de la carretera. Una espesa masa de nubes oscuras del color del acero cubría el cielo. Eran nubes bajas que flotaban por encima de su cabeza como un techo esponjoso. Notó que se le cerraba el pecho, pero no era un ataque de estricnina: era miedo.

El cónsul no le había dicho hasta dónde tenía que caminar, y no tardaría en hacerse de noche. Como urbanita, Eusebi no sabía que en los Pirineos anochece de repente: cuando el sol cae detrás de las cumbres, la luz del mundo se apaga como una bombilla. Y aquello era lo que estaba a punto de pasar. Después de la siguiente curva vio que el camino ascendía en línea recta. Se detuvo. No sabía qué hacer. No quería quedarse solo y a oscuras, no quería ni imaginarse pasando la noche al raso. Se metió una pastilla Allenburys en la boca pensando si tenía que buscar refugio o volver atrás. Pero al levantar la mirada vio algo. Sí, allí, al fondo del camino: un objeto grande e inmóvil. Habría jurado que antes de sacar la pastilla de la cajita no estaba. Pero no distinguía de qué se trataba; la luz crepuscular desdibujaba sus formas. Se acercó paso a paso.

Era un artefacto muy estrafalario, plantado justo en medio de la carretera. No lo reconocía. Hasta que lo tuvo al alcance de la mano no entendió que se trataba de una especie de palanquín de transporte individual, con una gran cabina atravesada por dos largos palos horizontales. La cabina estaba hecha de ramas y ramitas, en un estilo rústico imposible de definir, y cubierta con una especie de piel hecha con hojas verdes, muy verdes. Miró el interior de la cabina a través de una especie de ventanita abierta entre las hojas verdes. No vio nada, solo un asiento: una silla atada a las paredes. Pero al girarse sí que vio algo. Justo detrás de él.

Monstruos. Seis, siete, quizá ocho. Las tinieblas crepusculares caían sobre sus cuerpos. Unas cabezas gigantes, planas y grandes como las de los cangrejos, pechos cilíndricos, brazos irregulares, articulados y larguísimos, como octópodos de mil patas, cada una de grosor y longitud diferentes. Eusebi no pudo reprimir un grito. Dejó caer todo, la cámara, el trípode, incluso la cajita de pastillas

Allenburys, y echó a correr. Salió de la carretera y entró en el bosque, corriendo como un loco, sin saber adónde iba. Corría, la vegetación le fustigaba la cara, tropezaba, volvía a levantarse y seguía corriendo, alejándose de aquellas criaturas. Pero no se puede escapar de los habitantes del bosque huyendo por el bosque. Aquí y allá veía ojos amarillos flotando entre oscuridades vegetales. Eusebi, desbocado, chocaba con árboles viscosos que no eran árboles, que eran cuerpos de monstruos. Aquel breve contacto le impregnaba la ropa de un líquido espeso y maloliente. Horrorizado, cambiaba de dirección, hasta que cayó cuan largo era.

Vio la cajita de pastillas, justo a un palmo de su nariz: había vuelto a la carretera. Desde el momento en que había intentado huir por el bosque, los monstruos lo habían rodeado, conducido y dirigido hacia donde querían. Uno de ellos, el más pequeño, se acercó a él. Tenía la corteza de un color naranja mate. Era el monstruo más pequeño de todos y el más terrible. Aquellos ojos no conocían la piedad, como un ciego la luz. Le sobresalía la mandíbula inferior. Eusebi se creyó muerto. En un gesto instintivo, se tapó la cabeza con los brazos. Pero entonces el pequeño monstruo lo cogió con cientos de dedos larguísimos, retorcidos, y lo lanzó dentro de la cabina como si fuera un saco de carbón.

———·———

Encerrado en una cabina estrecha, y a oscuras, no podía saber adónde lo llevaban. A Eusebi le pareció que aquel trayecto duraba una eternidad, pero solo porque su angustia dilataba el tiempo. En realidad, lo transportaron a una velocidad desorbitada. Pero ¿adónde lo llevaban? Cuando la cabina se detuvo y por fin pudo salir, su desconcierto fue aún mayor: a la oscuridad de la noche se añadieron unas tinieblas interiores. El pequeño monstruo lo empujaba por las caderas instándolo a avanzar. ¿Dónde estaba? Dentro de una especie de gruta colosal, se dijo. Cuando sus ojos se acostumbraron a aquella luz tenue y flácida, vio que la claridad procedía de una especie de incisiones en la roca, llenas de velas encendidas en diferentes niveles de consunción. Gracias a las velas podía distinguir callejones de piedra, oscuros y estrechos. Alzó la mirada.

Por encima de su cabeza se abría una montaña entera, vacía, con mil escaleras que comunicaban mil rellanos, laberintos aéreos y obeliscos esculpidos entre dos techos. Y por todas partes monstruos, monstruos con cabeza de cangrejo que subían y bajaban esquivándolo e ignorándolo. Eusebi empezaba a sentirse cautivo en algo parecido a una colmena gigantesca cuando entre las lucecitas de las velas apareció una forma humana: una mujer.

No se lo podía creer: ¡una mujer allí! Y, por su actitud reposada y tranquila, parecía bastante acostumbrada a los monstruos y a una vida de oscuridad. Era alta y llevaba un vestido negro. El pelo de un rubio encendido, como un fuego nuevo, y perfectamente peinado salvo un par de tirabuzones que le caían por la parte derecha de la cara. Pero lo que más llamaba la atención era su expresión triste y abandonada. Cualquiera se habría compadecido de aquellos ojos sin luz interior. Unos ojos que eran la representación perfecta de una vida sin vida, de una existencia en algún lugar aún más desesperanzado que el purgatorio. Qué mujer tan triste, se dijo.

Eusebi no imaginaba una situación más inverosímil para iniciar un diálogo. Ella lo miró, o más bien lo traspasó, y, como si se dirigiera a una persona detrás de él, le dijo:

—Usted debe de ser el fotógrafo.

Pero cuando Eusebi intentó balbucear una respuesta, lo interrumpió:

—Venga —le dijo, muy seca.

Eusebi la siguió. En un momento dado, la mujer se detuvo.

—Creo que juzgo bien a las personas, y me parece que usted siempre estará a los pies de una dama.

¿Por qué le decía algo tan fuera de lugar? «A los pies de una dama.» Eusebi bajó los ojos. Su interlocutora se había detenido en un lugar arenoso, un pasillo con el suelo cubierto de una grava ferruginosa. En las paredes de aquel pasadizo había más cirios que en los demás lugares por los que habían pasado. La mujer parecía haber elegido aquel tramo, más luminoso, para utilizar el suelo como una especie de pizarra de escuela. Con la punta de un zapato escribió: «Nos entienden». Luego siguió la marcha.

O sea, los monstruos los entendían, pero no sabían leer. Eusebi miró hacia atrás: el pequeño monstruo los seguía a corta distancia y, efectivamente, no prestaba atención al garabato que había quedado en la tierra ferruginosa. Un poco más allá, la Dama Triste volvió a detenerse y, mientras ella le hacía comentarios vacuos, Eusebi escribió con la punta del zapato: «¿Rea es?». Y ella: «Sí». Y añadió: «*Armée France alerte*».

Quería decir algo más, pero no lo hizo. El pequeño monstruo, impaciente, lo empujó para que avanzara, y más adelante el suelo ya era de roca. No podían detenerse ni escribirse.

Se dirigieron a una cueva interior, un espacio estrecho, de paredes húmedas como la bodega de un barco. Entraron: el sepulcro de Cristo no debía de ser mucho más pequeño. Adosada a una pared había una plataforma rectangular de roca, y encima un catre muy delgado con un individuo. Medio dormido.

—Querido —dijo la Dama Triste para anunciar su presencia—, está aquí el fotógrafo.

Al oírlo, el hombre se incorporó. Eusebi estuvo a punto de desmayarse. Porque era él.

Él, el Pajarraco de Mal Agüero.

No. No podía ser. Pero era. No había la menor duda, era él: la barriguita, la barba negra, la mirada turbia, aquella peste a alcohol rodeándolo como una nube... ¿Qué hacía allí?

«El Hogar de la Naturaleza. La Naturaleza del Hogar.» Cada vez que se tumbaba en el sofá del estudio Napoleón Audard, Ric-Ric tenía ante los ojos el cartel de las montañas, la vía del tren que se adentraba entre las cumbres. Al huir de la ciudad se dejó llevar por un resorte inconsciente. El mismo que Eusebi Estribill: lejos, ir muy lejos, hasta donde lo llevara el tren del cartel. Habían cogido el mismo tren, el del cartel. Eusebi en primera clase, y Ric-Ric de polizón. Cuando la vía férrea se acabó, Eusebi alquiló una habitación, y Ric-Ric siguió vagando en dirección a las montañas.

Todo esto había pasado muchos meses atrás. Y ya no importaba ni cómo ni por qué. La cuestión era que Eusebi tenía ante sí al hombre al que había expulsado de su sofá. Estaba perdido. El único atisbo de esperanza era el aspecto desmayado del Pajarraco de Mal Agüero, como ausente. Apenas lo miró. Ni siquiera prestaba atención a la mujer. La pareja en sí, su relación, tenía un aura de irrealidad. Se hablaban sin energía y sin escucharse. Eusebi se dijo que, si los fantasmas existieran, mantendrían ese tipo de diálogos, que no eran más que monólogos cruzados. Pero de repente el Pajarraco dio un trago de una botella y lo miró fijamente, con una brizna de lucidez en los ojitos negros. Y dijo:

—¿Lo conozco?

Eusebi sintió como si tuviera las rodillas de azúcar. Se apoyó en el trípode de la cámara y soltó un «No, señor» muy poco creíble. El Pajarraco lo miró aún más fijamente y dictaminó:

—Tienes pinta de reaccionario.

Por suerte, la Dama Triste intervino:

—No es un reaccionario, ya te he dicho que es un fotógrafo.

El hombre había pasado mucho tiempo durmiendo y se limitó a contestar:

—Ah, sí, por fin.

Y los tres se dirigieron a los vastos espacios interiores de la montaña. En el camino, el Pajarraco de Mal Agüero discutió con la Dama Triste, pero el motivo de la discusión no tenía nada que ver con Eusebi, sino con una escupidera.

Él gritaba como un gorila. Ella le plantaba cara, muy firme, nada intimidada. Le decía:

—¡No quiero más escupideras!

Los monstruos se congregaban alrededor de la pareja, excitados, como si la pelea los animara a iniciar una especie de danza enloquecida. Cada vez había más monstruos, y más, con el pequeño delante de todos, dirigiendo la mirada alternativamente al hombre y a la mujer, como si esperara unas órdenes que no llegaban. Cuando la discusión ya empezaba a durar demasiado y las órdenes seguían sin llegar, los monstruos, impacientes, se desahogaron atacando al monstruo pequeño, que recibía golpes de lengua como latigazos. Era una crueldad caníbal y tan brutal que el monstruo pequeño incluso perdía miembros. Eusebi se tragó otra pastilla Allenburys, se secó el sudor de la frente con un pañuelo y se dijo: «Dios mío, ¿adónde he ido a parar?».

Mientras discutían, la pareja iba distanciándose de Eusebi, que solo pensaba en no perderlos de vista en aquel laberinto de pasadizos. Pero no era nada fácil seguir al Pajarraco de Mal Agüero y a la Dama Triste, que definitivamente se habían olvidado de él y se gritaban entre sí. Temía alejarse de sus anfitriones, así que para no perderlos competía con aquella corte de monstruos que seguían a la pareja como si fuera un imán. Lo dejaron atrás. Monstruos y seres humanos. Y, sin saber cómo, Eusebi se vio en una situación ridículamente espantosa: iba cargado con el trípode, la cámara del año de Matusalén del barbero, la Kodak y la americana, y toda aquella impedimenta lo entorpecía, hasta que la pareja, seguida por cientos de monstruos, desapareció por las curvas y rincones de la gruta. Y al final los perdió de vista.

No se lo podía creer. Estaba solo, totalmente solo en un sector de la montaña excavado como una catacumba de tres dimensiones. Y suerte que la iluminaban los cirios, irregularmente distribuidos por las paredes. La galería en la que se encontraba estaba llena de aberturas laterales, cámaras adosadas, negras como pozos horizontales. Se quedó solo, abofeteado por bocanadas de aire frío. Solo, o casi: de vez en cuando algún monstruo se cruzaba con él, lo ignoraba y se desplazaba por las paredes o el techo a una velocidad inverosímil, como un escarabajo.

No, ya no los veía, ni a él ni a ella. Por extraño que fuera, el lugar y la soledad aún lo aterraban más que los monstruos. ¿Dónde se habían metido? No los veía, pero los oía. Sus voces le llegaban a través de un insólito eco interior. Amortiguadas, rebotadas y distantes. Dos voces enfrentadas: él, rabioso; ella, rencorosa. Otra vez discutían sobre una escupidera. Sí, aquella era la palabra que más se repetía, *escupidera*. Les gritó:

—¡Señor, señora!

Solo le contestó su eco. Aun así, él seguía oyendo la agria discusión, los reproches y los insultos. ¿Dónde estaban? Las voces podían venir de cualquier sitio, de la misma piedra. Le hacían pensar en dos amantes juntos desde hacía mil años; dos criaturas que se hubieran amado con toda la pasión, pero a las que el paso del tiempo había desgastado sin misericordia. Ahora solo quedaba la amargura de un pasado feliz. Un amor vacío, un vacío tan grande como aquella montaña vacía.

De repente, sintió un empujón en los riñones, una fuerza irresistible. Era el pequeño monstruo anaranjado. Eusebi cayó dentro de una de aquellas celdas tubulares, poco profunda y estrecha. No eran necesarias rejas para saber que no podría salir: el monstruo pequeño aparecía y desaparecía por la abertura, como si hiciera guardia. Cuando pasaba por delante de la entrada, la escasa luz de los cirios perfilaba su cabeza de seta. El único ruido que llegaba hasta él, apaciguado y lejano, era un rumor coordinado, como de mil picos y martillos, aunque en ningún momento había visto ni un pico ni un martillo. No sabía qué hacer. Al rato, no habría sabido decir cuánto después, el Pajarraco de Mal Agüero asomó la cabeza por la abertura de su celda sin puerta y le dijo:

—Tenga.

Y a continuación le dejó un barreño lleno de vino caliente y se marchó.

CAPÍTULO XX

Último retrato y muerte de Eusebi Estribill

Aquella noche, encerrado en una cueva dentro de una montaña, Eusebi Estribill tuvo tiempo de reflexionar sobre un montón de cuestiones. La primera: la actitud del Pajarraco de Mal Agüero, su obsequio alcohólico. ¿Por qué lo hacía? ¿Era un acto amigable o un último regalo, como el cigarrillo de los condenados? Pero su pensamiento enseguida se desplazó a un plano superior. Se dijo: «¿Por qué tengo miedo? En cualquier caso, ya estoy muerto». Tenía la Kodak, la pequeña y discreta cámara Kodak, y aún le quedaban dos fotos. Dos fotos y una oportunidad única: aquella montaña era mil veces más estimulante que los ridículos escenarios del estudio Napoleón Audard. Si no hacía la fotografía del siglo allí dentro, ya no la haría en ningún sitio. Si no la hacía él, no la haría nadie. Y si no la hacía en aquel momento, ¿cuándo? Haría la foto, la haría. Pensó en ellos, en el Pajarraco de Mal Agüero y la Dama Triste. Nunca había visto una pareja tan trágica, tan aniquilada. Observándolos, era evidente que se habían querido mucho. Y también que aquel amor ya era un recuerdo caduco, antiquísimo. Como si desde el día en que habían dejado de quererse hubieran pasado mil años, encerrados juntos en aquel monstruoso sarcófago de roca que era la montaña. Sí, Eusebi no podía saber las vicisitudes de los amantes. Lo que habían vivido desde el primer abrazo, desde el último abrazo. ¿Qué les habría pasado? Solo sabía que en los ojos de ella y de él, de los dos, se veía el sentimiento más triste que pueda experimentar el ser humano: el desamor. Indudablemente los monstruos tenían algo que ver. Pero Eusebi se dijo que los monstruos solo eran los contornos del drama. No, por extraordinarias que fueran aquellas criaturas infernales, el auténtico interés artístico lo tenía la pareja. El último acto de su vida terrenal sería aquello, la foto más extraordinaria: retrataría la tragedia amorosa, y aquella imagen daría sentido a toda una vida.

A partir de aquel momento, tomada la decisión, conjurado con la Kodak y consigo mismo, Eusebi solo pensó en los detalles técnicos. Le preocupaba una cosa y solo una: la luz. Tenía el palo de magnesio del barbero. Se trataba únicamente de alzarlo y dispararlo. ¡Flash! Y tendría el retrato. Pero aquí tropezaba con problemas tan previsibles como irresolubles: estaba muriéndose, ¿cómo se las arreglaría para sacar la Kodak de la montaña y hacérsela llegar a alguien? ¿O incluso para avisar al ejército francés, como le pedía la Dama Triste? «*Armée alerte*». Lo rodeaban mil monstruos, y el Pajarraco de Mal Agüero era imprevisible. Y él estaba muriéndose. Pero aun así se dijo: «Haz lo que puedas hacer y no pienses en lo que no puedes hacer».

Allí dentro el tiempo perdía su sustancia; pasaron las horas y no aparecía nadie. Solo veía al monstruo de color calabaza, su perfil enmarcado por la abertura de la celda. Hasta que de repente oyó una voz:

—Ya es de día.

Era el Pajarraco de Mal Agüero, que iba a buscarlo seguido de un grupo de monstruos. Eusebi interpretó aquellas palabras como una sentencia. Se equivocaba. El Pajarraco se apresuró a añadir:

—No querrías hacer la foto de noche, ¿verdad, compañero?

Eusebi se puso de pie y se alisó el chaleco con una mano. Miró al hombre y a los monstruos, y se atrevió a preguntar:

—Pero, señor, ¿aquí dentro qué diferencia hay entre la noche y el día?

El hombre hizo un gesto como si le acabaran de pegar un puñetazo en la cara. Parpadeó aturdido y, cambiando radicalmente de tema, preguntó:

—¿Está seguro de que no nos conocemos?

—No, no creo.

—¿De verdad?

—Sí —insistió Eusebi con poca convicción.

Por suerte, en aquel momento apareció la Dama Triste, que intercedió a su favor.

—¿Cuántas veces tiene que repetírtelo? Te lo ha negado tres veces —y añadió—: vamos.

Ni la Dama ni el Pajarraco le ofrecieron ayuda; tuvo que cargar la cámara vieja, el trípode, el palo de magnesio y la Kodak él solo. Lo llevaron arriba, escaleras arriba. La pareja delante y discutiendo otra vez, y él detrás; él y una multitud infinita de monstruos. De hecho, Eusebi avanzaba forzado y empujado por aquel rebaño de monstruos. Siguieron por un túnel estrecho, muy estrecho; las bestias se pegaban a Eusebi, los cuerpos le frotaban la ropa y lo embadurnaban con litros y litros de mucosa líquida. El túnel se estrechaba, los monstruos lo empujaban cada vez más y se sentía como si lo arrastrara un torrente de babosas pegajosas. Al poco rato sintió que se asfixiaba: tenía un ataque de asma. «No, por favor, ahora no.»

Con los dedos temblorosos consiguió abrir la cajita de Allenburys. El médico le había advertido de que no tomara más de tres al día, para no morir de sobredosis. Pero Eusebi se dijo: «¿Y qué?». De hecho, ya estaba muerto. Solo necesitaba diez minutos, un cuarto de hora de vida. Se vació en la mano la caja entera, todas las pastillas que le quedaban. Pero cuando estaba a punto de metérselas en la boca sintió un pinchazo detrás de las rodillas, un golpe tan agudo que la mano pegó una sacudida y las pastillas se esparcieron por el suelo. Eusebi miró hacia atrás. No se lo podía creer: el mordisco se lo había dado una oca de color gris rata, que graznaba y aleteaba. ¡Una oca! El hombre se puso a cuatro patas y buscó a tientas las pastillas en la oscuridad. Los monstruos que iban detrás de él amenazaban con enterrarlo, lo superaban, le pasaban por encima y lo dejaban atrás gruñendo como buitres que se disputaran una carroña. La oca chillaba escandalizada y picoteaba las pastillas, una, dos, muchas. Los dedos de Eusebi recorrían el suelo, tocaban las patas de la oca y los dedos de los monstruos, mojados, largos como raíces primordiales. Y al sentir aquel contacto, entre tinieblas, Eusebi imploró: «¡Oh, Señor, aún no!».

El cuerpo agachado de Eusebi Estribill, la vieja cámara Zahan-Marinetti, la oca y los monstruos crearon un atasco en el pasillo, un tapón de carne. Los monstruos se quejaban gimiendo como terneros perdidos. El Pajarraco volvió atrás y gritó:

—¿Se puede saber qué coño pasa aquí?

Los monstruos dejaron de empujar y se detuvieron. Eusebi encontró tres, cuatro, seis pastillas. Se las tragó mezcladas con grava de hierro. Un eructo; un hipo; tos; más tos; el exceso de *cocaine* enseguida le hizo efecto. Se puso de pie.

—¡Disculpe! —gritó.

Y siguieron adelante.

Eusebi se sorprendió gratamente cuando accedieron a una habitación muy diferente, justo debajo del pico de la montaña. Las paredes estaban perforadas y en una de ellas se abría un grandioso ventanal. Aquello debería proporcionarle una luz magnífica y soleada. Por desgracia, el día estaba nublado. Las nubes entraban, literalmente, por el ventanal. El aire de la habitación adquiría unos tonos de océano holandés, una grisura húmeda y melancólica. Sin embargo, Eusebi decidió que era el escenario propicio: no sería justo vestir con luz celestial a unos personajes tan atormentados.

—¿Y ahora qué coño hacemos?

El que había hablado era el Pajarraco. Con estas palabras se sometía al arte fotográfico, unos dominios que ya no eran suyos, sino de la técnica. A partir de aquel momento Eusebi asumía el control. Desplegó el trípode y enroscó encima la gran cámara del barbero. La habitación estaba llena de monstruos, movedizos, ansiosos, cien gargantas inhumanas que ahora mugían como vacas descontentas. Amable, pero firme, dijo:

—Siéntese, por favor. ¿Podrían traerle algún asiento?

Todas aquellas manos, ramificadas como telarañas vegetales, se aliaron para transportar una silla, y el Pajarraco se repantingó de espaldas al gran ventanal brumoso, con la oca en el regazo. Eusebi, con claridad y serenidad, le dijo que la oca no, que no era necesario. El Pajarraco de Mal Agüero dudó un momento y después lanzó la oca al aire, como quien vacía un saco; el animal voló como una gallina y se estampó contra una pared de torsos cilíndricos. A continuación el Pajarraco adoptó una postura digna y altiva, con la barbilla hacia arriba y sosteniendo una pistola a la altura del pecho. Aquello era precisamente lo que Eusebi Estribill quería evitar: una imagen de postal, sin alma, posando como una estatua. Pero se limitó a decir:

—Ella también, por favor.

—¿Ella? —se sorprendió el Pajarraco.

Pero aquellos eran los dominios de Eusebi, que dijo, muy firme:

—Sí, ella.

La Dama Triste se colocó al lado del Pajarraco de Mal Agüero, muy recta. La niebla los envolvía como un humo frío y transparente, de una grisura marítima. Ella apoyó una mano en el hombro de él. ¿Era una muestra de afecto? La otra mano colgaba paralela al vestido negro. Eusebi se fijó en que su dedo índice era largo y poderoso, y que ese índice estaba señalando el suelo. En el polvo, sus pies habían escrito: «*Armée Tarbes*». Tarbes era la localidad francesa más próxima. La mujer quería escribir algo más, pero el Pajarraco, impaciente, empezó a pegar gritos y a hacer aspavientos: exigía una botella y también exigía que Eusebi se diera prisa. Eusebi tuvo que calmarlo. Mientras preparaba el palo de magnesio le explicó el proceso. Primero los enfocaría con la cámara del barbero, y a continuación alzaría el bastón. Cuando apretara el disparador, el magnesio explotaría con un fogonazo potente e instantáneo. Y aquí hizo una pregunta: ¿cómo reaccionarían los monstruos ante el flash? El Pajarraco soltó una carcajada agria.

—Si le hicieran algo, al momento los escarmentaría a bastonazos.

—Señor —replicó Eusebi—, ¿y no podría darles bastonazos un momento antes de que me agredieran, no un momento después?

El Pajarraco lo miró sin entender. De repente, se echó a reír. Se reía y con las manos abiertas se daba golpecitos en los muslos.

—¿Lo has oído, nena? ¡Qué bromista este fotógrafo, qué bromista!

Justo en aquel momento llegó el monstruo pequeño con una botella de vino; el Pajarraco dio un trago, dos tragos, y se transfiguró: tenía la expresión de un demonio. Miró a Eusebi sin parpadear y le dijo:

—Tú, haz la foto de una puñetera vez.

Eusebi contaba solo con la Kodak. La cámara del barbero solo era un subterfugio. Accionaría el disparador de la Kodak justo un instante después del flash. De esta manera, tanto el uno como la otra se relajarían y abandonarían aquella postura hierática. Y, gracias a los monstruos, no perdería la luz del flash: Eusebi confiaba en que su piel, tan húmeda de mucosa, reflejaría, aunque fuera medio segundo más, la luz del magnesio e iluminaría toda la estancia. Así, los monstruos lo ayudarían a retratar la monstruosidad humana.

Y procedió: la pareja miraba la Zahan del barbero; entretanto, Eusebi depositó la Kodak encima de la cámara grande, apuntándolos. Les avisó:

—¿Preparados?

Los retratados tensaron todos los músculos. ¡Flash! Una explosión de luz. Y entonces, solo medio segundo después, cuando creían que la fotografía ya estaba hecha, cuando abandonaban la máscara de quien sabe que lo están fotografiando, Eusebi giró el pequeño botón de la Kodak. ¡Crec! ¡CREC!

La tenía. La gran foto. Estaba seguro. Nadie había retratado jamás a una pareja tan profundamente triste y trágica. Y aquello era mucho más importante que cualquier monstruo, por insólito que fuera: una imagen que reflejaba el proceso de degradación amorosa. ¿Cómo habían llegado a aquel nivel de desolación? «Quien entre en esta montaña que abandone toda esperanza. Y también el deseo, el amor y la vida.» Gracias a aquel «crec» todo el mundo podría verlo y conmoverse. Ya podía morir en paz.

En aquel momento, el Pajarraco de Mal Agüero pegó un bote. La foto, quería la foto, ¿dónde estaba su foto? Eusebi se alarmó.

—Pero, señor, antes tengo que llevar la cámara al laboratorio, sumergir la placa y revelarla.

El Pajarraco le dirigió una mirada de ignorante.

—¿Qué placa ni qué puñetas? ¡La foto! ¡Quiero mi foto!

Los monstruos se pusieron nerviosos. Había tantos, y en tan poco espacio, que se empujaban con violencia. El Pajarraco tenía la capacidad de transferir su indignación a las bestias, que acompasaban su ebullición con las rabietas de él. Sacaron la lengua, unos atributos largos y gruesos como anacondas del Orinoco agitándose en el aire. Las lenguas estallaban, y las gargantas emitían unos mugidos roncos y multitudinarios.

—¡Mi foto! ¡Quiero la foto de los cojones!

El Pajarraco se abalanzó sobre la cámara del barbero, como si la máquina fuera la culpable. La tiró y la atacó a patadas. Al verlo, los monstruos se lanzaron contra el objeto caído, como una especie de tiburones terrestres. La avalancha de cuerpos vegetales la destrozó.

—¡La foto! ¿Dónde está? ¡Mi foto!

Entretanto, Eusebi buscaba a la Dama Triste con los ojos. Ella también lo miraba. Eusebi se apartó de la *melée* de monstruos, amontonados encima de la cámara destruida. El dedo de ella volvía a señalar sus pies. En el suelo había escrito: «! *alerte armée* por favor».

Sí, *armée* quería decir «ejército» en francés. La conclusión era que aquella mujer quería que fuera a Tarbes, a Francia, a avisar a las autoridades. Pero ¿cómo iba a hacerlo? Estaba dentro de una montaña infernal, llena de monstruos capitaneados por un loco violento. Además, sentía que los músculos pectorales se le cerraban sobre los pulmones. Ahora sí: aquel era el ataque definitivo.

Se moría. Lo notaba.

Cayó de rodillas, no podía respirar. La mujer corrió a ayudarlo y le tiró de las manos como quien sube a un náufrago a un bote. Recriminó al Pajarraco de Mal Agüero a gritos:

—¿Ves lo que has hecho?

Al oírlo, el Pajarraco se calmó un poco. Y con él los monstruos. Se guardaron las lenguas en la boca, con los ojos clavados en el fotógrafo agonizante. Pero el Pajarraco estaba resentido y clamó:

—Este hombre es un jeta y un gilipollas. ¡Y ahora verás cómo trata el Ideal a la gente así!

Eusebi sintió mil manos elevándolo por los aires, unas manos formadas por dedos, muchos deditos de madera dura como el metal y a la vez flexibles como la goma. Medio inconsciente, notaba que lo transportaban por encima de mil cabezas inhumanas. Solo le quedaban fuerzas para una idea, una idea fija: «¡La Kodak, no sueltes la Kodak!». Aún la tenía en la mano izquierda. Los monstruos lo zarandeaban como a un muñeco de trapo, lo movían como una hoja en un torbellino. Cerró los ojos, mareado y asfixiado, y se dijo: «No te desmayes, sobre todo no te desmayes y no abras la mano izquierda».

Cuando abrió los ojos ya estaba fuera de la montaña. Tumbado en el suelo. El Pajarraco de Mal Agüero lo contemplaba rodeado de una cohorte de monstruos.

—¡Esto es lo que merece la gente como usted! —le dijo.

Eusebi pensó que acabaría como la cámara del barbero: destrozado, descuartizado y desmenuzado. Pero entonces el Pajarraco dijo:

—¿Qué se había creído? ¿Que le pagaría una foto que no recibiré hasta vete a saber cuándo? ¡Fuera de mi casa!

Eusebi se puso de pie titubeando como un ternero recién nacido. No podía contestar: cada vez que respiraba exhalaba un silbido patético. Se llevó una mano al pecho. Miró a aquel hombre horrible y a los monstruos. La oca aleteaba como si quisiera ahuyentarlo y defecaba líquido. Eusebi pensó que por aquello no iban a discutir: se dio media vuelta y se marchó. Tambaleándose penosamente y haciendo eses. Pero tenía la Kodak en la mano. Sí, la tenía.

—¡Espere!

Eusebi miró hacia atrás. El Pajarraco de Mal Agüero se dirigía hacia él. «Ahora sí, ahora me remata», pensó. Pero aquel loco se limitó a meterle cinco billetes en un bolsillo del chaleco musitándole al oído:

—Así te sentirás culpable si me llevas a juicio por la cámara rota.

Y volvió a entrar en la montaña haciendo de pastor de un ejército de monstruos. La oca acompañaba al Pajarraco, le mostraba el culo y dejaba caer ruidosas boñigas. Pero Eusebi ya estaba de vuelta de cualquier ofensa. Estaba muriéndose. Le costaba respirar, como si el aire entrara por unas tuberías demasiado estrechas. Y aun así estaba agradecido a la Providencia, que le permitía morir fuera del infierno. Tomó un camino muy empinado y rodeado de árboles. Moriría lo más arriba posible, cerca del cielo, no encerrado en una montaña de paredes negras y herméticas, donde reinaban la locura, el desamor y la monstruosidad. Las piernas aún tuvieron fuerzas para llevarlo a un rellano de hierba voluptuosa. Había rocas blancas de medidas irregulares esparcidas por la hierba. Se apoyó en una de las más grandes. Desde allí veía al Pajarraco, más abajo, rodeado de su horda monstruosa, recluyéndose en la montaña. Aún le quedaba una foto, la número cien. Disparó.

Y ahora, por fin, se moriría. Se dejó caer y la espalda le resbaló por la piedra. Se sentó en el suelo, con la espalda apoyada en el granito de la roca. ¡Oh, Dios! No respiraba, hacía mucho rato que ya no respiraba. ¿Cuánto tardaría en morirse? Su cara era una sábana de color violeta, como un gran hematoma. Veía a un hombre. Sí, un hombre, y no deliraba.

Apareció en la dirección del sol. Un individuo alto, fornido, con piernas ágiles y adaptadas al terreno agreste.

Eusebi parpadeó deslumbrado por la esfera solar hasta que el desconocido la tapó con su cuerpo. Llevaba una larga escopeta de dos cañones. Debía de ser un cazador. Con un brazo débil, muy débil, Eusebi le tendió la Kodak. Casi no podía hablar.

—Lleve esto a Tarbes, tienen que verlo —dijo con una vocecita finísima, entre silbidos.

Un instante antes de morir dobló el cuerpo como un muñeco, desinflado pero feliz, y lloriqueó:

—La penúltima foto. La penúltima.

Nunca habría dicho que la última palabra de su vida sería *penúltima*.

Mucho tiempo después, cuando ya todo había acabado, el Ministère de la Guerre quiso averiguar más detalles a través de Mailís, que escribió un voluntarioso informe que los funcionarios de la République archivarían junto con la autopsia de uno de los últimos fungus muertos en combate. En el informe, Mailís intentaba explicar que los fungus adquirían consciencia gracias a la combinación de un fuerte impacto craneal y una emoción muy fuerte, y subrayaba un detalle muy femenino: el primer fungus, Tuerto, nació gracias al amor. En cambio, cuando Ric-Ric invocó al segundo fungus, Chiquitín, lo guiaba el miedo; el miedo a la muerte. Según Mailís, este hecho condicionó el carácter de los dos fungus y muchas de las cosas que sucedieron después.

Quizá fuera una visión demasiado romántica de la génesis de los fungus. Porque seguramente una de las pocas cosas que tenían en común fungus y seres humanos era que no importaban tanto los motivos de su concepción como la forma en que afrontaban la experiencia de la vida. Y, en cualquier caso, daba igual: nadie, en París, leyó nunca ni el informe ni la autopsia. Ningún funcionario sabía qué hacer con el cuerpo del último fungus muerto en combate, ni les importaba, así que lo llevaron al zoo, donde lo redujeron a cenizas en el crematorio.

Fuera como fuese, Tuerto, Chiquitín y los demás fungus vivían ajenos al hecho más decisivo de todos. Y era que, en el verano de 1889, aquella pequeña comunidad de fungus, que ya no obedecía a un revolucionario solitario y embrutecido, no sabía que al norte de los Pirineos estaban reuniéndose unas fuerzas descomunales, con un propósito y solo uno: exterminar hasta al último de los fungus.

CAPÍTULO XXI

Movilización del ejército francés. Lo dirige Auguste Féraud, general de brigada universalmente conocido por su mal humor y su extrema crueldad

Le faltaba un ojo y tenía la cara llena de agujeros de metralla. Se llamaba Auguste Féraud-d'Hubert, pero para sus hombres era *la Bête*. Es decir, la Bestia.

Había nacido en Montluçon, justo en el centro geográfico de Francia, y aquello debía de imprimir cierto carácter, porque enseguida emergió el patriota que llevaba dentro. Durante la escolarización, los niños franceses aprendían que los colores azul, blanco y rojo de la bandera significaban Libertad, Igualdad y Fraternidad. Para Auguste era al revés: cuando el profesor le preguntaba qué significaban para él la Fraternidad, la Igualdad y la Libertad, Auguste contestaba: azul, blanco y rojo. Una persona así por fuerza tenía que acabar en el ejército. Y enseguida se convirtió en el soldado perfecto. Obediente, disciplinado y sobre todo entusiasta. Incluso demasiado: tenía un carácter exaltado, sanguinario, que lo llevaba a protagonizar trifulcas de taberna contra cualquier antipatriota. Pero en el ejército francés nadie era demasiado francés. Sus superiores siguieron un criterio hipócrita, y a cada arresto le sucedía un ascenso.

A los cuarenta años ascendió a coronel. Sus hombres lo temían. Sus castigos eran famosos, y siempre encontraba nuevos motivos para imponerlos. En cierta ocasión se cruzó con dos soldados roselloneses que estaban hablando en catalán. Féraud los detuvo y les dirigió las siguientes palabras, que él consideraba benevolentes: «Hijos míos, dentro de vosotros hay un francés que pugna por salir. Mi trabajo consiste en ayudarlo». Y los castigó con veinte azotes. Cuando alguien le comentaba que aquellos excesos solo podían inflamar el odio de la tropa, Féraud replicaba con su versión del lema de Calígula: «Que me odien, si así me obedecen».

Pero Auguste Féraud topó con la desgracia en septiembre de 1870, en un lugar llamado Sedán.

Lo impensable. La derrota. La humillación. Francia vejada.

La mañana de la batalla, el estallido de un obús le hizo perder el ojo y le dejó en la cara docenas de agujeros como de viruela, aunque más profundos y crueles. Pero aquello no era lo peor. Francia rendida a los prusianos. Alsacia y Lorena perdidas. Y aún peor, la traición: aprovechando la derrota, los anarquistas de París se habían alzado. La patria traicionada y mutilada, como su cuerpo. Nunca había sido un hombre atractivo, pero después de Sedán se convirtió en una especie de monstruo patriótico, un monstruo uniformado, un monstruo institucional. En cierto modo, fue como si la batalla hubiera querido mostrar al mundo la auténtica alma de Féraud-d'Hubert. Por si fuera poco, se negaba a llevar un parche en el ojo. Afirmaba que ver la cuenca vacía aterraba a los enemigos, y que el trabajo de un guerrero consistía en aterrar y matar a enemigos. ¿Por qué iba a esconderse?

Lo primero que hizo al salir del hospital fue participar en la represión de los comuneros de París. Según muchas fuentes, hasta treinta mil parisienses fueron ametrallados por su propio ejército. Féraud lo ponía en duda: su unidad sola era responsable de unos cinco mil muertos, hombres, mujeres y jovencitos. Y no sentía ningún remordimiento. Los prusianos eran enemigos; los comuneros, algo mucho peor: traidores.

Poco después, Auguste cometió una irresponsabilidad, una locura. Reunió a un grupo de sediciosos dispuestos a intentar un golpe de fuerza en Estrasburgo. Confiaba en que si ocupaban el ayuntamiento, el patriotismo alsaciano haría lo demás. Por suerte para él mismo, sus superiores descubrieron el complot a tiempo. «Estas cosas hay que pensarlas en frío, Féraud —le dijeron, como quien riñe a un crío—. Piense que los prusianos siempre van una guerra por delante de nosotros».

Reprimenda suave, en efecto. Pero el estado mayor tomaba nota de su carácter exacerbado e impetuoso. Sí, todo el ejército conocía a Féraud, su ojo vacío y sus mejillas picadas. «La Bestia de Sedán.» *La Bête*. Por otra parte, era el soldado perfecto, héroe mutilado y patriota incuestionable. «Sin mancha ni mácula, ni en el escudo ni en la coraza», como decían los caballeros medievales. Sin hombres como él, ¿quién defendería Francia de los enemigos internos y externos? Los mandos no querían castigarlo, pero tampoco podían obviar que tramaba complots. Al final encontraron la solución: «Ascendámoslo de una patada en el culo». Ascendieron a la Bestia a general de brigada. Ahora bien, con un nuevo destino. El más alejado de la frontera alemana, lo más lejos posible de Estrasburgo: justo en la otra punta de Francia, al sur de Tarbes. En los Pirineos.

———•———

Y así fue como Auguste Féraud-d'Hubert, la Bestia de Sedán, recaló en los Pirineos. Pero nada indicaba que fuera a convertirse en el protagonista de la batalla más extraordinaria del siglo XIX francés, y en territorio español.

Todo lo contrario. No sentía ningún amor por su destino. Consideraba España y a los españoles un submundo de criaturas turbulentas y pasionales, empobrecidas a causa de un atavismo histórico. Agradecía que existieran los Pirineos, muralla y barrera natural que separaba la sagrada Francia de la caótica España. Al mismo tiempo, en Tarbes se sentía como un Napoleón: encerrado en una cumbre en lugar de en una isla, pero igualmente enclaustrado.

Sin embargo, lejos de Tarbes y de los Pirineos estaba produciéndose una suma de circunstancias que acabarían implicando a Auguste Féraud-d'Hubert, *la Bête,* en el combate más apoteósico de su vida, y por las que acabaría consiguiendo la más alta condecoración de la República. He aquí dichas circunstancias.

Las noticias que hablaban de un regimiento perdido en los Pirineos tardaron mucho en llegar a la capital española, Madrid. Y cuando por fin se supo el desastre, las autoridades reaccionaron al estilo español: ignorándolo. Al recibir el telegrama, el ministro se limitó a mandarlo al «archivo redondo», es decir, a la papelera. Pero en España también solía suceder que el viceministro fuera más eficaz y abnegado que el ministro. Y unos días después de que el ministro del Ejército enviara el telegrama al «archivo redondo», el joven viceministro le preguntó al ministro qué había pasado con aquel asunto. Se produjo una animada discusión, en la que el viceministro manifestó su inquietud: algo habría que hacer si medio millar de hombres desaparecían como por encanto en los Pirineos. El ministro se rio: ¿acaso Andorra le había declarado la guerra a España? No. En consecuencia, y si no existía ningún enemigo, solo quedaba una explicación: habían desertado. Lo más probable era que un grupo de descontentos hubiera asesinado a los oficiales y después hubiera huido aprovechando la proximidad de la frontera. El resto de la tropa debía de haberse dispersado por miedo al castigo.

Deserción masiva, por cierto, que no le extrañaba nada, teniendo en cuenta las deplorables condiciones en que tenían que servir los soldados. El joven viceministro volvió a protestar. El ministro hizo que se cuadrara: lo que tenía que hacer era reclutar a quinientos soldados más y mantener la noticia en silencio, o las deserciones se propagarían como una epidemia. Y, pensándolo bien, ¿qué eran varios cientos de desaparecidos? En Cuba cada tres meses desaparecía el equivalente a medio batallón, y nadie se quejaba. «Acartone más su levita, y chitón», concluyó.

Pero tampoco aquellos sensatos argumentos convencieron al joven y terco viceministro. Aprovechando que en España las élites funcionariales tenían lazos de parentesco muy estrechos, el joven viceministro se puso en contacto con el embajador español en París, que era primo de su cuñado, y le explicó el caso. Casualmente, el embajador español compartía amante con el superior de Auguste Féraud-d'Hubert, el comandante de la II Región Militar, la pirenaica. El embajador le habló de una confusa amenaza para la seguridad de ambos países. El general, receptivo pero lógicamente incrédulo, le pidió que precisara la naturaleza de aquella grave amenaza. El embajador no fue capaz de hacerlo, y allí habría acabado todo el asunto si no hubiera sido porque en aquellos días Féraud recibió una extraña visita.

Un tal Cassian, un indígena de los Pirineos, había insistido mucho en verlo. Llevaba dos cosas consigo: un extraño ingenio, una cámara portátil, y una historia aún más extraña. Cuando el laboratorio del ejército reveló las fotografías, Féraud las miró con su único ojo y exclamó: *«Mais... ce sont des dragons!»*.

No podía ser un montaje. Las primeras noventa y ocho fotografías eran perfectamente anodinas. Pero las últimas dos hablaban de un mundo demasiado horripilante para que fuera producto de la mente humana.

Sobre todo la fotografía noventa y nueve: una pareja imposible; una dama de luto, con la mirada tristísima, y un hombre grotescamente vulgar. Y detrás de la pareja de amantes, un muro de monstruos, *des dragons*. Féraud miró y remiró las fotografías. Incluso su pobre imaginación de militar se sintió tentada, excitada por el impulso más primigenio de los guerreros: rescatar a una bella cautiva de las garras de los dragones. ¿Qué crédito obtendría si los derrotaba? No había precedentes. San Jorge había derrotado a un dragón, solo a uno, no a todo un ejército. Sí, la gloria. Y después quién sabía. Quizá el Poder, el Poder total. Y enderezar la pobre Francia.

Había que estar atento a los detalles. El propio Cassian le explicó que tenía una cuenta pendiente con el jefe de los dragones, que se autoproclamaba «rey de los Pirineos» y al que odiaba mortalmente. Por lo que decía, lo había acechado día y noche, desde el exterior de la cueva-montaña en la que vivía, con la esperanza de dispararle un tiro mortal. Por desgracia, relató Cassian, cuando por fin el rey de los Pirineos abandonó su refugio, lo pilló vaciando el vientre, y antes de que se diera cuenta su enemigo ya había vuelto a entrar en la montaña. Pero a la vez salió un hombre, un individuo agonizante que le entregó aquella curiosa cámara. Féraud se lo creyó: para un militar, el argumento de la venganza siempre era plausible. Cassian se ofreció como guía autóctono: llevaría al ejército francés hasta la montaña *des dragons*. A cambio solo exigía ser él quien ajusticiara al rey de los Pirineos.

Féraud remitió un informe a su superior. Al leerlo, el comandante de la II Región Militar no supo qué hacer. Todo era demasiado fantástico, y a la vez había demasiados indicios de que en las alturas pirenaicas estaba incubándose una extraña amenaza. Porque a las advertencias del embajador español ahora se añadía el informe de Féraud, imágenes incluidas: la foto de la pareja y la foto número cien de la Kodak, en la que se veía a un hombre rodeado de criaturas delirantes, imposibles, pero perfectamente retratadas por el arte fotográfico. Demasiadas coincidencias. Después de dudar un momento, el hombre envió un telegrama a Féraud. Era una orden muy elástica, porque decía: «Movilícese».

Y a la vez, para cubrir su responsabilidad, añadía un hipócrita: «Si lo considera necesario».

Hipócrita, sí, porque el comandante sabía muy bien que ordenarle a Auguste Féraud que no atacara era como pedirle a un pez que no nadara.

Al leerlo, Féraud se frotó las manos. ¿Movilizarse? *Mais oui, il faut!* Combatiría a aquel enemigo fantástico con todos los recursos a su alcance. Armado con el telegrama del Estado Mayor, Féraud reunió en Tarbes tres brigadas pirenaicas bajo su mando. Casi mil soldados perfectamente avituallados. Y con un añadido: cuatro carros con el contenido escondido bajo gruesas lonas blancas. Cuando los oficiales le preguntaban qué había debajo de las lonas, Féraud contestaba con una sonrisa enigmática: «Una cosa, señores, que en 1870 ya teníamos en el arsenal, pero que el Estado Mayor no consideró necesario emplear contra los prusianos». Esta vez sí que la utilizarían. Esta vez *les dragons* no se enfrentarían con unos pobres soldaditos españoles, mal armados y peor comandados. No. Lo que estaba a punto de caerles encima era todo el peso de la maquinaria de guerra francesa. Y al frente un cerebro sin escrúpulos, un comandante eficiente, brutal y seguro de sí mismo, con un solo ojo y una cara ametrallada: Auguste Féraud-d'Hubert. *La Bête*.

CAPÍTULO XXII

Tristísimo y desolador final de Mailís en la Montaña Agujereada

El mismo día en que Auguste Féraud-d'Hubert recibía la orden de ponerse en marcha, Mailís vivía sus últimos momentos de cautividad en la Montaña Agujereada.

Unas semanas antes, la noche en que acabó en brazos de Ric-Ric, Mailís creyó que había encontrado un aliado imprevisto: el amor. Enseguida vio que Ric-Ric no era un amante tan rudimentario como podía parecer. En la espalda, una cama de musgo; encima, aquel hombre, y, más arriba, la cúpula rocosa del pico de la montaña. Y los fungus: docenas y docenas de fungus llenando la habitación. Hacían torres de cuerpos babosos que rodeaban a la pareja y la observaban con ojitos que parecían brasas amarillas. Monstruos boquiabiertos, monstruos confusos: percibían el placer que la pareja experimentaba, un placer desconocido para ellos. Mailís *notaba* que entre los monstruos crecía la curiosidad, seguida de desconcierto y frustración. Chiquitín era el que mostraba más curiosidad, y en su esfuerzo por entender el placer humano, por aprehenderlo, se acercaba tanto a los amantes que frotaba los cuerpos desnudos. Ric-Ric, sin dejar de fornicar, le daba un golpe en la mandíbula inferior, la más prominente, como si fuera el morro de un perro, y seguía haciendo el amor.

Entre coito y coito ella lloraba. Le exigía que volviera a explicarle la muerte del Viejo y de Alban, sobre todo la de Alban. Él, contra lo que se habría podido esperar, la satisfacía con relatos pacientes y detallados, tranquilos, pese al auditorio monstruoso que los encapsulaba en la cama de musgo. Siempre la misma versión, sincera y verdadera: no pudo hacer nada, porque cuando llegó al *ostal* ya se había consumado todo. Encontró al Viejo muerto, junto al muro. Al oírlo, Mailís redoblaba el llanto. Tumbada en el colchón de musgo, Mailís cogía la cara de Ric-Ric con las dos manos y le pedía que continuara. ¿Y Alban? No, Ric-Ric no había visto el cadáver. Pero todo le llevaba a pensar que estaba en la barriga de Tuerto. Seguramente había intentado huir por el prado que rodeaba el *ostal*. Nunca lo habría conseguido, nunca habría podido escapar de un fungus. Mailís, desolada, buscaba esperanzas vanas en aquella escena: ¿de verdad era imposible que Alban consiguiera huir? Ric-Ric admitía un extremo: en aquella casa había pasado algo raro, no sabía el qué. Pero no quería inducirla a creer en imposibles, y cuando ella volvía a llorar, volvía a hacerle el amor.

Se pasaron días encerrados allí dentro, haciendo el amor rodeados de paredes de monstruos escrutadores, casi sin salir de la cama de musgo. Pero no podían vivir así para siempre.

———•———

El amor de la pareja había hecho que los fungus constataran la existencia de placeres que siempre estarían fuera de su alcance. Al parecer, aquello contribuyó a sublevarlos aún más, a fomentar y acelerar una oposición que ya existía, pero que hasta entonces nunca había excedido ciertos límites. Los signos de desintegración eran cada vez más visibles y más escandalosos: los fungus ya solo obedecían a Ric-Ric cuando les daba la gana. A veces incluso se negaban a acatar órdenes tan sencillas como llevarle una botella de *vincaud.* O aún peor: un día le dejaron en las manos una botella vacía. Era evidente que aquello era un signo ominoso, el fin o el principio del fin. Pero lo único que hizo Ric-Ric fue quedarse mirando la botella vacía, como un Hamlet borracho.

Mailís captó los cambios mucho antes que Ric-Ric. Ya no caminaba tranquila por los pasadizos de aquel mundo cavernoso. Antes los fungus nunca la tocaban, como si tuvieran un sexto sentido, a la manera de los murciélagos, para eludir su cuerpo con una habilidad fantástica. Ahora, una especie de crispación flotaba en el aire de la Montaña Agujereada; los fungus chocaban con ella, a menudo bruscamente, como diciendo «apártate». En un par de ocasiones incluso la habían hecho caerse de culo.

Mailís había entrado voluntariamente en la Montaña Agujereada para salvar a sus vecinos, pero, con Alban muerto, su determinación perdía sentido. Además, y esto era aún más determinante, estaba claro que el dominio de Ric-Ric sobre los fungus periclitaba. Hasta entonces la figura de Ric-Ric había contenido a los monstruos y había evitado que aniquilaran la vida humana en el valle. Pero si ya no era así, ¿de qué servía seguir prisionera?

Una noche, mientras hacían el amor, Mailís aprovechó la proximidad entre sus labios y la oreja de él para musitarle algo. Él, sorprendido, detuvo el movimiento de caderas. «No, no te pares», le dijo ella: quería aprovechar que los fungus estaban absortos *notando* el placer que sentían para susurrarle un plan de fuga. Y no era un plan estúpido.

El gran ventanal que Mailís había ordenado abrir a los fungus les permitiría huir montaña abajo. Ella sola nunca podría: el primer tramo del descenso era casi vertical, una roca pelada y sin asideros. Pero ahora los fugitivos eran dos. Podían fabricar una cuerda y ayudarse el uno al otro. Solo tendrían que ganar tiempo bloqueando la puerta. A propuesta de Mailís, Ric-Ric había ordenado a los fungus que saquearan muebles de la Vella. Habían vuelto con un par de armarios grandes, muy útiles para su propósito. Los dos amantes colocarían aquellos grandes volúmenes detrás de la puerta. No resistiría para siempre, pero tampoco era necesario: solo necesitaban un momento para descolgarse por la roca. Después podrían deslizarse y huir del valle.

Pero aquí Mailís no tenía en cuenta un aspecto fundamental: la perspectiva de Ric-Ric.

¿Huir? Quizá sí. Pero ¿adónde? El mundo entero le había declarado la guerra. Además, al escaparse perdería lo único que la vida le había regalado: los fungus. En efecto, el desprecio de los monstruos y aquella revuelta emergente, cada vez más manifiesta, demostraban que su poder siempre había sido una ilusión. Pero ¿qué hay más fuerte y absorbente que una ilusión? Él no se oponía al plan de fuga, pero era obvio que aún le daba vueltas. Es probable que una exposición razonablemente larga de Ric-Ric a los abrazos y argumentos de Mailís hubiera acabado convenciéndolo.

No, el problema entre Mailís y Ric-Ric no fueron las dudas de él. Lo que los distanció, y al final causó la ruptura, ni siquiera fueron los fungus. Fue un horror mucho más simple: el hecho, irrefutable, de que no hay pasión que resista las erosiones que genera el peor enemigo del amor: la convivencia.

Para él, igual que para ella, la primera noche que pasaron juntos también fue la cima de su vida amorosa. Una vez iniciada la intimidad mutua, parecía lógico que durmieran juntos en la habitación de debajo de la cima, mucho más amplia, aireada y luminosa. Y apta para la fuga. Pero el día después de haber hecho el amor, el día siguiente mismo, ella empezó a construir un orden nuevo.

Siempre se habían hablado de usted. Ric-Ric nunca olvidaría la primera vez que lo tuteó. Fue al escupir al suelo una bolita ensalivada de tabaco. Mailís le dijo:

—No hagas eso, por favor.

Él se excusó: ensuciaba el suelo solo porque no encontraba la escupidera. De hecho, ninguna de las tres escupideras de piedra que tenía diseminadas por la habitación. Ella, con una sonrisa, le precisó que no las encontraba porque había ordenado a los fungus que las retiraran. Las tres. Él, confundido, le preguntó dónde tenía que escupir, sin escupidera.

—No escupas.

Mailís dulcificó el dormitorio. Encima de la gran mesa hecha con el tocón de roble aparecieron ramos de flores, que los fungus le trajeron del exterior. Eso sí: se las trajeron enteras, con tallo y raíces. No prohibió a Ric-Ric beber *vincaud,* porque sabía que era imposible, pero se lo recriminaba veladamente cada dos por tres, cosa que a él lo sulfuraba. Él nunca se había preocupado de las botellas vacías, aquellas botellas de vidrio verde. Cuando se acababa una, simplemente la tiraba. Y así, en todos los rincones de la Montaña Agujereada había botellas esparcidas. Los túneles y pasadizos, las curvas, las grandes salas interiores e incluso las escaleras de piedra. Hasta que un día empezaron a desaparecer. A veces, Ric-Ric veía a algún fungus recogiendo botellas verdes. No tenía que preguntar quién se lo había ordenado: no era idiota, veía que Mailís manipulaba sus espacios y sus objetos para que modificara su actitud y sus hábitos, y aquello lo crispaba.

Nunca había soportado ni acatado disciplina alguna. Detestaba el orden de los hombres, cualquier orden. Pero, fuera adonde fuese, siempre aparecían normas y controles, reglas y autoridades, leyes y leyes y más leyes. Hasta que llegó a los Pirineos. Por fin tuvo un dominio propio. Primero su *cauna* y después una montaña entera. Pero de repente aparecía una mujer y le decía que tenía que beber menos y que no debía escupir en absoluto.

Lo que empezó como una discusión menor fue agravándose, no porque subiera de tono, sino porque no se acababa nunca. Él adoraba el cuerpo de ella, desnudarla sobre lienzos de musgo. Sí, qué maravilla. Mailís entregada al placer: su pelo meloso esparcido por el colchón verde, la visión de su largo cuello, tensado por el amor. Pero la cuestión era que él siempre había vivido libre. Hasta que llegó ella. Y no le dejaba tener escupideras.

Un día, un día terrible, Mailís se dio cuenta de que él nunca cambiaría de actitud. Que seguiría comportándose como un puerco sin conciencia. El amor de él estaba enterrado bajo una capa de reproches y de desconfianzas malhumoradas. A veces la miraba de reojo. Él, su amante. Cuando la miraba así, ella sentía un desconsuelo y una soledad infinitos. Como si su alma fuera un muñeco de papel, y la mirada de él, unas tijeras. Todo aquello la llevaba a un callejón sin salida. Sin él no podría ir a ningún sitio, porque la fuga requería cuatro manos y porque ella aún lo quería.

Lo que siguió fue una suma de días tan oscuros como las noches. No dejaban de discutir y de gritarse. Aparentemente por la escupidera, aunque aquello solo era la superficie del conflicto. Eran dos almas en pena, vagando por limbos de roca negra, incapaces de expresar el amor que sentían el uno por el otro ni de reavivarlo. Y rodeados de fungus, vigilados por fungus, por mil ojos de un amarillo refulgente.

El día en que llegó el fotógrafo, su amor solo era un recuerdo viejo y perdido. Lo que más ofendió a Mailís fue la mirada del fotógrafo. Unos ojos externos que hacían evidente su degradación, que reflejaban hasta qué punto ya no era prisionera de ninguna montaña, de ningún monstruo, sino de un amor fracasado. Hizo lo único que podía hacer: «Alerte a las autoridades francesas», le imploró.

Poco después de que el fotógrafo se marchara, Mailís hizo un último intento para que Ric-Ric abriera los ojos. Lo urgió a tomar la decisión de huir. Pero siempre estaba demasiado bebido.

—Si nunca tienes un momento de lucidez, nunca saldremos de aquí —le decía.

Cuando se dio cuenta de que era inútil, cambió de estrategia y lo enfrentó a la revuelta de los fungus.

—Ya no te obedecen, ¿no te das cuenta? —le dijo un día.

A él le ofendía que ella cuestionara lo único que le quedaba, su menguante poder sobre los fungus. Mailís lo retó.

—Si los compañeros aún te hacen caso, ¿por qué no lo demuestras? —y añadió—: En la parte superior de la montaña hay una habitación, una gruta excavada por ellos, donde guardan una cosa sin que lo sepas. ¿Quieres saber qué es? Es muy sencillo: si aún te obedecen, haz que te lleven allí.

Cuando mantuvieron este diálogo era mediodía y Ric-Ric aún no se había bebido ni dos botellas de *vincaud*. Llamó a Chiquitín. Pero este, que entendió sus pretensiones, se metió entre las tinieblas como un ratón naranja. Ric-Ric se rio, sarcástico.

—Chiquitín y malnacido.

Señaló a otro fungus, uno cualquiera, y le dijo:

—Tú, acércate.

Pero este también huyó de él. Entonces se dirigió a un grupo de fungus:

—Eh, vosotros, niñitas traviesas, ¿dónde estáis?

Todos escaparon corriendo, reptando o escalando paredes, como si temieran estar allí cuando Ric-Ric descubriera lo que había en aquella habitación. Entonces Ric-Ric sacó el Lefaucheux y recorrió los pasillos oscuros disparando al aire, bramando y tachando a los fungus de raza cobarde y lamentable.

—¡No pienso tolerar secretos pequeñoburgueses en mi república! —bramaba.

Ya no lo obedecían, pero aún no lo desacataban. Era como una especie de emperador romano, viejo y decadente, pero que aún conservaba fuerza suficiente para aterrar a sus súbditos. Recorrió pasadizos, plataformas y estancias lúgubres como ruinas abandonadas desde hacía mil años. Subió y bajó rampas y escaleras, cada vez más airado, hasta que, por puro azar, descubrió a Chiquitín, escondido en un agujero de la roca. Ric-Ric lo sacó de allí cogiéndolo del cuello, lo levantó un palmo del suelo y proclamó:

—¡Soy Ric-Ric, y me llevarás adonde te ordene!

Y lo hizo. Atemorizado, con el cinturón de Ric-Ric atado al cuello como la correa de un perro, Chiquitín lo guio hasta aquella caverna superior. Entraron los dos.

Lo que había allí dentro eran todas las botellas de *vin-caud* que Ric-Ric había consumido desde el principio de las excavaciones en la Montaña Agujereada. Pirámides de botellas de vidrio verde, que los fungus habían almacenado allí cuidadosamente. Unos agujeros en el techo dejaban entrar rayos de sol que se reflejaban en el vidrio verde como si las botellas fueran topacios malolientes. Incluso había moscas, atraídas por los restos de azúcar.

El propósito de Mailís era evidente: que al ver aquella fantástica cantidad de vidrio, de recipientes vacíos, Ric-Ric fuera consciente de su dipsomanía. Que entendiera por fin que el licor solo le servía para evadirse de la realidad y que, si no lo afrontaba, los fungus acabarían devorándolos. Como habían hecho con Alban. Por desgracia, consiguió el efecto contrario.

Durante un buen rato, Ric-Ric miró aquel depósito secreto, las botellas vacías, el vidrio verde. Y al final le dijo a Chiquitín, con calma:

—La señorita Mailís siempre ha estado aquí contra su voluntad —y a continuación añadió, como si de repente lo invadiera la desmemoria—: Por cierto, ¿cómo llegó? ¿Quién la trajo?

El pecho de Chiquitín emitió un sentimiento que Ric-Ric conocía muy bien, una emoción que quería decir «Tú». Él se frotó la nuca con una mano.

—¿De verdad? Ah, sí, claro —y entonces pronunció las siguientes palabras—: échala.

¿Por qué lo hizo? ¿Por resentimiento? ¿Porque detestaba que ella limitara su libertad? ¿O porque sabía que la insurrección de los fungus ya era inevitable y quería protegerla? En cualquier caso, Chiquitín se sintió muy feliz de recibir aquella orden. Salió de la gruta de las botellas veloz como el rayo y más vivo que el fuego. Se topó con Mailís en el piso inferior de la Montaña Agujereada, y al verla empezó a empujarla por las caderas. Mailís no entendía nada.

—¡Quieto, quieto! —le ordenó, pero Chiquitín no le hacía caso.

Todos los fungus se concentraron alrededor de la humana y del pequeño fungus, inexorable en sus empujones de mil dedos. Ella lo señaló con su dedo índice. No sirvió de nada. Mailís cayó al suelo.

—¡Oh!

De rodillas, observó que las paredes estaban llenas de fungus que la contemplaban emitiendo una emoción nueva. A veces había *notado* aquel vocablo, cuando reñía a Chiquitín, pero nunca había entendido qué significaba exactamente. Ahora sí.

Se puso de pie mirando la turba de fungus. Por fin entendía aquel término: era risa. Una risa de multitudes que la escarnecían, que se burlaban de ella y de su ridícula situación, expulsada vilmente, como un detritus y por orden del hombre al que amaba. Chiquitín era el que más se reía. Aquella era su victoria. La empujaba hacia la salida de la montaña, pero lo hacía despacio, saboreando la venganza, acompañado por cientos de espectadores. La risa de los fungus era una emoción aguda, que acompañaban con chirridos de puerta mal engrasada.

—¡Ric-Ric! —gritó—. ¡Ayúdame!

Pero Ric-Ric no apareció por ningún sitio. Chiquitín siguió empujándola hasta que salieron, y cuando estuvieron fuera la hizo caer, le enroscó la larga lengua en el tobillo y tiró con fuerza.

Todos los fungus salieron de la montaña para disfrutar de la escena, para reírse de ella, de la humana presuntuosa que los había sometido a escrutinio. Reían sin parar y se mofaban de ella. Con lo que no contaban era con que Mailís se pusiera de pie, se secara las lágrimas y diera un paso adelante. Señaló a Chiquitín con su dedo de profesora y, en una mezcla de idioma fúngico y humano, dijo en voz alta unas palabras terribles, que significaban más o menos esto:

—He vivido entre vosotros, y por eso puedo hablar con conocimiento de causa. Y debo decir que tenéis muchas cosas buenas. Sois una comunidad sin necesidades, no necesitáis ni techo ni alimento. Un poco de lluvia os alimenta y os satisface, no os afectan ni el frío ni el calor. Vuestro lenguaje es único: utilizáis emociones allí donde los hombres emplean palabras. Estáis comunicados entre vosotros como lo están todos los mares del mundo. Sí, todos sois hermanos, y en consecuencia habéis sustituido la política por la fraternidad. Todo esto es bueno y loable —pero Mailís siguió, con su arrogante dedo índice señalando la cara de Chiquitín—. Sin embargo, vuestros defectos y limitaciones son tan obvios como irreparables.

Estáis atrapados en una actividad frenética y desmesurada. Hacéis y hacéis, y si hacéis tanto solo es porque no podéis no hacer. Vuestra actividad alocada no aporta nada, ni al mundo ni a vosotros. Construís puentes para cruzar ríos que no utilizáis, levantáis atalayas desde las que nunca miráis el horizonte, y si un día llegarais al mar, construiríais puertos absurdísimos desde los que nunca zarparía una nave. No podéis crear nada admirable, útil ni beneficioso —y, por si no bastara, remató su discurso con estas palabras—. Vuestro cerebro no sabe hacer metáforas. En consecuencia, os perderéis uno de los grandes gozos de la vida: la poesía. Sois criaturas apoéticas. Esta es vuestra desgracia. Nunca entenderéis ni un plano ni un poema; ni una utopía política ni un credo religioso. Como vuestro cerebro no puede dormir, vuestra alma no puede tener sueños. ¡Oh, pobres fungus! Vuestros ojos solo ven las cosas tal como son, nada más. Esta es vuestra condena, dolorosísima: vuestra naturaleza os obliga a vivir en el mundo real, a no ver nada más que la realidad. ¡Oh, pobres fungus! ¡Las criaturas más desamparadas de todo el universo!

Las risas de los fungus cesaron. Mailís había conseguido revertir la dirección de la ofensa. Ahora eran ellos los que sufrían un malestar difuso. Sobre todo Chiquitín, el más alocado de todos. Y enseguida supo por qué motivo aquellas palabras eran tan hirientes: porque eran verdad.

El odio hizo que el pequeño cuerpo de Chiquitín empezara a temblar. Las pupilas se le dilataron como las de un gato y ahora llenaban toda la esfera amarilla de un color negro brillante. Odiaba a Mailís, sí, por lo que decía y por otro motivo.

Ella no era consciente del dolor que había infligido a Chiquitín. Antes de que ella entrara en la Montaña Agujereada, los fungus no se reían. Sin saberlo, había sido ella la que les había hecho descubrir el humor: el día en que dio los primeros golpecitos de castigo en la cabeza de Chiquitín. Desde aquel instante, el pequeño fungus había sufrido el más cruel de los martirios: ser objeto de la burla de todos los seres con los que compartía la existencia. Sí, aquella era la sensación colectiva que Mailís había *notado,* pero que no identificaba: la risa. Y las risas le habían hecho aún más daño que los latigazos de lenguas viscosas.

Chiquitín temblaba de odio. Era como si el cilindro de su cuerpecito contuviera mil gatos furiosos. Y cuando ya parecía que estaba a punto de explotar, hizo aquello: proyectó la boca hacia delante tan rápidamente que los ojos de Mailís ni siquiera percibieron el movimiento; las mandíbulas se cerraron sobre el dedo índice de Mailís, aún extendido, y las tres hileras de dientes se lo arrancaron.

Mailís cayó de rodillas, ahora con un grito agudo. La sangre le brotaba del dedo cortado como de una tubería reventada. Un chorro de sangre le manchó la falda negra, el vientre del vestido y las dos mangas. Todo había sido tan rápido que lloraba más de susto que de dolor.

La multitud de fungus se retiró y entró lentamente en la montaña. Chiquitín aún se quedó unos instantes allí, plantado delante de la humana herida y arrodillada. Ella nunca entendería el dolor que le había causado. Antes de que ella llegara, Chiquitín era un fungus marginado; a partir del momento en que Mailís entró en la Montaña Agujereada, se convirtió además en el hazmerreír de sus hermanos. Chiquitín se quedó allí, acercando la boca a la cara de la mujer caída, masticando el dedo. Quería asegurarse de que ella veía cómo lo trituraba con sus dientes de espinas y se lo tragaba. Después se giró y se metió en la montaña.

CAPÍTULO XXIII

Ferocidad de Féraud, que asesina y decapita a todos los fungus que se interponen entre él y la Montaña Agujereada. Los fungus toman la suprema decisión de liberar a Tuerto de su ostracismo

Sin embargo, a aquellas alturas los problemas de Chiquitín con Mailís solo eran una porción ínfima del conflicto entre los fungus y los hombres. Porque el mismo día en que expulsaron a Mailís de la Montaña Agujereada, los fungus recibieron una noticia tan inesperada como horripilante: otro ejército se acercaba, esta vez desde el norte. Un ejército mucho más numeroso y poderoso que el de la Gran Batalla. Más hombres, más animales, más carros y cañones. Y cuatro misteriosos carruajes que transportaban algo escondido debajo de unas lonas blancas. La conmoción fue grandiosa y puso de manifiesto lo que Mailís ya había visto: que para los fungus Ric-Ric ya no existía.

Esta vez, a diferencia de la primera batalla contra los seres humanos, Ric-Ric no subió a ningún púlpito de roca a galvanizarlos. Y por dos motivos. El primero era que los fungus ya vivían de espaldas a su antiguo amo y lo ignoraban como si no existiera, como si nunca hubiera existido. Lo trataban como habían tratado siempre a la Oca Calva, a la que no le deseaban ni el bien ni el mal. Expulsar a Mailís fue la última orden que habían obedecido, y porque ellos quisieron. Y el segundo motivo era que, desde la expulsión de Mailís, Ric-Ric vivía en una especie de estado etílico permanente; casi no se movía de su cuarto. De vez en cuando, ebrio, salía de aquella habitación superior, solo hasta el rellano de piedra previo al vacío, y desde la altura lanzaba bramidos guturales y ostentosos que se dispersaban por los espacios vacíos de la montaña:

—¡Tuerto! ¿Dónde está? ¡Que vuelva!

Pero nadie le hacía caso. Y Ric-Ric, desde allí arriba, miraba hacia abajo, hacia los huecos de la montaña, como si no acabara de creerse que los fungus ya no le obedecían.

El único que se mantenía cerca de él era Chiquitín, y solo porque los demás seguían sin tolerarlo. Se quedaba a la cabecera de la cama de Ric-Ric porque los demás no lo querían y porque intuía que los sueños ocultaban algo importante, un secreto que los hombres habían buscado desde hacía mil años, desde los tiempos del guerrero Filomeno. A veces, acostado en la cama de musgo, Ric-Ric, el hombre que había comandado legiones fúngicas, el hombre que había atemorizado a la raza humana y la había expulsado del valle, miraba a Chiquitín y le decía con voz rota:

—Tuerto me aprecia mucho, ¿sabes? Oh, sí, el invierno pasado pasamos muchas noches juntos hablando del Ideal. Siempre tenía cara de niño triste. Es un buen compañero.

Así se hunden los grandes imperios, más por putrefacción que por cataclismo, más por dejadez que por agresiones y violencia. Roma no cayó por una invasión bárbara. No. El último emperador dejó de serlo poco a poco, perdiendo acatamientos, dominios y atribuciones, hasta que un día ya no lo obedecía nadie. Aun así, durante mucho tiempo, y gracias a la inercia de las cosas, el último emperador siguió gobernando o fingiendo que gobernaba, y los esclavos siguieron fingiendo que lo obedecían.

Hasta que un día un bárbaro errante lo miró fijamente y le dijo al oído estas palabras: «Vete a casa». Y el último emperador, naturalmente, se fue.

———•———

Cuando se enteraron de que los seres humanos atacaban por segunda vez, los fungus sufrieron una conmoción, en efecto, pero muda. Chiquitín, desde la habitación de Ric-Ric, lo *notó*. Los cientos de fungus que habitaban la Montaña Agujereada dejaron de trabajar, hecho insólito. Se reunieron en la gran sala de la base, juntos como un solo cuerpo formado por cien mil extremidades irregulares, apáticos y desconcertados. Sabían que se acercaba un gran peligro, pero no sabían cómo enfrentarse a él. Mailís ya se lo había advertido: «Sois criaturas sin imaginación, y por eso nunca seréis rivales para el género humano, que un día os exterminará». Y así se quedaron, quietos y agrupados, dubitativos y temerosos, parados como un bosque de raíces estúpidas e inapetentes, mirándose unos a otros con sus ojos sin párpados. Y así siguieron hasta que Chiquitín salió de la habitación de Ric-Ric.

Miró hacia abajo, a la base de la Montaña Agujereada, y vio la gran sala abarrotada de fungus. En aquella posición, en el vértice superior, se le ofrecía una visión de cabezas esféricas, nerviosas y a la vez sin iniciativa. Vio aquella multitud compacta de cuerpos unidos como una esponja gigantesca y amorfa, y descendió las cincuenta y dos plantas. Se plantó delante de aquella masa fúngica y gritó:

—¡Nos lanzarán a una garganta!

La garganta. ¿No lo entendían? ¡Los humanos los lanzarían a una garganta! Él había caído hacía mucho tiempo. El pozo infinito, el vacío, el horror. Chiquitín abrió desmesuradamente la boca.

—¡La garganta!

¡Lanzarían a todos los fungus a un agujero sin fondo, a una garganta!

Pero los congéneres de Chiquitín se mantenían agrupados y apáticos como un rebaño de corderos bajo la lluvia. Porque los fungus entendían perfectamente el problema, pero no sabían qué hacer. Quizá por eso habían obedecido tanto tiempo a Ric-Ric, porque en ellos el instinto de sumisión era mucho más fuerte que el de poder. Fungus: criaturas sin imaginación y que no sabían leer mapas; los fungus no planificaban, no decidían.

Se giraron todos para mirar a Chiquitín, como si el hecho de haberlos interpelado le confiriera algún protagonismo. Pero él estaba tan desconcertado como los demás: él tampoco dormía ni soñaba; de hecho, era el más pequeño de los fungus, nunca se atrevería a abordar algo tan complejo como planificar batallas. Pero ahora todos lo rodeaban, lo conminaban a actuar y le exigían una respuesta. «Eres un fungus raro —venían a decirle—, piensas cosas raras, y en consecuencia quizá tengas alguna idea». Los demás se iban agrupando a su alrededor, Chiquitín *notaba* que le dirigían una insólita mezcla de amenazas y esperanzas. Al final, presionado por todos sus congéneres, exclamó:

—¡Que vuelva Tuerto!

Durante un segundo fue como si los quinientos fungus contuvieran el aliento. Después, mil ojos amarillos se agrandaron.

—Tuerto nos hizo ganar la Gran Batalla —siguió diciendo Chiquitín—; él sabrá cómo derrotarlos otra vez.

Ric-Ric había condenado a Tuerto a vivir recluido en casa de Mailís. Decidieron mandar al propio Chiquitín a buscarlo. Al fin y al cabo, la idea de que volviera había sido suya. «Que vuelva Tuerto.» Chiquitín no se esperaba aquel encargo. No quería ir. ¿Y si por el camino pasaba algo? Todos lo acusarían del fracaso. Así pues, replicó:

—No, que vaya otro.

Pero los fungus se enfrentaron a él, y en su idioma de emociones entrelazadas le dirigieron las siguientes palabras:

—Haz lo que te mandan.

Era el más pequeño de los fungus, no podía oponerse a una decisión tan firme y tan compartida. Aun así, asustado, buscó un subterfugio.

—Los humanos ya están demasiado cerca —dijo—, no llegaré a tiempo de avisar a Tuerto.

Pero los dos fungus que solían hacer de porteadores del palanquín de Ric-Ric intervinieron:

—Nosotros te llevaremos, más veloces que el rayo, más vivos que el fuego.

Y la multitud de fungus, exacerbada, alzó a Chiquitín por encima de sus cabezas.

—¡Ve! ¡Ve y vuelve con Tuerto! —le decían—. Ganaremos tiempo para ti, aunque tengamos que inmolarnos. ¡Ve! ¡Ve ahora y vuelve con Tuerto!

«Que vuelva Tuerto.» Y entre todos metieron al pequeño fungus en el palanquín.

A través de las rendijas de ramitas rotas, Chiquitín veía a cientos y cientos de fungus, ahora excitados por la proximidad de la batalla, con la cara hacia arriba, proyectando las largas lenguas fuera de la boca, sacudiéndolas en el aire y haciéndolas chasquear. Lanzaban unos aullidos desconocidos en la naturaleza que subían por las alturas interiores de la montaña. Una especie de grito de guerra animal, colectivo. Eran como la encarnación de la tierra, del bosque. Y daban miedo.

Entretanto, el ejército de Auguste Féraud-d'Hubert avanzaba a paso firme en dirección a la Montaña Agujereada.

Féraud iba en la vanguardia, a caballo, con Cassian al lado: el Imperio romano ya conocía la utilidad de los auxiliares indígenas. Solo los precedían un grupo de zuavos a pie, con sus pantalones bombachos, sus gorros de Fez con borla y sus orgullosas barbas musulmanas. Los zuavos adoraban a Féraud por su valentía militar y su falta de escrúpulos, y en correspondencia a aquella devoción él los tenía como *garde de corps*.

La pesada columna se movía por un camino de montaña, lenta pero segura. Una senda sin duda estrecha: a la izquierda, un terraplén de unos tres metros de altura, cubierto de bosque espeso, árboles y arbustos. Y por allí irrumpió la criatura: un volumen imprevisto, unas formas inimaginables.

Ha salido de lo alto del terraplén, parece que vuele. No: salta con los brazos y las piernas abiertos. Cae sobre tres zuavos, justo los que preceden al caballo de Féraud. El monstruo perfora la carne con garras ganchudas, torcidas como hoces. Alza unos larguísimos brazos de carne flexible, siete u ocho brazos, y cada vez siega a uno, dos, tres soldados. La sorpresa es tal que hombres y animales tardan en reaccionar. Las monturas se alborotan y cocean, huyen atropellando a los hombres y volcando la impedimenta. *Les dragons, les dragons!* Confusión. El caos.

El dragón se gira y muerde el morro del caballo de Féraud. *La Bête* se cae del caballo. Aquella acción inmoviliza por un momento *le dragon,* que mientras remata al caballo recibe los primeros disparos de la guardia personal de Féraud. Pero no lo abaten. El monstruo pega unos gritos terroríficos, desesperados. Es dos palmos más alto que los soldados que lo rodean y se lanza contra todos, con los miembros como un torbellino. Lo pinchan, lo golpean y le disparan. Él embiste, rompe el círculo de uniformes que lo rodea y atraviesa cuerpos y fusiles con la misma facilidad. Mata, no remata, sigue adelante, ataca toda la columna, corta y fulmina a hombres y mulas por igual. Imprevisible, de repente se detiene y vuelve atrás. Delante de él está el comandante enemigo, caído, que desenfunda la espada. Si no fuera porque es imposible, se diría que *le dragon* reconoce a *la Bête* guiado por un instinto atávico, como un cazador reconoce el líder de una manada de lobos. Todo va muy deprisa: aunque herido por diversos disparos, el dragón se abalanza hacia Féraud, al que apenas le da tiempo a ponerse en pie. Por suerte, cuando *le dragon* está a punto de herirlo con veinte extremidades, Cassian le dispara los dos cañones de su magnífica escopeta. Dos balas de gran calibre, en medio de la cabeza. El agresor cae muerto, ahora sí.

El general y sus hombres observan el cadáver tendido mientras se diluye el humo de los cañones. Si no se sorprendieran no serían humanos. Un horror mudo recorre las filas de soldados, de artilleros y de jinetes. ¿Con qué se enfrentan? Es un cuerpo inverosímil y grandioso: abatido, casi tapona el estrecho sendero. Los miembros adoptan formas imaginativamente satánicas, con la cabeza alargada, plana y poderosa, y los ojos ominosos. El cadáver del dragón intimida: monstruos de casi dos metros de altura, con garras vegetales, ojillos de tiburón y manos y pies ramificados como el pelo de la Medusa. Al momento retoman la marcha. Pero lo hacen en un silencio compungido.

La larga columna extrema las precauciones. Los soldados avanzan más despacio, atentos a las alturas del terraplén y con las armas a punto. No les sirve de nada: al rato otro monstruo, tan invisible y solitario como el primero, se lanza sobre la tropa. Esta vez ha caído justo en medio de la larga columna en movimiento. Se crea un torbellino de destrucción y violencia, de chillidos y aullidos humanos y no humanos. Matarlo le cuesta al ejército cinco soldados muertos, doce heridos y tres mulas. El general está contrariado: las mulas son lo más difícil de sustituir.

Aún caerán dos fungus más, uno en la retaguardia y otro muy cerca de Féraud, otra vez, casualmente. Es cierto: cuando cruzan el cielo con aquellos saltos fantásticos, bien podrían pasar por dragones voladores. Los soldados no entienden la finalidad de estos ataques erráticos, solitarios, asesinos y a la vez suicidas. Y no los entienden porque los enemigos son fungus, y los franceses no saben nada de los fungus. Han muerto para ganar tiempo. No han dudado en enviar voluntarios al sacrificio. Y con un éxito total: han conseguido ralentizar la marcha del ejército para que a Chiquitín le dé tiempo de ir a buscar a Tuerto.

El ejército se inquieta y murmura. El cielo es gris como la ceniza; nubes musculosas y turbulentas flotan por encima de los cañones, que, emparedados entre el cielo y las montañas, ahora parecen armas pequeñas, muy pequeñas.

Por suerte, el general Féraud es un hombre obtuso pero empecinado, limitado en casi todo menos en ferocidad. Y nada le da miedo: ordena que decapiten los *dragons* muertos y que claven las cabezas en unas picas muy largas, que manda colocar delante de la formación, a la vista de todo el mundo. Es uno de los típicos gestos de Féraud que horrorizan a sus colegas del Estado Mayor. Pero en aquel lugar salvaje y remoto de los Pirineos no hay ningún miembro del estado mayor; solo hay mil soldados que necesitan galvanizar los ánimos. Las cuatro picas las llevan cuatro zuavos. Enarbolan unas cabezas decapitadas que parecen de otro planeta. «*Vive la France, vive la République!*», grita la tropa. «*Allahu-akbar!*», gritan los zuavos. Dios es grande.

En Francia y en el mundo, desde los tiempos del guerrero Filomeno, todas las personas civilizadas se han hecho la gran pregunta: ¿dónde reside el Poder?

En efecto, ¿dónde se oculta esta capacidad sublime, misteriosa y etérea que hace que los hombres sean obedecidos por otros hombres? Una pregunta que se han hecho todas las personas, todas menos Féraud *la Bête,* de quien todo el mundo duda que sea una criatura plenamente humana. Él no tiene ninguna inquietud, solo certezas. Y la certeza más profunda que siempre lo ha guiado dice así: que el Poder no se oculta en ningún sitio, porque el Poder es él, la gente como él. Y algún día, cuando haga una gran gesta militar, el mundo lo sabrá.

Una vez, al poco de que los primeros fungus se hubieran desarraigado por obra de un puño amoroso, Tuerto y Chiquitín contemplaban a Ric-Ric, que dormía en la 'cauna', y Tuerto le dijo a Chiquitín:

—Esta es la gran diferencia entre nosotros y él: que él duerme y nosotros no podemos dormir.

Muchas vicisitudes después, Chiquitín fue a buscar a Tuerto al 'ostal' de Mailís, por orden expresa de todos los fungus del mundo. Como Tuerto había estado recluido en el 'ostal', no había visto a Ric-Ric y Mailís haciendo el amor en la Montaña Agujereada, pero Chiquitín sí. Y Chiquitín le dijo a Tuerto:

—¿Sabes una cosa? Hay una segunda gran diferencia entre ellos y nosotros: ellos juntan sus cuerpos.

Tuerto, que miraba unas brasas medio apagadas, le dijo:

—Pues te diré más: encerrado aquí dentro, debajo de este techo inclinado, he descubierto que hay una tercera diferencia entre ellos y nosotros, una tercera diferencia aún mayor que las otras dos.

CAPÍTULO XXIV

Gravísimas discrepancias entre Chiquitín y Tuerto. Mailís, desesperada por encontrar a Alban, se interpone entre el ejército francés y los fungus, con el riesgo de que la hiera o la mate cualquiera de los dos bandos

Los dos fungus transportaron a Chiquitín por cumbres y por valles, saltando gargantas y arroyos, barrancos y precipicios, siempre en dirección al *ostal* de Mailís, a una velocidad prodigiosa y en la línea más recta que permitía la orografía. Aun así, Chiquitín los espoleaba para que fueran más deprisa. Los porteadores *notaban* las emociones del pasajero, pero Chiquitín no podía evitar acompañarlas con chasquidos labiales, urgiéndolos a correr cada vez más. En determinado momento, el pequeño fungus se dijo que aquellos sonidos y su actitud le recordaban a alguien. ¿A quién? Y él mismo se contestó: a Ric-Ric cuando tenía prisa por ir a algún sitio. La idea lo incomodaba. Y al rato no pudo evitar volver a pensar en Ric-Ric: cuando faltaba muy poco para llegar a la casa, los porteadores se detuvieron en seco.

Llovía. Los fungus que lo llevaban se abrazaron el cilindro del tronco con los brazos, juntaron las piernas, cerraron los ojos y se dispusieron a recibir el agua del cielo. Chiquitín salió de la cabina, alarmado. ¿Qué estaban haciendo? ¡Tenían que ir a buscar a Tuerto! ¡Tuerto! ¡Lluvia siempre habría, la urgencia era Tuerto! No le hicieron ningún caso, quietos, con los ojos velados. Y sus propios aspavientos le recordaban a los de Ric-Ric: también se enfurecía cuando le hacían aquello, cuando los fungus dejaban cualquier cosa para recibir el agua que caía del cielo. Se dirigió al *ostal* solo, corriendo bajo la lluvia. Los porteadores se quedaron atrás, como estacas clavadas en la tierra.

Tenía que hablar con Tuerto, tenía que hacerlo, los humanos atacaban. Llegó al murete de pizarra, lo saltó y corrió por el huerto. La puerta estaba entreabierta. La cruzó a la velocidad y con el sigilo de los fungus.

Hacía meses que habían dejado a Tuerto allí dentro, por orden de Ric-Ric. Y allí seguía. Ni siquiera se había movido de sitio: de pie, delante de la chimenea, con la mirada fija en unas brasas rojizas. Estaba muy cambiado. En todo aquel tiempo bajo techo no lo había mojado ni nutrido la lluvia. Sus colores estaban más apagados y tenía los miembros más delgados y estilizados, como chupados. Algunas extremidades parecían rígidas y resecas, como las ramas de los árboles que llevan mucho tiempo muertos. Chiquitín se anunció, pero Tuerto no manifestó ninguna alegría de verlo. Aquello le dolió. Para los fungus, que hablaban articulando emociones, estas eran públicas, como todas las palabras son audibles para los humanos. Y Tuerto no había sentido ninguna emoción especial al verlo. Lo *notaba*.

Pero Chiquitín no podía perder el tiempo: le explicó los últimos acontecimientos. Los humanos volvían a atacar la Montaña Agujereada. Un ejército grande, muy grande. Los fungus lo habían enviado a buscarlo para que los acaudillara en la batalla decisiva. Lo necesitaban. Pero Tuerto ni siquiera se dignó apartar su único ojo de las brasas. Chiquitín insistió: el nuevo ejército de los hombres era mucho más poderoso que el anterior. Amenazaban con aniquilar la Montaña Agujereada y destruir hasta al último de los fungus. ¡Y no enterrarían a los muertos hasta la cintura, lanzarían los cuerpos a las gargantas! ¡A todos! Él era el héroe de la Gran Batalla, sabría cómo dirigirlos. Tenía que volver.

—Por favor, vuelve —le suplicó por fin.

Tuerto, sin apartar el ojo de las brasas, se limitó a decir:

—¿Lo notas?

Chiquitín estaba tan pendiente de Tuerto que no había utilizado sus sentidos para nada más. Ahora auscultó la casa y, en efecto, lo *notó*. Tuerto alargó tres brazos y señaló una estrecha escalera de madera que llevaba al piso de arriba.

—Sube.

Chiquitín obedeció. Subió al piso de arriba y desapareció por una puerta.

Al rato volvió a bajar la escalera. Los dos fungus mantuvieron un breve y decisivo diálogo, que en el idioma de los seres humanos seguramente habría adoptado estas palabras:

—Tienes que volver.

—No.

—¿Por qué?

—No hay ningún motivo para que lo haga.

—Justo antes de la Gran Batalla, cuando habías renunciado a los fungus y ya te perdías por los bosques, viste el ejército de humanos, y al saber que los fungus estaban en peligro volviste para luchar.

—En efecto —replicó Tuerto—. ¿Y de qué sirvió? Después de la Gran Batalla siguieron igual. Sometidos a sus trabajos absurdos, noche y día; vaciando montañas sin sentido, con el cuerpo y los ojos siempre llenos de polvo de roca triturada. Y así siguen, aún más ciegos y obtusos que cuando eran simples plantas.

Tras decir esto, Tuerto, por primera vez desde que Chiquitín había entrado en la casa, apartó lentamente su ojo amarillo de las brasas y lo miró.

Chiquitín nunca había *notado* tanta tristeza en una criatura viva, fuera humana o fungus. Y sobre todo nunca había *notado* aquel desencanto, que era la forma más irremediable y honda de tristeza. Desencanto de la vida, del mundo; por encima de todo: desencanto de los fungus. Tuerto miró al pequeño fungus un largo instante y entonces le dijo:

—¿Por qué eres tan vehemente? Tú, precisamente tú, al que han ofendido, humillado y apartado. Te dan latigazos con la lengua, te humillan y se ríen de ti. ¿Por qué los defiendes, precisamente tú?

Chiquitín no se esperaba que lo interrogaran. Dio un paso atrás, como asustado por la pregunta. En el *ostal* se hizo el silencio. Solo se oían las brasas, casi extinguidas, y la lluvia repiqueteando contra los cristales con un ruido amortiguado. Tuerto insistió:

—¿Por qué los defiendes?

Chiquitín dijo:

—No lo sé. Quizá porque un día me sacaron de una garganta.

Los dos se callaron. No tenían nada más que decirse. Los debates entre fungus eran brutalmente breves: los sentimientos de los interlocutores siempre estaban a la vista y era obvio que Tuerto no cambiaría de opinión. Fin de la charla.

Aun así, Chiquitín se sublevó: se abrazó a una rodilla de Tuerto, como había hecho en la Montaña Agujereada; le tiró de las piernas con fuerza intentando que saliera de la casa de los hombres. ¿Qué diría a los demás fungus cuando volviera solo? Tiró con toda la fuerza de sus pequeños miembros, desesperado, pero Chiquitín era muy pequeño y Tuerto, pese al ayuno de lluvia, muy grande. Fue inútil. Tuerto no volvería a la Montaña Agujereada.

Al final no le quedó más remedio que desistir y se marchó.

———•———

Durante el trayecto de vuelta a la Montaña Agujereada, Chiquitín tuvo que enfrentarse a un dilema sin solución. Podía explicarles a los fungus la verdad: que Tuerto no quería venir. Pero aquello los decepcionaría infinitamente. ¿Y quién puede luchar con los brazos caídos? El resultado sería la derrota y el exterminio. En consecuencia, no podía decirles lo que había pasado en el *ostal*. Mintiendo, al menos evitaría que el espíritu de lucha de los fungus decayera. Pero ¿cómo mentir en un mundo de almas transparentes? Para los fungus mentir no era bueno ni malo, era imposible.

Mientras pensaba en todo esto, ya dentro de la cabina del palanquín, la lluvia arreció. Sin embargo, allí dentro, el agua, el alimento de los fungus, no lo tocaba. El techo era una gruesa capa de ramitas trenzadas, con un tejado de musgo. No se filtraba ni una gota. Lo habían diseñado para los gustos humanos, quienes, al contrario que los fungus, odiaban mojarse. Y aquel pequeño detalle, el hecho de que él estuviera dentro y los fungus fuera, que los porteadores se mojaran y él no, de alguna manera lo separaba de los demás. Como si aquel viaje en busca de Tuerto lo hubiera apartado de los suyos para siempre jamás.

Mientras lo llevaban a la velocidad del rayo, su mente daba vueltas y más vueltas a aquel dilema imposible. ¿Qué les diría a los fungus? Pero no encontraba la respuesta. Deseó que la silla de mano no llegara nunca a la Montaña Agujereada, que el trayecto se eternizara, y así no tener que dar explicaciones a los fungus cuando se reunieran en la gran sala, en la base de la montaña. Pero llegaron, claro que sí.

El palanquín ya entraba en la Montaña Agujereada y Chiquitín aún no sabía qué iba a decir. Todos los fungus lo rodearon en la semipenumbra, tan apiñados que a duras penas lo dejaban salir de la cabina. Estaban tan ansiosos por escuchar las noticias que, sin querer, estuvieron a punto de aplastar la silla de mano. Pero Chiquitín se negó a hablar hasta que los tuvo a todos callados y expectantes en la gran sala. En una de las paredes había un saliente en forma de proa de barco. Chiquitín trepó agarrándose con las patas como un mono con mil dedos. A sus pies se extendían cientos de cabezas, planas y onduladas, atentas y ansiosas. Chiquitín los miró, todos pendientes de él. Su audiencia eran fungus, y a los fungus se les hablaba con sentimientos. Entonces anunció:

—Tuerto no vendrá —y a continuación conjugó las emociones que brotaban de su pequeño tronco cilíndrico y proclamó—: Los hombres han matado a Tuerto.

De alguna manera era verdad. *De alguna manera* el Tuerto al que había encontrado en la casa humana ya no era el que él conocía. *De alguna manera* Tuerto había muerto. Y *de alguna manera* todo aquello era cierto, porque esta era la emoción que Chiquitín mostraba a todos los fungus: una desolación interior, el sentimiento de haber perdido al fungus más cercano a él. Todos los demás *notaban* ese sentimiento dentro de Chiquitín. El fungus que lo había salvado de la garganta, el que más bajó para rescatarlo, aquel fungus ya no existía. Y todo por culpa de los humanos. O al menos por culpa de un *ostal* humano. De alguna manera no les mentía: era *como* si hubieran matado a Tuerto, y en aquel momento ni el propio Chiquitín era consciente del poder de aquel *como,* que por primera vez empleaba un fungus.

Los fungus no contradijeron a Chiquitín; no lo cuestionaron ni lo interrogaron sobre los detalles de su encuentro con Tuerto. No lo necesitaban: los fungus no mentían. Lo que sucedió es que vivieron un estallido de odio colectivo. Un odio repentino, espontáneo, nítido como una madrugada de mayo. Los hombres habían matado a Tuerto, el primer fungus que había abierto los ojos. La masa fúngica chillaba tanto, y tan fuerte, que por un momento Chiquitín temió que se derrumbara la cúpula superior de la montaña.

Los quinientos fungus rugían, clamaban, con los cuerpos mezclados, indignados y sulfurados. Saltaban dando unos botes prodigiosos, los unos por encima de los otros, como ranas que huyeran de una olla hirviendo. Desde la prominencia de la roca a la que había trepado, Chiquitín estaba sorprendido del éxito de su breve discurso. Era, también de alguna manera, el primer fungus que había mentido. Y aquella mentira había sido útil: se sentían más unidos que nunca, más feroces que nunca. En la Gran Batalla solo habían luchado para que no los mataran. Ahora tenían una segunda causa para luchar: vengar a Tuerto.

Pero, por mucha cohesión que hubiera entre ellos, la amenaza humana seguía vigente y más cerca que nunca. La pregunta surgió sola: si Tuerto no podía capitanearlos, ¿quién lo sustituiría? ¿Quién los dirigiría y comandaría en la batalla? Y todos, casi simultáneamente, lo señalaron: él, claro, Chiquitín. ¿Por qué? Porque acababa de ver a Tuerto, porque era el que mejor conocía a Tuerto; porque estaba en lo alto de aquel cuerno de piedra y porque les hablaba en aquel momento supremo. Y también por un motivo superior. Eligieron al más insignificante de los fungus para que los comandara porque los humanos siempre habían buscado el Poder con el propósito ávido, malvado y egoísta de que el hombre que lo encontrara mandara sobre todos los hombres, pero los fungus no eran humanos, eran fungus: solo conocían las relaciones entre iguales, así que para dirigirlos eligieron al más débil y pequeño, porque así siempre estaría supeditado a los demás fungus.

Al darse cuenta de aquella decisión colectiva, Chiquitín se quedó sobrecogido: ¡no, de ninguna manera, él no quería sustituir a Tuerto! De hecho, era lo último que habría deseado nunca. Se sintió como el día en que Ric-Ric lo lanzó inesperadamente a una garganta. ¡No, que le pidieran cualquier cosa menos aquello! Pero a nadie le interesó lo que pensaba o quería. Lo arrancaron del saliente de piedra y empezaron a pasear al pequeño fungus por encima de todas las cabezas entre bramidos y gritos de euforia, congratulándose de tener a «un nuevo Tuerto», como empezaron a llamarlo en aquel mismo momento. Chiquitín protestaba; le salía una mucosa amarilla de los ojos.

—¡No! ¡Dadme la bandera! ¡La blandiré como hice en la Gran Batalla, aunque sea el lugar más peligroso del combate! Pero ¡que otro haga de Tuerto! ¡Por favor!

Por más que lo imploró, los fungus se limitaron a ir a buscar la bandera amarilla con el () en el centro, aún tiroteada y ensangrentada, se la enroscaron en un brazo y le dijeron:

—Serás el nuevo Tuerto y también llevarás la bandera.

—¡No! —gritó él.

Y los quinientos fungus gritaron:

—¡Sí!

Pero él era uno, y los demás quinientos. Y como aun así Chiquitín, suspendido encima de aquel mar de cuerpos, seguía resistiéndose, lo dejaron en el suelo, lo rodearon y le dirigieron las siguientes palabras:

—Haz lo que te mandan: a partir de ahora mandarás.

Chiquitín miró hacia todos los lados, como buscando una escapatoria. Imposible: ¿adónde vas a huir cuando te rodean aquellos con los que quieres estar? Y Chiquitín entendió que no podía oponerse a aquella voluntad colectiva, por odiosa y absurda que fuera. Así pues, hizo un gesto de renuncia y acatamiento. Compungido, extendió la bandera amarilla en aquel suelo de piedra fría, en medio de la gran sala, y, recordando las palabras de Ric-Ric, preguntó a todos los fungus:

—Ric-Ric decía que esto solo es un trapo. ¿Lo es?

Una vez, durante aquellos días en que Mailís le permitía hacerle preguntas, Chiquitín le había preguntado: «¿Qué es un trapo?». Mailís, sorprendida por una pregunta tan excéntrica y banal, le había contestado con sinceridad: «Un simple trozo de tela sucia». Ahora Chiquitín mostraba la tela amarilla, con el signo () en el centro, e insistía a sus congéneres:

—¿Esto es un trapo?

Todos los fungus extendieron mil dedos fibrosos para tocar el viejo estandarte. Con aquel gesto corroboraban que no era un trapo. Porque en aquella tela, ensangrentada y agujereada por cien balas, habían quedado impregnadas mil esporas, todas las emociones y recuerdos de los fungus que habían participado en la Gran Batalla, vivos y muertos. Y todos los fungus presentes gritaron:

—¡No, no es un trapo!

Por fin lo habían entendido: lo que hacía que un trapo viejo, sucio y lleno de agujeros de bala se convirtiera en una bandera era precisamente que fuera viejo, sucio y estuviera lleno de agujeros de bala.

Chiquitín se enrolló la bandera amarilla alrededor del cilindro de su torso y subió por las escaleras en dirección a la habitación de Ric-Ric. Todos lo siguieron. Allí entraron todos los fungus que pudieron, abarrotaron el espacio y se subieron unos encima de otros hasta tocar el techo con sus cabezas planas y alargadas.

Ric-Ric acababa de despertarse de una larga borrachera. Vio aquella invasión, que entraba en tromba en su habitación, y no dijo nada, no hizo nada. Se quedó sentado en el suelo, en un rincón, ignorado por todos los fungus. Estos solo tenían ojos para Chiquitín, que esparció piñas, musgo y piedrecitas de grava ferruginosa encima del tocón de roble que hacía de mesa. Lo que intentaba era imitar a Ric-Ric cuando ideó el plan de la Gran

Batalla. Con la ayuda de piedrecitas, piñas y ramitas quería hacer un plano, un mapa. Las ramitas serían fungus; los piñones serían soldados y el musgo, bosques. Chiquitín inclinó la cabeza por encima de la mesa, pero no veía nada. Por más que se esforzaba, con los ojos muy cerca de la superficie lisa, no había manera. No podía crear ningún plan de batalla; solo veía una mezcla de cosas que no adquirían sentido más allá de lo que eran. Las ramas eran ramas; los piñones, piñones; el musgo, musgo. Nada más. Los fungus rodeaban a Chiquitín, expectantes, a la espera de una revelación. Pero no se produjo ninguna revelación. Por más que lo intentara, su mente, su cerebro fúngico no podía ver lo que veían los seres humanos. Y si los fungus no podían pensar como sus enemigos, nunca podrían derrotarlos. Los exterminarían. Ya lo había proclamado Mailís en su maldición: «Oh, pobre, desdichada raza de los fungus, condenados hasta el fin de los tiempos a vivir bajo el imperio de la realidad. Solo veis las cosas tal como son. No dormís, no soñáis, y quien no sueña está condenado a ser un esclavo».

Chiquitín barrió las piñas y la grava con mil dedos bifurcados y un grito de frustración en la boca. Con docenas de manos-raíces golpeó la mesa como si fuera un tambor, impotente y rabioso. Se sentía mal: notaba como si un escarabajo le subiera por dentro del cilindro del tronco. Aquel día, cuando había caído por la garganta, ya había notado aquella sensación. Era angustia. Ahora volvía a sentirla. Con una diferencia: que esta vez cientos de fungus lo miraban, y aquello aún lo angustiaba más.

Oyó una risa. Una risita cansada y burlona. Era Ric-Ric. Se reía y canturreaba, aún sentado en su rincón, acariciando a la Oca Calva. *Baixant de la font del gat, una noia una noia... Baixant de la font del gat...*

Si Chiquitín hubiera sido un hombre, habría atacado a aquella criatura degradada e impertinente. Pero Chiquitín no era humano. Y mientras miraba a Ric-Ric, se dijo que los fungus quizá no tuvieran imaginación, pero tenían memoria, así que a falta de algo mejor emplearían la misma estrategia de la Gran Batalla. Si había funcionado una vez, ¿por qué no dos?

Se dirigió a los fungus que llenaban la habitación y saturaban todo el espacio, y les anunció la estrategia: se dividirían en dos fuerzas; la mitad se enfrentaría a los humanos y los contendría justo delante de la Montaña Agujereada. La otra mitad, con él al frente, emularía lo que había hecho Tuerto en la Gran Batalla, situándose detrás del ejército y atacándolo por la retaguardia.

—Y esta vez —añadió Chiquitín mirando a Ric-Ric— no será necesario esperar ningún cohete rojo.

Él no lo sabía, pero acababa de hacer el primer sarcasmo de la corta historia de los fungus. A continuación dio su primera orden como nuevo Tuerto:

—Salid.

Y todos los fungus lo obedecieron prestamente y se deslizaron por la puerta de la habitación como mil serpientes untadas con mantequilla. Dentro solo quedaron él, Ric-Ric y la Oca Calva.

Chiquitín se dirigió al rincón donde estaba Ric-Ric. Como estaba sentado con el culo en el suelo, sus cabezas quedaban a la misma altura. Cientos de raíces del fungus se agarraron al rostro del humano y lo inspeccionaron; una telaraña de dedos le recorrió la cara como si fueran gusanos delgados y articulados. La punta de los deditos le entró por las orejas, por la boca y por las fosas nasales. Chiquitín acercó la cara a la de él, hasta que los ojos negros del hombre y los ojos amarillos del fungus quedaron a menos de un centímetro de distancia. Y mientras atrapaba y retenía a Ric-Ric con mil dedos, le dedicó estas terribles palabras, en un idioma medio fúngico y medio humano:

—Encerraste a Tuerto en una casa humana y lo condenaste a quedarse hasta que un día volvieras para juzgarlo —hizo una larga pausa y al final concluyó—: Mira por dónde, quizá no seas tú el que dicte el destino de Tuerto, quizá sea Tuerto el que dicte tu destino.

Y dicho esto, salió de la habitación. Una vez fuera, los fungus cerraron la puerta. Al oír que la puerta se cerraba, la Oca Calva lanzó un *craaaaa* de protesta y de espanto.

Ric-Ric se pasó una mano por la cara, como si se limpiara aquel contacto inhumano. Lo único que le quedaba era una oca. Porque había *notado* lo que Chiquitín había querido decirle: «Tuerto será el que decidirá qué hacemos contigo». Interpretó que volverían con Tuerto y que este lo juzgaría, y pensó como un tirano borracho: «Qué desagradecidos son».

Esperando su condena, encerrado en una sórdida celda de roca desordenada y monumental, Ric-Ric pensó en ella, en Mailís. Recordó los días en que iba a verla. Recordó cuando ella se lavaba en un barreño, arrodillada en la hierba. Recordó la piel blanca de sus brazos. Era como si desde aquellos días felices hubieran pasado mil años. Ella deseaba que se quedara, y él deseaba quedarse. Se preguntó: «¿Por qué demonios no me quedé en su *ostal,* con ella, si los dos lo queríamos?». Y él mismo se contestaba: «No lo sé».

———•———

Mailís llegó a la Vella con un dedo menos pero viva. De camino se había taponado la herida con hojas de muérdago y malvavisco, que cortaban las hemorragias. Se encontró el puelo fantasmagóricamente vacío. Solo quedaba un habitante: su padre. El cónsul la recibió con un abrazo sincero. El hombre no daba crédito. ¿Cómo había conseguido volver viva y entera? O casi entera. Aunque, pensándolo bien, un dedo perdido era un precio muy bajo para alguien que vuelve de ultratumba. O de más lejos.

Ya dentro de casa, el cónsul quiso saber qué había pasado durante su estancia entre los *menairons,* pero Mailís no pudo complacerlo. No tenía tiempo, ni fuerzas, para explicárselo todo. Para explicarle que había huido de un infierno de piedra oscura, sí, pero que a la vez era una sinfonía de sentimientos. Un lugar en el que las criaturas se comunicaban con muchas emociones y muy pocas palabras: exactamente al revés que su padre. Cuando pensaba en la Montaña Agujereada la invadía un sentimiento amargo: solo habían sido unas cuantas semanas, pero en aquel breve tiempo se había comunicado mucho más con unos monstruos aberrantes que en toda una vida con su padre.

Solo le habló de la muerte del Viejo a manos de Tuerto, del ataque a su *ostal* y de la desaparición de Alban. Había vuelto de la Montaña Agujereada con una idea y solo una: «Alban, tengo que curarme e ir a buscarlo». El cónsul se estremeció. ¿Alban? No había nada que buscar, el niño estaba muerto. Ella misma acababa de explicarle el ataque de los *menairons* y el asesinato del Viejo. De acuerdo, nadie había visto el cadáver, pero eso no significaba nada. Y en el valle la situación era más grave que nunca: le explicó que hacía solo dos días el ejército francés había ocupado la Vella, exactamente como habían hecho antes los españoles. Pero los franceses eran aún más despiadados.

—¡Zuavos, Mailís, zuavos! —se lamentaba—. Son moros. Les hacen cosas espantosas a las mujeres.

Si Mailís se dirigía al *ostal,* sería inevitable que se encontrara con el ejército francés o con las turbas de *menairons*. Habían salido de la población el día anterior, justo antes de que se presentara Mailís. En aquellos momentos debían de estar a punto de enfrentarse en la batalla final.

Pero ella no lo escuchaba. Se limitó a sentarse un instante, agotada. Había ido a la Vella solo para informar a su padre de que estaba viva y vendarse la herida. Ahora tenía que marcharse. A salvar a su hijo.

Subió a su habitación y el cónsul la siguió escaleras arriba. ¿Qué le costaba esperar al menos a que los franceses exterminaran a los *menairons*? Unas horas y todo habría acabado. Después, irían los dos a buscar al niño. Ella no se molestó ni en replicar. Se cambió las bragas a toda prisa, se desinfectó la herida con *vincaud* caliente y se la vendó con cuidado. No, definitivamente, su padre no la entendía. Aunque solo hubiera una posibilidad entre mil de que Alban estuviera vivo, iría a buscarlo. El cónsul alzó la voz: le debía obediencia porque era su padre y porque era el alcalde.

Mailís lo miró con rencor.

—¿Te das cuenta? Volvemos a estar como al principio. No querías que tuviera a Alban. Y ahora quieres que te obedezca y lo abandone. No haré ninguna de las dos cosas.

Era muy triste. Incluso en aquellos momentos, para el cónsul pesaba más la autoridad sobre su hija que el amor que sentía por ella. Siempre había sido un hombre enfermo, un hombre poseído por el Poder, como un endemoniado está poseído por el diablo. Pero ¿de qué le servía todo el poder del mundo en una población vacía? Y lo más triste de todo eran sus argumentos.

—¡Sé realista! —le gritaba—. ¡No hay ninguna posibilidad de que el niño esté vivo!

—¿Realista? —replicó Mailís—. ¿Realista? —repitió, escéptica e indignada—. Mira a tu alrededor. Estás solo. ¡Solo! A esto te ha llevado tu consulado. Esta es la realidad: no te queda nadie a quien mandar. Solo tu hija, que está a punto de dejarte.

Pero Mailís no quería discutir con él. El poder del cónsul simplemente ya no tenía jurisdicción sobre ella.

«Adieu», le dijo. Y se fue a paso ligero, sin mirar atrás. Se dirigió a las montañas, unas montañas llenas de batallones franceses implacables y de hordas de fungus coléricos.

El cónsul salió al balcón con las barandillas de color castaño. Desde allí vio cómo su hija, su último súbdito, se alejaba de la Vella, se internaba por un camino de montaña y desaparecía. El Poder. «Prefiero ser el primero en una aldea de la Galia que el segundo en Roma», había sentenciado Julio César. El cónsul había seguido estrictamente aquel principio toda su vida. Y continuaría siguiéndolo, aunque la aldea estuviera vacía. Aunque le costara la vida.

CAPÍTULO XXV

Como era de prever, el ejército francés vence a los fungus. Gran hecatombe fúngica. Ignominioso comportamiento de Chiquitín, que se deshonra huyendo

Hacia el mediodía, cuando el sol estaba en lo más alto, la columna del general Féraud-d'Hubert tuvo el primer contacto con un grupo de unos doscientos ominosos *dragons*. El propio Cassian, que cabalgaba en paralelo a Féraud, le advirtió poniéndole una mano en el antebrazo:

—Mire, general, al norte, *les dragons*.

El ejército aún estaba lejos de la madriguera de los monstruos, la Montaña Agujereada, pero ya tenían delante un grupo numeroso de aquellas fieras. ¿Qué había pasado?

Para entenderlo tendríamos que retroceder unas cuantas horas, cuando los quinientos fungus habían salido de la Montaña Agujereada. Como habían planeado, Chiquitín seleccionó a doscientos para que se quedaran allí, justo al lado del arroyo que estaba delante de la montaña.

—Lo único que tenéis que hacer es contenerlos aquí, resistir y esperar —los aleccionó desde la misma orilla—. Los demás y yo los atacaremos por detrás. Como en la Gran Batalla.

Pero aquellos doscientos fungus no estaban nada de acuerdo con quedarse allí y mantenerse pasivamente a la espera. Todos querían formar parte del grupo que atacaría, que lucharía y vengaría a Tuerto. Así pues, ignorando a Chiquitín, cruzaron el estrecho arroyo para incorporarse al otro grupo, al de los trescientos. Chiquitín intentó cortarles el paso. Estiró todos sus miembros en un intento de detenerlos. Esfuerzo inútil: era como si un pájaro quisiera contener a doscientos halcones.

—¿Qué Tuerto eres tú, que nos das órdenes que no queremos obedecer? —le recriminaban.

Y lo peor fue cuando los otros trescientos fungus se solidarizaron con los doscientos.

—Tienen razón —decían—, todos queremos atacar y luchar, no esperar aquí, quietos como las setas que un día fuimos, pero ya no somos.

Entonces Chiquitín hizo algo insólito: desistió. Se retiró; se marchó, solo, caminando por una parte poco profunda del arroyo, con los ocho hombros caídos, arrastrando por el agua las cien raíces que le hacían de pies, cabizbajo y triste. Al verlo, los fungus se callaron, desconcertados. No lo entendían: Chiquitín, siempre marginado, habría dado su vida por reintegrarse en la comunidad de fungus. Y cuando por fin se lo concedían y lo nombraban Tuerto, se marchaba. Le preguntaron por qué. Chiquitín se detuvo y, consternado, contestó:

—Porque no puedo hacer nada más. Si todo el mundo hace lo que quiere, si no queréis que os dirijan, ¿para qué necesitáis a un Tuerto? —argumentó.

Los fungus se callaron. Ningún otro quería hacer de Tuerto.

—Está bien, sigue haciendo de Tuerto —se rindieron por fin—, pero que sepas que Tuerto lo hacía mejor que tú.

Chiquitín volvió y mostró a aquellos doscientos fungus la bandera amarilla y desgarrada, llena de esporas y de recuerdos.

—¡No os mováis, sobre todo no os mováis!

Los doscientos juraron que no se moverían de allí, de la orilla del arroyo.

Chiquitín y trescientos fungus salieron por fin en busca del ejército humano y dejaron allí a los otros doscientos. Sin embargo, eran fungus, no seres humanos. Poco después de que Chiquitín se marchara, empezaron a moverse a orillas del agua. Bullían de rabia. Los humanos habían matado a Tuerto. ¡A Tuerto! ¡El primer fungus que había abierto los ojos al mundo! ¡Asesinado por los humanos!

Chiquitín no estaba allí para contenerlos, y lentamente, excitados, empezaron a moverse inconscientemente, a avanzar un paso, dos. No eran un ejército humano, disciplinado y maquinal; el odio los impelía a buscar al enemigo, y Chiquitín no estaba allí. Y así, antes de que se dieran cuenta ya estaban atravesando el arroyo. Después se internaron por los bosques, sin seguir una dirección concreta, bramando y aullando al cielo. Y cuando llegaron a un magnífico prado, sereno y espacioso, apenas salpicado por dispersas rocas blancas, se toparon con el ejército de Féraud, que en aquel momento recorría el otro extremo del prado perpendicularmente a ellos.

Si los fungus se hubieran dejado arrastrar por el mismo impulso que los había llevado hasta allí, seguramente habrían aniquilado a Féraud y a sus hombres: las unidades no estaban formadas en orden de batalla, y difícilmente habrían podido contener una avalancha de *dragons* furiosos. Pero los fungus fueron derrotados por culpa de su desesperante falta de imaginación. La orden de Chiquitín había sido diáfana: «Esperad a que los hombres os ataquen y resistid hasta que yo llegue». Al encontrarse con el enemigo, se arrepintieron de su inconsciencia. Confusos, se detuvieron y dudaron. ¿Tenían que atacar o retroceder?

No hicieron ni lo uno ni lo otro. Avanzaron por el prado y se detuvieron delante de una hilera de rocas esparcidas por la hierba. Unas rocas blancas, graníticas, lo bastante grandes como para construir una escollera en un puerto tormentoso. Y se quedaron allí, entre las rocas, delante de las rocas, detrás de las rocas y encima de las rocas: una turba desordenada de cuerpos bestiales que provocaban a los soldados con mugidos sordos, chasqueando lenguas de *dragons* mitológicos. Y mientras lo hacían, Féraud tuvo tiempo de desplegar sus tropas.

A la izquierda situó a los cazadores alpinos, una unidad creada el año anterior, 1888, perfecta para el combate en altura. Llevaban en la cabeza la boina negra reglamentaria. Su pecho militar estaba atravesado por más correas de lo habitual, ya que a la espalda cargaban mochila, cuerdas, picos y crampones. Utilizaban un bastón puntiagudo, muy útil para las marchas ascendentes. Los cazadores clavaron todos los bastones delante de ellos en un ángulo de cuarenta y cinco grados y con la punta en dirección al enemigo, y los unieron con cuerdas de escalada. Así crearon una empalizada improvisada pero sólida.

En el centro, la artillería. Seis cañones de montaña, de calibre respetable aunque modestos: su función no era liquidar al enemigo, sino «ablandarlo», que en el lenguaje militar significaba diezmarlo y desanimarlo. Los artilleros siempre eran la tropa militar menos esclava de los uniformes. Les gustaba lucir unos torsos desnudos y masculinos, especialmente bajo aquel sol pirenaico que tostaba la piel. Llevaban pantalones blancos y un quepis azul en la cabeza.

A la derecha, los batallones de aduaneros. Pese a lo que podría sugerir un nombre tan poco lustroso, más administrativo que marcial, eran unidades de élite. Habían participado en todas las batallas sagradas de Francia desde la era napoleónica. Su bandera lucía cuatro coronas de laurel doradas, una en cada extremo de la tricolor, con la inscripción *«RÉPUBLIQUE FRANÇAISE. Bataillons des Doua-*

nes». Tenían derecho a tabaco de cantina gratuito y su emblema era «la granada de siete llamas», honor reservado a las unidades más gloriosas de Francia. Detrás estaban los cuatro carruajes misteriosos, aún tapados con una lona, pese a la gravedad del momento. Y, como reserva, en la retaguardia, los queridos zuavos de Auguste Féraud.

¡Qué alegría ver a todos aquellos guerreros formados bajo el cielo azul, sobre la hierba verde! Féraud agradecía que los Pirineos fueran la única cordillera del mundo que toleraba planicies tan espaciosas, frescas y pictóricas, porque aquello lo convertiría en el primer comandante que ganaría una batalla campal en las cimas del mundo.

Los soldados formaron en línea, a unos doscientos metros de los *dragons*. En la Montaña Agujereada habitaban hasta cuatrocientos noventa y nueve fungus. Chiquitín se había llevado trescientos uno, así que delante del ejército francés había exactamente ciento noventa y ocho. Menos de doscientos fungus contra casi mil franceses provistos de artillería y armas modernas. Féraud, a caballo, tenía a su derecha a Cassian, también a caballo, con su ropa de pana y su sombrero de ala ancha. A la izquierda de Féraud, tres jóvenes oficiales con monturas blancas. Envidiaban a Cassian por su reciente amistad con el general, que los excluía. Al fondo, los fungus gritaban y se desgañitaban.

—*Monseigneur* Cassian —dijo la Bestia simulando una flema que no era propia de su carácter—, ¿no empieza a hartarse de tanto griterío?

—Lo que usted mande —contestó con cierta indiferencia el explorador.

Los artilleros recibieron la orden de abrir fuego. Cargaron los seis cañones con balas granaderas, que se fragmentaban en mil pedazos de metralla, y dispararon contra las rocas, en una descarga coordinada de las seis bocas. Sobre la escollera cayó una tormenta de hierro. Algunos fungus se desintegraron en el acto. Los que gesticulaban de pie sobre las rocas blancas, totalmente expuestos, fueron los que salieron peor parados. La metralla los proyectaba hacia arriba y hacia atrás, como muñecos, y perdían brazos y piernas.

Eran *dragons* pero no idiotas: los supervivientes se pusieron a cubierto. Este fue su destino: sufrir, esperar y soportar aquel fuego graneado; resistir hasta que llegaran los demás. Resistir aquel ruido atronador, los proyectiles y las heridas. Porque Chiquitín iría a rescatarlos. Estaban seguros. ¿Por qué iban a dudar de un fungus? Por más que se hubieran reído de él, por más que fuera el más pequeño y escuálido de los fungus. Chiquitín emularía a Tuerto en la Gran Batalla y salvaría la raza de los fungus.

———•———

Baixant de la font del gat... una noia una noia...

Nunca se había sentido tan atrapado. Ni en la peor de las celdas, cuando lo golpeaban con barras de hierro y él gritaba: «¡Me río, me río!». Los fungus habían convertido su habitación en una cárcel. Lo peor era que se le había acabado el *vincaud*. Mierda.

Lo había tenido todo y lo había perdido todo. Había tenido legiones de monstruos a su servicio y había tenido el amor de la mujer más adorable de los Pirineos. Había tenido un Ideal. Y ya no le quedaba nada. Solo una oca calva. Y ahora estaba allí, encerrado bajo el pico de una montaña, esperando un destino espantoso. ¿Qué le harían? Se pasó la mano por la cara: no quería pensarlo. Siempre había creído que Tuerto era el fungus más compañero. Y, mira por dónde, el que lo juzgaría sería precisamente él. Al menos, eso había dado a entender Chiquitín. Aquello lo tenía muy desconcertado. Porque ahora se daba cuenta de que había sido víctima de un malentendido típico de los dictadores: todos los tiranos creen que son queridos hasta que su pueblo los cuelga.

De repente, oyó sonidos en la lejanía. Se levantó y sacó medio cuerpo por el gran ventanal que Mailís había hecho ampliar. Un ruido de batalla. Explosiones y gritos. Disparos. El viento le llevaba el fragor del bombardeo, los cañones de *la Bête* contra los fungus atrincherados detrás de las rocas. Bombas y fusiles. No, no veía la batalla, que tenía lugar demasiado lejos. Solo la oía. Mierda. Aquello demostraba que, por difícil que sea una situación, siempre puede empeorar: si no lo mataban los fungus, lo harían los militares. Estaba perdido.

Cualquier otra persona se habría hundido. Ric-Ric no. Siempre lo había guiado el instinto de los escarabajos, que incluso en la situación más desesperada encuentran una salida. Por segunda vez sacó la cabeza por el gran ventanal rectangular. Miró hacia abajo. No, por allí nunca podría huir. La pared exterior era una roca pelada, que caía verticalmente cien metros o más antes de iniciar un desnivel razonable, menos pronunciado, donde empezaba la vegetación y después el bosque. A aquella altura el viento silbaba como si fuera una criatura viva, un ser que le soplaba en la cara insultándolo. Mailís había pensado en escapar por allí, sí, pero ella contaba con el esfuerzo coordinado de dos personas: sujetarse amorosamente el uno al otro y ayudarse con cuerdas hechas con cuidado y en secreto. Y ahora Ric-Ric estaba solo. Sin cuerdas y sin nada.

Intentó forzar la puerta. No, era inútil. Los fungus la habían obstruido. Nunca conseguiría abrirla: estaba bloqueada con una roca cien veces más grande que la puerta. Se le escapó una risita entre dientes: sí, era su estilo, hacerlo todo a lo grande, la desmesura por norma. Invertir toneladas de esfuerzos para resolver un problema de gramos. Ni cien hombres empujando forzarían aquella puerta.

Así que solo quedaba una salida: el ventanal, la abertura cuadrangular, el vacío. Dejarse caer. Una opción válida si obviaba un inconveniente, solo uno: que cualquier ser humano que intentara bajar por una pared tan lisa y vertical se despeñaría, se rompería todos los huesos y se mataría sin remedio. Una pared de roca sin asideros y sin refugios. Pero no tenía más opciones. Descender o esperar la sentencia de los fungus. De Tuerto.

Las biografías suelen narrar que los hombres extraordinarios encuentran la salvación gracias a su extraordinaria inteligencia. Pero eso es porque la mayoría de las biografías que se escriben tratan sobre grandes hombres. Si alguien se dedicara a escribir biografías de hombres menores, ordinarios y estultos, descubriría un patrón de lo más sorprendente: que, más a menudo de lo que la gente piensa, los tontos suelen salvarse gracias a su tontería. Porque Ric-Ric, que se había quedado solo con la Oca Calva, se dijo: «Me agarraré muy fuerte a las patas de este animal. Este pajarraco no vuela, pero tiene las alas tan grandes que si me caigo, al menos planeará, y si me despeño no será el final».

Así que, gracias a aquella lamentable ocurrencia, Ric-Ric reunió el valor para enfrentarse a un descenso imposible. Se puso el abrigo negro y el bombín con los que había llegado a los Pirineos, se abrochó los cuatro botones que le quedaban en el abrigo y se caló el sombrero hasta las orejas para evitar que saliera volando. Después, con la mano derecha, agarró las patas de la Oca Calva y le giró la cabeza, como suele hacerse con las gallinas. Sacó el cuerpo por el ventanal y empezó la bajada.

Se colgó por fuera, con una mano sujetando la oca y la otra agarrada al áspero borde de piedra del ventanal. Ahora que estaba fuera, el viento le levantaba los faldones del abrigo, que parecía un paraguas abierto. Tarde o temprano se caería, lo sabía. La pared era demasiado lisa, sin socavones ni salientes a los que agarrarse. Y solo podía utilizar una mano para descender, porque con la otra retenía la oca como si fuera un paraguas. Aunque el animal se debatía, graznaba y aleteaba, Ric-Ric consiguió meter los pies en tres pequeñísimas ranuras de la piedra, en cuatro, como si bajara una escalera. Después, las puntas de los zapatos no encontraron dónde meterse y, naturalmente, cayó.

Nadie podría sobrevivir a una caída como aquella, nadie. Se precipitaron juntos al vacío, hombre y animal. «¡Vuela, vuela!», gritó Ric-Ric a la oca cogiéndola por las patas. Como plan de huida fue un desastre: la oca ni voló ni ralentizó la caída; aleteó con más frenesí que nunca, pero nunca había volado y, por lo tanto, no iba a hacerlo entonces por más que batiera sus alas largas y musculosas mientras caía perdiendo plumas, arrastrada por aquel hombrecillo barrigón. Hombre y animal descendieron juntos, a plomo, hasta que fueron a parar a una parte de la montaña un poco menos vertical.

El golpe dejó a Ric-Ric medio inconsciente. Se acurrucó formando una bola con el cuerpo, como cuando le pegaban con barras de hierro en los calabozos. Probablemente aquello fue lo que lo salvó: rebotó y rebotó. En cada rebote veía las estrellas, pero también se acercaba más a la salvación.

Ya no caía a plomo, sino que rodaba a una velocidad prodigiosa, meteórica, por una pendiente de ochenta grados. Rodaba y rebotaba impactando contra rocas salientes y desgarrándose el abrigo, la carne, la frente, las cejas y los muslos. Era como una paliza sin fin: golpes, golpes y más golpes. Pero se dijo que él era Ric-Ric. ¡Ric-Ric! ¡El hombre que se reía de los policías cuando le daban palizas, el hombre que se burlaba de las porras de hierro! Por eso lo habían bautizado Ric-Ric. Su lomo había soportado todos los golpes, todas las ofensas y los martirios. Y aún tenía un viejo abrigo negro que lo ayudaba a amortiguar los impactos. Y un bombín que le hacía de casco, y una barba espesa que le protegía el mentón. Si alguien podía sobrevivir a una caída como aquella era él. El tonto de Ric-Ric.

En realidad, todo fue muy deprisa. Cuando quiso darse cuenta ya no rebotaba, sino que se deslizaba como un trineo, un trineo que atravesaba una pendiente nevada. Era una de las últimas capas de nieve que aún resistían al verano. Ahora rodaba por una pendiente cada vez menos inclinada, y la velocidad iba reduciéndose poco a poco. Su cuerpo tardó una eternidad en detenerse, como una proa que embarrancara en una playa de serrín. Si en la caída hubiera chocado con un obstáculo demasiado sólido, un tocón grande o una roca más angulosa, se habría roto el espinazo. Por fin se había quedado quieto, pero aún no se atrevía a moverse, como si no se creyera que estaba vivo.

Todavía llevaba el sombrero, calado hasta los ojos. Se arrastró como una morsa vieja y holgazana. Estaba baldado y contusionado, pero vivo. La Oca Calva no fue a parar muy lejos, planeando con impericia. Ric-Ric la miró: en el fondo lo había salvado ella. O quizá ser tan tonto: ¿a quién se le ocurre utilizar una oca vieja y calva como aparato volador? Solo a un tonto. Pero sin una idea tan tonta nunca se habría atrevido a enfrentarse a aquel descenso mortal. Y lo había hecho. Y aún estaba vivo, entero, casi indemne y era libre. De momento.

———•———

Los trescientos fungus de Chiquitín se habían agrupado a cierta distancia de la Montaña Agujereada, escondidos entre los árboles, sus queridos árboles. Todos los fungus experimentaban cierta agitación feliz, cierta euforia física por el hecho de haber vuelto a los bosques. Después de tanto tiempo recluidos en la Montaña Agujereada, bajo techos eternamente crepusculares, volvían al aire libre, a la naturaleza de la que habían salido. Aún buscaban al ejército francés cuando les llegó el eco de los primeros disparos. Qué sorpresa tan grande, y tan desagradable, oír la batalla en una dirección totalmente diferente de la prevista, y mucho más lejos. Los trescientos fungus se giraron hacia el punto del que procedían los cañonazos. ¿Qué había pasado? Ahora ya daba igual. Chiquitín estaba cansado, sabía que aquel cambio de dirección le haría correr y que cuando llegara el momento de entrar en combate estaría agotado. Pero no lo dudó: «Vamos».

Y corrieron, más vivos que el fuego, más rápidos que el rayo. Trescientas criaturas deseosas de auxiliar a los demás fungus. Corrieron y corrieron entre los árboles, tan veloces como silenciosos. ¡Deprisa, deprisa! Corrían tanto que el que los dirigía, Chiquitín, se quedó atrás. Tenía las piernas más cortas y no podía seguirles el ritmo. Estaba cansado, muy cansado. De hecho, arrastraba un cansancio crónico. Y encima tenía que tomar todas las decisiones solo. Nunca había existido un fungus tan pequeño, tan cansado y tan angustiado. «¡Esperad!», gritó, pero el oído no era el sentido más desarrollado de los fungus, y el bosque distorsionaba los ruidos. A Chiquitín le preocupaba que fueran a parar al lugar equivocado. Lo que tenían que hacer era situarse exactamente detrás del ejército humano. Un avance precipitado podría hacerlos salir del bosque por el lugar erróneo. Por suerte, no fue así.

Los fungus se detuvieron, y cuando Chiquitín se reunió con ellos, descubrió que se habían agrupado justo en el límite del bosque. Más allá había un prado y, en medio del prado, el ejército de los hombres. Y lo más importante: los fungus estaban en la retaguardia. Estupendo. Era una situación perfecta. Los hombres estaban de espaldas a los fungus. Y demasiado ocupados tiroteando y bombardeando al grupo de los doscientos, que se refugiaba como podía detrás de unas grandes rocas blancas. Sí, el ejército entero estaba de espaldas, disparaba en dirección contraria. Exactamente como el día de la Gran Batalla. Lo único que tenían que hacer era repetir la maniobra de entonces: atacar la retaguardia humana por sorpresa, en una carga devastadora. Pero Chiquitín los contuvo. Quería observar un poco más al enemigo, así que dio un paso adelante, se separó de los demás fungus y se camufló entre unos arbustos muy feos de tallos gruesos y hojas venenosas.

Las armas humanas levantaban tanto humo que cubría la mitad del campo de batalla. Aun así, vio a Féraud, *la Bête,* detrás de la primera línea, a caballo. Hacía remolinos con la espada. Impartía órdenes, y todo el mundo obedecía con diligencia. Todo se centraba en él; todo el ejército parecía tanto o más pendiente de él que del combate. En cambio, en aquel mismo momento los fungus estaban criticando a quien los dirigía, o sea, a él.

—Has sido el último en llegar —le reprochaban agriamente—. Tienes las piernas cortas, eres lento. ¿Y tú vas a encabezar la carga?

Olvidaban que lo habían obligado a dirigirlos, contra su voluntad. Y que si estaba tan cansado, exhausto, de hecho era porque tenía las piernas más cortas, que tampoco había elegido, y porque tenía que discutir cada instrucción que daba con unos fungus reticentes. Agachado detrás de aquel matorral, Chiquitín se dijo: «Ah, sí, qué gran diferencia entre los humanos y los fungus. Los humanos obedecen servilmente a sus cabecillas; en cambio, entre los fungus todo el mundo se atreve a mandar a los que mandan». Pero todo aquello no tenía demasiada importancia, y menos en aquel momento. Ahora solo debían pensar en salvar a los fungus de las rocas y derrotar a los humanos.

Chiquitín volvió atrás e hizo que los fungus lo rodearan.

—Mirad lo que he traído.

Y les mostró la bandera amarilla con el () en el centro, perforada por las balas españolas, manchada de sangre humana reseca y de viejas esporas fúngicas. Desgarrada y estrujada. Todos los fungus miraron la tela. Durante la Gran Batalla los había agrupado, y ahora serviría para enardecerlos: los fungus pasaron manos y dedos, mil dedos, por encima de la tela. Chiquitín notaba que los recuerdos los exasperaban. Les salían esporas, miles de esporas que flotaban en el aire como nubes de mosquitos y se depositaban sobre la tela. Al final, Chiquitín retiró la bandera, se la ató al pecho cilíndrico y dijo:

—¡Recordad que los hombres mataron a Tuerto!

Y así, con una exaltación y una mentira, empezó el ataque de los fungus contra la retaguardia francesa.

Los trescientos fungus salieron del bosque, perfectamente encajados en una masa compacta como ladrillos en una pared, decididos e imperturbables. Primero avanzaron a paso lento, furiosos pero contenidos. Chiquitín iba en el centro, delante. Los humanos aún no los veían. La batalla rugía. Los hombres dirigían todas sus armas en dirección contraria. Todo iba bien. Tardarían unos instantes, unos instantes preciosos, en darse cuenta de que trescientos fungus caían sobre su espalda.

De repente, Chiquitín aceleró el paso. Y con él todos los demás. Incluso en la manera de dirigir la carga se notaba que eran fungus, no seres humanos: Chiquitín no alzaba la bandera, la llevaba pegada al pecho y la protegía con los brazos. Al ataque. Trescientos bólidos furiosos, armados con garras largas y puntiagudas que podían matar a los hombres como si fueran ratones. Sus pies ramificados aceleraron el paso, cada vez más, hasta que cargaron con toda su alma. Por aquellas gargantas sin faringe escapaban aullidos espeluznantes, como vientos huracanados atravesando una chimenea sucia.

Por desgracia, los fungus ignoraban un detalle propio de las cuestiones humanas, pero fundamental: que Francia no era España, y que, en consecuencia, el ejército francés no era como el ejército español.

La Bestia estaba bastante satisfecha con la evolución de la batalla. Los artilleros bombardeaban a los fungus que se escondían entre las rocas; los tiradores alpinos y los aduaneros disparaban sus fusiles. Pero aquello no significaba que hubiera descuidado su retaguardia, ni mucho menos. Allí había apostado a sus queridos zuavos, que escoltaban los cuatro carros secretos, en previsión de un ataque por la espalda. Cuando los centinelas le advirtieron de que una cortina de dragones emergía del bosque, Féraud decidió que había llegado el momento de retirar las lonas blancas. En cada carro apareció una espléndida *mitrailleuse*. Los oficiales más jóvenes, que rodeaban al general, protestaron: ¿por qué no les había contado que disponía de aquellas maravillas en su arsenal?

—Un secreto, señores —les replicó—, o lo es para todo el mundo o no es un secreto.

Las *mitrailleuses* tenían el aspecto de cañones en miniatura, casi parecían juguetes. Pero eran armas mortíferas. En la plataforma de cada carro había una ametralladora y tres sirvientes. Uno disparaba, otro cargaba y el tercero refrigeraba el cañón. Cuando los fungus de Chiquitín estuvieron a cien metros, Féraud abrió desmesuradamente su único ojo y dio la orden de abrir fuego. Los cañones de las ametralladoras escupieron enjambres de balas: un ruido de trilladora industrial, como de mil martillos percutiendo latas. Y los fungus empezaron a morir.

Los *dragons* tenían que recibir muchos impactos para caer definitivamente abatidos. Tenían pocos órganos vitales, ningún nervio y muchos miembros, por lo que podían proseguir el ataque aunque recibieran docenas de impactos. Pero a *la Bête* no le preocupaba. No hay problema que no tenga solución: si cada ametralladora podía disparar hasta trescientas balas por minuto, cuatro ametralladoras significaban mil doscientas balas.

Las máquinas disparaban sin pausa, y los fungus atacantes caían como trigo segado, hileras enteras. Los zuavos que protegían los carros contribuían disparando con sus fusiles. Con cada disparo de sus armas, las borlas de las gorras de Fez se mecían como péndulos blandos. Fusiles y ametralladoras recargaban y volvían a disparar. Y, aun así, ¡cómo se resistían a morir *les dragons*! Podían tener todo el cuerpo cosido a balazos y seguían adelante, adelante.

En el fondo de Féraud, de la Bestia, habitaba el hombre atávico, el exterminador. El hombre cainita: el que aplasta el cráneo de su hermano con una piedra dura y experimenta placer haciéndolo. ¿Cómo entonces no iba a sentirse complacido con el espectáculo de cientos de *dragons* sucumbiendo a su dura piedra, sus *mitrailleuses*? *La Bête,* con el sable en alto, clamaba:

—*Hourra!* ¡Matad a estos verracos!

———•———

Chiquitín veía cómo los fungus morían a su alrededor, a derecha e izquierda. Corrían hacia los soldados y caían, caían, bajo un tiroteo de una densidad abrumadora. Chiquitín se sentía como si lo frotaran mil abejas furiosas. Si una de aquellas abejas, solo una, le impactaba entre los ojos, moriría. De hecho, *notaba* la muerte a su alrededor. Los fungus caían, exhalaban una última sensación y después la vida se iba, abandonaba el cuerpo en silencio, como el rocío que se evapora de la hierba.

Morían por docenas. Chiquitín corría con la bandera en el pecho, y si no lo herían era solo porque era mucho más bajito que los demás, y las ametralladoras estaban graduadas para disparar a las cabezas de los fungus. Y también porque tenía las piernas más cortas y estaba más cansado, era más lento, y la mayoría de fungus lo habían adelantado nada más empezar la carga. Tropezó con tres o cuatro cadáveres que le cerraban el paso, pero siguió adelante hasta que se le atascó una pierna entre los miembros de un muerto y cayó. Delante de él seguía la carga: abatían, herían y mataban a los fungus. Chiquitín se puso de pie. En aquel momento lo hirieron dos balas. Una le entró por el pecho, con un ruidito de corcho traspasado, y otra, más perniciosa, lo hirió en la boca: el plomo le impactó en la mandíbula inferior y se la partió en dos. Siempre había tenido la mandíbula inferior muy salida, como de perro. Ahora una parte le colgaba, destrozada, como un tendón inútil. Durante unos instantes se quedó quieto, sin entender que su cuerpo se había modificado para siempre. Se tocó la boca con cincuenta dedos. Su mente lo iluminó con una idea cruel: si una sola bala le había hecho aquello, qué no podrían hacer con su cuerpo raquítico las miles de balas que silbaban a su alrededor. Y entonces Chiquitín descubrió que un fungus también puede ser cobarde.

Experimentó un miedo que nunca había conocido, ni siquiera cuando cayó a la garganta. Y esta vez no estaba Tuerto para rescatarlo. No, no estaba, y el que hacía de Tuerto era él. El miedo. Sintió un miedo inmenso, vasto como un desierto sin dunas. Y entre los fungus los sentimientos eran audibles como sonidos.

Aquel miedo que brotaba del pecho de Chiquitín, tan repentino, fue interpretado por los demás como un grito de alto. Al oírlo, muchos detuvieron la carga. Se giraron esperando instrucciones y miraron a Chiquitín y la media mandíbula que le colgaba, rota. «¡Eres el nuevo Tuerto! —le decían—. ¿Qué tenemos que hacer?» El miedo le impedía pensar, razonar y decidir. «¿Qué tenemos que hacer? ¿Qué tenemos que hacer?». En lugar de darles alguna orden, Chiquitín corrió. Y lo hizo en sentido contrario a los hombres, al enemigo. Los demás fungus, atónitos, dudaron. Al verlo huir perdieron impulso, y aquello acabó con la carga.

Ni en la derrota eran como los hombres. Un ejército de seres humanos habría iniciado una simple desbandada, todo el mundo huyendo para salvar la vida. Los fungus, en cambio, reaccionaron cada uno a su manera. Algunos, desorientados por el sentimiento que proyectaba Chiquitín, se movían estúpidamente a derecha e izquierda, sin saber qué hacer. El hecho de moverse más lentamente los convertía en blancos aún más fáciles y caían como moscas, atravesados por docenas, cientos de balas. Otros, por inercia, mantuvieron la carga, adelante, pero sin nervio. Algunos incluso se quedaban quietos como estafermos, esperando a que alguien resolviera la contradicción entre las instrucciones y el ejemplo, entre la orden de atacar al enemigo y la imagen de Chiquitín huyendo. Caían y caían, los que aún corrían, los que deambulaban y los inmóviles, todos, abatidos por tormentas de plomo. Chiquitín no necesitaba ver la masacre para percibirla: *notaba* a los fungus expirando, tiroteados y ametrallados, y se dijo que él era tan culpable de aquellas muertes como las armas de los seres humanos.

No se detuvo. Corrió. Solo. Abandonando a los suyos y odiándose a sí mismo. Entró en el bosque y se escondió en las profundidades más densas, húmedas y primordiales de la naturaleza.

CAPÍTULO XXVI

Final de esta rarísima y extraordinaria historia, en la que se ha narrado cómo apareció la raza fúngica, su sumisión inicial a los seres humanos y su revuelta posterior. Se consuma el mezquino destino de Ric-Ric. En el último suspiro, chiquitín descubre el auténtico escondite del Poder

Cassian, que no sentía ninguna fidelidad por Auguste Féraud-d'Hubert ni por el ejército francés, tampoco tenía el menor interés en la batalla. Él no había ido a matar a cientos de monstruos; solo quería matar a uno: Ric-Ric. ¿Dónde estaba aquel *filh de canha*? No lo veía en la vanguardia ni en la retaguardia; ni con los *dragons* que se escondían entre las rocas, resistiendo la avalancha de bombas y balas, ni con los que atacaban por la retaguardia y eran exterminados por las ametralladoras.

A Cassian todo aquello le daba igual: rodeado de una tropa frenética por los combates, él se mantenía como mero espectador, montado en su caballo. Observó a Féraud: la batalla lo excitaba hasta límites irracionales; parecía una bestia aún más temible que *les dragons*. ¡Qué hombre! La cara salpicada de agujeros de metralla, un solo ojo... Con las venas del cuello hinchadas, blandiendo el sable, animaba a sus soldados con una voz tan potente que incluso se oía por encima del estrépito de fusiles y cañones. Cassian miró hacia arriba: el sol desapareció entre nubes de un gris adoquín, como si prefiriera no ver la matanza. Miró a la izquierda, al flanco de la batalla: al final del prado empezaba una pendiente cubierta de una vegetación espesa, sobre todo arbustos. Y advirtió un detalle: la parte más alta de los arbustos se movía. ¿Qué podía ser? ¿Un grupo de *dragons* infiltrados, que iban a la suya? No, no lo creía: aquellas bestias eran gregarias. Tuvo un presentimiento. Se olvidó de Féraud y espoleó el caballo en aquella dirección.

No eran *dragons*. Era un único cuerpo, aún invisible debido al follaje. Pero Cassian no le quitaba los ojos de encima. Y al final apareció: un sombrero cóncavo, unos zapatos de ciudad. Un abrigo negro. Él.

Después de huir de la Montaña Agujereada, Ric-Ric no había tenido más remedio que pasar por allí, por el límite exterior del campo de batalla. Decidió arriesgarse y cruzar un lateral escondiéndose entre la vegetación. No era una idea insensata. Hombres y fungus estaban demasiado ocupados matándose mutuamente; las probabilidades de que alguien se fijara en aquel extremo del prado eran mínimas. Pero Cassian estaba allí, y había ido con un objetivo y solo uno: encontrarlo y matarlo. Y lo había visto, lo había encontrado.

Los ojos de Cassian se anclaron en la figura del abrigo negro. Ric-Ric intentaba pasar inadvertido. El terreno descendía y él se dejaba caer de culo, deslizándose. Pero Cassian lo había visto. Para él, la batalla ya no existía: ni los gritos, ni los disparos ni los resoplidos nerviosos de los caballos. Solo tenía ojos para el fugitivo, para Ric-Ric. Galopó en aquella dirección, indiferente a las protestas de los soldados a los que apartaba con el pecho de su caballo. Dejó atrás el campo de batalla. Por desgracia, Ric-Ric había desaparecido por un desnivel demasiado abrupto para que el caballo pudiera acercarse. Mierda. ¿Qué tenía que hacer? ¿Desmontar y seguir el rastro? No. Recorrió el borde superior hasta que encontró una bajada accesible. Entró en un desfiladero frío y oscuro. Allí dentro la vegetación era ubérrima, plantas nocturnas y árboles cubiertos de enredaderas. ¿Dónde se había metido aquel *filh de canha,* dónde? Dentro de la hondonada, el ruido de la lucha le llegaba lejano y distorsionado; oía los bramidos de los monstruos y las explosiones artilleras, y era como si oyera croar una balsa de ranas desde el fondo del agua. ¿Y Ric-Ric? ¿Lo había perdido? No. Se fijó en un agujero en unos matojos, el túnel que haría un jabalí en la espesura. O un hombre rechoncho de rodillas. Llevó el caballo hacia allí, traspasó una barrera de hierbajos y salió a un campo abierto.

Ric-Ric estaba al fondo de un prado irregular, lejos. Corría con una mano en el sombrero, con los faldones del abrigo negro revoloteando cómicamente. Corría y corría, lo más rápido posible. Pero ahora estaba en campo abierto, y Cassian iba a caballo. Este fustigó la montura, al galope. Cada vez lo tenía más cerca. Ahora sí, por fin, por fin. ¡Venganza, venganza!

Ric-Ric supo que estaba perdido. En un gesto desesperado, se sacó el Lefaucheux del abrigo y disparó con el brazo hacia atrás, un disparo, dos. Era un tirador pésimo. Pero el azar no diferencia entre hombres buenos y malos: la segunda bala entró en la parte baja del pecho del caballo. A la pobre bestia se le doblaron las rodillas delanteras y Cassian salió propulsado por encima del cuello. No dejó de rodar hasta que su cabeza chocó con un pedrusco. Un golpe duro, justo contra la chapa de cobre. Maldijo y renegó, medio aturdido. Se puso a cuatro patas, el golpe le hacía ver chispas amarillas. Solo pensaba en dos cosas: recuperar la escopeta y no perder de vista a Ric-Ric. Tuvo el tiempo justo para ver el bombín desaparecer detrás del horizonte, por un declive del terreno. Cassian cogió la escopeta con sus manazas y lo siguió escupiendo de rabia: ningún deseo es tan perseverante como el deseo de venganza.

¡Cómo corría aquel demonio barrigudo! Pero él también sabía correr. Y tenía las piernas más largas. Ric-Ric era bastante hábil escondiéndose: siempre conseguía que entre él y Cassian se interpusiera algún obstáculo para que no pudiera dispararle. Y en efecto, cada vez que Cassian apuntaba, entre el cañón y Ric-Ric aparecían un árbol, una roca o un montículo.

Ric-Ric bajó por un terreno de gravilla. Se dejó caer levantando tanta polvareda con los talones como pudo. Recorrió el tramo final rodando como una croqueta, con todo el cuerpo encogido. Casualmente fue a dar de morros contra una seta, una de aquellas setas.

La perspectiva de Cassian era otra. Solo había visto a Ric-Ric esfumándose detrás de la cortina de polvo que había levantado con los zapatos. Lo siguió, terreno abajo, aunque la polvareda lo cegaba. Al final lo esperaba una sorpresa: un fungus al que Ric-Ric acababa de despertar de un puñetazo desesperado.

Las extremidades del monstruo salieron de entre la cortina de polvo, como patas de una descomunal araña. Cassian gritó. El fungus lo abrazaba, lo estrangulaba y le comprimía las costillas. Cassian sacudió los brazos y los codos, necesitaba espacio para disparar la escopeta. El monstruo pegaba rugidos como de piedra de molino. Cassian disparó a bocajarro contra la parte del cilindro que se unía a la cabeza. El fungus retrocedió con un rugido de fiera, pero aún no cayó. A Cassian no le dio tiempo a volver a cargar, así que lo golpeó salvajemente con la culata, entre los ojos. El humano bramaba más que el monstruo. Rodaron por el suelo, Cassian encima del monstruo, con las piernas abiertas, dándole culatazos en la cabeza, hasta que el fungus dejó de moverse. Había vivido ciento treinta y nueve años como vegetal y dos minutos como criatura consciente.

Cassian recuperó el aliento, aún sentado sobre el monstruo muerto. Respiraba aceleradamente. Tenía la cara llena de sangre, pero solo eran heridas superficiales. Alzó los ojos. Ric-Ric estaba allí mismo, a unos veinte metros, en una pequeña elevación boscosa. Se había quedado a ver la lucha para asegurarse de que el fungus mataba a su perseguidor. No había sido así. Con la cara bañada en sangre, y los ojos abiertos y redondos, Cassian parecía un demonio.

—*T'aucirai, filh de canha!*

Ric-Ric huyó. Con aquellas piernas cortas y rechonchas parecía un ratoncito corriendo a una velocidad inverosímil para su tamaño. Salió del bosque y fue a parar a un prado. En medio de aquel campo de hierba, amarillenta por el sol del verano, se alzaba un *ostal* inolvidable: la casa de Mailís. Se dirigió a ella sin pensarlo. Ric-Ric saltó el murete exterior, pero Cassian lo seguía de cerca. El odio lo empujaba, lo hacía correr más deprisa que un galgo. Ya estaba a menos de diez metros de su víctima. Se detuvo un instante para cargar el arma y disparó: no le había dado tiempo a apuntar, pero le faltó poco para acertar. Al oír la bala, Ric-Ric se parapetó detrás del muro de pizarra, y desde allí disparó una errática bala de revólver, dos. Cassian ni siquiera se agachó: estaba tan furioso que cargó contra Ric-Ric: saltó el muro y lo atacó a culatazos. Ric-Ric chillaba como una abuela ofendida, replicaba a manotazos y se escurría como un pez. Sin saber cómo, consiguió deshacerse de Cassian y entrar en la casa. Pero apenas había cruzado la puerta cuando Cassian cayó encima de él y lo tumbó de un golpe de escopeta.

El final.

Ric-Ric estaba tumbado en el suelo, boca arriba. Cassian le apuntaba a la cara. Ric-Ric abría las manos, indefenso. Lloraba y gemía sin dignidad. Cassian no quería disparar, aún no. Antes tenía que preguntarle cómo se las había ingeniado para encontrar el Poder. ¿Cómo había conseguido que lo obedecieran los batallones de *menairons*? ¿Cómo? Y sobre todo: ¿dónde se ocultaba el Poder?

Pero a Cassian no le dio tiempo a formular ninguna pregunta: una serpiente, gruesa como una cuerda de barco, le rodeó el cuello, el cuerpo y las piernas, y lo arrastró con un tirón brutal.

Era Tuerto. Su lengua medía ocho o nueve metros. Era tan larga que podía permitirse enroscar el cuerpo entero de Cassian. Porque Tuerto seguía donde lo había dejado Ric-Ric meses atrás: delante de la chimenea del *ostal*. La disputa entre los dos seres humanos había sido tan violenta que ni se habían percatado de su presencia.

La lengua del fungus rodeaba el cuerpo de Cassian en espiral, con la punta dentro de la boca del hombre, como si quisiera impedir que hablara, que lo molestara con su palabrería. El primer impulso de Ric-Ric fue ponerse de pie y buscar el Lefaucheux. Resoplando, sin acabar de entender lo que sucedía, apuntó el arma contra aquella figura amorfa que formaban el fungus y el hombre, unidos por una larguísima lengua negra que comprimía a Cassian como un filamento de acero. El muscat se revolvía, prisionero como un insecto en una telaraña. Tenía la boca obturada por la punta de la lengua de Tuerto, así que solo se oían sus tacones, que al debatirse golpeaban el suelo de madera del comedor. En cuanto a Tuerto, se mantenía impasible, con los ojos fijos en las brasas rojizas.

Entonces Tuerto apartó los ojos del fuego y giró el cuello hacia Ric-Ric.

Había algo espantoso en aquella mirada de perro cansado, lúbrica, con la boca abierta para que pudiera salir la lengua húmeda y oscura que aprisionaba a Cassian. Cuando Tuerto lo miró, algo se rompió dentro de Ric-Ric. Porque supo que el Lefaucheux no le serviría de nada. Que el fungus era muy grande, y él muy pequeño, y que en el reducido espacio de un comedor de montaña no podría ir a ningún sitio. Él, Ric-Ric, le había jurado a Tuerto que un día volvería al *ostal* para juzgarlo, y ahora descubría que sería exactamente al revés. Al final, de forma imprevista, se había cumplido la profecía de Chiquitín: «Dijiste que juzgarías a Tuerto, pero será él quien te juzgue a ti».

—¡Compañero! —protestó Ric-Ric—. ¡Creía que éramos amigos!

Pero no lo eran. Ric-Ric *notó* perfectamente lo que le decía Tuerto. Unos sentimientos articulados, de muy difícil transcripción, pero que si se hubieran podido expresar en lengua humana, seguramente habrían adoptado estas palabras:

—Según vuestra religión, Dios ofreció un hombre a toda la humanidad. En nuestros tiempos se ha producido una ofrenda aún más elevada: la naturaleza ha ofrecido toda una humanidad a un hombre. Tú. ¿Y qué has hecho con ella? Degradarla, pervertirla, ofenderla y traicionarla. ¿Entiendes la fabulosa enormidad de tu crimen? Ningún hombre, desde el inicio de los tiempos, ha cometido un perjurio tan abominable contra un legado tan extraordinario.

Al oírlo, Ric-Ric tuvo miedo. Porque de repente se dio cuenta de que durante todos aquellos meses, encerrado en el *ostal,* el cerebro de Tuerto había estado dando vueltas a todo aquello. Y entonces Tuerto añadió este veredicto:

—Eres el más aborrecible de los criminales. Y cuando busco un castigo justo para ti, no lo encuentro. Por eso te dejaré marchar. Serás el hombre que huye, y vayas adonde vayas, nunca encontrarás la paz. Serás un cementerio odiado por la luna, serás eternamente perseguido por una garra invencible. Y así, los fungus tendrán algo que hacer, algo más importante que vaciar montañas: buscarte, encontrarte y juzgarte.

Y a continuación, Tuerto hizo un gesto inesperado, más veloz que un rayo, más vivo que el fuego: alargó uno de sus brazos más largos y, con un movimiento de cola de lagarto, fugaz y vertiginoso, una multitud de dedos flexibles le arrebató el Lefaucheux. Tuerto se metió el cañón del revólver en la boca, entre la lengua y el paladar, muy adentro, y disparó. Se oyó un «plop» mortal, y el fungus, el primer fungus que había abierto los ojos, cayó como un viejo edificio aniquilado. Primero de rodillas, con un ruido de plomo, y después el cuerpo entero. Todo su peso, todos sus volúmenes vegetales se derrumbaron sobre Cassian, que, entre la lengua que lo rodeaba y el cuerpo colosal de Tuerto encima, quedó definitivamente atrapado, vivo pero cautivo, como un insecto en una gota de savia. Movía los pies y pedía auxilio con la boca aún amordazada por la lengua del fungus. Ric-Ric, aún estupefacto, se fijó en las brasas rojizas, que titilaban. Meses atrás, había castigado a Tuerto a quedarse allí. A los fungus no les hacía ninguna gracia el fuego, le constaba: ¿cómo demonios lo había mantenido encendido tanto tiempo?

Lo mejor que podía hacer era marcharse. No quería estar allí cuando apareciera alguien, fungus o ser humano. Tuerto había planificado muy bien su último acto: cuando los fungus descubrieran su huida y vieran al primer fungus muerto, con el Lefaucheux en la boca, precisamente allí, donde Ric-Ric lo había recluido, solo podrían pensar en un culpable. Por un momento pensó en llevarse el revólver. Imposible. El arma se había quedado muy dentro de la boca del fungus, y girar aquel cadáver colosal era como intentar mover una ballena muerta. Además, si lo hacía quizá liberara a Cassian. Al final renunció. Da igual el arma, se dijo: al fin y al cabo, los franceses exterminarán a los fungus muy pronto. Y tenía prisa, mucha prisa por salir de allí. Cassian golpeaba el suelo de madera con los talones, atrapado en la lengua de Tuerto y debajo de su cuerpo, pidiendo auxilio.

Ric-Ric abrió la puerta. Aún oía, a lo lejos, los chasquidos de las balas de fusil mezclados con cañonazos, disparos y ráfagas de ametralladora. Miró a un lado y a otro. No veía a nadie. Y así fue como el hombre que había llegado a aquellas latitudes con un gran Ideal por equipaje, el hombre que había hecho emerger de la tierra la raza de los fungus, se marchó de los Pirineos: huyendo como un miserable ladrón nocturno.

Antes de dispararse en la boca, Tuerto también había hablado con Cassian. Pero el muscat no había convivido con los fungus y no *notaba* su lenguaje. Fue una lástima, porque Tuerto acababa de contestarle la pregunta que había perseguido toda la vida.

¿Dónde estaba el auténtico Poder? ¿Dónde se ocultaba?

Si Cassian hubiera entendido el idioma fúngico, habría obtenido por fin la respuesta que con tanto afán había buscado toda su vida. Y por fin habría sabido que el Poder no se oculta en la pared de ninguna cueva, ni en ninguna cumbre, por más que lo afirmara una leyenda infantil tan antigua como ridícula.

Tuerto le habría hecho saber que el poder, el Poder auténtico, legítimo y perdurable, se oculta en un lugar mucho más transparente y accesible: dentro de los excluidos y descartados, en el interior de los miserables, de los más pobres; en las multitudes que conforman el barro de la tierra. Tuerto le habría hecho saber que el Poder siempre ha estado en las manos de los perdidos, de los náufragos y de los necesitados. Que el Poder pertenece a los indigentes, a los hambrientos y sedientos. A los diezmados. A los de abajo. A los paupérrimos. A los abandonados y a los incomprendidos. A los proscritos, a los leprosos. A los extraños y a los exóticos. A los numerosos y desgraciados. A los negros, a los de mil colores. A los incomprendidos y monstruosos.

Esta habría sido la respuesta de Tuerto. Y también le habría dicho que los individuos que mandan solo lo hacen por delegación, que los grandes hombres no son nada sin los de abajo. Que estos, los despreciados, los ignorados, los mudos, son los que realmente elevan y sostienen a los reyes de todo tipo, y sin su consentimiento ningún gobernante es nada. Porque el poder, el auténtico Poder, lo tienen ellos: los aberrantes, la horda repulsiva. El Poder está dentro de esta mayoría incalculable que solo confía en el idioma de los sentimientos. Ellos aún no lo saben, pero un día sabrán que el Poder es suyo, que el mundo es suyo. Siempre lo ha sido y siempre lo será. Y por eso suyo es el derecho de crear un Mundo Nuevo. Y así lo harán el día que sueñen su destino. Solo necesitan eso: aprender a soñar y tener un sueño.

Por desgracia, quien debería haber escuchado estas palabras no era Cassian, demasiado obtuso para haber entendido nada, sino el más pequeño y desesperado de los fungus.

Porque en aquellos precisos instantes, justo cuando Cassian caía cautivo, mientras Ric-Ric huía y Tuerto agonizaba, Chiquitín descubría que quizá los fungus no tuvieran hígado, ni corazón, ni riñones, pero tenían miedo y tenían lágrimas. De sus ojos amarillos resbalaban gotas de mucosa densas como el aceite, de un amarillo apagado, tibias y mucho más saladas que las humanas. Corría desesperadamente con sus diez cortas patas, consciente de que les había fallado a los fungus. Lejos, detrás de él, aún oía el estruendo de los combates. Los seres humanos estaban exterminando a los fungus. Chiquitín se sentía responsable de mucho más que la pérdida de una batalla. Había sucumbido, había causado el fin de los fungus. Y ahora vagaba sin rumbo, lloroso y solo, y muy cansado. «Estoy cansado, tan cansado.»

No sabía adónde iba. Vagaba, como una anguila triste en un lago demasiado fangoso, y de repente se encontró en un lugar que conocía, que recordaba. Un lugar en donde había estado un día muy triste, después de la Gran Batalla.

Era el cementerio, el Valle Inclinado en el que habían enterrado a los cientos de fungus caídos en combate. Aquel día hicieron agujeros en la tierra y depositaron en ellos a sus hermanos inertes. Solo hasta la cintura. ¿Por qué lo hicieron así? Ni ellos mismos lo sabían. Pero en el fondo, muy en el fondo, sentían que era lo correcto. Que enterrando hasta la cintura a sus hermanos, devolviéndolos a un estado similar al previo a adquirir consciencia, se decían a sí mismos que quizá, solo quizá, se arraigaran en la tierra o algún día volvieran a despertar.

Ahora Chiquitín paseaba por el Valle Inclinado, y lo que descubría era el espectáculo más horroroso que sus ojos amarillos hubieran visto nunca.

Los gusanos se habían comido a los fungus medio enterrados. De la mayoría solo quedaba una parte del cilindro. El resto del cuerpo se había desintegrado, devorado por los insectos y arrastrado por las lluvias. Aquí y allá se veían restos de cabezas sin ojos. Gusanos. Gusanos gordos como salchichas que movían la cola, salían de las cuencas de los ojos o asomaban de los troncos por cien agujeros. Gusanos blancos y gusanos negros. Ni un solo fungus se había librado, todos los cadáveres eran carroña vegetal, deshecha, corrupta y putrefacta.

A Chiquitín se le escapó un grito entre los dientes. Al verlo se quedó abatido, con una tristeza infinita y al mismo tiempo vaporosa. Quería huir, huir de sí mismo, pero no tenía adónde ir.

«Cansado... cansado... tan cansado...»

Corrió, agotado, hasta que la falta de fuerzas hizo que aflojara el paso. Se adentró en un sendero de montaña y ascendió hasta encontrar una capa de nieve de color perla en lo alto de una cima sin nombre. Ya no podía más.

Se dejó caer. El frío de la nieve lo acogió. Hundió los dedos, cien dedos, trescientos dedos. Estaba cansado. Aún llevaba la bandera amarilla. La utilizó para taparse la cabeza, como un último refugio. Chiquitín, debajo de la tela, bajó sus gruesos párpados y cerró los ojos.

Y entonces sucedió. Lo imposible.

En el mundo de los seres humanos sería una trivialidad insignificante; entre los fungus, un milagro: superado el límite de sus fuerzas, caído en una intemperie desolada, cuando ya estaba más allá de sí mismo, Chiquitín se durmió. Y soñó. Tuvo un sueño. Él, un fungus, el más pequeño de los fungus, soñó. Un sueño.

¿Cuándo había empezado realmente todo aquello? ¿Aquella noche del invierno de 1888, cuando Ric-Ric, enamorado, despertó al primer fungus? ¿Cuando Tuerto insistió en enterrar a sus congéneres muertos en la Gran Batalla? ¿O quizá todo aquello había empezado millones de años antes, antes de los hombres, antes de los animales, cuando la primera semilla de fungus arraigó hundiendo un hilo bajo la tierra? ¡Oh, gran misterio de los misterios! Porque quizá, al fin y al cabo, los principios no existen, solo existen los procesos. Pero en todo proceso hay momentos culminantes. Y aquel sueño inesperado culminaba muchas cosas.

Fue un sueño breve, brevísimo, fugaz. Duró la mitad de la mitad de medio instante. Quizá menos. Un sueño más breve que el encendido de una cerilla, que un chasquido de dedos; fugaz como el aleteo de un colibrí, como el parpadeo de un bebé. Efímero como un relámpago en la noche oscura. Pero fue un sueño. Lo fue. Y, como en todos los sueños, el tiempo fue sustituido por el significado.

Este fue el sueño: Chiquitín soñó que caminaba por la nieve, cansado. Entraba en un bosque, un bosque maravilloso de árboles altos y fornidos que lo acogían. Chiquitín se daba cuenta de que en aquel bosque crecían setas, unas extrañas setas tan altas como él, o más. Se detenía delante de una cualquiera y le limpiaba la nieve de la cabeza. Cerraba la mano en un puño, un puño de cien deditos, lo mantenía alzado y en aquel puño vegetal se acumulaba todo su dolor. Toda la frustración por su cobardía, sus miedos. Todo el dolor por ver que la raza de los fungus estaba a punto de ser exterminada por su culpa. Toda su pena por tener que abandonar este mundo antes de haber podido conocerlo. ¡No! Los fungus tenían derecho a la vida. Un día, los fungus lo habían salvado de una garganta. En el sueño, Chiquitín alzaba el puño, el deseo de vivir arriba, muy arriba; dejaba caer aquel puño y golpeaba con todas sus fuerzas el centro de la seta.

Fin del sueño.

Chiquitín abrió los ojos, tendido en la fría nieve, con la bandera amarilla tapándole la cabeza.

Lo entendió al instante: había tenido un sueño. Él, un fungus. El más pequeño de los fungus, sí. Había soñado. Él. Había tenido un sueño. Un sueño.

Miró a un lado y a otro, alerta. Se puso de pie. Ya no estaba cansado. Todo aquel agotamiento inmenso, desolador, se había desvanecido. Nunca un descanso tan breve había sido tan vivificador. Porque ahora Chiquitín tenía una misión. Echó a correr, se alejó de aquella altitud desolada y volvió al bosque más veloz que el rayo, más vivo que el fuego. Al momento ya corría entre árboles. Y setas. Un bosque, un bosque lleno de setas, aquí, allá, grandes setas por todas partes. Chiquitín se acercó a la primera que encontró y le pegó un golpe en la cabeza.

Dejó caer un puño mojado, un puño lleno de ilusiones. En un instante, aquella seta se convirtió en fungus, con los miembros libres y activos, desarraigado y listo. Chiquitín, desprendiendo esporas de felicidad, lo recibió con estas palabras:

—Haz con los demás lo mismo que yo he hecho contigo.

El fungus desarraigado por Chiquitín golpeó a otros, y estos, a su vez, también despertaron a más, muchos más; y, cuantos más eran, a más despertaban y más eran, y, cuando ya eran una multitud grandiosa, Chiquitín descubrió que estaba pisando algo raro, de una textura que parecía carne de fungus. ¿Qué mineral podía tener una superficie tan curiosa? Hasta que se dio cuenta de que no era una roca, sino una seta gigantesca. La cabeza era de un tamaño pasmosamente grande; tanto, que los bordes caían inclinados y ocultaban el cilindro del cuerpo: toda ella formaba una pequeña colina. Chiquitín y otros fungus empezaron a golpear aquel disco grandioso. Cada golpe transmitía el deseo de vivir, gritaba a la vida, a luchar por el derecho a la vida, y cuando aquel fungus emergió por fin, salieron todos disparados en diferentes direcciones, como quien huye de una avalancha o un derrumbamiento.

Era un fungus enorme, medía al menos ocho metros. Aquel coloso emergió de la tierra abriendo los brazos y elevando el tronco, con la inmensa cabeza oblonga encima. Al levantarse y desarraigarse, su cuerpo crecía y rompía las ramas de los árboles más cercanos, por gruesas que fueran. Todos los fungus retrocedieron.

El gigante tenía los ojos grandes como melones. Quizá hubiera dormido cien, doscientos años, o mil, y ahora miraba a su alrededor con la expresión confundida y hostil de quien se despierta sin entender. Entonces Chiquitín le mostró la bandera amarilla al gigante y a todos los demás, la mantuvo muy extendida con sus brazos ramificados para mostrar bien aquella tela llena de esporas de fungus muertos y fungus vivos. Los demás alargaron sus dedos, dedos de todas las medidas y grosores, para tocar aquella tela vieja, la llenaron aún más de esporas, y *notaron* y absorbieron las emociones que contenía.

El fungus colosal dio un paso adelante. Era una rareza, un monolito con piernas formadas por mil raíces, cada una del grosor de cinco árboles. El cilindro del tronco era como ocho robles, y la superficie de su cabeza ofuscaba el sol. Desde aquella altura miró a Chiquitín y miró la bandera. Estiró un dedo, largo y tentacular, escéptico, y lo pasó por encima de la tela amarilla con el () en el centro. Y mientras lo hacía, los fungus se dijeron que no, que una tela tan pequeña nunca conmovería a un organismo tan grande. Y se apartaron por miedo a que el gigante reaccionara violentamente. Todos dieron un paso atrás, abrumados. Todos menos Chiquitín, que seguía sosteniendo la tela con cuatro brazos extendidos, seis codos y trescientos dedos, como un ratón frente a un elefante.

———•———

Después de que el ataque de *les dragons* por la retaguardia fracasara, la Bestia empezó a cansarse de la batalla. Aburrido, chupaba un limón montado en su caballo. Aquello duraba ya demasiado. Lo que más le gustaba eran los inicios de los combates. Aquel momento, seminal, en que los contendientes entran en contacto, evalúan fuerzas y caracteres. En el fondo, luchar en una batalla se parecía un poco a fornicar con una nueva prostituta: el principal aliciente era la novedad, atacar cuerpos nuevos. Y, para ser sincero, *les dragons* lo habían decepcionado. Esperaba más de aquel enemigo fantástico. Incluso ya temía las crónicas de París, una prensa escéptica que devaluara la batalla a la condición de una cacería. Una gran cacería, sí, pero solo de criaturas sin cerebro, sin más entendimiento que los peces.

Les dragons que habían atacado por la retaguardia ya estaban muertos, en efecto. Desde aquel momento todo se redujo a un tiroteo insulso contra los que seguían detrás de las grandes rocas blancas. Costaría matarlos, aunque solo fuera por la protección granítica detrás de la que se escondían. Pero todo se reducía a una simple acumulación de tiempo y metralla en un espacio acotado, así que el general Féraud-d'Hubert, sencillamente, se aburría.

El tiroteo, el griterío y las explosiones lo hicieron bostezar. Y fue como si aquel bostezo atrajera una niebla concisa, distraída, que se dispersó por el prado de la batalla. Féraud acercó su caballo a la montura de un capitán, asistente personal, y le ordenó:

—Aterrorícelos.

El capitán se sorprendió.

—¿Aterrorizarlos, general?

—Pero ¿usted qué se cree? —le riñó Féraud—. ¿Que los monstruos no tienen miedo?

———·———

Los cientos de fungus que se acurrucaban detrás de las rocas blancas habían aprendido a protegerse. Si al principio de la batalla aullaban y gesticulaban, procaces, las balas y las mutilaciones les habían enseñado a agarrarse a las rocas. Lo único que hacían era resistir, aguantar esperando a que Chiquitín fuera a rescatarlos. Chiquitín lo había prometido. Chiquitín cumpliría.

De repente, los seres humanos dejaron de disparar. Una pizca de esperanza se apoderó de ellos. Se dijeron que quizá Chiquitín ya llegara a rescatarlos. Pero no oyeron ninguna lucha distante, por más que algunos fungus asomaran la cabeza por encima de las rocas y auscultaran aquella niebla sobrevenida. Nada. Un silencio anormal. La niebla se erigía como una pantalla de harina húmeda. Aun así, sus facultades les permitían percibir a los hombres, en algún lugar dentro de la niebla. *Notaban* los sentimientos que proyectaba aquella multitud regimental. Emociones turbulentas, sanguíneas e inclementes. Y dirigiéndolos, comandándolos, una criatura especialmente depredadora: Auguste Féraud-d'Hubert. Sí: debido a la niebla, Féraud se había ocultado a su vista, pero allí, detrás de algún punto de la niebla harinosa, *notaban* su presencia por la intensidad y la malignidad de sus sentimientos. *Notaban* claramente una crueldad y un egoísmo que competían entre ellos, una falta absoluta de concordia con el mundo, con las demás criaturas de este mundo. Y entre ellos emitieron el siguiente juicio: «Así son los humanos, que para comandarlos y dirigirlos eligen al más cruel de todos».

De la nube brumosa surgió algo que avanzaba muy despacio. Los fungus miraron prudentemente por encima de las rocas. Y lo que vieron, en efecto, los aterrorizó.

Cuatro largas picas que avanzaban emergiendo de la niebla. Y en las puntas superiores, clavadas, las cabezas de los fungus que habían atacado la columna francesa. Los cráneos decapitados, los ojos abiertos, como vidrios amarillos. Las largas, larguísimas lenguas colgando, obscenas.

El propósito de Féraud era causar pánico, que huyeran. Y ciertamente los fungus tuvieron miedo. Si huían, si abandonaban la protección de las rocas, quedarían al descubierto, en el prado, y aquello facilitaría la labor de las armas automáticas. En aquel momento la niebla se disipó. Y Auguste Féraud se dijo que la Fortuna ama a todos los grandes comandantes. Porque sin niebla aún sería más fácil que sus hombres afinaran la puntería.

Sin embargo, se produjo un imprevisto.

Pese al castigo artillero, pese a la visión de las cabezas muertas y humilladas, los fungus que se escondían en las rocas se quedaron allí. «No huiremos —se dijeron unos a otros—. Chiquitín dijo que vendría a salvarnos. Chiquitín vendrá, como lo hizo Tuerto en la Gran Batalla». Y así, en lugar de desistir, de rendirse al terror, optaron por seguir allí, agarrados a las rocas como obcecados crustáceos de montaña. Lo único que hicieron fue gritar su furia y su rabia contra el cielo. Unos bramidos al unísono, desesperados y a la vez retadores. Aquello contrarió a Féraud, que se lo tomó como un insulto. ¿Debía ordenar una carga de bayoneta? ¿O seguir disparando, aunque liquidar el último reducto de *les dragons* le llevara todo el día? Mientras cavilaba, alguien le advirtió con unas palabras terribles:

—*Mon général* —le decían los hombres señalando la retaguardia—, ¡el bosque se mueve!

Féraud miró hacia atrás, a la retaguardia: más allá de la última línea del ejército y de los carros de las *mitrailleuses* se extendía el prado en el que *les dragons* habían llevado a cabo su fatídica carga. Trescientos cadáveres adornaban la hierba. Y, más allá de aquel campo, el inicio de un bosque de abetos. Y ciertamente se apreciaba un curioso fenómeno óptico: era como si los límites del bosque se transfiguraran, como los espejismos del desierto, que desdibujan la luz del horizonte. ¿Qué era aquello?

Eran fungus. Cientos; no, miles. Habían llevado al extremo su arte del camuflaje. Eran tantos, y tan compactos, que al moverse parecía que el bosque avanzaba. El ejército tardó mucho tiempo en percibir las siluetas individuales, los ominosos ojos amarillos. Los hombres miraron hacia arriba: las copas de los árboles se movían. Y allí, por encima de las últimas hojas, vieron a un gigante de ocho o nueve metros, que cerraba las filas de los fungus; el disco de la cabeza era del tamaño de un carro. Avanzaba azotando el aire con una lengua que parecía la cola de un dragón.

Sobrepasado, incrédulo, Féraud gritó mil órdenes moviendo el sable por encima de la cabeza. Ordenó a los zuavos que tomaran posiciones, con una rodilla en el suelo; a las dotaciones de las *mitrailleuses,* que ocuparan sus puestos de combate. Demasiado tarde. *Les dragons* cargaban contra el ejército, y ahora eran más que antes, muchos más, muchísimos más, los franceses no estaban preparados y el enemigo se lanzaba sobre ellos a una velocidad extraordinaria, sobrehumana. Féraud no lo entendía: un ejército no puede ser atacado por un enemigo que no existe. ¿De dónde habían salido?

Eran miles de fungus que acababan de despertarse, y con ellos el más pequeño de los fungus y el más grande, Chiquitín y aquel gigante. Eran un millar de criaturas, más esbeltas que un ejército de galgos, más ágiles que mil leopardos; más furiosas que la suma de todos los huracanes que han existido desde que existe el viento. Atacaron a los seres humanos con una explosión de energía, como volcanes que han esperado mil años para expulsar su lava.

Sorprendidos por la espalda, los cazadores alpinos huyeron en dirección contraria, lo que solo sirvió para que se enredaran entre las cuerdas y picas que ellos mismos habían construido en su vanguardia. Caían allí, como atrapados en una telaraña, y los fungus los mataban y remataban sin piedad.

Los aduaneros no fueron mucho más afortunados: al sufrir un cuerpo a cuerpo contra tantos fungus, y tan furiosos, se dispersaron. Dejaron caer la bandera con los cuatro laureles dorados y corrieron. Los fungus los persiguieron. Cuando atrapaban a alguno, le arrancaban los miembros y los lanzaban sobre sus compañeros más avanzados, fugitivos y borrachos de miedo. Los que escapaban no se dieron cuenta de que se dirigían a las rocas blancas, donde los esperaban las víctimas de su tiroteo. Los fungus escondidos allí los mataban a medida que aparecían por los pasos abiertos entre las rocas. Los cuatro hombres que consiguieron atravesar las líneas de los fungus no llegarían muy lejos: los bosques de los Pirineos eran la tierra de los fungus, no la de los aduaneros franceses.

Los fungus volcaron los carros de las ametralladoras y destrozaron aquellas máquinas odiosas. Mataron a los servidores introduciéndoles las piezas por la boca, metiéndoles los cañones de las ametralladoras esófago abajo. A los menos afortunados les hicieron algo peor que matarlos: les cortaron las piernas por encima de las rodillas y sustituyeron los miembros amputados por las ruedas y los armones de las *mitrailleuses,* como si los fungus no diferenciaran al hombre del arma que disparaba. Ataron los cuerpos a los armones con tripas de otros soldados e hicieron rodar aquellas sumas de hombres mutilados y máquinas rotas cuesta abajo, en dirección al infinito.

Solo los zuavos resistieron con cierta energía. Formaron un círculo espartano de bayonetas alrededor de Féraud, que no podía creerse lo que estaba pasando. Pero también ellos sucumbieron al furor de *les dragons*. El fungus de nueve metros deshizo la formación de los africanos: cada pierna de aquel coloso parecía un pulpo gigante en movimiento; cada patada mataba a tres o cuatro hombres, que salían volando o eran pisados como insectos. Aquel fungus cogía los caballos con la misma facilidad con la que un rato antes Féraud sostenía el limón. Lanzaba a las pobres bestias contra las abigarradas hileras de zuavos, que eran aplastados, o contra los últimos carros indemnes, y así caballo y maderas reventaban juntos. Al final, una multitud de fungus cayó encima de los zuavos, como la espuma de las olas resbala sobre la arena de la playa. *Allahu akbar!* Y la última lección que aquellos buenos musulmanes aprendieron antes de morir fue que quizá Dios sea muy grande, sí, pero los Pirineos siempre serán más grandes que Dios.

El último superviviente fue Féraud. Los fungus, que le leían el alma, sentían por él el mismo interés que un biólogo por un escorpión especialmente venenoso. Por eso no lo mataron. Le sujetaron los brazos y las piernas con muchas lenguas y lo llevaron ante Chiquitín.

Este acercó la cabeza a la de Féraud y le recorrió la cara picada de metralla con cien deditos articulados. Le metió la punta de los dedos en las fosas nasales y en las orejas. Lo examinaba y lo auscultaba. Lo leía. Detrás de él, lejos, se oían los últimos gritos y los últimos estertores; los excitados graznidos de cuervo de los fungus, que perseguían a las últimas víctimas. Las últimas explosiones de cajas de munición que los fungus habían lanzado al fuego sin saber lo que hacían, y que al estallar mataban por igual a hombres y a monstruos. Pero nada de esto desvió la atención de Chiquitín. Observó a Féraud con sus ojos amarillos, con sus párpados gruesos, como de piel de rinoceronte. Lo auscultó con sus sentidos de fungus y le escrutó el alma. Media mandíbula inferior de Chiquitín, destrozada por una bala, aún colgaba como la lengua de un perro. Se arrancó aquel colgajo con veinte dedos y se lo metió en la boca a Féraud. Este, con los ojos abiertos como naranjas, no se atrevió a escupir aquel trozo de piel repugnante. Chiquitín acercó la boca a la oreja del general derrotado y le dijo algo que, pese a la distancia universal que separaba a fungus y hombres, Féraud entendió perfectamente; solo dos palabras:

—Ahora vuelvo.

Un rato antes, Féraud había afirmado que los monstruos también pueden tener miedo. Y, mira por dónde, tenía razón. Porque ahora, atrapado por docenas de lenguas, esperando a que Chiquitín volviera, la Bestia tuvo miedo.

Chiquitín había dejado de lado a Féraud por un motivo mucho más importante: los fungus de las rocas. Chiquitín se acercaba a ellos con media mandíbula menos, pero con la vieja bandera en las manos. Los fungus de las rocas, los que aún estaban vivos, vieron cómo se acercaba y les ofrecía aquella tela empapada de pasado y de recuerdos, manchada con mil salpicaduras de sangre y con mil esporas. Y aquellos fungus que habían sobrevivido a las balas y a la metralla, a Ordóñez y a Féraud, salieron de entre las rocas y, rodeando a Chiquitín, se unieron a él y a la bandera con cientos y cientos de dedos, miles de dedos húmedos que comulgaban con él, con su dolor por los caídos y con la alegría por la victoria, y le dijeron exactamente lo que Chiquitín quería escuchar:

—Sabíamos que volverías.

Todo el pequeño cuerpo de Chiquitín se conmovió y le recorrió un escalofrío agradable, exquisito y reconfortante. Pero, para su sorpresa, los fungus añadieron algo más. Lo último que deseaba escuchar. Una condena inesperada y fatal. Porque los fungus, abrazándolo, fundiéndose con él, proclamaron estas palabras, las últimas que Chiquitín habría querido *notar:*

—Nunca serás un fungus como los demás, porque a partir de ahora eres el nuevo Tuerto.

———•———

Cuando Mailís abrió la puerta del *ostal*, se encontró con una escena impensable: el cuerpo enorme de Tuerto, tendido en medio del comedor. La boca del fungus aún humeaba. O, mejor dicho, humeaba el revólver Lefaucheux, metido dentro. Ric-Ric acababa de huir, y Cassian seguía atrapado por la lengua de Tuerto, vivo, debajo del gran fungus. El cuerpo del fungus muerto y el hombre vivo se confundían en un ser único y repulsivo.

Cassian golpeaba el suelo con las botas para llamar su atención.

Pero Mailís no había ido a buscar a ningún hombre ni a ningún fungus. Había ido impulsada por la improbable y remota esperanza de encontrar a su hijo vivo. Gritó, como si interrogara a la casa:

—¿Alban? —y repitió—: ¡Alban, Alban!

Nadie contestó. Volvió a insistir:

—¡Alban, Alban!

Tampoco. Derrotada, Mailís apoyó las manos en la mesa, con la cabeza gacha. Y entonces oyó un ruido. Un ruidito casi imperceptible pero que conocía muy bien: los pies de su hijo caminando descalzo por la madera.

El niño apareció en lo alto de la escalera. Pero no expresó ninguna alegría, porque detrás de su madre vio a Tuerto, muerto.

El día en que Ric-Ric lo había dejado haciendo guardia delante de la casa, Tuerto no había podido matar al niño. Porque en Alban se ponía de manifiesto la tercera gran diferencia de los fungus respecto de los seres humanos: la infancia. Los fungus no soñaban, los fungus no unían sus cuerpos y los fungus, cuando se desarraigaban, ya eran criaturas adultas, perfectamente formadas. Y los fungus sentían una curiosidad invencible por todo aquello que los diferenciaba de los seres humanos.

Tuerto había escondido a Alban en el piso de arriba. Cuando Ric-Ric lo condenó a quedarse allí, pensando y mirando las brasas, era el niño el que bajaba a reavivarlas. Con el paso de los días, Alban fue cogiéndole confianza. Y aquella criatura, que debido a su deficiencia no podía hablar el idioma humano, aprendió el idioma fúngico. Hablaron de muchas cosas, muchísimas, que solo podría explicar Alban, pero en idioma humano Alban solo sabía decir «te quiero».

Mailís corrió a abrazarlo. Los dos lloraban, pero eran lloros de una sustancia opuesta. Porque el niño lloraba porque Tuerto estaba muerto, mientras que Mailís lloraba de alegría por haber recuperado a su hijo, sí, y también por un presentimiento: que aquello no era el final, que todo aquello quizá fuera el principio del fin de un mundo: el mundo de los hombres. Y al mismo tiempo, mientras abrazaba a su hijo, Mailís intuía, constataba, que cuando nace un mundo nuevo surgen muchas más cosas que las que se pueden ver con los ojos.

Los fungus capturaron vivo a Auguste Féraud-d'Hubert y decidieron que sería bueno devolverlo al lugar del que venía con un mensaje. Chiquitín, con su dedo más afilado, le extrajo el único ojo que le quedaba. Le arrancó metódicamente las orejas, la nariz y la lengua. Lo castró. Otros fungus le amputaron limpiamente los brazos a la altura de los hombros y las piernas desde las caderas. Lo metieron en un carro sin caballo, junto con el cadáver del último fungus muerto en combate, y lo empujaron por la ruta que llevaba a Francia, cuesta abajo. Después obstruyeron los dos extremos del camino que cruzaba el valle, el lado francés y el que iba a España, con grandes rocas despeñadas. Cuando llevaban a cabo una labor, eran eficientes y grandiosamente metódicos: la pila de rocas era tan alta que superaba los picos más cercanos. Y cuando un habitante de los Pirineos transitaba por el otro lado de la monumental barrera, se decía: «Esto es obra de los 'menairons'».

Féraud no llevaba un mensaje. Féraud era el mensaje. Por desgracia, los seres humanos no lo entendieron, solo se horrorizaron. Porque Féraud seguía vivo. Los fungus se habían ocupado de taponarle las hemorragias de la cara, el cuerpo y los genitales con hierbas. Y como no se moría, el gobierno le concedió a aquel tronco vegetal la más alta condecoración de la República. ¿Por qué? Porque no se les ocurrió otra cosa.

De hecho, la última víctima mortal de la Primera Guerra Fúngica no fue Féraud, sino el cónsul. Después de su victoria sobre los franceses, los fungus arrasaron la Vella hasta la última piedra. Y cuando se aplicaban a una labor lo hacían con una determinación sobrehumana: hicieron exactamente eso, arrasar todos los 'ostals', todas las construcciones; incluso arrasaron las ruinas, y las ruinas de las ruinas, de manera que ni el arqueólogo más perspicaz habría podido sospechar que aquel valle hubiera albergado alguna vez la menor presencia humana.

Tiempo después, cuando ciertas vicisitudes hicieron que Mailís se entrevistara con Chiquitín, este le explicó los detalles del asesinato de su padre. Había salido de su casa, decidido a interceptar el asalto de los fungus, como en el primer ataque de Ric-Ric. Pero esta vez los fungus no iban a negociar, sino a extinguir. Mailís dijo que lo lamentaba, pero que lo asumía: el auténtico asesino de su padre no habían sido los fungus, sino el Poder, que lo había poseído como una hiedra que se apodera de un tronco podrido. Y los fungus, que leían los sentimientos como los seres humanos la tinta, supieron que no mentía y que los perdonaba sinceramente.

Poco después de la batalla contra los franceses, Chiquitín entró en casa de Mailís al frente de un numeroso grupo de fungus. Encontraron el cadáver de Tuerto boca abajo. Lo giraron y el propio Chiquitín extrajo el Lefaucheux de la boca del muerto.

—Mirad, el arma de Ric-Ric —proclamó Chiquitín sosteniendo el revólver con quince dedos—. Ya os lo dije: los humanos han matado a Tuerto.

A Cassian no lo mataron. Lo sacaron de debajo del cuerpo de Tuerto y lo llevaron a la Montaña Agujereada. A él, que había buscado toda la vida el Poder, los fungus lo convirtieron en el hombre más sometido del universo. Lo desnudaron y lo obligaron a hacer trabajos brutales, execrables y al mismo tiempo carentes de toda finalidad o sentido. La Oca Calva disfrutaba vigilando a su antiguo amo. Cuando Cassian trabajaba a cuatro patas, fregando el suelo, ella le picoteaba el cráneo. A menudo le golpeaba la chapa de cobre de la herida, y en cada gemido de Cassian reverberaba el sonido de la vieja y estéril malicia humana. Y cada vez que nuevos fungus abrían los ojos, lo primero que hacían era llevarlos a la Montaña Agujereada, ante Cassian. Les mostraban aquella figura mezquina, embrutecida y arrodillada, y les explicaban:

—Mirad, esto es un hombre.

Este libro se terminó
de imprimir en
Madrid (España),
en el mes de
marzo de 2019

Ilustración de
QUIM HEREU

FUNGUS

«Desnuda, en aquella cama de musgo azulado, se sumergió en una inconsciencia feliz. La luna lo llenaba todo de una luz plateada que le blanqueaba la piel. Y cuando dormía más profundamente, algo la despertó. Fungus. Allí, amontonados en el reducido espacio de la habitación, con sus grandiosas y alargadas cabezas a solo un palmo, rodeando la cama y mirándola con ojos sin párpados.»

F U N G U S

F U N G U S

F U N G U S

F U N G U S

F U N G U S

F U N G U S

F U N G U S

F U N G U S

F U N G U S

F U N G U S

F U N G U S

F U N G U S

F U N G U S

F U N G U S